BLOEDBAND

Van Kathryn Fox verscheen eerder:

Tot op het bot

Kathryn Fox

BLOEDBAND

 DE KERN

Voor mijn moeder. Je onbaatzuchtigheid, je vriendelijkheid en je liefde zullen altijd een inspiratie voor me blijven.

Oorspronkelijke titel: Blood Born
First published in 2009 by Pan Macmillan Australia Pty Ltd.
Copyright © 2009 by Kathryn Fox
The right of Kathryn Fox to be identified as the author of this work has been asserted by her in accordance with the Copyright, Designs and Patents Act 1988
Copyright © 2010 voor deze uitgave:
Uitgeverij De Kern, een imprint van De Fontein|Tirion bv, Postbus 1, 3740 AA Baarn
Vertaling: Jolanda te Lindert
Omslagontwerp: De Weijer Design BNO bv
Omslagillustratie: Imagedock
Auteursfoto omslag: Mark Strachan
Opmaak binnenwerk: ZetSpiegel, Best
ISBN 978 90 325 1219 4
NUR 330

www.dekern.nl

I

Dokter Anya Crichton bereidde zich voor op de confrontatie met de gewelddadige misdadigers.

De eerste rechtszaak had al honderdduizenden dollars belastinggeld gekost. Dat er een nieuwe rechtszaak nodig was om de vier mannen te berechten die deze gruwelijke misdaad op hun geweten hadden, had zelfs de meest afgestompte politieagenten en advocaten geschokt. Door de slepende juridische procedure – die in het voordeel van de rechten van de verdachten leek uit te pakken in plaats van die van hun slachtoffers – was er nog altijd geen einde gekomen aan het lijden van hun jonge vrouwelijke slachtoffers.

De Harbourn Four en hun advocaten waren er heel goed in om het systeem in hun voordeel te laten werken. Maar vandaag zou er een einde komen aan de juridische spelletjes en het gemanipuleer.

Anya haalde de digitale thermometer uit haar oor. Negenendertig graden. Ze had al antibioticapillen geslikt, maar ze nam ook nog maar een paar paracetamolletjes. Ze had barstende koppijn en depte haar voorhoofd en haar slapen met een vochtig washandje. Sterkere medicijnen kon ze niet nemen, want ze moest getuigen, dus had ze een helder hoofd nodig.

Ze bekeek zichzelf nog even in de spiegel van de hal. Haar haar zat netjes, maar niet té, ze droeg donkere panty's, en haar lichte bloes en marineblauwe rok straalden professionele expertise uit. De juryleden moesten hun aandacht bij haar verklaring kunnen houden en niet worden afgeleid door haar uiterlijk. Een beetje oogmake-up en lippenstift – haar versie van oorlogsverf – completeerden haar outfit.

Dit was een verdomd lange strijd geweest en het Openbaar Ministerie hóórde die te winnen. Ze had nog niet eerder zo'n uitgesproken mening over een zaak gehad en ze was niet van plan haar werk te laten beïnvloeden door haar koorts.

Snel controleerde ze de sloten van de ramen op de benedenverdieping en veegde ondertussen het zweet van haar nek.

Ze had een onrustige nacht achter de rug. Haar lichaam had de strijd aangebonden tegen haar bronchitis en dus had ze nu koorts. Bovendien had ze afschuwelijke nachtmerries gehad en door de koorts voelde haar hele lichaam ellendig. Ze begon te hoesten en haar longen brandden, maar nu kon ze zich niet meer ziek melden.

Bovendien was dit de prijs die ze voor al haar gereis moest betalen. Vliegtuigen en hotelkamers met airco, ongezonde maaltijden en vermoeidheid slaagden er altijd weer in haar immuunsysteem te verslaan. Als ze maar weer een keer goed sliep, zou de infectie wel overgaan; dat móést gewoon.

Anya trok de zwarte pumps aan die ze altijd bij de voordeur liet staan en ze had net haar tas gepakt toen de bel ging. Dat moest Mary Singer zijn, de zedenadvocate van deze zaak.

'Ik kom eraan,' riep ze, waarna ze de ramen op de begane grond nog een keer controleerde.

Mary omhelsde Anya en zei met een brede glimlach op haar gezicht: 'Welkom terug. We hebben je allemaal ontzettend gemist.'

Anya liet haar armen langs haar lichaam hangen en zei alleen maar: 'We kunnen maar beter gaan.'

Mary was het met haar eens. 'Het is ontzettend druk op de weg. Je zou verwachten dat ze de wegwerkzaamheden op snelwegen 's nachts zouden uitvoeren, maar dat is misschien te simpel gedacht.'

Anya toetste de alarmcode in op het paneeltje naast de voordeur. Even later begon het alarm zachtjes te piepen en konden ze weg.

'Vervelende vlucht gehad?' Mary opende het portier van de auto die ze dubbel had geparkeerd en ging achter het stuur zitten. 'Je ziet er uitgeput uit.'

'Ik heb onderweg iets opgelopen,' zei Anya. Ze probeerde zich te concentreren op de dag die ze voor de boeg had. Verschillende zaken in de VS en in Europa hadden haar fysiek en emotioneel uitgeput. Maar het feit dat ze al achtenveertig uur amper had geslapen, was voor een rechter of een jury totaal niet van belang. Dit ging immers niet om haar. Ze was speciaal voor deze rechtszaak snel in het vliegtuig naar Sydney gestapt en had haar zoon en haar ex-echtgenoot in Disneyland achtergelaten.

Dankzij de pijnstillers werd haar hoofdpijn iets minder, maar nu begon ze te rillen. Haar lichaam probeerde uit alle macht het effect van alle pillen teniet te doen en haar lichaamstemperatuur weer omhoog te krijgen. Ze sloeg haar armen om zich heen en probeerde tevergeefs een hoestbui te onderdrukken.

Mary Singer keek haar even van opzij aan, maar zei niets.

Anya haalde diep adem, waardoor er een pijnscheut door haar borstkas trok; zware bronchitis dus. Ze had het opeens koud en ze frunnikte aan de schuifjes van de autoverwarming. 'Redt Giverny het een beetje?'

'Nadat de zaak geseponeerd was, heeft ze een moeilijke maand gehad.' Mary maakte zich duidelijk grote zorgen om de jonge vrouw die voor het hooggerechtshof in Darlinghurst moest getuigen.

Anya had medelijden met het zeventienjarige meisje dat nog geen jaar geleden was ontvoerd toen ze na haar wekelijkse balletles in haar eentje van de bushalte naar huis liep. De vier Harbourns hadden haar in hun auto gesleurd en meerdere malen verkracht. En daar hadden ze het niet bij gelaten: de mannen hadden haar vernedering nog eens vergroot door haar uit te kleden en vlak bij een verlaten pakhuis met ijskoud water te bespuiten. Giverny had hen luid lachend horen wegrijden. Anya kon zich die avond nog levendig herinneren, want zij had het getraumatiseerde gewonde meisje medisch en forensisch onderzocht.

Als forensisch patholoog speelde Anya altijd een belangrijke rol bij het begin van het lange en zware genezingsproces van de slachtoffers. Het fysieke bewijs dat Anya had verzameld, had samen met

Giverny's gedetailleerde aangifte bij de politie uiteindelijk tot de arrestaties geleid.

'Ze zal het niet gemakkelijk vinden die vier mannen in de rechtbank terug te zien, maar volgens mij kan ze het wel aan,' zei Mary, niet erg overtuigend. De advocate had Giverny vlak na de aanval leren kennen en haar daarna tijdens de slepende rechtszaak regelmatig gesproken.

De vier Harbourn-broers hadden van alles geprobeerd om Giverny zo bang te maken dat ze niet meer durfde te getuigen. Toen dat niet lukte, hadden ze elke mogelijke juridische manipulatie uit de kast gehaald om de rechtszaak te vertragen.

Ondertussen hadden andere familieleden van de broers onverholen dreigementen geuit tegen die 'leugenachtige hoer', zoals zij Giverny noemden. Zij was de enige die kon getuigen dat de broers haar hadden verkracht, zodat haar getuigenverklaring voor hen het meest bedreigend was.

Toch was het niet gemakkelijk voor het doodsbange zeventienjarige meisje om dat zo te zien.

De groepsverkrachting en het daaropvolgende jaar vol juridische beproevingen hadden hun tol geëist. Tot die rampzalige avond was Giverny een goede leerlinge geweest, maar een paar maanden geleden was ze van school gegaan. De komende examens en het vooruitzicht dat ze de kroongetuige zou zijn in de nieuwe rechtszaak waren domweg te veel voor haar. Haar vrienden hadden haar al een tijdje geleden laten vallen. Zij kozen ervoor door te gaan met hun oude leventje, terwijl Giverny thuisbleef en niemand meer durfde te vertrouwen.

Mary vermeed de verstopte hoofdwegen en nam een kleine omweg.

Anya keek op haar horloge. 'Laten we maar hopen dat Giverny er klaar voor is en zich niet heeft bedacht. We hebben niet veel tijd over.'

Mary toeterde, omdat een auto haar sneed. De bestuurder stak zijn middelvinger op en trapte even keihard op de rem. Mary kon nog net op tijd stoppen, vlak achter zijn bumper.

Anya's hoofd klapte naar voren. Daarna zag ze dat de bestuurder zijn portier opende. 'Rij eromheen. Hij stapt uit.'

Ze boog zich naar voren en drukte op het knopje van de centrale deurvergrendeling op het dashboard. Voor het geval dat. Het laatste wat ze nu nodig had was een verkeersruzie.

'Waarom doen mannen dat toch altijd? Zíj maken een fout en geven jóú de schuld.' Mary reed om de auto heen.

Anya zag in het spiegeltje op de zonneklep dat de man weer in zijn auto stapte, afsloeg en uit het zicht verdween. Ze slaakte een zucht van verlichting.

Even later waren ze bij Giverny's huis. Het meisje had gevraagd of ze haar wilden ophalen, zodat ze haar onderweg wat morele steun konden geven. Ze wist dat Anya in de rechtbank niet samen met haar mocht worden gezien. Als getuige-deskundige moest de jury Anya als een onafhankelijke getuige beschouwen, want anders zouden ze haar niet serieus nemen.

Anya kon zich goed voorstellen dat Giverny alleen al een kruisverhoor een eenzame ervaring zou vinden, ook zonder dat ze zich in de steek gelaten voelde door de mensen die haar hadden overgehaald om te getuigen.

Mary reed de oprit op en liet de motor draaien. Voordat ze uitstapte zette ze de radio aan. 'Luister maar even naar de verkeersinformatie,' zei ze.

Mary liep naar de voordeur, met haar zonnebril omhooggeschoven op haar warrige grijze bos. De advocate stond gespannen te wachten, met haar handen in de zij. Mary klopte nog een keer. Toen er niemand opendeed, maakte ze een wanhopig gebaar met haar armen en liep terug naar de auto. 'Misschien zit ze op het toilet en hoort ze de bel niet.'

Anya haalde haar mobieltje uit haar tas en toetste Giverny's nummer in. 'Hij wordt doorgeschakeld naar de voicemail.'

Mary liep om het huis heen naar de achterkant; toen ze terugkwam schermde ze haar ogen af en keek door de ramen naar binnen. 'Alle gordijnen zijn dicht. Ik zie dus niets,' riep ze.

Anya stapte ook uit en begon weer te rillen. Ze zag dat de deur van de garage een beetje openstond. Het was onwaarschijnlijk dat Giverny een deur niet op slot had gedaan of open had laten staan. Na haar ontvoering was ze ontzettend gericht geweest op haar veiligheid.

Anya's nekharen gingen overeind staan. Ze bukte zich en wrikte aan de kruk van de garagedeur die even klem bleef zitten, maar daarna toch meegaf. De deur ging omhoog, waarna het daglicht naar binnen stroomde.

Op de portieren en op het dak van Giverny's blauwe Morris Minor stond in grote rode letters: STERF SLET. Op de achtermuur van de garage stond LEUGENACHTIGE HOER.

De woorden waren als een stomp in Anya's maag. Ze vreesde het ergste, want ze wist waar de gebroeders Harbourn toe in staat waren.

'Giverny!' schreeuwde ze en toetste met trillende handen het alarmnummer in op haar mobieltje. 'Wij zijn het, Anya en Mary. Hoor je me?'

Toen Mary de garage binnenkwam, sloeg ze van schrik haar handen voor haar mond. 'Lieve god, nee toch!'

Anya hoopte dat haar instinct haar niet bedroog, maar ze bleef voorzichtig. 'Dit kan een plaats delict zijn. Blijf hier op de politie wachten en raak niets aan. Ik ga naar binnen.'

Mary stond zwijgend naar de auto te staren.

Anya liep om de auto heen en zorgde ervoor dat ze hem niet aanraakte. Met een doekje dat ze op een plank had zien liggen, draaide ze de kruk van de deur die naar het huis leidde om, waarna ze het doekje weer teruglegde. Met haar voet duwde ze de deur open en fluisterde: 'O, alsjeblieft, als er maar niets gebeurd is.'

In de betegelde woonkamer kwam voldoende daglicht naar binnen om iets te zien. Er lag een opgerolde krant op de tafel, maar ook een keurig stapeltje paperassen. Anya slaakte een zucht. De boel was niet vernield, dus misschien waren de Harbourns niet binnen geweest.

Misschien niet.

'Giverny! Hoor je me?' riep ze. Het zweet droop langs haar hals en voorhoofd. De keuken was schoon en er stonden geen ontbijtbordjes.

Opeens sloeg achter Anya een deur dicht en ze maakte een sprongetje van schrik.

'Wat is er verdomme aan de hand? Waar is onze dochter?' Bevan Hart liep de smalle gang in en wurmde zich achter Anya langs, op weg naar Giverny's slaapkamer.

Zijn vrouw Val kwam nu ook binnen. 'Ik zei toch dat we bij haar hadden moeten blijven.'

Anya sloeg de hoek van de gang om en bleef opeens stokstijf staan. Achter haar kreunde iemand. Val Hart had hetzelfde gezien als zij.

Giverny zat geknield en met gebogen hoofd op de grond, alsof ze zat te bidden. Aan de kruk van de voordeur was een kabel gebonden en het andere uiteinde zat om de hals van het meisje geknoopt.

Anya rende naar Giverny toe en voelde haar pols. De rechterpols was slap en koud, maar ze voelde een hartslag. Te snel voor zo'n koude pols. Anya vergeleek de polsslag met die van haar eigen halsslagader. Allebei van haarzelf.

Verdomme!

'Doe iets!' smeekte de vader.

Met twee handen tilde Anya Giverny's hoofd omhoog. Nog een beetje warm. Met iets meer hoop zocht ze de halsslagader.

Giverny's linkerwijsvinger zat achter de kabel, alsof ze had geprobeerd de spanning te verminderen.

'Dit kán toch niet,' mompelde Bevan Hart achteruit lopend. Mary ging snel bij hen staan. Waarschijnlijk had ze de jammerkreet van de moeder gehoord.

'Meneer Hart, u moet een ambulance bellen,' zei Anya. 'Uw dochter heeft u nu even nodig.'

Hij reageerde en liep weg. Mary liep naar Anya en vroeg: 'Wat moeten we doen?'

Anya trok aan de kabel, maar die zat te diep in Giverny's hals gesnoerd. 'Ze is nog warm. Ik krijg die kabel niet van haar hals. Hij zit te strak. Zoek snel een mes of een schaar!' Anya probeerde rustig over te komen, maar ze had hun hulp nodig. En snel ook!

Mary en Val renden weg.

Anya probeerde haar handen onder het lichaam van het meisje te schuiven zodat ze haar een beetje kon optillen, zodat de spanning van de kabel die aan de deurkruk vastzat minder werd. Maar ze wist ook dat dit geen zin had. De kabel was strakker gaan zitten toen Giverny's hoofd naar voren was gevallen. Voor deze manier van verhanging was geen hoogte nodig.

'Het is al goed, Giverny, wij zijn er nu,' zei ze. 'Het komt wel weer goed met je.'

Er klonk gerommel in de keuken, toen verscheen Mary met twee messen, een vleesmes en een uitbeenmes met een scherpe punt.

'Snij eerst de kabel naar de deur los.'

Mary koos het grootste mes en gaf het andere aan Anya.

Anya probeerde Giverny's hoofd rechtop te houden, terwijl ze pogingen deed de kabel door te snijden op de plek waar het meisje haar vinger achter de kabel had gehaakt. Bij de eerste poging prikte ze in Giverny's hals. Er druppelde wat bloed uit waardoor de kabel glibberig werd.

Ze voelde Giverny wegglijden doordat Mary de kabel boven Giverny's hoofd had doorgesneden. Nadat ze het meisje op haar rug had gelegd, slaagde ze er wel in de kabel om haar hals door te snijden. Giverny's linkerhand bewoog niet, haar lippen waren blauw en haar gezicht was donker.

Anya controleerde weer of ze een pols voelde. Niets. Ze tilde het hoofd van het meisje op en boog het naar achteren, kneep in haar neus en ademde twee keer uit in haar mond.

Toe nou! Het is nog niet voorbij!

Met haar handen op elkaar en met de vingers in elkaar gehaakt begon Anya met hartmassage. Dertig korte, scherpe drukjes en daarna twee pufjes. Ze hoorde een rib kraken, maar ze bleef doorgaan. Ze moest, voor Giverny. Na nog twee rondjes kreeg ze kramp in haar vingers, maar ze ging door.

In de verte hoorde ze een sirene en Mary liep weg om het ambulancepersoneel op te vangen.

Even later kwamen ze binnen.

'Ik ben Matt,' zei een van hen. 'Wat hebben we hier?' Hij zette zijn tas op de grond.

Buiten adem en doodmoe bleef Anya doorgaan met de hartmassage, terwijl Matts vrouwelijke collega een zuurstofmasker en een zuurstoftankje tevoorschijn haalde.

'Giverny Hart. Zeventien. We vonden haar op haar knieën, met een kabel tussen haar nek en de deurknop.'

Matt keek even naar zijn partner. 'Hoelang bent u hier al mee bezig?'

Voor haar gevoel waren er al uren verstreken, maar Anya had geen idee hoeveel minuten ze echt met de reanimatie bezig was. 'Ik ben hiermee begonnen op het moment dat jullie werden gebeld.' Anya wist dat alle telefoontjes werden vastgelegd.

De ambulanceverpleegkundige keek op zijn horloge. 'We zullen het protocol volgen. We gaan haar intuberen en daarna zien we wel of de hartslag weer op gang is gekomen.'

Anya hield op met pompen zodat hij Giverny's bloes kon opensnijden en drie elektrodes op haar borst kon plakken die gekoppeld waren aan een draagbaar ecg-apparaat.

'Asystolie.'

'Ik ben binnen,' zei zijn partner, waarmee ze bedoelde dat ze haar patiënt had geïntubeerd.

Anya stapte naar achteren toen de vrouw adrenaline in het endotracheale buisje spoot.

De kleine hartmonitor gaf geen enkele verandering aan. De lijn bleef vlak.

'Weet iemand of ze medicijnen of drugs gebruikte?' vroeg Matt. Hij probeerde een canule in Giverny's arm te krijgen.

Anya draaide zich om, maar kennelijk had Matt de ouders weggestuurd, zodat ze dit afschuwelijke tafereel niet zouden zien. 'Ze was gezond, behalve dan dat ze vorig jaar is verkracht. Ze moest vanochtend voor de rechtbank getuigen.'

Matt keek weer op zijn horloge. 'Bent u familie, mevrouw?' vroeg hij.

'Nee. Ik ben forensisch patholoog. Ik heb haar onderzocht nadat ze was verkracht.'

Anya wist dat het meisje gruwelijke dingen had meegemaakt. Haar fysieke genezing had maanden gekost, maar de emotionele littekens zouden permanent zijn. Toch was dit allemaal onverklaarbaar.

Matt haalde de beide paddels van de defibrillator en laadde het apparaat op. Zijn partner plaatste twee gelpads op Giverny's borst, waarna de machine een pieptoon liet horen.

'Honderd joules. Los.'

Zijn partner schoof achteruit en Anya liep nog een stukje verder naar achteren.

Giverny's lichaam schokte, maar haar hart reageerde niet.

'Honderdvijftig joules. Los.'

'Is het mogelijk dat ze drugs heeft gebruikt?' vroeg Matt heel rustig, terwijl zijn partner tussen de schokken door zuurstof in Giverny's longen bleef pompen. Ze waren goed op elkaar inge-speeld; voor hen was dit natuurlijk gewoon hun werk.

Anya werd overvallen door de vraag. Ze had zich nooit afge-vraagd of de tiener misschien drugs gebruikte. 'Ze heeft een tijdje antidepressiva gebruikt, maar voor zover ik weet verder niets.'

Opeens realiseerde Anya zich hoe weinig ze eigenlijk echt van dit meisje wist. Ze had elk aspect van Giverny's verwondingen be-studeerd en haar gedetailleerde vragen gesteld over de avond van de verkrachting, maar ze had haar nooit iets gevraagd over haar privéleven, behalve over de invloed die de rechtszaak had op haar opleiding en haar ouders.

'Dokter, wilt u eens in de slaapkamer en de badkamer kijken of u medicijnen of drugs kunt vinden? Daar zouden we echt mee ge-holpen zijn.'

Anya liep weg terwijl Matt en zijn collega doorgingen met hun protocol.

Een paar minuten later kwam Anya terug met een vol flesje paracetamol en een pas geopend pakje antidepressiva. Die had ze in een kastje in de badkamer gevonden. 'Lijkt niet op een overdosis te wijzen.'

De realiteit van de situatie drong opeens tot Anya door toen Matt zei: 'Sorry, dokter. Het is afgelopen', waarbij hij weer op zijn horloge keek.

'We moeten het opnemen.'

Wat hij daarna zei, hoorde ze wel, maar zijn woorden hadden geen enkele betekenis voor haar. 'Tijdstip van overlijden, 09.15 uur.'

Tegen Anya zei hij: 'Het spijt me, dok. Niemand had hier nog iets aan kunnen veranderen.'

2

Inspecteur Hayden Richards van de recherche arriveerde vlak nadat Anya aan Giverny's vader had verteld dat zijn dochter dood was. Mary zat naast Bevan Hart aan de keukentafel. Ze was net zo verbijsterd als Anya door de gebeurtenissen. Val was in shock en Matts collega had haar mee naar buiten genomen.

Anya zat op haar knieën naast de verdrietige vader die Mary's hand stevig vasthield. Hij had een ongelovige, glazige blik in zijn ogen. 'Ik had Val net opgehaald. We hadden afgesproken dat we het proces als gezin zouden meemaken. Ter wille van Giv.'

'Jullie hebben allemaal een heel moeilijke tijd achter de rug,' zei Mary. Na de verkrachting had Bevan Hart gerechtigheid geëist voor zijn enige dochter en regelmatig had hij met de politie, met Anya en met de afdeling Zeden gebeld om te horen wat de stand van zaken was. Daardoor had hij ruzie gekregen met zijn vrouw, die niet wilde dat haar dochter een traumatische rechtszaak moest doormaken. Toen Giverny van school was gegaan, waren haar ouders gescheiden. Val Hart was op zichzelf gaan wonen.

'Ze had geen enkele kans tegen die klootzakken toen ze haar overvielen en nu hebben ze haar ook nog eens vermoord!' Hij staarde naar het tafelblad en slikte een traan weg. 'Ze was een vechter, die meid van ons, altijd al geweest. Daarom was ze bereid te getuigen tijdens het proces tegen die hufters. Ze wilde dat ze zouden boeten voor wat ze haar hadden aangedaan. Ze had alleen vandaag nog door gemoeten. Meer niet, maar die rotzakken zijn teruggekomen en hebben haar vermoord voordat...' Zijn stem stierf weg, hij boog zijn hoofd en begon heftig te snikken.

Hayden tikte Anya even op de schouder. Ze liepen naar de gang, terwijl Mary de vader probeerde te troosten.

'Ik vind het zo erg dat u haar hebt moeten vinden...'

Hayden was hoofd van de afdeling Zeden en hij had Giverny's vader op de avond van de verkrachting voor het eerst ontmoet. Bovendien had hij de familie steeds op de hoogte gehouden van elke fase van het onderzoek. Ook hij zag eruit alsof hij zojuist een vriendin had verloren.

Anya en Hayden liepen terug naar de plek waar Giverny lag. De ambulanceverpleegkundigen hadden de ecg-kabels losgemaakt, maar de elektrodes op haar borst en het slangetje in haar mond laten zitten; standaardprotocol voor wat nu een zaak voor de lijkschouwer was.

Forensisch onderzoeker brigadier John Zimmer arriveerde, gekleed in zijn politieoverall en in gezelschap van forensisch patholoog Jeff Sales. Beide mannen keken somberder dan anders en deze keer maakte Zimmer eens geen grapjes.

'Ik weet dat dit moeilijk is, voor ons allemaal,' zei Hayden Richards, 'maar we moeten deze zaak op dezelfde manier aanpakken als elk ander onderzoek. Ter wille van Giverny en haar ouders.'

Anya knikte.

'Kun je ons vertellen wat je zag toen je hier kwam? Vertel alles precies, van begin tot eind. Alles wat je je maar kunt herinneren.' Hayden pakte zijn blocnote en een pen.

Anya vouwde haar handen, alsof dat haar kon helpen zich alles weer voor de geest te halen. 'Zij zat op haar knieën, met haar hoofd gebogen. De kabel om haar nek was vastgemaakt aan de deurknop. Haar handen waren niet vastgebonden. Haar rechterhand hing langs haar zij en één vinger, de linkerwijsvinger, zat tussen haar hals en de kabel.'

Zimmer maakte vanuit verschillende gezichtshoeken een paar foto's en zoomde daarna in op de linkerhand van de jonge vrouw. Hij maakte tientallen foto's.

'Hoe zag het lichaam eruit?' vroeg Jeff.

'Cyanose, duidelijk zuurstoftekort en geen pols.'

'Tekenen van lijkbleekheid?'

Anya wist dat het een uur kon duren voordat het bloed door de zwaartekracht naar beneden zakte. Hoewel Giverny's benen onder haar lichaam hadden gezeten, had niets op lijkbleekheid gewezen.

'Nee, haar hoofd was nog warm.'

'Had ze petechieën, puntvormige huidbloedinkjes, op haar gezicht of bindvlies voordat je haar probeerde te reanimeren?' vroeg Jeff.

Hayden vroeg: 'Dat heeft iedereen toch die is opgehangen of gewurgd?'

'Niet altijd. Als de halsslagader en de vena jugularis, de binnenste slagader, worden afgesloten en de druk pas na het overlijden wordt verminderd, zwelt het gezicht niet op. Dat komt doordat het bloed niet kan terugvloeien naar de hals.'

'En als je ze dan wel ziet?' Hayden boog zich over Giverny heen om haar gezicht te bestuderen.

Anya ademde uit. 'Als je ze in een geval als dit wel ziet, dan zijn ze verdacht. Dat wijst erop dat iemand het slachtoffer heeft gewurgd en daarna heeft opgehangen om dat te verdoezelen. Het is moeilijk om iemand met één greep te wurgen; daarom zal een moordenaar de druk vaak even verminderen en daarna weer laten toenemen.'

Iedereen begreep wat ze bedoelde: misschien was Giverny vermoord, waarna men had geprobeerd het eruit te laten zien als zelfmoord. Anya dacht opeens weer aan de dreigementen in de garage.

Jeff Sales ging verder met zijn uitwendig onderzoek. 'Vergeet niet een foto te maken van de knoop in de kabel.'

Zimmer trok rubberhandschoenen aan en bukte zich. 'Van deze kan dat niet meer, die is dwars doormidden gesneden en losgegaan.'

'Verdomme!' mompelde Hayden en trok zijn broek bij de broeksband op.

In de haast had Anya geen moment aan de knoop gedacht, ze was alleen maar gericht geweest op haar pogingen het leven van het meisje te redden. En Mary had niet kunnen weten dat het belangrijk was de knoop als bewijs intact te houden toen ze volgens Anya's instructies het stervende meisje los sneed. Anya's handen begonnen weer te trillen.

'Meid, je hebt het goed gedaan, hoor.' Zimmer liep naar haar toe. 'Tijdens onze opleiding hebben we allemaal geleerd prioriteiten te stellen: eerst de overlevenden redden en pas daarna de plaats delict zeker stellen. En dat is precies wat jij hier hebt gedaan. Dat zouden we allemaal hebben gedaan.'

Anya wist het opeens niet meer zo zeker. Ze had nooit aan de mogelijkheid gedacht dat Giverny al dood kon zijn toen zij arriveerden. Zodra ze het meisje had gezien, had ze onmiddellijk gehandeld. Maar meer met emotie dan met klinisch inzicht.

Ze had Giverny's gesloten oogleden niet opgetild om te kijken naar bloeduitstortingen op het bindvlies. Ze kon zich ook niet herinneren of die wel of niet op haar gezicht hadden gezeten. Ze nam aan van niet, maar ze wist het niet zeker. Ze had het misschien gewoon niet gezien. Mijn god, hoe was het mogelijk dat ze zoiets belangrijks over het hoofd had gezien?

'Ik heb geen bloeduitstortingen gezien. Het spijt me. Het gebeurde allemaal zo snel.'

Hayden zei vriendelijk: 'Niemand van ons had in jouw schoenen willen staan. We kenden Giverny allemaal en ze was zo lief dat we haar allemaal graag mochten. Maar als die klootzakken dit hebben gedaan om te voorkomen dat ze zou getuigen, moeten we alle mogelijke details weten, hoe onbelangrijk ze ook lijken.'

Jeff Sales begon in zijn dictafoontje te praten.

'Levy Road 112. Achter de voordeur ligt het lichaam van een jongvolwassen vrouw, gewicht ongeveer vijfenvijftig kilo, lengte ongeveer een meter zestig. Beademingsbuisje is nog in situ, net als een cannula in rechteronderarm. Een crème computerkabel is van haar hals gehaald. Haar gezicht is gezwollen en rondom de ogen en op het bindvlies zijn petechieën te zien. Een striem die overeenkomt met de dikte van de computerkabel loopt van onder de oorlelletjes door tot onder de kin. Links van de hals, twee centimeter onder het linkeroor, is de huid opengeprikt. Het bloed is verticaal en vervolgens langs de nek gestroomd.'

Anya luisterde, nog steeds niet in staat te accepteren dat het lijk dat op de grond lag het lichaam was van de jonge vrouw die zij had gekend en behandeld. Ze keek naar het opgedroogde bloed op haar vingers. Giverny's bloed.

'Ik heb de computerkabel doorgesneden met het mes dat op de grond ligt,' zei ze, wijzend naar het kleinste mes bij de deur. 'Ik hield haar rechtop en nadat Mary haar had los gesneden, heb ik haar plat op de grond gelegd zodat ik met de reanimatie kon beginnen. Daarom is het bloed achterlangs gestroomd.' Haar handen begonnen weer te trillen doordat haar temperatuur opliep. 'Mary heeft het grotere mes gebruikt.'

Ze greep naar haar borstkas en begon weer te hoesten.

'Gaat het wel? Je bent helemaal rood,' zei Hayden met een bezorgd gezicht.

'Ja hoor.'

'We kunnen wel even pauzeren als je wilt.'

'Nee, laten we maar doorgaan,' zei Anya, bruusker dan ze had bedoeld. Het was beter dat ze nu alle details doornamen, nu alles nog vers in haar geheugen lag.

'Lagen die messen bij het lichaam toen jullie hier kwamen?'

'Nee, ik zei tegen Mary dat ze snel iets moest zoeken om de kabel naar de deur te kunnen doorsnijden. Ik neem aan dat ze ze allebei in de keuken heeft gevonden.'

Zimmer maakte foto's van de messen en stopte ze daarna in papieren bewijszakjes. De bebloede kabel ging in een ander zakje. 'We moeten Mary's vingerafdrukken nemen, maar ook die van de deurknop.'

Jeff Sales tilde de rok van Giverny's jurk even op. 'Ondergoed intact. Geen uitwendig bewijs van seksueel misbruik.'

Anya zat stilletjes toe te kijken, maar ze had het gevoel dat Giverny's lichaam nog een keer werd aangerand.

3

Nadat Mary een officiële verklaring had afgelegd, bracht ze Anya naar huis. Maar Anya liet zich eerder afzetten. Ze wilde het laatste stukje lopen om even rustig na te kunnen denken. Tijdens hun pogingen Giverny's leven te redden, hadden zij en Mary een mogelijke plaats delict verontreinigd. Als Giverny Hart was vermoord, hadden zij de eventuele bewijzen daarvan misschien zo vernield dat niemand hier nog voor veroordeeld zou kunnen worden.

Ze dacht aan de dreigementen op de auto en de garagemuur. STERF SLET en LEUGENACHTIGE HOER. Was ze misschien in paniek geraakt nadat ze die teksten had gezien? In gedachten liep ze alle gebeurtenissen nog eens na, maar ze wist niet zeker of haar emoties óf haar koorts haar gedrag hadden beïnvloed en haar inzicht hadden vertroebeld.

Verdorie! Waarom kon ze zich niet herinneren hoe Giverny's gezicht eruit had gezien voordat ze die kabel van haar hals had gehaald? Ze had met haar gezicht voorover gezeten en dat was dus amper zichtbaar geweest voordat ze de kabel hadden losgemaakt. En dat laatste was natuurlijk hun eerste prioriteit geweest.

Anya wist als geen ander dat petechieën alleen maar ontstaan als de moordenaar de bloedtoevoer naar de hals blokkeert, daarna zijn greep even verslapt – waardoor het bloed kan terugvloeien naar het hoofd – en de bloedtoevoer daarna weer blokkeert. Zelfs voor een sterke man is het niet gemakkelijk iemand met één greep te wurgen.

Als het op die manier was gebeurd, was Giverny af en toe weer bij bewustzijn geweest en had ze dus geweten dat ze zou sterven.

Anya begon te hoesten, waardoor er een pijnscheut door haar rug schoot. Ze vertraagde haar pas en bleef even bij een boom staan zodat een ouder echtpaar haar kon passeren.

De enigen die voordeel hadden bij de dood van dit meisje waren de Harbourns. Anya werd misselijk bij de gedachte dat ze hen met haar vergeefse pogingen Giverny te reanimeren misschien wel had geholpen onder een veroordeling wegens moord uit te komen.

Langzaam liep ze door, maar de pijnscheuten in haar rug hielden aan. Ze was kapot doordat ze tijdens de hartmassage de hele tijd gebogen over Giverny's lichaam had gezeten. Nu verkrampten haar spieren.

Ze dacht aan haar moeder, die als huisarts in Tasmanië werkte. Dokter Jocelyn, zoals haar patiënten haar noemden, was vaak moedeloos thuisgekomen als een van haar patiënten was overleden. Omdat ze een van de weinige artsen in het gebied was, kwam het regelmatig voor dat ze verkeersslachtoffers uit hun verwrongen auto moest halen of vrouwen die ze zelf ter wereld had gebracht, moest helpen bij de bevalling van hun doodgeboren baby.

Tot vandaag had Anya niet echt geweten hoe dat moest hebben gevoeld. Haar moeder kende – en zorgde voor – vrijwel iedereen in hun omgeving.

Giverny was een vriendelijk, gevoelig meisje geweest. Iedereen die haar na haar verkrachting had leren kennen, had haar gemogen. Anya hoopte maar dat het meisje tijdens haar doodsstrijd niet meer had geleden dan tijdens haar leven. Als ze zichzelf had opgehangen, zou ze binnen vijftien seconden nadat de kabel strak was gaan staan al bewusteloos zijn geraakt

Maar als ze was vermoord...

Giverny was doodsbang geweest bij de gedachte dat ze haar verkrachters in de rechtbank weer zou zien. Toch kon ze die moed opbrengen, had ze gezegd, omdat de misdaden van de broers zonder haar getuigenverklaring ongestraft zouden blijven. Maar doordat de rechtszaak verschillende keren was uitgesteld, was ze murw geworden. En nadat ze van school was gegaan, was ze depressief geworden. Bovendien had ze het heel erg gevonden dat haar ouders gingen scheiden. Maar was ze depressief genoeg geweest om zelfmoord te plegen?

Anya dacht aan alles wat de Harts waren kwijtgeraakt. Bevans enige dochter was op een gruwelijke manier verkracht. Zijn vastbeslotenheid om de daders veroordeeld te krijgen, had ertoe geleid dat zijn vrouw hem had verlaten. Val had gewild dat Giverny doorging met haar leven in plaats van slachtoffer te blijven, maar haar man had alleen nog maar aan het proces kunnen denken.

Ze keek naar een man en een vrouw die hand in hand voorbijliepen, zichtbaar blij met hun baby. Anya had intens medelijden met de Harts. Geen enkele ouder zou zijn kind moeten overleven. Bevan en Val zouden nooit meemaken dat hun dochter verliefd werd en zelf kinderen kreeg, en ze zouden nooit kleinkinderen krijgen; dat was hen allemaal ontnomen.

De lucht was loodgrijs en het begon te motregenen. Anya bedacht net dat de dag niet nóg ellendiger kon worden toen de motregen, vlak voordat ze thuis was, veranderde in een stortbui.

Anya liep langzaam door, verdoofd door alles wat die ochtend was gebeurd. Dit was alleen maar het weer, en een regenbui was niet in staat haar verdriet of pijn te doen.

Mensen waren daar wel heel goed in.

Thuis in de hal schopte ze haar doorweekte schoenen uit en werd ze begroet door Elaine, haar secretaresse.

'Je wordt nog stervensverkouden als je niet oppast,' mopperde de vrouw.

Anya nam niet de moeite haar te vertellen dat niet het weer, maar bacteriën en virussen infecties veroorzaakten.

'Trek die natte spullen maar uit, dan maak ik wat warms voor je klaar.'

Anya wist uit ervaring dat het geen zin had tegen Elaine in te gaan en deed dus maar wat haar was opgedragen. Elaine was een vrouw van middelbare leeftijd die haar genegenheid toonde door een beetje de baas over haar te spelen. En op dit moment vond Anya dat wel prettig.

Anya trok haar doorweekte panty's uit en gooide ze in de wasmand in de bijkeuken. Daarna liep ze naar de woonkamer en zette de tv aan om te kijken of de zaak op het nieuws was.

Ze vroeg zich af hoe Natasha Ryder, de officier van justitie bij deze rechtszaak, het nieuws had opgenomen. Haar jarenlange inspanningen om de Harbourns te laten boeten voor hun misdaden, waren nu opeens zinloos geworden. Ze had al twee processen tegen de broers achter de rug, die beide waren geëindigd in vrijspraak nadat de belangrijkste getuigen hadden geweigerd naar de rechtbank te komen.

Zonder Giverny's getuigenverklaring zou deze zaak zich beperken tot de vraag of het meisje wel of niet had ingestemd met groepsseks. Omdat uit het DNA-bewijs bleek dat ze seks had gehad met verschillende mannen, beweerden de Harbourns dat Giverny hen had gesmeekt om een 'neukpartij'. Anya rilde bij die gedachte. Ze liep naar boven om zich om te kleden. Ze trok een wijde trui en een yogabroek aan, droogde haar haar met een handdoek en liep weer naar beneden.

Elaine was in de keuken en had een beker hete chocolademelk voor haar gemaakt, net zoals Anya's moeder altijd had gedaan.

'Zware dag gehad?'

Anya nam de beker van haar aan en warmde haar handen eraan. 'Dat kun je wel zeggen.'

'Rechercheur Richards belde om te vragen hoe het met je ging. Hij vertelde waarom de zitting is uitgesteld.'

Anya's aandacht werd getrokken door een nieuwsbericht op de tv. Ze liep naar de woonkamer en zette het geluid harder.

Noelene Harbourn stond voor het huis van de Harbourns en gaf een persconferentie. Zij was de matriarch van dat verwrongen criminele gezin. Ze droeg zoals altijd haar blauwe schort, volgens Anya omdat ze eruit wilde zien als een vriendelijke provinciaalse moeder. Een paar jongere kinderen deelden koekjes uit aan de journalisten.

'Ik heb net gehoord dat de belachelijke zaak die de politie tegen vier van mijn zoons heeft aangespannen nu in elkaar is gestort. De enige getuige die ze konden vinden, is vanochtend onverwacht overleden. Ik verwacht dat meneer Argent, onze advocaat, later met een verklaring zal komen over wanneer mijn zoons vrijkomen. Jongens, we kunnen niet wachten tot jullie weer thuis zijn! Ik ben de hele dag al aan het bakken om het te vieren.'

Verschillende microfoons werden naar voren geduwd en verslaggevers schreeuwden vragen.

'Hebt u gehoord hoe die getuige is overleden?'

'Wat is er gebeurd?'

'Wat gaat er nu met de rechtszaak gebeuren?'

'Nou, volgens mij weet niemand dat precies, maar als een jongere opeens sterft, komt dat toch meestal door een auto-ongeluk of door zelfmoord?'

Of móórd, dacht Anya en klemde haar beker steviger vast.

'En ik moet zeggen dat ik niet de enige was die zich afvroeg of die arme meid geestelijk wel stabiel was. Ik bedoel, als je zoveel leugens verzint zoals zij heeft gedaan. Mijn jongens zouden nooit iemand kwaad doen. Volgens mij begreep ze wel dat ze een grote fout had gemaakt en kon ze niet meer leven met het schuld- en schaamtegevoel over wat ze had gedaan.'

Dit was ongelooflijk! Noelene Harbourn genoot gewoon van Giverny's dood. Hoe was ze daar zo snel achter gekomen? Als het proces zou doorgaan, had ze feitelijk verklaard dat de enige getuige van de politie mentaal labiel was geweest, maar liever zelfmoord had gepleegd dan de mannen onder ogen te komen die ze ten onrechte had beschuldigd.

De aanklacht zou vast worden ingetrokken.

4

Anya had een paar uur rusteloos liggen soezen. Nu baande ze zich een weg door de dichte groepen keurig geklede mannen en vrouwen die de Star Bar uit kwamen. Ze begon te hoesten toen een keurig opgemaakte vrouw met lakleren pumps rook in haar richting blies. De vrouw realiseerde zich niet eens hoe onbeschoft ze zich gedroeg, nam nog een trekje en ging weer verder met haar gesprek.

De combinatie van parfums, aftershaves en rook in de bar irriteerde Anya's ontstoken longen. De hiphopmuziek stond keihard, de grotendeels aangeschoten clientèle praatte op luide toon met elkaar en op breedbeeld-tv's werden de laatste sportuitslagen vertoond. Anya was nooit dol geweest op clubs, zelfs niet op exclusieve zoals deze. Maar ja, ze was er natuurlijk ook niet op uit om te netwerken of om de carrièreladder te bestijgen. En ze was al helemaal niet geïnteresseerd in een relatie die met een drankje in de hand begon en verwaterde zodra alle effecten van de alcohol verdwenen waren.

In het restaurant op de eerste verdieping waren de geluiden uit de pub nog gedempt te horen. Anya ontdekte Natasha Ryder aan een tafeltje in een hoek. Er stond een groot glas wijn voor haar en ze nam net een slokje. Natasha's voorstel samen iets te eten had haar verbaasd. Anya had er helemaal geen zin in, maar Natasha was de officier van justitie van de zaak-Harbourn en ze had er recht op om uit de eerste hand te horen wat er was gebeurd.

Anya liep meteen naar haar toe, trok haar jas uit en hing hem over de rugleuning van een stoel. 'Sorry dat ik zo laat ben, ik heb geprobeerd je te bellen, maar je mobiel staat niet aan.'

Natasha keek op. 'Had geen zin in telefoontjes. Ik hoop dat je het niet erg vindt dat ik al iets heb besteld.' Ze wees naar enkele broodjes met olijfolie en balsamicoazijn. 'Ik was uitgehongerd.'

De ober verscheen en vroeg Anya wat ze wilde drinken.

'Mineraalwater alstublieft.'

Het was wel een verleidelijke gedachte deze dag uit te wissen met drank, maar de combinatie antibiotica, koorts en pijnstillers was al heftig genoeg.

'En voor mij graag nog een pinot gris,' zei Natasha en ze doopte een stukje brood in de olijfolie.

'Fijn dat je wilde komen. Ik weet dat je een zware dag achter de rug hebt.'

Anya had het beeld van Giverny die aan de deurknop hing nog scherp in haar geheugen, alsof het beeld op haar netvlies was gebrand.

'Ik blijf me maar afvragen wat er was gebeurd als we haar eerder hadden gevonden, als de reanimatie was gelukt, als de ambulance er eerder was geweest met de defibrillator...'

Natasha speelde met een stukje brood.

'Mijn vader zei altijd dat er twee termen waren die verboden zouden moeten worden: "Wat als" en "Ik wou dat". Die woorden hebben talloze carrières, huwelijken en levens verwoest.' Ze dronk haar glas leeg. 'Wat gebeurd is, is gebeurd. Je moet jezelf niet kwellen met de vraag wat had kúnnen gebeuren. We moeten doorgaan en mijn probleem op dit moment is de vraag wat ik met die rechtszaak aan moet.'

De ober kwam hun drankjes brengen. 'Wilt u al bestellen?'

Anya had niet echt trek, maar ze wist dat ze wel iets moest eten en het restaurant stond bekend om zijn goede keuken. 'Ik wil graag de soep van de dag.'

'Als voorgerecht,' zei Natasha, 'wil ik graag de gerookte zalmsalade met vinaigrettesaus. Daarna biefstuk, medium, geroosterde aardappeltjes uit de oven, sperziebonen en aioli. Dat was het.'

Het verlies van haar kroongetuige had de eetlust van de officier van justitie kennelijk niet aangetast. Anya schrok van Natasha's bijna ongevoelige houding.

'Ik neem aan dat je de aanklacht moet laten vallen nu Giverny niet meer kan getuigen.'

'Daar gaan de Harbourns en hun advocaten wel van uit. Maar deze keer komen ze niet weg met verkrachting en zwaar lichamelijk letsel. Volgens mij hebben we nog altijd het bewijsmateriaal dat jij hebt verzameld toen je Giverny onderzocht. De huidbeschadiging door de hogedrukspuit was ernstig en ondersteunt haar versie van de gebeurtenissen. En een jury zal jouw bewijzen niet kunnen negeren.'

'Ik kan alleen maar objectief beschrijven wat ik heb gezien.' Anya dacht terug aan de avond waarop ze het toen zestienjarige meisje voor het eerst had gezien. De avond waarop de vier mannen haar in hun auto hadden gesleurd toen ze na haar balletles van de bushalte naar huis liep. Giverny was stil maar gelaten blijven zitten nadat ze had verteld dat ze was meegenomen naar een verlaten pakhuis, waar de vernederingen en het geweld nog niet ophielden. Tijdens het lichamelijk onderzoek bleek dat Giverny min of meer van geluk mocht spreken dat ze ervan af was gekomen met ernstige blauwe plekken op haar lichaam en schaafwonden op haar armen, rug en benen. Maar het psychische letsel dat ze die avond had opgelopen, was veel ernstiger.

'Aha, deze keer gebruiken we de wet dus eens in ons voordeel.'

De ober bracht de pompoensoep en de zalmsalade.

'Ik wil aanvoeren dat Giverny's op video opgenomen politieverhoor en getuigenverklaring aanvaardbaar zijn. De verdediging zal natuurlijk klagen dat Giverny nu niet aan een kruisverhoor onderworpen kan worden, maar we kunnen ook de verklaringen van het afgebroken proces aanbieden. Toen is Giverny wel aan een kruisverhoor onderworpen, door dezelfde advocaten. Ze kunnen moeilijk aanvoeren dat ze zelf incompetent waren en daardoor hun eigen cliënten hebben benadeeld.'

Natasha had wel een punt. De advocaten van de Harbourns hadden Giverny anderhalve dag lang het vuur na aan de schenen gelegd. De tiener had, heel knap, elke vraag beantwoord, hoe verschrikkelijk ze het ook had gevonden te moeten terugdenken aan die vernederende en traumatische gebeurtenissen.

Na het laatste kruisverhoor had een vrouwelijk jurylid verklaard dat de Harbourns zo knap waren dat ze elk meisje in bed hadden kunnen krijgen zonder iemand te verkrachten. Een ander jurylid had dit meteen doorverteld aan de rechter, die het proces onmiddellijk ongeldig had verklaard.

Met rampzalige gevolgen voor Giverny en haar ouders. Het ergste was dat ze die afschuwelijke ervaring nu nóg een keer zou moeten doormaken. De officier van justitie zei zacht: 'We kunnen dit soort klootzakken niet ongestraft laten wegkomen met wat ze Giverny hebben aangedaan. En niet te vergeten al die andere vrouwen die te bang waren om aangifte te doen en tegen hen te getuigen. Dat is het minste wat we voor Giverny kunnen doen.'

Anya at haar soep langzaam op en keek ondertussen naar de vrouw die tegenover haar zat. Natasha's tweede glas wijn was nu ook gebracht en dat dronk ze snel leeg.

'Jij bent niet verantwoordelijk voor wat Giverny is overkomen,' zei Anya. Ze dacht dat Natasha zichzelf misschien de schuld gaf van Giverny's zelfmoord, als het tenminste zelfmoord was. Zij voelde zich veel schuldiger, vooral omdat ze Giverny niet had kunnen reanimeren. Niemand zou haar dat schuldgevoel kunnen afnemen.

'Wees daar maar niet zo zeker van. Vorige week zei ze nog dat ze de moed misschien niet meer zou kunnen opbrengen om te getuigen. Weet je wat ik toen heb gezegd? Dat ik haar in dat geval zou vervolgen.'

Anya kon haar oren niet geloven! Het laatste wat Giverny kon gebruiken, waren juridische dreigementen van de vrouw die haar zaak voor de rechter wilde brengen.

'Luister, ik weet wat je denkt, maar dit ging niet alleen om gerechtigheid voor Giverny Hart. Ik vertegenwoordig de maatschappij, geen individuen, en die klootzakken zijn een groot gevaar voor elke vrouw in de maatschappij, ook jij en ik.' Ze nam net een hapje van haar salade toen haar derde glas wijn werd gebracht.

Hoewel Natasha zichzelf moreel probeerde te rechtvaardigen, leken haar agressieve gedrag en haar grote drankinname erop te wijzen dat ze zich heel erg schuldig voelde.

Anya ging ervan uit dat Natasha op de hoogte was van de dreigementen op de garagemuur en de auto, en van de mogelijkheid van een geënsceneerde zelfmoord. Maar als Natasha het de hele dag druk had gehad, was ze misschien toch niet helemaal geïnformeerd.

'Ik neem aan dat je weet dat de politie dit als een mogelijke moordzaak behandelt?'

De officier van justitie nam een slok wijn. 'Ik was op de rechtbank toen ik het bericht kreeg dat ze was gevonden en niet gereanimeerd had kunnen worden. Ik heb het niet kunnen opbrengen terug te gaan naar kantoor en ik heb verder dus geen details gehoord. Ik weet het alleen van die geschilderde kreten in de garage.'

'Vóór de autopsie kan ik je niet veel meer vertellen. Haar linkerwijsvinger zat klem onder de kabel toen we haar vonden. Maar er waren geen sporen van een worsteling.'

'Giverny heeft dus geprobeerd te voorkomen dat ze werd gewurgd.' Natasha duwde haar bord van zich af en veegde een paar broodkruimels van de tafel. 'Verder nog iets? Wat dan ook?'

'Ze was niet helemaal aangekleed en nog niet opgemaakt. Nu ik erover nadenk, zag ze er niet uit alsof ze zich al had gekleed om naar de rechtbank te gaan.'

'Dat ze geen make-up op had is geen verrassing. Daar hebben we het over gehad, omdat ik dacht dat het beter zou zijn als ze er niet ouder uitzag dan ze was. Dat vond ze prima, omdat ze zich toch niet graag opmaakte. Wie heeft de leiding van het moordonderzoek?'

Anya had alleen Hayden Richards in Giverny's huis gezien. 'Is nog niet zeker.'

Natasha toetste een nummer in op haar mobieltje. 'Moordzaken alstublieft... Dank u... Natasha Ryder. Wie is vanaf nu bezig met de zaak Hart? Goed. Ik moet zo spoedig mogelijk het autopsierapport hebben en ik wil precies weten waar alle leden van die familie en hun beste vrienden waren tussen gisteravond en vanochtend.'

Anya was opgelucht door deze positieve wending van de zaak, ook al was ze nog altijd niet tevreden over haar rol in Giverny's huis.

Natasha verbrak de verbinding. 'Kate Farrer zit op de zaak. Ken je haar?'

Anya kende de rechercheur goed. Ze hadden een paar keer samen aan een zaak gewerkt. Ze waren bevriend geraakt en hadden respect voor elkaars werk. Doordat Anya nog geen twee dagen terug was, had ze geen kans gezien Kate al op te zoeken. Dat wilde ze de volgende dag doen of de dag daarna, zodra ze minder last had van jetlag en koorts.

'Kate is heel goed. Gedegen en secuur,' zei Anya.

'Goed. Dat heb ik ook gehoord.' Natasha's mobieltje piepte. Ze bekeek het berichtje, pakte haar tas en stond op, net toen de ober eraan kwam met haar biefstuk.

'Ik moet aan het werk. Kunt u mijn maaltijd voor me laten inpakken?' De ober knikte en haalde haar bord weer weg.

'Ik trakteer. Ik betaal wel aan de bar.' Ze liep weg, maar kwam na een paar stappen alweer terug.

'Bedankt hoor, dat je vandaag hebt geprobeerd haar leven te redden. Het was een leuke meid. Wat ik zo erg vind, is dat die klootzakken er geen genoegen mee namen haar te kidnappen en te verkrachten. Zelfs vanuit de gevangenis hebben ze er op de een of andere manier voor gezorgd dat Giverny niet tegen hen kon getuigen.'

5

Anya Crichton trok haar UGG-laarzen en een dikke katoenen ochtendjas aan en stommelde de trap af. Het was nog donker, maar ze was al klaarwakker zodat het geen zin had in bed te blijven liggen. Ze bleef zich maar afvragen of ze nu wel of niet bloeduitstortingen op Giverny's gezicht had gezien.

Inmiddels waren de gebeurtenissen van de afgelopen maanden naar de achtergrond gedrongen. De zaken waar ze in New York en in Zuid-Europa aan had gewerkt, waren opwindend geweest maar ook vermoeiend. Door een paar vertraagde vluchten had ze geen tijd gehad op adem te komen voordat ze zich op de zaak-Harbourn moest voorbereiden. Gelukkig had ze samen met Ben en Martin één dag in Disneyland kunnen doorbrengen. Haar zoon had genoten van zijn ontmoeting met Mickey Mouse en hij had gesmeekt of hij nog een keer in de *Pirates of the Caribbean* mocht. Eerlijk gezegd was niet goed te zeggen wie het meest genoten hadden, Ben of zijn kinderlijke ouders. En Martin was zó vriendelijk geweest dat ze bijna weer wist waarom ze hem jaren geleden zo aantrekkelijk had gevonden.

Anya nam haar e-mail door en keek of er berichten waren van de mensen met wie ze tijdens haar afwezigheid had samengewerkt. Eén stel wenste haar een goede reis, maar dat was het.

Gelukkig had Elaine haar agenda vrij geroosterd voor de rechtszaak, zodat Anya de tijd kon nemen om uit te rusten en te herstellen van haar koorts en bronchitis. Haar lichaam had die rust hard nodig. Haar werk in het buitenland had haar op allerlei manieren uitgeput. En nu had ze een dag om bij te komen, eindelijk eens wat vers fruit en verse groente te eten en haar gewone leventje weer op te pakken.

Ze vulde de waterketel, zette hem aan en vroeg zich af wat ze zou doen: haar administratie bijwerken of de boekenkast voor Benjamins kamer in elkaar zetten. Hij zou de week daarna thuiskomen en ze wilde hem verrassen met die boekenkast. De houten planken op bakstenen die hij nu als boekenkast gebruikte, bogen door onder het gewicht van zijn verzameling Mister Men en eerste leesboekjes. Maar ze zag ertegenop om die kast nu in elkaar te zetten. Misschien was een ontspannen wandeling naar de groenteboer beter voor haar gezondheid.

Toen ze de koelkast opendeed om een pak melk te pakken, zag ze verse groente en zelfgemaakte lasagne. Wat attent van Elaine!

Haar secretaresse had altijd commentaar op de eetgewoonten van Anya, die wekenlang kon leven zonder één 'gezonde maaltijd'. Dat waren maaltijden die je niet uit een pakje haalde en waar geen conserveermiddelen en kleurstoffen in zaten. Elaine was een echte lekkerbek en ze kon daarom niet begrijpen dat Anya eten onbelangrijk vond. Eten hield haar in leven en ze kreeg er energie van, maar het was helemaal niet nodig dat op vaste tijden te doen of er veel aandacht aan te besteden. Maar die lasagne zag er verrukkelijk uit en Anya was ook wel ontroerd door Elaines zorgzaamheid.

Het water kookte, zodat de waterdamp tegen het raam condenseerde. Anya rilde en trok haar ochtendjas steviger om zich heen.

De stilte werd doorbroken door de telefoon. Anya liet hem een paar keer overgaan. Een telefoontje op dit vroege uur was nooit goed nieuws. Ben mocht nooit voor acht uur 's ochtends bellen, waar hij ook was. Het moest dus werk zijn.

Ze nam op en herkende meteen de stem van Hayden Richards, van de afdeling Zeden.

'We hebben je meteen nodig voor een slachtoffer.'

'Ook goedemorgen.' Niet eens een verontschuldiging voor het vroege uur, realiseerde ze zich. Dat was ongebruikelijk voor Hayden.

'Ik weet dat het vroeg is, maar we hebben je hier nodig.'

Anya pakte een zakje pepermuntthee, liet het in een beker zakken en schonk er kokend water op.

'Het goede nieuws is: ik heb geen dienst. Ik heb een dag vrij genomen om van deze bronchitis af te komen. Als je even wacht, kijk ik wie er wel dienst heeft.' Ze keek op het rooster dat op het prikbord hing: een nieuwe arts had deze week dienst.

'Luister, dok, dat begrijp ik wel, maar voor deze hebben we jou echt nodig.' Hayden klonk opgewonden. 'Ik zou het niet vragen als dit slachtoffer er beter uitzag. Geloof me, hier moet iemand met jouw ervaring naar kijken.' Hij zweeg even. 'Echt, zoiets ergs heb ik nog nooit gezien.'

Anya had al een paar keer samengewerkt met Hayden. Door zijn ervaring, kennis en onverstoorbare houding was hij perfect voor de afdeling Zeden. Anya dacht dat hij inmiddels alles wel had meegemaakt en gezien; er was dus echt iets ergs aan de hand. Op de achtergrond hoorde ze gedempte stemmen.

'Dit klinkt niet goed. Waar ben je?'

'Spoedafdeling Western District.' De opluchting in zijn stem was onmiskenbaar.

'Liz Gould is hier bij me en Kate Farrer is op de plaats delict.'

Anya slikte; als Moordzaken er al bij was gehaald, was er iemand vermoord of ging men ervan uit dat het slachtoffer alsnog zou overlijden. Het zou niet eerlijk zijn een onervaren arts hiermee op te schepen. 'Goed dan.' Slaap, boekenkast en groente konden wachten. 'Ik kom eraan.'

'Bedankt, dok, ik heb al iemand van het team gestuurd om je op te halen.' Hij verbrak de verbinding.

Anya vergat haar thee. Geen tijd om te douchen. Ze liep naar boven, trok schoon ondergoed aan, een donkere spijkerbroek en een blauwe bloes. Met haar vingers kamde ze haar haar in een paardenstaart en zette hem vast met een elastiekje.

Er werd op de voordeur geklopt en ze deed open. De agent stelde zich voor als Shaun Wheeler. Hij had het portier al voor haar geopend en de motor aan gelaten.

Ze pakte een leren schoudertas en haar dokterstas, en trok haar natte pumps aan die nog steeds bij de voordeur stonden. 'Nog even de ramen controleren,' riep ze, maar de agent zat alweer achter het stuur. Anya liep terug naar de woonkamer en zette de tv aan. Dan zou het net zijn alsof er iemand thuis was, voor het geval iemand had gemerkt dat het huis al een tijdje onbewoond was geweest.

Onderweg zei de agent niet veel, maar hij vertelde wel dat hij Bevan Hart de vorige dag naar huis had gebracht nadat deze op het politiebureau was geweest voor zijn getuigenverklaring. Anya dacht aan de arme man en aan zijn vrouw die hem had verlaten, en wenste dat alles anders was gelopen.

'Wat weet je van het slachtoffer van deze zaak?' vroeg ze. Ze wilde het graag over iets anders hebben en zich bovendien een beetje voorbereiden.

'Sorry, ik weet alleen dat ik u naar de spoedafdeling moet brengen – p-p-pronto.'

Misschien was de agent niet zo spraakzaam omdat hij stotterde, misschien was hij helemaal niet op de hoogte van alle details, of had hij opdracht gekregen niets los te laten.

Het verkeer voor hen begon langzamer te rijden toen een vrachtwagen op een van de rijstroken van Victoria Road bleef staan. Wheeler deed het raampje open en plaatste het blauwe zwaailicht op het dak. Hij deed de sirene aan en reed over de middenberm via de andere rijstrook langs het obstakel.

In recordtijd zette Shaun Wheeler Anya af bij de ingang van de eerstehulpafdeling van het ziekenhuis waar ze ooit met haar werk was begonnen. Als coassistent en als arts had ze hier talloze diensten gedraaid.

Binnen liep rechercheur Liz Gould van Moordzaken te ijsberen en in haar mobieltje te praten. Anya wist niet beter dan dat Liz zwangerschapsverlof had en vond het geruststellend dat ze alweer aan het werk was. Liz Goulds vriendelijke, warme aanpak was een perfecte aanvulling op Kate Farrers bruuske manier van doen. Hayden Richards stond in de buurt.

Bij de receptie zat een agent in uniform met een man van middelbare leeftijd te praten. Ze zaten op plastic stoelen die aan de vloer waren vastgeschroefd, net als al het andere wat gestolen zou kunnen worden. De man keek met een bijna smekende blik naar Anya. Die wanhopige blik had ze al heel vaak gezien.

De wachtkamer was bijna leeg. Een schoonmaker was de vloer aan het dweilen, als voorbereiding op de drukte van alledag. Het zag er nog net zo uit als vroeger, behalve dan dat de vertrouwde blauwe plastic stoelen die tegen de muur stonden nu gaten in de armleuningen hadden zodat het gele schuimrubber te zien was.

Liz klapte haar mobieltje dicht en nam Anya mee naar een behandelkamertje dat vaak werd gebruikt om familieleden slecht nieuws te vertellen. Ze bleven staan.

'Het slachtoffer heet Sophie Goodwin. Veertien jaar. Ze is ongeveer een uur geleden langs de weg gevonden met ernstige steekwonden in haar hals, borstkas en maag. De ambulance heeft haar een paar minuten geleden binnengebracht.'

Anya wist dat ze er langer over hadden gedaan om een acute traumapatiënt af te leveren dan het protocol voorschreef. 'Waarom hebben ze er zo lang over gedaan?'

Liz haalde haar schouders op. 'Ze moesten haar nek stabiliseren, zeiden ze.' De rechercheur praatte zonder emoties te tonen en beperkte zich tot de feiten. Maar haar blik bleef op de deur gericht, alsof ze dacht dat er elk moment iemand binnen kon komen. Op zachtere toon zei ze: 'Aan het bloedspoor te zien heeft Sophie ongeveer veertig meter gekropen, van het huis waar ze was naar de weg toe. Een buurman die naar buiten was gegaan om zijn hond te zoeken, heeft haar gevonden en een ambulance gebeld. Ze zijn al een hele tijd met haar bezig, maar de artsen geven haar niet veel kans.'

Door de lengte van het bloedspoor begreep Anya dat het meisje zwaargewond was en veel bloed had verloren. En als ze haar nek hadden willen stabiliseren, betekende dit dat ze een beklemde luchtpijp, gebroken halswervels of levensbedreigende verwondingen had.

'Weet je zeker dat ze seksueel is misbruikt? Was ze bij bewustzijn?'

'Nee, maar ze was naakt vanaf haar middel en had vaginale bloedingen.'

Anya dacht aan die arme man in de wachtkamer. Het leek een wonder dat de jonge vrouw nog leefde. 'Is dat haar vader, in de wachtkamer?'

Liz knikte. 'Hij is nog niet ondervraagd. Hij is in shock. Degene die dit op zijn geweten heeft, heeft vannacht ook haar oudere zus verkracht en vermoord. Toen we Sophies bloedspoor volgden vonden we haar lichaam achter in het huis.'

Eén dochter dood en de andere in levensgevaar. Anya wilde er niet eens aan dénken hoe hun vader zich voelde. 'Dit meisje is nu het belangrijkst,' zei ze. 'De artsen zullen alles in het werk moeten stellen haar in leven te houden, maar je begrijpt wel dat bewijzen vinden het minst belangrijk is.'

'Dat weet ik wel, maar ik wil toch dat je erbij bent. Jij weet wat voor ons belangrijk is: maak foto's van de verwondingen, zorg dat je haar kleren te pakken krijgt, doe een vaginaal onderzoek. Ga als het moet mee de operatiekamer in.' Liz pakte Anya bij de arm. 'We móéten degene vinden die dit heeft gedaan. Er zijn gruwelijke dingen gebeurd in dat huis; de zus was vastgebonden en heeft meer dan tien messteken.' Ze liet Anya's arm los en stapte achteruit. 'We moeten hem vinden voordat hij weer zoiets doet.'

Hayden Richards keek om het hoekje en zei: 'De chef-arts heeft tegen de verpleegkundige van de Eerstehulp gezegd dat je nu binnen mag komen.'

Toen Anya uit het hokje stapte probeerde ze niet naar Sophie Goodwins vader te kijken.

De verpleegkundige gaf Anya een witte operatieschort. Ze deed hem voor en bond hem achter haar nek vast. 'Handschoenen hangen binnen, aan de muur.'

'Bedankt.' Anya haalde diep adem voor ze door de dubbele plastic deuren liep. Een mannelijke verpleegkundige met twee zakken bloed in zijn handen liep snel achter het gordijn langs naar de voorste reanimatieruimte.

'Bloedwarmer komt eraan. Juiste bloedgroep is er over een paar minuten. Ze zijn nog steeds bezig met de volledige kruisproef.'

'Laat ze opschieten,' riep een man. 'Ze lekt als een zeef.'

Twee ambulancemedewerkers hingen wat rond bij de zusterspost. Ze hadden papieren koffiebekers in de hand en bleven zo dicht in de buurt dat Anya aannam dat zij Sophie hadden afgeleverd.

Anya gluurde tussen de gordijnen door, maar ze kon alleen het onderlichaam van het meisje zien. Ze zag allemaal bewegende hoofden en handen, allemaal bezig met hun eigen taak.

Ze herkende Mike Monsoor, een chirurg bij wie ze in de leer was geweest, en Greg McGilvray, eerstehulpspecialist. Het ziekenhuis had dus meteen het traumateam opgeroepen.

Op het bed lag een klein naakt lichaam, vol opgedroogd en vers bloed. Een verpleegkundige drukte een met bloed doorweekt verband op de buik van het meisje. Een vrouw in blauwe operatiekleding en een verpleegkundige stonden bij het hoofdeind van het bed, geklemd tussen het bed en de muur.

'Dokter Crichton, ik had al gehoord dat u was opgeroepen.' Greg McGilvray, in een steriele operatiejas, had een plastic *bone injection gun* in een gehandschoende hand. Een BIG is een intraossaal injectiesysteem dat het leger vaak op het slagveld gebruikt voor snelle toediening van vloeistoffen aan gewonde soldaten. Met dit plastic pistool hoeft de arts geen kostbare tijd te verspillen met het zoeken naar een geschikte ader, maar hij kan de vloeistoffen rechtstreeks in het beenmerg injecteren. Voorstanders beweerden dat het apparaat het leven van talloze mensen kon redden en Anya hoopte maar dat Sophie Goodwin daar ook bij hoorde.

'We zijn de antecubitale ader net kwijtgeraakt,' zei een jonge arts. Hij voelde in Sophies lies naar haar hartslag. 'Mijn bezwaar tegen een dijlijn is dat de onderbuik vol kan stromen met vloeistof.

We moeten naar binnen om te kijken wat de schade is in haar buikholte.' Hij zou wel een chirurg in opleiding zijn.

'Ik zit in de kop van de humerus,' zei Greg, die bij de rechterschouder van het meisje stond. Hij spoelde de lijn door met zoutoplossing en koppelde de bloedzak eraan voor een onmiddellijke transfusie. Een verpleegkundige stond met haar armen boven haar hoofd in de bloedzak te knijpen zodat het bloed sneller het lichaam binnen zou stromen.

De monitor piepte vijfenzeventig, een gevaarlijk lage bloeddruk. Zelfs als het meisje in leven bleef, was er kans op orgaanschade door de langdurige beperkte bloedtoevoer.

Het getal op de monitor ging met elk kneepje in de zak omhoog. Het bloed deed in elk geval iets goeds.

'Hallo allemaal, dit is dokter Crichton, patholoog en forensisch onderzoeker,' zei Greg.

'Bent u niet een beetje vroeg? Er is zeker weinig te doen in het mortuarium,' mompelde de chirurg in opleiding, waarna hij wegliep. Sommige dingen in ziekenhuizen veranderden ook nooit.

'U bent zeker niet van plan een subclaviale lijn in te brengen?'

Greg keek op. 'Ga uw gang, uw anatomische kennis is beter dan die van ons allemaal samen.'

'Nee hoor, bedankt. Maar ik wil haar bloes in een bewijszak stoppen, als iemand tenminste weet waar hij is.'

'Aha, ik heb uw laatste college gevolgd en ik heb hem langs de knopen open geknipt zodat de messneden intact bleven.'

'Geweldig!' Nu pas kon Anya Sophies hoofd en hals goed zien. Het was een gapende wond van oor tot oor, waardoor aderen en vitale weefsels blootlagen. 'Ik heb nog nooit zo'n diepe wond gezien bij iemand die nog leefde,' dacht Anya hardop.

Het beademingsbuisje was rechtstreeks in de luchtpijp ingebracht, zodat de mond en de keelholte werden omzeild, en met een handdoekhaakje vastgemaakt aan het laken. Op dit moment was iedereen aan het improviseren, want geen enkel handboek had een oplossing voor dit soort complexe situaties.

Geen wonder dat de vrouw aan het hoofdeinde Sophies hoofd stabiel hield. Zelfs de minste beweging kon grote aderen kapotscheuren en fataal blijken.

Greg keek even naar Anya en vervolgens naar zijn patiënt. 'God mag weten hoe ze dat hele stuk heeft kunnen kruipen zonder een ader onherstelbaar te beschadigen. Fantastisch dat het ambulancepersoneel haar hier levend heeft kunnen afleveren.' Hij veegde zijn voorhoofd af met zijn onderarm. 'Weet je, ik heb een dochter die even oud is.' Hij zweeg even en streek een lok haar van Sophies hals. 'Het is ongelooflijk dat iemand dit opzettelijk heeft gedaan.'

De bloeddruk ging langzaam omhoog, van tachtig naar vijfentachtig.

De chirurg in opleiding kwam terug. 'Vaatchirurg boven maakt zich klaar. Geen tijd voor een CT-scan. Zodra die andere lijn erin zit, nemen we haar mee naar de ok.'

'Komt er geen gynaecoloog bij?' Anya maakte zich zorgen over de vaginale bloeding.

Greg zei: 'Boven staat een gynaecoloog in opleiding stand-by. Je kunt maar beter zoveel mogelijk foto's maken. Een betere kans om foto's van de hals en de steekwonden te maken krijg je niet.'

Anya had haar digitale camera al in de hand. Als ze eenmaal aan het opereren waren, kon ze de wonden niet meer onderzoeken. Omdat ze geen tijd meer had een liniaal te pakken, haalde ze de dop van een pen. Die legde ze op de huid vlak bij de linkerschouder van het meisje. Aan de hand van die dop zou ze de afmeting van elke wond op de foto's kunnen berekenen.

Ze maakte foto's van een paar steekwonden op de borst zonder de reanimatie te verstoren. De vrouw aan het hoofdeinde zei dat er ook wonden op Sophies onderarmen zaten en dus maakte ze daar ook foto's van. Met hulp van een andere verpleegkundige maakte ze ook nog foto's van Sophies handen en vingernagels. Klassieke afweerwonden, dacht ze. Sophie had geprobeerd haar aanvaller of aanvallers af te weren. Ze had zeer waarschijnlijk gezien wie haar die steekwonden had toegebracht.

'Bedankt, Greg.'

'Als het goed is weten ze dat je meegaat de ok in. Als er problemen zijn bel je me maar.'

'Als u nog een paar minuutjes wacht,' zei de vrouw die Sophies hoofd nog steeds vasthield. 'U kunt me vinden in de operatiekamer. Ik ben Jenny Rafferty.'

Anya herkende de naam; de vrouw was hoofd van de afdeling Anesthesiologie en Intensive Care. Sophie was in goede handen.

Anya liep naar buiten zodat ze het bed weg konden rijden en draaide zich om. De twee ambulancemannen stonden nog steeds bij de zusterspost; een van hen was ergens in de dertig, de andere in de vijftig. 'Neem me niet kwalijk, dok,' zei de oudste van de twee. 'Maar als u bij Sophie blijft, kunt u dan zorgen dat ze dit krijgt?' De man had een goud met zilveren medaillon aan een dikke ketting in zijn hand.

'Is die van haar?'

'Nee... maar tot nu toe heeft hij mij beschermd en volgens mij heeft Sophie hem nu veel harder nodig dan ik.'

Anya nam het medaillon aan. Het was de beeltenis van Judas Thaddeüs, de katholieke beschermheilige van hopeloze gevallen.

'Ik weet niet of ze gelovig is, maar misschien beschermt dit haar. Kunt u ervoor zorgen dat ze hem krijgt?'

Anya knikte. 'Ik doe mijn best.'

Toen het bed langsreed hoorde ze een alarm afgaan en ze zag dat Jenny Rafferty nog steeds het hoofd van het meisje vasthield. 'De bloeddruk daalt. Ze bloedt weer. We moeten nú naar de ok!'

Het gezicht van de oudere man verstrakte toen hij Anya's hand om het medaillon vouwde. 'Zorg dat dit bij haar blijft. Dit is misschien het enige wat dit arme kind het leven kan redden.'

6

Anderhalf uur later verliet Anya de operatiekamer. Drie medische teams probeerden nog steeds Sophie Goodwins leven te redden. In de kleedkamer nam ze een paar minuten de tijd om haar gezicht met koud water te wassen en alles wat ze had gezien in zich op te nemen. Ze had nog nooit een levend mens gezien met zulke ernstige verwondingen. Dergelijk letsel zag je meestal alleen bij slachtoffers van een auto- of een vliegtuigongeluk.

Zelfs met haar jarenlange pathologische ervaring vond ze het moeilijk te accepteren dat een menselijk wezen hiertoe in staat was geweest. En ze wilde al helemaal niet denken aan hoeveel pijn Sophies zus had gehad voordat ze stierf.

Anya was blij dat de gynaecoloog zonder aarzelen een paar uitstrijkjes had gemaakt toen hij Sophie onderzocht. Het meisje was gelukkig onder narcose en zich dus nergens van bewust.

Anya had belangrijke bewijzen kunnen verzamelen terwijl het vaatteam probeerde de enorme halswond te dichten. Ze had stukken nagel en wat van het vuil eronder verzameld, maar ook een plukje van Sophies spaarzame blonde schaamhaar. Elk item werd zorgvuldig door haar gelabeld, want ze wilde geen enkele fout· maken met deze monsters.

Vreemd genoeg maakte geen enkele chirurg bezwaar tegen de aanwezigheid van een forensisch onderzoeker in de operatie-kamer. Ego's leken tijdelijk in de kast gezet. Elk teamlid wilde dat Sophie bleef leven, maar uit de sfeer in de ok bleek wel dat iedereen ook wilde dat de dader zou worden gepakt.

Het was even stil geweest toen de gynaecoloog zei dat ze de beschadigde baarmoeder zou moeten verwijderen om de bloeding te stelpen. Een andere optie was er niet. Als Sophie in leven bleef, zou ze geen kinderen meer kunnen krijgen en bovendien zou ze door de vervroegde menopauze worden geconfronteerd met allerlei medische complicaties.

Gewapend met zakjes en flesjes vol forensisch bewijs ging Anya naar beneden. Zodra ze buiten stond, belde ze Liz die samen met Sophies vader naar een kamertje was gegaan. Even later kwam Liz naar buiten, met een donkere zonnebril op. 'Je wilt zeker een lift om dat spul naar het lab te kunnen brengen.'

'Ja, doordat je me vanochtend hebt laten halen...' Anya was blij dat haar taak er voor dit moment even op zat.

'Tuurlijk, maar eerst maken we een omweg, want ik wil dat huis even bekijken en misschien is het niet verkeerd dat jij dat ook doet.'

Anya haalde diep adem; een bezoek aan de plaats van het misdrijf zou voor hen allebei moeilijk zijn.

Liz stapte in een ongemarkeerde Commodore. Anya legde de zakjes op de vloer voor de achterbank en ging naast Liz zitten. Ze maakte haar veiligheidsgordel vast terwijl Liz de parkeerplaats af reed en wachtte met praten tot ze op de weg waren. 'Hoe gaat het met de vader?'

'Zoals te verwachten is. Eén van zijn dochters is dood en de andere haalt het waarschijnlijk niet. En wat doen wij? We behandelen hem als een verdachte en verhoren hem terwijl hij naar de deuren van de intensive care staart en wacht op iemand met nieuws over zijn dochter.' Ze keek in de achteruitkijkspiegel. 'Niet het meest bevredigende deel van dit werk.'

Liz Gould was een paar maanden geleden bevallen en nu alweer fulltime aan het werk. Ze was gestrest en kortaf, en haar gebruikelijke warmte was ver te zoeken. Waarschijnlijk doordat ze zo lang met de vader had gepraat.

'Moet je hem als verdachte beschouwen?'

Liz keek naar het verkeer. 'Mijn instinct zegt van niet, maar de feiten zijn tegen hem. Zijn verdriet lijkt me heel oprecht, maar dat zegt niet alles.'

Anya wist dat de politie de vader en andere familieleden moest uitsluiten voordat ze zelfs maar aan andere verdachten mochten denken. Uit ervaring wisten ze dat ze eerst naar de mensen moesten kijken die het dichtst bij een slachtoffer stonden en pas daarna de kring wijder konden maken. Helaas betekende dit nog meer verdriet voor degenen die al leden onder zo'n afschuwelijk verlies.

'Is de moeder van de meisjes in de buurt?'

'De ouders zijn jaren geleden gescheiden. De moeder is vorig jaar overleden aan borstkanker en toen besloten de meisjes in haar huis te blijven wonen. Maar er is iets wat ik niet begrijp. Als die snee in Sophies hals zo gevaarlijk was, hoe heeft ze dan helemaal naar buiten kunnen kruipen zonder zichzelf te vermoorden?'

'Dat weet niemand. De ambulancebroeders hebben een geweldige prestatie geleverd door haar levend in het ziekenhuis te krijgen.'

Liz Goulds telefoon ging een paar keer over. Ze zette de telefoon op de speaker en een mannenstem verkondigde vol trots dat hun kleine jongen voor het eerst rechtop had gezeten. En dat hij een foto zou sturen.

'Liefje, dat is geweldig, maar ik ben niet alleen en ik kan nu niet praten.' Liz' echtgenoot klonk teleurgesteld toen ze zei dat ze laat thuis zou komen. Liz zuchtte en keek even naar Anya. 'Sorry hoor, maar volgens hem is zijn kind een genie.'

Anya kon zich die eerste maanden nog goed herinneren. Terwijl zij nog helemaal uitgeput was na urenlange weeën en een slopende bevalling, schepte Martin op tegen iedereen die maar wilde luisteren over hoe geweldig hun kind was, hoe goed hij zich gedroeg en hoe geweldig hij sliep. Haar herinneringen aan Ben als pasgeboren baby verschilden totaal van die van haar man. En de tijd had deze herinneringen niet vervaagd, maar juist permanent in haar geheugen gegrift. 'Hoe oud is je zoon, zes maanden?'

'Vierenhalf. Hij heeft zich waarschijnlijk opgedrukt en is een paar seconden later weer omgevallen, maar volgens zijn vader is dat rechtop zitten.'

Ook dat deed Anya terugdenken aan die tijd. Net toen ze dacht dat ze het slaapgebrek en het moederschap niet langer kon verdragen, keek Ben haar met zijn enorme blauwe ogen en een stralende glimlach aan. Doordat een paar van zijn gezichtsspieren zich ontspanden, dacht ze dat haar hart zou knappen. Maar vanaf dat moment was ze verliefd op het moederschap en vol bewondering voor haar enige kind.

Liz stopte voor een verkeerslicht. 'Hoe oud is jouw kind?'

'Ben is net vijf en hij zit nu op school.'

Met één hand in de hals van haar trui trok de jonge moeder een bh-bandje recht en zei: 'Vertel me alsjeblieft dat het beter wordt.'

Anya grijnsde. 'Elke dag een beetje. Zodra je hem 's nachts niet meer hoeft te voeden, wordt alles een stuk gemakkelijker. Mag ik een suggestie doen?'

Het licht sprong op groen en ze gingen weer rijden.

'Tuurlijk.'

'Kijk eens op YouTube. Zoek een lachende baby. Je kunt daar een clip vinden met een keihard lachende baby. Als je dat alleen maar hóórt, krijg je al nieuwe energie.'

'Dat zal ik doen.'

Liz stopte in een bocht van Rosemount Place, een rustige straat in een buitenwijk. De plaats delict was afgezet met tape. Het huis had een lange, glooiende oprit. Een geüniformeerde agent stond op wacht en dirigeerde het verkeer eromheen.

De rechercheur pakte een nagelvijl uit het dashboardkastje en trok haar beide schoenen uit.

'Nieuwe leren zolen,' zei ze. Met haar vijl kraste ze in elke zool de letter G in spiegelschrift. 'Als ik mijn voet nu op een verkeerde plek neerzet, weet iedereen dat het mijn schoen was en niet die van iemand anders.'

Anya gaf de voorkeur aan de wegwerpschoenhoesjes die pathologen in het mortuarium en op een plaats delict altijd droegen.

Ze stapten uit, en de auto piepte even toen de deuren op slot sprongen. De bewijszakjes zouden veilig zijn nu er vlakbij een politieagent op wacht stond.

Liz wees naar een donkere plek aan het begin van de oprit. 'Daar is ze gevonden.'

Anya onderzocht de plek. In de aarde zag ze talloze voetafdrukken en bandensporen, waarschijnlijk van de brancard van de ambulance. 'Is jullie fotograaf al klaar?'

Liz knikte. Samen bestudeerden ze de donkere plek op de glooiende oprit.

'Sophie heeft hier kennelijk een tijdje gelegen. Er is veel bloed in de grond getrokken en ze heeft waarschijnlijk heel veel bloed verloren. Ze is van deze glooiende oprit naar beneden naar de straat gekropen, zodat haar hoofd op het laagste punt was. Daardoor leeft ze waarschijnlijk nog.'

'Het spoor loopt helemaal naar het huis.'

De vrouwen liepen langzaam de oprit op, ervoor zorgend dat ze niet op de bloeddruppels op het witte grind stapten.

'Ze heeft het grootste deel kennelijk op haar buik afgelegd.'

Anya dacht aan Sophies zwarte vingernagels en de monsters van het vuil dat ze onder de nagels vandaan had geschraapt. 'Volgens mij is ze drie keer gestopt om uit te rusten. Dat zie je aan de verschillende plasjes bloed op het spoor.'

Sophies hals- en buikwonden zouden smerig zijn geworden en zijn verergerd door het grint op de oprit. 'Hoe koud was het vannacht?'

Liz Gould haalde haar notitieboekje tevoorschijn. 'Dat heeft je collega kennelijk ook gevraagd. De minimumtemperatuur was vier graden. Sophie mag van geluk spreken dat ze niet van de kou is gestorven.'

'Maar de kou kan het bloedverlies ook hebben verminderd en haar stofwisseling zo veel hebben vertraagd dat ze nog leefde toen ze werd gevonden.'

'Misschien, ze is immers nog niet buiten levensgevaar.'

Anya wist dat er, zelfs als het meisje de operatie zou overleven, grote kans was op lever-, long- en hersenbeschadiging. Maar dat zei ze maar niet hardop.

Toen zij en Liz bij het huis kwamen zagen ze het fotogramme-trieteam. Een technisch rechercheur hield een verticaal statief vast met twee digitale camera's op elk uiteinde van een kruis. De ande-re had een computer bij zich en legde de uitkomsten vast. Door de beide foto's van één voorwerp of gebied te combineren, kon de politie een 3D-afbeelding samenstellen en aan de hand daarvan af-stand en diepte berekenen van voorwerpen, zonder ze aan te raken of meer te verplaatsen dan noodzakelijk was om de foto's te kun-nen maken.

De man met de computer gaf Anya wegwerphandschoenen en -schoenhoesjes, die ze dankbaar aannam.

Ondanks de warmte van de ochtendzon stapte ze rillend het huis in. Twee technisch rechercheurs onderzochten zwijgend de vloer van de woonkamer. Ze keken op toen ze voetstappen op de gladde houten planken hoorden.

'Is hier ook iemand van Moordzaken?' vroeg Liz.

'Misschien in de slaapkamer. Derde deur links.'

Hoewel het een smal huis was, was het binnen verrassend ruim doordat het behoorlijk diep was. Door de blankhouten balken had het een landelijke uitstraling. De boeketjes droogbloemen en be-hangrandjes op heuphoogte waren gedateerd, maar wel gezellig. Anya nam aan dat dit het werk van de moeder was en dat de doch-ters na haar dood alles onveranderd hadden gelaten.

Tot de vorige nacht.

Op de vloer bij de salontafel lagen kapotte kopjes, een plas water en verse bloemen. De bloemblaadjes waren gekneusd, waarschijn-lijk door schoenen. Iemand op blote voeten of op sokken zou ge-wond zijn geraakt door de scherven van de vaas.

'We denken dat Sophie hier was. Haar zus was in de slaapkamer.'

Of iemand had alles kapotgesmeten om de meisjes bang te maken óf Sophie had met haar aanvaller gevochten. Afgaand op de kracht die het meisje had getoond door naar buiten te kruipen op zoek naar hulp, had ze zich heftig verzet.

'Er lag een slipje onder de salontafel; dat heb ik in een bewijs-zakje gedaan,' zei een van de rechercheurs, 'net als een spijker-broek, die vlak bij de deur lag. Aan de buitenkant zit wat bloed, daarom nemen we aan dat haar aanvaller die heeft uitgetrokken en haar daarna heeft verkracht. Als het bloed van de oudere zus af-komstig is, is het jongste zusje als tweede neergestoken.'

'Dat zullen we pas weten nadat we Sophie hebben ondervraagd.' Liz liep verder het huis in.

Als ze de operatie overleeft en weer bij bewustzijn komt en het zich herinnert, dacht Anya. De kans dát ze in leven bleef was klein, laat staan dat ze weer normaal zou kunnen functioneren.

De beide vrouwen liepen door de gang naar de tweede slaapka-mer. Dokter Jeff Sales stond over het bed gebogen en Kate Farrer stond naast hem.

'Had je hier niet verwacht,' zei Kate. 'Natasha Ryder zei dat je niet lekker was.'

De patholoog, die een plastic pincet in zijn hand had, keek op.

Anya vermoedde dat haar vriendin het aardig bedoelde en haar de kans gaf naar huis te gaan. Maar nu ze Sophie had gezien, wilde ze erbij blijven, ook al voelde ze zich fysiek en emotioneel ellendig. 'Had gewoon een lange nacht nodig,' loog Anya en ze liep de ka-mer binnen. 'De toeristenklasse vanuit New York is een ramp.'

Een gewelddadige dood had zijn eigen geur. Anya rook onmid-dellijk een lichaamsgeur. Zweet van een man. Degene die hier was geweest, had iets van zichzelf achtergelaten, een combinatie van angst en adrenaline. Bovendien rook ze de metalige geur van bloed.

'Hayden heeft Anya erbij gehaald om Sophie Goodwin te onder-zoeken, onze overlevende. We komen net uit het ziekenhuis.' Iedereen keek naar Liz Gould. 'Ze leeft nog, maar is niet bij be-wustzijn. Wat kunnen jullie ons vertellen? Denken we nog steeds dat de dode echt Rachel Goodwin is, Sophies oudere zus?'

'Volgens de foto's die op het prikbord hangen wel, maar om zekerheid te krijgen moeten we de gebitsgegevens nog hebben. Het lichaam is van een vrouw van begin twintig. Ze heeft verschillende steekwonden in haar torso en buik. Te oordelen aan de hoeveelheid bloed op de lakens is ten minste één steekwond ernstig genoeg geweest om fataal te zijn, maar welke dat was weet ik pas na de autopsie. Er zijn ook tekenen van seksueel misbruik voordat de dood is ingetreden.'

Als Sophie door een hel was gegaan, was haar zus in een hel gestorven, dacht Anya.

Het lichaam was naakt en de handen waren met sjaaltjes aan de rand van het bed gebonden. Een kant van het jonge gezicht was gekneusd en gezwollen. Het lange zwarte haar zat verward en in de knoop aan de zijkant van haar hoofd. Deze vrouw had zich heftig verweerd, zelfs met haar handen vastgebonden.

Onder haar lag een patchworkdeken, doorweekt met bloed.

'Daar heeft iemand heel veel liefde en tijd in gestopt,' zei Liz Gould met een knikje naar de deken. 'Lijkt zelfgemaakt.'

Op de vloer bij het raam lagen zachte knuffels, een haveloos konijn en een versleten pop.

Anya herkende de jonge rechercheur, Shaun Wheeler. Hij stond vlakbij, bleek en stilletjes.

'Ken je dokter Crichton nog?' vroeg Kate. 'Zij is patholoog en forensisch wondexpert.'

De agent knikte bevestigend en stond met de handen op de rug te wiebelen.

Anya vermoedde dat hem was verteld dat hij niets mocht aanraken en dat hij gehoorzaam precies deed wat hem was gezegd. Te zien aan zijn gewiebel en zijn bleke gezicht, deed hij zijn uiterste best niet flauw te vallen.

Kate's gezicht ontspande zich tot een vage glimlach en Anya wist dat ze hetzelfde dachten.

'Het is hier behoorlijk bedompt. Waarom pauzeer je niet even? Ga maar eens in de woonkamer kijken. Over een minuutje zijn we bij je.'

Meer aanmoediging had Shaun Wheeler niet nodig en hij liep snel de slaapkamer uit.

De geur bleef hangen. Als de moordenaar zenuwachtig en opgewonden was geweest, was de kans groot dat hij een meer tastbaar spoor had achtergelaten.

Jeff Sales wilde het lichaam omdraaien. Hij haalde een tangetje uit zijn tas en knipte de sjaaltjes door, maar liet de knopen bij de polsen intact.

'Waar zijn haar kleren?' Liz Gould keek onderzoekend de kamer rond.

'Volgens mij ligt haar bh hieronder.' Voorzichtig haalde Jeff de met bloed doorweekte bh onder de rug van het meisje vandaan.

Anya pakte hem aan. De haakjes zaten nog steeds vast, maar de voorkant was doorgesneden. Ze legde hem tussen een dubbele laag papier.

De patholoog concentreerde zich vervolgens op de sporen op de polsen, terwijl de rechercheurs onder het bed keken en daarna de vloer eromheen onderzochten. Liz bleef staan bij een teddybeer die in een hoekje op een ladekast zat.

'Er zit bloed op zijn kop,' zei ze en raakte zijn oor even aan.

Kon hij maar praten, dacht Anya. Ze dacht aan haar eigen zoon die hele gesprekken hield met zijn zachte dalmatiër-puppy als hij eigenlijk al moest slapen. Die hond was zijn hele vijfjarige leventje al bij hem, in zijn rugzakje dat hij altijd meenam naar de peuterspeelzaal of knus naast hem in bed.

De vacht van deze beer was op sommige plekken helemaal versleten. Vooral een arm en een hand waren helemaal kaal. Ook deze beer zag eruit alsof hij al een heleboel had meegemaakt en alsof de eigenaar en hij lange tijd onafscheidelijk waren geweest. De bloedspatten op zijn vacht maakten het hele tafereel opeens nóg gruwelijker.

Anya liep naar de muur bij het voeteneinde van het bed. Iets boven borsthoogte zag ze kleine bloedspatjes op de muur in verticale lijntjes.

Kate droeg handschoenen en bladerde door een paar tijdschriften op het nachtkastje, op zoek naar aantekeningen of ontbrekende bladzijden, mogelijke aanwijzingen.

'Heeft iemand haar slipje al gevonden?'

Jeff schudde zijn hoofd. 'Volgens mij niet. Misschien is het meegenomen als aandenken.'

'Had iemand het over een ontbrekend slipje?'

Anya draaide zich om en zag het grijnzende gezicht van John Zimmer van het Forensisch Opsporingsteam. Hij had een digitale camera om zijn nek en droeg zijn gebruikelijke blauwe overall en een honkbalpetje. 'Jongens, ik meen het. Als het hier is, vind ik het wel.'

Anya zag dat Liz met haar ogen rolde. Kate spande haar schouders en kaken.

Jeff Sales keek op. 'Anya, wat is je opgevallen?'

Ze liepen naar de muur.

'Dat is van het wapen af gespat. Het kunnen geen bloedspatten rechtstreeks uit een ader zijn, daarvoor is er niet genoeg bloed, was de straal niet sterk genoeg en zijn de druppeltjes te klein.' Ze draaide zich om en keek naar het lichaam. 'Volgens mij zat de moordenaar op het bed, waarschijnlijk boven op haar, toen hij haar stak.' Ze hief haar vuist tot boven haar schouder en hield haar elleboog licht gebogen. 'Hij heeft heel veel kracht gebruikt om het mes eruit te trekken en op te tillen. Dat bloed is van het mes gespat en achteruit door de lucht gevlogen. En dat deed hij vaker dan één keer.' Ze keek naar de beer.

Zimmer glimlachte weer. 'Topklasse. Waarom zijn mijn mensen niet meer zoals jij?'

'Dan zouden ze niet met je naar bed gaan,' zei Kate hatelijk. Tegen Anya zei ze: 'Jullie houden je anders nooit bezig met de patronen van bloedspatten.'

Jeff Sales bemoeide zich ermee. 'Kun je ons niet kwalijk nemen. Als het niet in het rapport staat dat de lijkschouwer krijgt en niet relevant is voor de doodsoorzaak en de manier waarop de dood is veroorzaakt, heeft dat geen zin. En bepaalde advocaten zouden ons in de rechtbank verscheuren omdat we ons buiten ons vakgebied begeven.'

Anya wist dat hij gelijk had, maar ze was al op zo veel plaatsen delict geweest, dat ze veel meer wist dan ze tijdens haar opleiding had geleerd.

'Aha, volgens mij heb ik het ontbrekende kledingstuk gevonden.'

Met latex handschoenen aan graaide Zimmer achter de ladekast. Tussen de muur en de achterwand zag hij een roze stukje stof. Zimmer vouwde het voorzichtig open. Het bleek een kapotgesneden topje.

'Bingo! Zo te zien precies de maat van deze kleine schoonheid.'

Liz gaf Zimmer een tik op zijn rug. 'Toe nou, een beetje meer respect alsjeblieft!'

'Heb ik ook.' Verontwaardigd hield Zimmer het topje omhoog. 'Ik uitte alleen maar mijn dankbaarheid aan Vrouwe Fortuna. Want wat we hier hebben grenst aan perfectie: een bebloede vingerafdruk.'

Liz bloosde. 'Dat kon ik toch niet weten?'

'Geen probleem, hoor. Deze keer was je verwijt misschien niet terecht, maar een volgende keer misschien wel.'

Anya wist dat Zimmer gelijk had. Hij overschreed regelmatig de grenzen van het fatsoen bij vrouwelijke agenten en technici. Ze wist echter ook hoe serieus hij zijn werk nam, waardoor hij het ook weer goedmaakte.

Trots stak hij zijn vuist in de lucht. 'Als deze rotzak in ons systeem zit, hebben we zojuist Rachels moordenaar gevonden.'

7

Anya gaf de forensische monsters aan Shaun Wheeler, die haar thuis afzette en zelf doorreed naar het technisch lab.

Ze vond het prettig dat ze niet hoefde te praten, want haar lichaam deed pijn van vermoeidheid en haar hoofd zat nog vol met details van Giverny's dood. Zodra ze binnen was, deed ze de deur op slot en schakelde het alarm uit. Alles was nog precies zoals ze het had achtergelaten. Op de vloer stond haar geopende koffer. Ze haalde er haar schone legging en slobbertrui uit en liep naar boven.

Nadat ze een hete douche had genomen voelde ze zich zelfs nog vermoeider, maar de geuren en de verschrikkingen van het huis van de Goodwins had ze nu wel van zich af gespoeld. Ze trok haar UGG-laarzen weer aan en stommelde de trap af.

Haar ex-man had een berichtje ingesproken op het antwoordapparaat: hun vlucht had een dag vertraging door onweer op het vliegveld van Los Angeles. Ben schreeuwde opgewonden iets over keiharde donderslagen.

Ze glimlachte. Zelfs een vertraagde vlucht was een avontuur voor haar kind. Martin zou het waarschijnlijk minder leuk vinden. Reizen met een kind was ook zonder vertragingen al lastig genoeg.

De instructie voor het in elkaar zetten van de boekenkast lag nog steeds op het aanrecht. Toen ze die daar had neergelegd, had ze nog een vrije dag in het vooruitzicht gehad. Een dag om uit te rusten en te herstellen. Nadat ze de koude thee van die ochtend in de gootsteen had gekieperd, zette ze de waterketel weer aan. Ze had zin in sterke zwarte koffie en roerei uit de magnetron.

Toen ze het geroosterde brood met roerei rook, realiseerde ze zich dat ze de hele dag nog niets had gegeten. Ze verslond de eieren staand aan het aanrecht en spoelde nog een paar antibioticapillen weg met de koffie. Ze hoefde gelukkig niet meer zo vaak te hoesten. Dat was het enige positieve van de afgelopen twee dagen. Haar ellendige en beurse gevoel zou wel afnemen als ze nog wat had geslapen.

Ze liep naar de woonkamer, waar de tv nog steeds aanstond. Het journaal berichtte over een gewelddadige steekpartij waarbij één zus was gedood en de andere zwaargewond was geraakt. Opgelucht liep Anya naar de bank: op het moment dat de journaaluitzending was begonnen, had Sophie tenminste nog geleefd. Misschien had dat medaillon van Judas Thaddeüs haar geluk gebracht. Dan had ze in elk geval érgens geluk mee gehad...

Ze drukte de knop 'opname' in van de dvd-recorder en het journaal liet foto's zien van de beide meisjes die lachten en elkaar omhelsden. Het viel Anya op hoe knap de meisjes waren en hoeveel ze op elkaar leken. Ze herkende hen bijna niet.

Oudere buren waren 'geschokt' door wat er in hun 'rustige straat' was gebeurd. Ze zeiden dat het gezin erg op zichzelf was. De verslaggevers deden net alsof dat vreemd was, maar Anya vond dat je andermans privacy moest respecteren. Ze was zelf opgegroeid met voortdurende media-aandacht voor haar familie en ze begreep daarom heel goed dat mensen de behoefte hadden zich alleen met hun eigen zaken te bemoeien. Ze wilde dat meer mensen dat gevoel hadden.

Ze wist niet zeker of het kwam door haar bronchitis, doordat ze Sophie zag of doordat ze Ben miste, maar ze dacht opeens aan Miriam. Kleine Mimi, haar zusje, die zo graag buiten rondrende. Omdat Anya twee jaar ouder was, moest zij tijdens voetbalwedstrijden vaak op haar zusje passen terwijl haar moeder een gewonde voetballer verzorgde. Het ene moment zaten ze elkaar nog speels achterna en het volgende was Mimi verdwenen. Ze was nog maar drie jaar oud. Verdwenen. Niemand had haar ooit weer gezien of ontdekt wie haar had meegenomen. Elk jaar dat verstreek, werd de kans kleiner om daarachter te komen.

De media beschuldigden hun vader ervan dat hij Mimi had vermoord en de regionale en landelijke pers publiceerde verhalen over seksslavinnen en pedofiele groeperingen. Het werd zelfs zo erg dat Anya haar achternaam veranderde – Crichton was de achternaam van haar oma. Zelfs dertig jaar later was er nog geen einde gekomen aan de speculaties en de media-aandacht.

Het volgende nieuwsitem bracht haar weer terug in het heden. Noelene Harbourn, met een blauwe schort met franje deze keer, omhelsde haar vier sterke mannen, haar zoons, terwijl ze aankondigde dat ze een aanklacht tegen de politie wilde indienen.

De broers leken opvallend veel op elkaar, qua lichaamsbouw, huidskleur en gezicht. Ze hadden allemaal een korte nek, waardoor ze er hoekig en gewelddadig uitzagen. Het leken wel Neanderthalers. Een van hen had een moedervlek op zijn kin, waardoor hij zich onderscheidde van de anderen.

De verslaggever verklaarde dat de populaire buurtbewoonster, mevrouw Harbourn, de vorige avond een druk bezocht straatfeest had georganiseerd om te vieren dat haar zoons waren vrijgelaten nadat het Openbaar Ministerie had besloten de zaak te laten rusten.

Anya zat verbijsterd op de bank. Het Openbaar Ministerie had de aanklacht tegen de broers ingetrokken? Wat bezielde Natasha? Ze had immers gezegd dat ze door wilde gaan met de rechtszaak?

Anya bekeek de gezichten van de broers aandachtig, alsof zij konden onthullen wat ze Giverny hadden aangedaan, maar ze praatten glimlachend en lachend met de verslaggevers. Ze droegen een pak, alsof dat hen respectabel maakte en daardoor onschuldig.

Op oudere foto's zag ze een van hen met een baard en een andere met een snor. Maar deze avond waren ze allemaal gladgeschoren en hadden ze een jonger broertje of zusje op de arm, zodat ze een gelukkig gezinnetje leken.

Anya kokhalsde. Een 'exclusief interview' met de toegewijde moeder zou worden uitgezonden tijdens een boulevardachtige rubriek na het journaal. 'Hetze en valse beschuldigingen van de politie,' kondigde de zwaar opgemaakte nieuwslezeres aan.

Anya dacht aan Bevan en Val Hart. Ze hoopte maar dat zij dit programma niet zagen, zodat hen zo mogelijk nog meer verdriet zou worden bespaard.

Ze schrok toen de bel ging. Wie het ook was, moest maar een andere keer terugkomen. De bel ging weer. Anya dwong zichzelf op te staan en door het spionnetje te kijken. Kate Farrer. Ze deed de deur open en haar vriendin gaf haar een plastic tas. De heerlijke geur wees op Indiaas eten.

'Mag ik binnenkomen? Dacht dat we maar eens moesten bijkletsen, ver van al die waanzin vandaan. En als de kruiden in dit eten die bacillen niet op de vlucht jagen, word je nooit weer beter.'

'Ruikt zalig.' Anya was oprecht blij met het gebaar en met de kans even bij te kletsen. 'Bovendien stond ik op het punt iets naar de tv te smijten.'

Kate liep meteen door naar de keuken. 'Je weet zeker al dat de pers erbovenop zit.'

Anya keek naar de rechercheur die borden uit de kast haalde en vorken uit de la. Nu pas zag ze dat Kate's haar korter was en een koperkleur had. 'Wanneer heb je je haar laten doen?'

'Toen ik verlof had. Je mag blij zijn dat je het niet hebt gezien voordat het weer een beetje was gegroeid.' Ze trok aan een plukje in haar nek.

'Nou, ik vind het mooi. Zo komt je gezicht prachtig uit.'

Kate reageerde door een hap kip tandoori in haar mond te stoppen. 'Hoorde dat je goed werk hebt gedaan in New York.'

Waarmee het onderwerp kapsel was afgesloten. Kate wees met haar vork naar de restanten roerei op het bord bij de gootsteen. 'Voel je vooral niet verplicht, als jij al hebt gegeten. Oké, nu moet je me alles vertellen.'

Anya's maag begon te rommelen en ze schepte haar bord boordevol pilav, groene kip kerrie en pappadam. 'Dat roerei was mijn ontbijt.'

56

Ze gingen aan de keukentafel zitten waar net twee borden op pasten. 'Mijn reis ging prima. Ik heb een paar interessante mensen ontmoet en ook wat uitstekende relaties aan mijn zakelijke netwerk kunnen toevoegen.'

'En?' vroeg Kate met haar mond vol. 'Ook andere relaties?'

Anya voelde dat ze begon te blozen. 'Een van de onderzoekers en ik konden het prima met elkaar vinden, maar sindsdien heb ik niets meer van hem gehoord. Misschien heb ik de signalen verkeerd geïnterpreteerd.'

'Ja hoor, in dat soort dingen ben je inderdaad niet zo slim.' Kate slikte haar eten door, grijnsde en schoof nog meer kip in haar mond.

'En, hoe was je nieuwe partner en waar is hij gebleven? Niets voor jou om in een e-mail over zoiets triviaals als een werkpartner te schrijven.'

Kate stopte met kauwen. 'O, hij. Ja, nou, een nieuwe partner kan lastig zijn. Hij was prima om mee te werken, maar Moordzaken was voor hem geen langetermijnoptie. Op dit moment ben ik met Liz Gould. Om beurten passen we op Wheeler. Liz is betrouwbaar en slim en zeurt niet over haar kindje, in tegenstelling tot een paar andere collega's.'

Dat was een van de dingen die de vriendinnen met elkaar gemeen hadden, ze hielden niet van praten over koetjes en kalfjes.

'Wat is er met hem gebeurd?'

'Hij werkt voor de FBI. We hebben nog steeds contact met elkaar.' Kate nam een hapje van een samosa. Ze had eten voor vier personen meegenomen en ze had al een vol bord op.

'Hij is dus getrouwd?'

Nu begon Kate te blozen. 'Ja, en hij heeft kinderen. Balen! Gelukkig wist ik dat vanaf het begin al.'

Anya begreep dat Kate hem nu als verboden gebied beschouwde, zelfs al dacht hij er misschien anders over. Hoe leuk ze hem ook vond, hij verenigde de twee belangrijkste minpunten in zich: hij was een collega en een huisvader. Zaak gesloten.

'Over kinderen gesproken, Ben komt over een paar dagen thuis en blijft het weekend ook. Als je zin hebt langs te komen, hij heeft kortgeleden honkbal ontdekt.'

Anya stond op en pakte een wijnglas uit het aanrechtkastje.

'Mijn favoriete knul. We kunnen wel even honkballen. Geen probleem.' Kate veegde met een papieren servetje wat saus van haar kin. 'O, voor mij geen wijn alsjeblieft, ik ben nog aan het werk. Ik wil zo een kop koffie.'

Anya zette de waterketel aan, ging weer zitten en at verder.

'Waarom wilde je je tv eigenlijk vernielen?'

Anya legde haar vork neer en slikte haar eten door. 'Waarom heeft Natasha Ryder de zaak tegen die vier Harbourns laten vallen? Na alles wat dat meisje heeft moeten meemaken?'

'We zijn allemaal verbijsterd. Maar ze zeggen dat haar baas haar onder druk heeft gezet. Hij wil niet dat ze de zaak nu al doorzet, na wat er met Giverny is gebeurd. Volgens hem is het beter de aanklacht nu in te trekken en het later opnieuw te proberen. Natuurlijk worden wij dan wel geacht met fantastisch nieuw bewijs op de proppen te komen, of misschien wel met nieuwe getuigen.'

Dat argument sneed hout. Zonder de enige ooggetuige zou de bewijsvoering knap lastig worden voor het Openbaar Ministerie. Als er ook maar de minste twijfel overbleef, zouden de daders onschuldig worden verklaard en later niet meer wegens Giverny's verkrachting voor het gerecht gebracht kunnen worden, omdat een verdachte nooit twee keer voor hetzelfde vergrijp kan worden berecht.

Anya had opeens geen trek meer. 'Hoe hebben de Harts het opgenomen?'

'De moeder zit onder de kalmeringsmiddelen. Ik heb dus alleen met de vader gesproken.' Kate schepte het laatste restje rijst op haar bord en nam ook nog wat van de andere gerechten. 'Hij is nog steeds in shock, maar hij bleef zeggen dat hij zijn dochter waardig wil begraven.'

Anya wist dat Kate's werk in emotioneel opzicht heel zwaar kon zijn, vooral als ze slachtoffers en familieleden slecht nieuws moest brengen. Dat realiseerden het publiek en de media zich veel te weinig. Het was ook iets wat je onmogelijk goed kon doen, waardoor het voor alle betrokkenen nóg traumatischer was. Gezien de enorme hoeveelheid eten die Kate naar binnen werkte, was de confrontatie met de Harts emotioneel heel belastend geweest, ook al zou ze dat nooit toegeven.

'Dat zal niet zo gemakkelijk worden. De commerciële zenders zitten allemaal boven op Noelene Harbourn en roepen dat er sprake is van een heksenjacht door de politie en zo. Je weet toch hoe dat gaat? Exclusief interview, en alles wat er verder nog bij komt kijken.'

'Ik weet precies wat je bedoelt.' Kate pakte nog een pappadam. 'Het enige lichtpuntje is dat een exclusief interview betekent dat de andere zenders zich gedwongen zullen voelen een anti-Harbournitem te maken.'

'Als je even tijd hebt, ik heb iets opgenomen. Misschien heb je daar iets aan, voor het geval de moeder zich voor de camera verspreekt.'

Kate zette haar bord op het aanrecht, waarna ze naar de nieuwsuitzending keken, gevolgd door het interview.

Voor haar moment in de spotlights was Noelene Harbourn gekleed in citroenkleurig chiffon. Ze vertelde hoe de problemen van haar gezin waren begonnen. Haar dronken echtgenoot had haar al scheldend aangevallen met een mes, terwijl zijn stiefkinderen lagen te slapen. Hij was, vertelde ze, stomdronken over de salontafel gestruikeld waarna hij in zijn eigen mes was gevallen. Op de achtergrond werd een slechte re-enscenering vertoond: een krijsende vrouw en kinderen die uit slaapkamers kwamen rennen.

'Wat ze niet vertelt, is hoe verdomde moordzuchtig al die kinderen waren. Ze hebben allemaal hun hand om het mes gelegd terwijl het nog in die man z'n borst stak. De moeder bezwoer dat ze dat hadden gedaan omdat ze geschokt en verdrietig waren over wat er was gebeurd. Maar volgens mij was het alleen maar om te voorkomen dat de politie zou ontdekken wat er echt was gebeurd. Dat gezin dekt elkaar, wat er ook gebeurt.'

'Was hij gewelddadig?'

'Volgens zijn ex-vrouw niet. Zij beweert dat Noelene Harbourn behoorlijk dronk en hem aanviel met alles wat ze maar in handen kon krijgen.'

Op het scherm verschenen dezelfde beelden van de broers voor en na hun vrijlating, met collages uit vroeger tijden.

'Kun je dat beeld even stilzetten?' Kate liep naar buiten en kwam terug met een doos vol dossiers. 'Die met die moedervlek op z'n kin is Gary, de oudste en de leider van de bende.'

'Met hoeveel zijn ze?'

'In totaal zijn er zes jongens en drie meisjes, van acht tot dertig. De buik van die moeder lijkt wel een accordeon.' Ze bladerde door de doos en haalde er een dossier uit. 'Samen hebben ze meer dan vijfentwintig veroordelingen op hun naam: gewapende overval, zware mishandeling, afpersing, overtredingen van de drugs- en vuurwapenwet. De gevangenis heeft een speciale draaideur voor ze, dankzij teerhartige rechters.'

'Toen Giverny werd verkracht,' zei Anya, 'had Gary waarschijnlijk een baard.'

'Ze kon zich niet herinneren dat ze een moedervlek had gezien, maar wij gingen ervan uit dat dit kwam doordat het donker was en ze de kans niet eens kreeg. Wij dachten dat Peter, de middelste, de enige was met een baard. Waarom heeft niemand eraan gedacht dat na te gaan?'

Ze haalde nog meer foto's tevoorschijn en spreidde ze uit op de grond. Sommige foto's waren voor het gerechtsgebouw gemaakt en gingen vergezeld van een lange lijst aanklachten. Dankzij hun baard zagen de beide mannen er dreigender uit. Anya vroeg zich af waarom hun advocaat dat had goedgevonden. Verdachten waren meestal gladgeschoren, om een rechtschapen indruk te wekken bij de jury en de rechter. Om diezelfde reden droegen ze vaak een pak.

'Dit is Peter, gladgeschoren voor de rechtszaak,' zei Kate.

Anya begreep het niet. Waarom zou iemand zijn baard laten staan voordat hij voor de rechter moest verschijnen?

'Enkele juryleden zullen dat niet bepaald een sympathiek gezicht vinden.' Ze wees naar de tv, waar een foto van de oudste broer te zien was.

Kate bukte zich en pakte een andere foto. 'Ik weet niet waarom me dat niet eerder is opgevallen. Kijk hier eens, dat is hun tactiek! Ik neem aan dat hun advocaat heeft gezegd dat ze dat moesten doen.'

Anya haalde haar schouders op. 'Waarom proberen ze schuldig te lijken als de getuige vertelt dat de schuldige iemand was met een baard? Waarom zou hij zijn baard er dan af scheren en waarom zou zijn broer zijn baard laten staan?'

Opeens begreep ze het! Een beetje slimme advocaat kon de getuige in verwarring brengen door haar te vragen de bebaarde man aan te wijzen die haar had aangevallen. De broers leken zo veel op elkaar dat de kans groot was dat ze de broer met baard aanwees in plaats van haar echte aanvaller, die nu gladgeschoren was. Dan zou de jury weten dat ze zich vergiste en zou er dus voldoende twijfel zijn ontstaan voor vrijspraak.

'Wij dachten dat het een probleem was om uit te vinden welke broer wat deed doordat ze zoveel op elkaar leken. Maar deze klootzakken hebben ongestraft allemaal misdaden kunnen plegen door elkaars uiterlijk te kopiëren zodra ze werden betrapt.'

Als ze bij elkaar vijfentwintig veroordelingen hadden voor gewelddadige misdaden, dacht Anya, dan wilde ze er niet aan denken wat dit criminele gezin allemaal ongestraft had kunnen uithalen.

Maar als hun identiteitswisseltruc zo succesvol was, waarom waren ze dan zo bang geweest voor Giverny's getuigenverklaring?

8

Jeff Sales zou de autopsie op Rachel Goodwin uitvoeren en hij had Anya gevraagd hierbij aanwezig te zijn. Dat was niet noodzakelijk, maar ze had het gevoel dat ze erbij moest zijn. Ze kon ook aan de bel trekken als er overeenkomsten waren met de verwondingen van haar zus.

Van tevoren kon ze nog net even naar Sophie op de intensive care. Anya stond voor de dubbele plastic deuren en drukte op de bel. Door de deuren heen zag ze een geüniformeerde agent die het slachtoffer bewaakte, voor het geval haar aanvaller terug zou komen. De deur werd geopend door een verpleegkundige die een schort droeg. 'Wat kan ik voor u doen?'

'Ik ben dokter Crichton, forensisch patholoog. Ik heb Sophie Goodwin gisteren onderzocht.'

'Rechercheur Farrer zei al dat u misschien langs zou komen. Ze heeft u op de bezoekerslijst gezet.'

Kate kende Anya goed genoeg om te weten dat ze af en toe even bij Sophie wilde kijken.

'Hoe gaat het met de patiënte?'

'Niet zo goed. Nog steeds aan de beademing. Ze produceert weinig urine, ze krijgt dopamine- en noradrenaline-infusen en haar bloeddruk is maar net acceptabel. Onze ic-specialist denkt dat een van haar buikwonden nog niet dicht is, dus misschien moet ze nog een keer geopereerd.' Ze sloeg haar blik neer en zei: 'Haar toestand is dus nog steeds kritiek, ben ik bang.'

Anya dacht aan de vader die ze voor de Eerstehulp had gezien en aan de hel die hij nu moest doormaken. 'Hoe is het met haar vader?'

'Zoals te verwachten, die arme man. Hij is wanhopig. Hij zit de hele tijd maar bij haar en houdt de hand van zijn dochter vast. We kunnen hem niet overhalen zelf te rusten of even te pauzeren.' Ze raakte Anya's arm even aan. 'Misschien neemt hij nu even rust. Ik ga hem zeggen dat u er bent.'

'Nee, doe maar niet. Ik kan niet blijven.' Eerlijk gezegd had ze geen idee wat ze aan moest met een treurende vader wiens leven verwoest was door een zinloze moord. 'We kennen elkaar niet eens.'

De verpleegkundige knikte. 'Mag ik hem wel vertellen dat u langs bent geweest?'

'Het heeft geen zin hem lastig te vallen. Ik kom wel een keertje terug.'

Tijdens haar opleiding had ze allemaal feiten en formules geleerd, maar niet hoe ze moest omgaan met rouwende familieleden, van wie de meesten boos waren en daar ook alle recht toe hadden. De pathologie had het voordeel dat het klinisch was en je gevrijwaard bleef van de emotionele bijverschijnselen van de dood, maar je kon de familie wel helpen met het vinden van antwoorden zodat ze de zaak konden afsluiten.

Zelfs dat had ze niet helemaal bevredigend gevonden. Anya was gefrustreerd geraakt door het gebrek aan ervaring op het gebied van verwondingen door seksueel misbruik. Daarom had ze besloten artsen op te leiden in het onderzoeken van de slachtoffers en het interpreteren van de verwondingen. Daardoor had zij uiteindelijk meer ervaring opgedaan dan wie dan ook in de staat en was ze erg in trek bij de politie en het Openbaar Ministerie. Dat had haar de mogelijkheid geboden een privépraktijk te beginnen waardoor ze nu voldoende verdiende om haar ex-man alimentatie te betalen en hun zoon te onderhouden.

Het grootste nadeel van haar werk met seksuele geweldsmisdrijven was dat ze toch weer werd geconfronteerd met slachtoffers, familieleden en hun wanhoop. Anya wist nooit goed raad met de emoties van andere mensen. Ondanks al haar ervaring was ze nooit vertrouwd geraakt met haar rol als trooster. Ze zou meneer Goodwin dus nooit kunnen helpen. Misschien kwam dat wel doordat ze haar eigen ouders in diezelfde situatie had meegemaakt, na de dood van Miriam. Niets wat anderen zeiden hielp, en vaak bleken welgemeende opmerkingen juist kwetsend of ongevoelig.

Ze liep naar de lift en ging naar de onderste verdieping. De secretaresse liet haar binnen en vertelde dat Jeff Sales al in de autopsieruimte was.

Nadat ze een plastic schort en schoenhoesjes had aangetrokken, liep ze de vertrouwde ruimte binnen. Ze rook formaline. Vier van de acht roestvrijstalen tafels waren in gebruik; een kalme ochtend dus in dit deel van de stad.

Liz Gould had 'oppasdienst'. Zij en Shaun Wheeler stonden vlak bij het stoffelijk overschot van Rachel Goodwin.

'Had je hier niet verwacht,' reageerde Liz, kennelijk dankbaar voor de afleiding.

Anya had nog nooit meegemaakt dat een rechercheur het leuk vond bij een autopsie aanwezig te zijn. Kate kwam per definitie te laat, ze was altijd net op tijd voor de samenvatting op het eind.

'Ken je Shaun nog?'

Anya knikte.

De jonge rechercheur stak zijn hand even op, maar zei niets. Hij was zelfs nog bleker dan hij op de plaats delict was geweest. Anya keek hem even met een medelijdende blik aan. Hij zou dit nog vele malen moeten meemaken voordat hij niet meer misselijk werd. Anders zou hij het niet lang uithouden bij Moordzaken.

'Hier heb ik iets interessants.' Jeff keek op door zijn ronde brilletje zonder montuur.

De vele steekwonden bloedden niet meer zodat ze goed te zien waren op de schone huid.

De patholoog onderzocht de keel en verstelde de plafondlamp zodat hij beter licht had. 'De larynx is oedemateus, gezwollen dus, net als het strotklepje.' Hij pakte een pincet. 'Er zit iets aan de achterkant van de linkeramandel.' Hij ging naar binnen en haalde er twee dunne draadjes uit, roze.

'Van haar roze topje?' vroeg Anya.

'Ze hebben iets in haar mond gestopt en dat kan een bepaalde mate van verstikking hebben veroorzaakt. Als je het mij vraagt, kan het best dat truitje van de plaats delict zijn.'

'Wacht even,' zei Liz Gould. 'Hoezo verstikking? Ze was gestoken, meerdere keren.'

'Ja, maar een aanvaller stopt wel vaker een prop in de mond van het slachtoffer, om te zorgen dat die z'n mond houdt, zelfs als hij niet van plan is een moord te plegen. Als de neus verstopt raakt, kan het slachtoffer na een tijdje geen adem meer krijgen. Als de prop dan achter in de keel terechtkomt, kan hij de posterior larynx blokkeren, waardoor verstikking optreedt. Als kind dacht ik altijd dat een prop in de mond ongevaarlijk was; ik heb geen idee hoe vaak The A-Team dat gebruikte zonder dat iemand gewond raakte.' Hij glimlachte even. 'De werkelijkheid is totaal anders.'

Liz krabde even aan haar hoofd. 'Is ze nu gestikt door die prop of niet?'

'Als het lab dit weefsel met haar truitje vergelijkt, weten we of dat als prop is gebruikt. De huid rondom haar hals is gaaf, daarom neem ik aan dat iets in haar keel die inwendige zwelling heeft veroorzaakt. Maar het was niet genoeg om eraan dood te gaan. Gezien de hoeveelheid bloedverlies door die andere wonden, leefde ze nog toen ze werd gestoken.'

Anya dacht terug aan wat ze had gezien. Iemand had Rachel een prop in de mond gestopt en die er weer uitgehaald toen ze misschien nog leefde, of toen ze lag dood te gaan. Ze had wel eens meegemaakt dat de dader een prop had verwijderd, maar alleen om de kick van de aanval te vergroten. Als dat hier ook het geval was, had Rachels moordenaar gewild dat ze gilde of om genade smeekte. Als schreeuwen niet de reden voor de prop was geweest, had de moordenaar zijn slachtoffer nog meer willen kwellen.

De rillingen liepen haar over de rug. Sophie had misschien wel gehoord wat er met haar zus in de slaapkamer gebeurde. Misschien had ze het zelfs wel gezien. Hoe langer het meisje buiten bewustzijn en aan de beademing bleef, hoe meer tijd ze had om bij te komen van deze nachtmerrie.

Jeff wijdde nu zijn aandacht aan de huid op de borst en de buik van het dode meisje. De vorm van de zes wonden varieerde, maar ze waren evenredig over de borst en de buik verdeeld.

Liz Gould schraapte haar keel. 'Kun je ons iets vertellen over het wapen, of gaat het om meer dan één mes?'

'Wonden van verschillende grootte en vorm betekenen niet automatisch dat er meer dan één wapen is gebruikt, hoewel ik dat nu nog niet kan uitsluiten. De vorm van een wond is niet alleen afhankelijk van de vorm van het lemmet, maar ook van de eigenschappen van de huid en de locatie van de wond. Het is heel goed mogelijk dat al deze steekwonden met hetzelfde wapen zijn gemaakt.'

Shaun Wheeler begon aantekeningen te maken, maar hield er even mee op. Hij keek naar twee snijwonden, een smalle en een bredere. 'Hoe kunnen die zo van elkaar verschillen als ze met hetzelfde mes zijn gemaakt?'

'De kracht die nodig is om een snee in de huid te maken, is afhankelijk van een aantal factoren, onder andere van de scherpte van de punt van het mes. Hoe scherper die is, hoe gemakkelijker het is een snee in de huid te maken.' Jeff prikte met zijn scalpel in een van de wonden. 'Zodra er een snee in de huid is gemaakt, glijdt het mes gemakkelijk naar binnen en zelfs dwars door de organen heen.' Het grootste deel van zijn metalen scalpel verdween onder de huid. 'Daar is dan niet meer veel kracht voor nodig.' Hij trok zijn scalpel terug. 'Als het mes een bot raakt, zal de snee korter zijn dan de lengte van het lemmet.'

'Hoe weet u dan hoe lang het lemmet is?' Wheelers misselijkheid leek verdwenen.

'Door alle wonden te onderzoeken,' antwoordde Anya. 'De lengte van het lemmet kan minder groot zijn, even groot of groter dan de diepte van de wond.'

'Wacht even, hoe kan die nou dieper zijn dan de lengte van het lemmet?'

Liz balde haar vuist en keek Wheeler aan. 'Stel dat ik een mes in mijn hand heb. Als jij je naar me toe buigt en ik behoorlijk wat kracht zet...' Langzaam drukte ze haar vuist in zijn buik, tot hij naar voren boog.

Anya zei: 'Doordat de huid naar achteren wordt geduwd. Maar zodra de huid weer is teruggeveerd, zal de diepte van de wond langer zijn dan de lengte van het lemmet. Die hangt af van de kracht die is gebruikt.'

Wheelers gezicht verhelderde. 'Dat klinkt logisch.'

'Ik zeg altijd dat je dit soort dingen moet zíén om ze te kunnen begrijpen.' Jeff Sales leek de demonstratie wel leuk te vinden. Hij genoot van interactie met anderen, of van klassieke muziek als er niemand in de buurt was, en hij greep elke kans aan om rechercheurs te onderwijzen. 'Om dezelfde reden kan de lengte van de huidwond even groot, minder groot of groter zijn dan de breedte van het mes.'

'Ik voel me heel dom. Dat wist ik niet,' mompelde de jonge rechercheur.

'Gewoon zeggen hoor, als je iets niet weet of begrijpt. Stomme vragen bestaan niet.' Liz gaf Wheeler een klopje op de schouder. 'Fouten maak je door geen vragen te stellen. En je moet je nooit iets aantrekken van wat anderen van je denken. De kans is namelijk groot dat als jij iets wilt vragen, iemand anders dan ook wil doen.'

Wheeler stopte zijn notitieboekje in zijn achterzak en sloeg zijn armen over elkaar. 'Goed dan. Hoe kan de insteekwond langer zijn dan de breedte van het lemmet?'

'Alweer een goede vraag.' Jeff was in zijn element. 'Een lemmet met één scherpe kant kan door de huid glijden zodat de snee langer wordt. Maar doordat huid elastisch is, kan de wond ook korter zijn dan het lemmet breed is.'

Fronsend vroeg Liz: 'Er is iets wat ik niet helemaal begrijp. Op het roze topje zat een bebloede vingerafdruk. Je zou denken dat het in haar mond was gepropt voordat ze werd gestoken, gezien de hoeveelheid bloedverlies.'

'Klopt.'

'Waarom zit er dan bloed op?'

'Misschien gilde ze bij de eerste steekwond en heeft haar aanvaller daarna die prop in haar mond geduwd,' opperde Jeff.

'Haar handen waren aan het bed vastgebonden, ze kon dus nergens naartoe. Dus hij steekt haar, houdt ermee op, heeft bloed op zijn handen en stopt haar topje in haar mond. We weten dat ze nog leefde door de zwellingen waar je het over had. Daarna steekt hij haar weer.'

'Of hij begint aan de zus. Misschien bindt hij eerst Rachel vast, valt vervolgens Sophie aan en snijdt haar de keel door. Als hij denkt dat Sophie dood is, vermoordt hij Rachel,' zei Wheeler.

Liz schudde haar hoofd. 'Die sadistische klootzak zou dan al helemaal onder het bloed zitten.'

Anya herinnerde zich dat het huis er niet uitzag alsof iemand die onder het bloed zat erdoorheen had gelopen.

'Misschien heeft hij er goed over nagedacht,' zei Wheeler.

'Of er was sprake van meer dan één moordenaar,' zei Anya.

Het idee dat twee mensen samen zo veel geweld hadden gebruikt, was zelfs nog schokkender. Ze wilde meer weten over de genitale verwondingen. 'Jeff, wat kun je zeggen over de omgeving van de vagina?'

'Er zitten blauwe plekken aan de binnenkant van haar dijen, zoals je kunt zien.' Hij bewoog een knie naar buiten waardoor een aantal grote paarse plekken zichtbaar werden.

Anya kwam dichterbij staan.

'Het slijmvlies in de vulva is gescheurd en ik zie een grote bloeduitstorting.' De lab-assistent kwam erbij staan met een digitale camera en begon zwijgend foto's te maken van de verwondingen die Jeff beschreef. 'We hebben ook close-ups nodig, bedankt. Ik heb al wat uitstrijkjes genomen,' voegde Jeff eraan toe, 'maar we moeten even afwachten. Er waren een paar donkerder schaamharen, maar zonder wortels helaas.'

Jeff beëindigde het globale onderzoek en ging toen verder met het inwendige onderzoek, dat veel meer tijd kostte.

Anya dacht terug aan de plaats delict. 'Waren er ook sloten geforceerd?'

Liz schudde haar hoofd. 'Wie het ook was, is door de voordeur binnengekomen. Het is goed mogelijk dat de meisjes hun aanvaller of aanvallers kenden.'

'Heb je al mogelijke verdachten?'

De rechercheur fronste haar voorhoofd en wachtte tot Jeff de Stryker-zaag uitzette. 'De buren zijn ondervraagd, maar die hebben kennelijk niets gehoord of gezien. En nadat we via de media getuigen hebben opgeroepen, zijn er nog maar een paar telefoontjes binnengekomen, maar die hebben volgens mij niets opgeleverd.'

Anya had vroeger altijd gedacht dat mensen het zo erg zouden vinden wat er met slachtoffers als de meisjes Goodwin was gebeurd, dat ze zich wel zouden melden als ze informatie hadden. Maar in de loop der tijd was ze tot de ontdekking gekomen dat veel mensen te bang waren om naar de politie te stappen of het zo druk hadden dat ze niet eens op de hoogte waren van het nieuws op tv of in de krant.

Jeff Sales keek op. 'Kans op een boos ex-vriendje? Niets is erger dan een afgewezen minnaar. Vrouwen worden vaak gruwelijk mishandeld door mannen die beweren dat ze ontzettend veel van ze houden.'

Een van Anya's eerste gevallen als patholoog was de afslachting van een ex-vriendin en zeven andere gezinsleden. Het vroegere vriendje was naar haar huis gegaan waar hij haar moeder en broertje had doodgeschoten, waarna hij rustig naar het familiebedrijf was gereden om de resterende gezinsleden af te slachten, waarbij hij zijn ex-vriendin voor het laatst had bewaard. Zelfs toen hij al in gevangenis zat, bleef hij beweren dat hij zielsveel van haar had gehouden.

'Op dat soort liefde zit ik niet te wachten,' zei Kate Farrer toen ze het vertrek binnenliep. 'Heb ik iets gemist?'

'Ik ben nu de inwendige verwondingen van de borst aan het onderzoeken,' antwoordde Jeff. 'Een daarvan is maar een paar millimeter langs de aorta gegaan.' Hij keek verder. 'Hé, ze heeft een harttamponnade gehad. Deze wond heeft het pericardium kapotgesneden.'

'Wat betekent dat?' Liz stapte naar voren om beter te kunnen zien.

'De punt van het mes is door het buitenste deel van het hart gegaan, het hartzakje dat zich tussen de hartspier en een laagje weefsel bevindt. Te vergelijken met de longen die omgeven zijn door het borstvlies. Ik betwijfel of ons slachtoffer na deze steek nog lang pijn heeft gevoeld.'

Anya zag dat er zo veel bloed in zat dat de dood een paar seconden tot een minuut nadat het mes hier doorheen had geprikt moest zijn ingetreden.

'Wanneer er bloed in het zakje vloeit, kan het niet meer weg. Het beklemt het hart zodat het niet langer goed kan kloppen. Al snel daarna kan het hart het lichaam niet langer van bloed voorzien.'

'Dat is dus de officiële doodsoorzaak: steekwond in het hart,' zei Wheeler, die druk aantekeningen maakte van wat ze zeiden.

'Degene die dit heeft gedaan, wist wat hij deed,' zei Kate. 'Anya, kan ik even met je praten?'

Jeff Sales had het hart verwijderd en legde het op de weegschaal. Anya en Kate verlieten het vertrek.

In de gang zei Kate zacht: 'Ik was net bij Giverny's autopsie. Daarom was ik te laat.'

'Zeg alsjeblieft dat ze bewijzen hebben gevonden dat ze is vermoord.'

Kate stond met de handen in haar broekzakken te schuifelen. 'Tenzij je kunt bevestigen dat ze al bloeduitstortinkjes in haar gezicht had toen je begon met die hartmassage, kan onmogelijk worden bewezen dat ze is vermoord... Sorry, maar ik wilde niet dat je dit van iemand anders zou horen.'

Anya slikte, ze had opeens een droge keel. 'En die verf in de garage dan?'

'Als een patholoog niet kan bevestigen dat ze is vermoord, kunnen we haar dood niet onderzoeken. De rechter van instructie zal vermoedelijk tot de slotsom komen dat de doodsoorzaak onbekend is, zodat we niets kunnen doen.'

'De Harbourns hadden een reden waarom ze niet wilden dat ze zou getuigen.'

'Ja, en de vier mannen met de beste reden zaten die dag in de gevangenis. Het enige nóg betere alibi zou zijn dat je met de commissaris van politie had zitten ontbijten. Natuurlijk, ieder lid van dat gezin kan in Giverny's huis zijn geweest, maar we hebben niet genoeg om een huiszoekingsbevel te krijgen. Meer dan vandalisme voor dat schilderwerk en misschien wederrechtelijk betreden van een woning hebben we niet. En de buren hebben niets gezien, net zomin als Giverny's vader.'

Anya kon haar oren bijna niet geloven. Giverny was niet alleen verkracht, maar het proces was een kwelling voor haar geweest en bovendien was ze op de ochtend van de nieuwe behandeling van de zaak met de dood bedreigd, in bloedrode hoofdletters.

'En die dreigementen dan?' vroeg Anya met schrille stem. 'STERF SLET is niet gewoon vandalisme. Dat is directe bedreiging van een kroongetuige.'

Een technicus wurmde zich langs hen heen en ze keken hem na tot hij was verdwenen.

Kate sloeg haar armen over elkaar. 'Luister. Tenzij we kunnen bewijzen dat ze is vermoord, is dat niet meer dan graffiti. Het spijt me, ik weet precies hoe je je voelt.'

Anya betwijfelde dat. Ze werd er gewoon beroerd van. Wat ze voelde was de eroderende, knagende pijn van schuld en machteloosheid. Door haar – vergeefse – poging Giverny te reanimeren, had ze de plaats delict effectief vernietigd. Haar gedrag betekende dat de Harbourns niet alleen onder de groepsverkrachting uit kwamen, maar ook wegkwamen met moord.

Die nacht lag ze te malen en rusteloos te woelen. Ze hoopte dat haar hoofd wat tot rust zou komen als ze naar haar iPod luisterde. Maar vannacht vond ze Mozarts fluit- en harpconcert even rustgevend als gierende autobanden.

Ze ging rechtop zitten en zette in plaats van de muziek een lezing op over schedelzenuwen. Maar de stem van de docent irriteerde haar.

Toen ze haar drumstel in de nis van de kamer zag staan, realiseerde ze zich dat ze op haar reis de muziek ontzettend had gemist. Ze trok haar katoenen kamerjas aan, liep naar het drumstel en pakte de drumstokjes. Ze koos een salsaritme op haar iPod, telde mee en begon mee te spelen. Met de hi-hat dicht om het volume te beperken, accentueerde ze het ritme met haar linkervoet. Om de een of andere reden lukte het niet om haar linkerhand met de kleine trom en de bekkens te coördineren. Zelfs met de geluiddempende hoezen erover bleef het een kakofonie.

Ze controleerde haar greep. Handpalm omhoog, stokje tussen de middel- en ringvinger. Misschien voelde het zo vreemd omdat het zo lang geleden was. Ze zette 'Rock and Roll High School' van de Ramones op, telde één, twee, drie, vier. Eén, twee, drie, vier. Bij vijf was ze al uit de maat. Ze probeerde het opnieuw en pakte de stokjes steviger vast. Nog steeds ging het niet goed en ze begon te zweten.

Voor de verandering kon het haar niets schelen als haar buurvrouw zou komen klagen. Dat mens deed altijd net alsof ze doof was als Anya iets tegen haar zei. Dan kon ze nu ook geen last van haar hebben.

Ze deed de hi-hat open en speelde een geïmproviseerde solo. Eerst zachtjes maar steeds luider. Het zweet stond in haar nek en in haar handen.

Klap, bang, rol, klap. Haar woede werd met elke slag iets minder.

Toen haar hartslag rustiger werd, gleed ze hijgend van de kruk op de grond. Verdorie! Waarom kon ze zich niet herinneren hoe Giverny eruit had gezien toen ze haar vond? Ze probeerde zich Giverny's gezicht weer voor de geest te halen, maar ze wist het echt niet meer.

Met trillende handen liet ze de drumstokjes vallen.

9

Om acht uur liep Anya langs de beveiliging en trof Hayden Richards in de foyer van het Openbaar Ministerie.

'Hoe gaat het met je verkoudheid?' vroeg hij.

'Bijna over.' Ze was echt aan de beterende hand. Misschien had Indiaas eten een betere invloed op haar gezondheid dan ze had gedacht. Als ze er moe uitzag, had dat een andere reden.

'Weet jij waar Natasha met ons over wil praten?' Ze richtte haar aandacht weer op het werk.

Hayden haalde zijn schouders op. 'Dat zullen we snel genoeg weten.'

De officier van justitie stapte de lift uit en liep naar hen toe. 'Ik neem jullie meteen mee naar boven,' zei ze en ze keek Anya amper aan. Aan haar gekreukelde bloes en kokerrok te zien was ze al een hele tijd aan het werk.

Op de zevenentwintigste verdieping liep ze voor hen uit tussen allemaal bureaus met stapels dossiers erop en ertussenin. De advocaten die ervoor kozen hier te werken, hadden het duidelijk ontzettend druk. Toch werden ze vergeleken met hun collega's met particuliere cliënten zwaar onderbetaald. Telefoons rinkelden en mensen liepen rond met dossiers of telefoneerden.

Ze kwamen in Natasha's kantoor; haar bureau was leeg, maar elke stoel en plank lag vol dossiers die met een lint waren dichtgebonden. Op de vensterbank stond een foto met glimlachende wandelaars erop en een bord met een appel en een mes.

'Ga zitten.'

De bezoekers namen plaats. Natasha leek niet in de stemming voor een beleefd praatje. 'Ik heb het autopsierapport van Hart gezien. Dood door verstikking, met behulp van een kabel. Niets over moord, tekenen van een worsteling of inmenging van een derde. Met andere woorden, we hebben niets. Kan iemand me dat misschien uitleggen?'

Hayden keek naar Anya. 'Tja, ik heb geen verdedigingswonden of blauwe plekken gezien die erop wezen dat ze met iemand heeft gevochten.'

'Hoe zit het dan met die vinger onder de kabel? Wijst dat er niet op dat ze heeft geprobeerd de strop los te krijgen?'

Anya ging rechtop zitten. 'Het is mogelijk dat ze zichzelf heeft willen verhangen, maar zich later heeft bedacht. Dat gebeurt wel eens.'

'Denk je dat?'

'Nee,' snauwde Anya. 'Maar wat ik denk is niet belangrijk. Dat kan ik tijdens de rechtszaak ook niet ontkennen.'

Natasha keek naar Anya en trommelde met haar vingers op haar bureau. 'Goed dan. Kun je de mogelijkheid uitsluiten dat ze is vermoord en haar moordenaar heeft geprobeerd het er als zelfmoord te laten uitzien?'

'Die mogelijkheid kan ik niet uitsluiten.' Anya koos haar woorden even zorgvuldig alsof ze in de rechtbank stond.

Hayden schraapte zijn keel. 'We hebben een motief, maar geen kans. We zijn alle telefoontjes nagegaan die de Harbourns vanuit de gevangenis hebben gepleegd, maar zij hebben alleen met familieleden gebeld. De andere broers claimen dat alle gezinsleden de hele nacht en ochtend bij elkaar waren. Tot nu toe hebben we niets ontdekt wat dit alibi kan ontzenuwen. We weten niet eens wanneer die teksten op de auto en de garagemuur zijn geschilderd.'

Natasha stopte met trommelen. 'Als het een garage is voor twee auto's, waarom heeft de vader die teksten dan niet gezien toen hij wegreed om zijn ex-vrouw op te halen?'

'De garagedeur klemt en hij wilde Giverny laten uitslapen. Daarom had hij de avond ervoor zijn auto op straat laten staan,' vertelde Hayden.

'Heeft Forensische Opsporing de garage al onderzocht op vingerafdrukken en sporen?'

'Nergens in de garage of op de auto zaten vingerafdrukken. Degene die dit heeft gedaan droeg handschoenen. Als een van de Harbourns daar is geweest, heeft die geen sporen achtergelaten.'

'Ik wil dat je nagaat of er die nacht of ochtend in de omgeving van het huis snelheidscontroles zijn gehouden. Controleer ook de route naar het huis van de Harbourns. En benzinestations, bekijk alle videobeelden voor het geval een van hen heeft getankt. Als die gearresteerde broers veroordeeld zouden worden voor groepsverkrachting, hebben ze ontzettend veel te verliezen. Met de nieuwe wetten zouden ze levenslang kunnen krijgen voor ontvoering en groepsverkrachting.'

Nadat er een golf groepsverkrachtingen had plaatsgevonden, had de overheid de straffen daarvoor verhoogd. Er waren al verschillende groepen veroordeeld. De daders kwamen uit allerlei culturele en maatschappelijke groeperingen. De media besteedden vooral aandacht aan zaken met een racistisch tintje, maar het probleem bleef niet beperkt tot een bepaalde groepering. Niet alle slachtoffers die Anya en haar collega's zagen, deden officieel aangifte bij de politie. Geweldpleging door groepen nam schrikbarend snel toe. Of dat het gevolg was van verveling bij jongemannen, slechte sociaaleconomische omstandigheden of een gruwelijke maatschappelijke trend was niet duidelijk.

Natasha zei tegen Anya: 'Ik wil dat je goed nadenkt. Kan het zijn dat je je niet kunt herinneren of ze bloeduitstortingen in haar gezicht had doordat je die dag ziek was en koorts had?'

Hayden keek haar aan. Had hij haar daarom gevraagd hoe ze zich voelde? Zij had aangenomen dat het hem echt iets kon schelen. Verdorie! 'Als je suggereert dat mijn beoordelingsvermogen werd beïnvloed doordat ik koorts had, dan vergis je je. Mijn eerste prioriteit was haar leven redden en als dat was gelukt, zou je dit nu niet vragen.'

'Dat zijn we allemaal met je eens.' Toch bleef Natasha's toon beschuldigend. 'Wat ik bedoel is dit: als je jouw politieverklaring zou mogen herzien nu je weer in orde bent, zou je er dan iets aan veranderen? Niemand zou het je kwalijk nemen als je door je ziekte een foutje hebt gemaakt.'

Anya hoopte dat Natasha niet probeerde haar over te halen haar verklaring te herzien. 'Suggereer je soms dat ik heb gelogen?'

'Nee, maar als het je nu te binnen schiet dat er wel rode vlekjes op Giverny Harts gezicht zaten, is het nu het juiste moment om dat te vertellen.'

Anya voelde dat haar borstkas zich spande. Ze keek naar Hayden en vroeg: 'Ben jij hier soms ook bij betrokken?'

Hayden schudde zijn hoofd. 'Zeker weten van niet. Weet je, Natasha, je begeeft je op heel dun ijs. Dit kan worden beschouwd als beïnvloeding van een getuige, en ik ben bereid dat te verklaren, officieel.'

Natasha gaf een klap op haar bureau. 'Heb het lef niet mij te bedreigen. Als jullie je werk beter hadden gedaan, zou Giverny Hart nog leven en zouden die verkrachters de rest van hun leven achter de tralies zitten.'

Anya stond op, ze was woedend. 'Ik wilde dat ik je kon vertellen wat je wilt horen zodat je een zaak hebt, maar dat kan ik niet. Ik kan het me niet herinneren. Ik heb alleen die kabel om haar hals gezien. Haar hoofd was warm, dat weet ik omdat ik haar in mijn armen nam toen we die kabel probeerden los te snijden. Ik kan je vertellen hoe haar mond smaakte toen ik lucht in haar longen blies. Ze smaakte naar pepermunt, zoals van tandpasta.'

Hayden stak zijn hand naar haar uit. Natasha stond nu ook, maar Anya was nog niet klaar.

'En ik kan je vertellen hoe het voelde toen een van haar ribben brak onder de druk van mijn hand. En wil je dat ik je vertel over die dierlijke kreet die haar vader uitte toen ik hem vertelde dat zijn dochter dood was?' Anya hapte naar adem en realiseerde zich dat de tranen over haar wangen stroomden. Ze zag dat Natasha ook bijna huilde.

Hayden stak zijn armen uit naar beide vrouwen. 'Volgens mij moeten we even pauzeren, en gaan zitten.' Hij schraapte zijn keel, haalde een zakdoek tevoorschijn en wreef ermee over zijn ogen en neus.

Anya ging langzaam zitten.

Natasha ging ook zitten en zei: 'Sorry, Anya. Dit is geen heksen-jacht en het was niet mijn bedoeling je te compromitteren. Ik weet dat je je uiterste best hebt gedaan Giverny te redden. Ze was heel erg op je gesteld.'

'Slachtoffers van seksueel geweld hangen heel vaak aan hun arts,' zei Anya.

'Goed dan. Als we nergens mee kunnen bewijzen dat Giverny is vermoord, dan wil ik de aanklacht wegens seksueel misbruik her-stellen, maar nu nog niet. Daar kunnen we beter mee wachten tot we een ijzersterke zaak hebben, omdat we ze maar één keer we-gens groepsverkrachting kunnen vervolgen. Daarom hebben we de aanklacht voorlopig ingetrokken. Maar om de Harbourns te kunnen pakken heb ik jullie hulp nodig.'

Hayden keek naar Anya. Zonder de kroongetuige was het een zwakke zaak en hadden ze alleen maar verklaringen uit de tweede hand. Op dit moment leek het de enige mogelijkheid. 'Excuses aan-vaard. Wat wil je dat ik doe?'

10

Nadat haar collega's van de afdeling Jeugd- en Zedenzaken haar weer welkom hadden geheten, ging Anya naar haar kantoor. Omdat er maar zo weinig artsen gekwalificeerd én bereid waren dit werk te doen, was het een geaccepteerde noodzaak geworden er af en toe tussenuit te gaan. Ondanks dat dit meer werk voor de anderen betekende, had iedereen voordeel van de kennis en de ervaring die de artsen mee terugnamen.

Anya begon met het controleren van dossiers van een jaar of langer geleden. Ze dacht aan een jonge vrouw die bij haar was gekomen voor een lichamelijk onderzoek en een morning-afterpil. Ze had geweigerd aangifte te doen bij de politie en ze wilde niet veel kwijt over de details van haar verkrachting. Maar ze had wel laten vallen dat een paar broers haar om beurten tot seks hadden gedwongen. Een van hen was haar vriendje geweest.

Dat feit was in Anya's geheugen blijven hangen. Als de broers het vriendinnetje van een van hen verkrachtten, was de kans groot dat ze ook andere vrouwen verkrachtten.

Hoeveel maanden geleden was die jonge vrouw bij haar geweest? Anya wist het niet meer. Ze bekeek dossier na dossier en probeerde zich de details van die zaak te herinneren. De kans was groot dat de Harbourns erbij betrokken waren. Er zouden immers niet veel broers zijn die vrouwen verkrachtten, tenminste, dat hoopte ze maar.

Natasha Ryder had gevraagd of ze kon helpen met het zoeken naar zaken die hetzelfde patroon hadden. Als ze nóg een slachtoffer kon vinden die tegen de broers kon getuigen, zou dat hun zaak sterker maken. Dat had Giverny wel verdiend.

Mary Singer kwam haar een kopje koffie brengen en ze moest stoelen opzijschuiven om bij haar bureau te komen. De afdeling kwam ruimte te kort, omdat ze zoveel koelkasten nodig hadden waarin ze de forensische bewijzen konden bewaren. Vaak waren slachtoffers vlak na hun verkrachting niet bereid aangifte te doen, maar enige tijd later wel. Soms betekende dit dat ze de bewijzen lange tijd moesten bewaren.

Kantoren werden vaak niet gerenoveerd, vooral niet als daar overheidsgeld voor nodig was. Anya vond dat niet zo erg. Haar kantoor was te klein voor bezoekers, waardoor niemand lang bleef hangen. Bovendien kon ze de deur op slot doen, zodat ze ongestoord kon doorwerken. Als parttimedirecteur kon ze toch al weinig uren op kantoor doorbrengen.

De advocaat leunde tegen Anya's bureau, een plank die de hele lengte van het smalle vertrek in beslag nam. In de hoek stond een dossierkast en met de beide stoelen voor de bezoekers was het kantoortje vol. Op de vloer onder het bureau lag een stapel dossiers.

'Je wilt me toch niet vertellen dat je een audit moet doen?'

'Nee. Ik ben op zoek naar een dossier, maar ik kan me niet herinneren hoe de vrouw heette.'

'Kan ik je helpen?'

'Een jonge vrouw, verkracht door haar vriendje en zijn broers.'

'Komt me bekend voor. Heb je al op het rooster gekeken wanneer je dienst had?'

Anya nam een slokje koffie. 'Dat is het probleem. Ik had meestal dienst, terwijl mijn collega's zwangerschapsverlof of ander verlof hadden.'

'Hoe zag ze eruit?'

'Kort, mager, lang donker haar. Ze had een piercing in haar wenkbrauw, maar ze was niet erg spraakzaam.' Het was gemakkelijker dat soort details te onthouden dan een naam, omdat elk onderzoek ongeveer een uur in beslag nam. Zo iemand vergat je niet snel weer.

Mary keek naar de vloer. 'Halloween.'

Anya keek op. 'Pardon?'

'Halloween. Kijk eens bij eind oktober. Ik weet nog dat ik dacht dat ze van een Halloweenfeestje kwam. Zwarte kleren en een bleek gezichtje. Bedoel je die?'

Mary had gelijk. De vrouw was in het zwart gekleed en had donkere lippen, zodat ze iets gotisch had. Anya bekeek de dossiers van oktober-november. Niets. Toen controleerde ze oktober van een jaar eerder. Opgelucht haalde ze het dossier tevoorschijn. 'Ik heb het! Bedankt.'

Mary stond op en wilde gaan. 'Je weet zeker wel dat Giverny morgen wordt begraven? Ik ga, dus als je een lift wilt?'

Anya wist het, maar ze wist nog niet of ze ernaar toe wilde. Ze had geen idee of de Harts het prettig zouden vinden dat ze er was of dat haar aanwezigheid hen juist van slag zou brengen. 'Ik kijk wel even hoe het morgen loopt. Misschien heb ik het te druk en bovendien heb ik dienst.'

Mary keek haar over haar halve bril heen aan. 'Als je erover wilt praten, weet je waar je me kunt vinden. Vergeet niet dat verzorgers ook aandacht nodig hebben!'

Maar Anya was al verdiept in het dossier en bladerde door naar haar samenvatting. 'Bedankt voor de koffie,' zei ze nog toen Mary de deur achter zich sloot.

De negentienjarige Violet Yardley was op 30 oktober bij haar gekomen. Zoals altijd had Anya summiere aantekeningen van hun gesprek gemaakt, om het slachtoffer te beschermen. Als de verkrachting ooit voor de rechter kwam, kon zelfs een minuscuul verschil tussen Anya's aantekeningen en de bewoordingen van de aangifte bij de politie door een handige advocaat van de verdachte worden gebruikt om het slachtoffer in diskrediet te brengen.

Ze keek naar het adres. Het was niet ver. Ze opende haar laptop, zocht het adres op en vond W. en P. Yardley. Anya toetste het telefoonnummer in.

Een vrouw van middelbare leeftijd met een Italiaans aandoend accent nam op.

'Hallo, ik ben op zoek naar Violet Yardley.'

De vrouw vertelde dat haar dochter bij een opvangcentrum voor daklozen annex voedselbank werkte en daar nu ook was. Toen Anya haar vroeg of ze Violet daar kon ontmoeten, gaf de moeder zonder meer het adres door.

Anya schrok er altijd weer van hoeveel informatie mensen via de telefoon doorgaven, vooral als ze door een vrouw werden gebeld. De meeste mensen waren te goed van vertrouwen en dat was precies de reden waarom creditcardfraude en andere zwendelpraktijken nog altijd voorkwamen.

Anya liep naar buiten en nam een taxi. Een paar minuten later stond ze in een oud pakhuis. Voor een open deur stond een bord 'Alleen goederenafgifte. Verboden te parkeren'. Binnen vulden enkele mensen dozen met voedsel en groente en fruit.

Violet zag er magerder en uitgemergelder uit dan vroeger. Ze had geen piercing meer in haar wenkbrauw, maar ze droeg nog wel steeds een zwarte trui en spijkerbroek. Toen ze Anya zag stopte ze met het vullen van haar doos. 'Ik neem even pauze,' zei ze tegen niemand in het bijzonder. Ze pakte een pakje sigaretten uit haar tas en liep naar de open deur.

Anya liep achter haar aan naar buiten. 'Ik weet niet of je nog weet...'

'Hoe zou ik dat kunnen vergeten?' Ze stak haar sigaret aan, inhaleerde en zei: 'Ik had niet verwacht u ooit weer te zien.'

'Dat is logisch. Ik hoop dat je het niet erg vindt, maar ik heb naar je huis gebeld en de vrouw die opnam vertelde dat ik je hier kon vinden.'

'Mijn moeder vindt dat ik vaker vrienden mee naar huis moet nemen, daarom is ze blij als íémand me belt.'

Anya glimlachte. 'Moeders zijn bezorgd. Dat is nu eenmaal

zo. Dat is gedeeltelijk de reden dat ik hier ben. Je bent niet teruggekomen en ik wilde even kijken of het wel goed met je ging.'

Violet blies de rook uit en keek naar het verkeer. 'Ach, wat zal ik zeggen? Het leven gaat door.'

Een vrachtauto stopte en reed daarna piepend achteruit naar de deur van het pakhuis.

'Dat zijn restjes groenten van de supermarkt,' zei Violet en drukte haar sigaret uit op een metalen bak bij de ingang. 'We maken voedselpakketten voor daklozen en gepensioneerden die de hoge supermarktprijzen niet kunnen betalen.'

'Voordat je gaat...' zei Anya. 'Weet je, dit is allemaal nog vertrouwelijk, maar ik vraag het omdat het belangrijk is: was de achternaam van de mannen die verantwoordelijk waren voor wat je die avond is overkomen Harbourn?'

De jonge vrouw sloeg haar armen over elkaar en beet op haar onderlip. 'Dat heb ik nooit tegen je gezegd.' Violet keek Anya onderzoekend aan. 'Hoe weet je dat?'

Anya kreeg een beetje hoop. Misschien moesten die mannen zich voor nóg een zaak verantwoorden. 'Omdat jij niet de enige bent die ze dit hebben aangedaan.'

'Tja. Nou ja, zoals ik al zei, het leven gaat door.'

Anya gaf haar een visitekaartje, dat Violet aarzelend aannam en in de achterzak van haar spijkerbroek stopte.

'Ik weet dat het niet gemakkelijk is, maar het is nog niet te laat om aangifte te doen. De uitstrijkjes die ik die avond heb genomen zijn er nog, dus als je je bedenkt...'

'Geef me één goede reden.'

'Een van de meisjes die ze hebben verkracht is nu dood. De politie denkt dat zij haar hebben vermoord.'

Met een felle blik zei Violet: 'Dat is onzin. Het was mijn eigen beslissing mee te gaan naar hun huis. Die avond zijn we allemaal dronken geworden. Ze hebben me wel verkracht nadat Ricky en ik gevreeën hadden, maar daar is het bij gebleven. Het is gewoon onmogelijk dat de Harbourns moordenaars zijn. God, Rick was de aardigste knul die ik ooit heb gekend.'

De jonge vrouw liep langs de vrijwilligers die de vrachtwagen aan het uitladen waren en verdween naar binnen.

Ongelovig liep Anya terug naar de dichtstbijzijnde kruising. Bijna anderhalf jaar later verklaarde een vrouw die door een paar mannen was verkracht dat een van hen heel aardig was. Het klonk alsof Violet Yardley zichzelf de schuld gaf van haar verkrachting en het onvergeeflijke verraad van haar vriendje ontkende.

Als ze dat bleef doen, zou niemand kunnen voorkomen dat die mannen weer iemand zouden verkrachten.

II

Na lang aarzelen had Anya op het laatste moment besloten wel naar Giverny's begrafenis te gaan. De middagdienst duurde langer dan verwacht en na afloop stroomden meer dan vierhonderd mensen de kerk uit. Er waren vroegere klasgenoten en docenten om Giverny de laatste eer te bewijzen, maar ook haar grote familie was er natuurlijk en veel buurtbewoners.

Grafredes gingen vergezeld van dia's van Giverny als glimlachende baby, Giverny als tiener met uiteenstaande tanden in schooluniform en Giverny met haar schooltas die bijna even groot was als zijzelf. Anya probeerde haar tranen te bedwingen, net als veel van de andere aanwezigen. Omdat ze zelf moeder was, begreep ze het verdriet van de ouders, ook al was het maar een klein beetje. Na de begrafenis zou haar eigen leven min of meer zijn gewone gangetje gaan, maar het leven van de Harts was onomkeerbaar in negatieve zin veranderd.

Onder het diascherm stond een witte kist die bedekt was met paarse irissen en korenbloemen. Bevan Hart en zijn vrouw zaten op de eerste rij; ze droegen allebei een grote zonnebril om hun verdriet te maskeren.

Anya had ongemerkt willen wegglippen, maar een fotograaf van de krant herkende haar. Zijn flitslicht trok de aandacht van de bewakers, die hem snel wegstuurden.

Bevan Hart liep naar haar toe en nodigde haar uit om bij de familie te komen zitten omdat zij, zo zei hij, haar uiterste best had gedaan het leven van zijn dochter te redden en steeds zo aardig was geweest.

Anya voelde zich een bedriegster, ze wilde dat ze echt iets had kunnen doen om het leven van het meisje te redden. Het was gewoon haar werk om slachtoffers als Giverny te helpen, dat was alles.

Er werd een cd opgezet met liedjes die waren geschreven om de ongevoeligste harten te doen smelten. 'Amazing' bracht nog meer mensen aan het huilen, net als 'Wind Beneath My Wings'. De dienst eindigde met Eric Claptons tragische ode aan zijn overleden zoon, 'Tears in Heaven'.

Mary stond te wachten in de bloementuin. Anya ontdekte ook een paar rechercheurs, onder wie Kate Farrer en Liz Gould, die keken wie er allemaal aanwezig waren. Mensen die buiten waren gebleven werden door een zijingang naar binnen geloodst zodat ze het condoleanceregister konden tekenen. Degenen die binnen waren geweest werden naar de uitgang gedirigeerd.

Alleen de naaste familie ging naar de begraafplaats. Mary en Anya wachtten daarom tot ze Bevan en zijn vrouw konden condoleren. Een vrouw met dezelfde prominente neus en kleine kin als Val Hart bedankte hen dat ze waren gekomen.

'Mijn zwager en zuster zijn heel lovend over jullie,' zei ze. 'Ze vertelden wat jullie voor onze Giverny hebben gedaan. Bedankt voor alles!'

Mary knikte verlegen. 'Onze welgemeende condoleances,' was alles wat ze kon uitbrengen.

De vrouw pakte Anya bij de elleboog. 'Is het waar dat de aanklacht tegen die beesten is ingetrokken?'

Anya mocht daar niet op ingaan, maar ze zei: 'De officier van justitie en de politie willen gerechtigheid voor Giverny. Dat kan ik u beloven.'

'We bidden dat dat gebeurt,' zei de vrouw, waarna ze een verdrietig meisje omhelsde.

Na afloop had Anya er behoefte aan even alleen te zijn. Daarom besloot ze naar haar thuiskantoor te gaan.

Thuis trok ze allereerst haar jasje en panty uit, drukte op PLAY van het antwoordapparaat en liep naar de woonkamer.

Dan Brody had al drie berichten ingesproken. Op steeds dringender toon vroeg hij haar hem te bellen zodra ze thuis was. Ze gromde, ging rechtop zitten, klapte haar mobieltje open en vroeg zich af waarom hij haar daar niet op had gebeld. Het zwarte scherm bevestigde dat de batterij leeg was, alweer. Ze stopte hem in de lader. Gewoonlijk belde Brody's secretaresse als er zaken waren die ze moest afhandelen.

Anya belde hem op zijn mobieltje en hij nam onmiddellijk op.

'Dan, met Anya, je had me gevr...'

'Goddank! Kun je meteen komen? Het is een spoedgeval.'

Voor de verandering praatte de advocaat op zachte toon, onzeker bijna. Anya keek op haar horloge. Door de spits kon ze nooit voor zeven uur bij hem op kantoor zijn en ondanks het late uur wilde ze geen werk weigeren van deze drukke advocaat. Dankzij zijn vele opdrachten liep haar bedrijf heel goed en kon ze de hypotheek en de alimentatie voor Ben betalen. Vanaf het moment dat een collega van zijn advocatenkantoor had geprobeerd haar professionele reputatie te ruïneren, had Brody – als om dat te compenseren – de hoeveelheid werk die zijn kantoor haar gaf verhoogd. Daardoor was ze bij andere kantoren nog meer in trek geraakt als getuige-deskundige en had ze nog meer opdrachten gekregen als consultant.

'Is dit een nieuwe zaak?'

'Ik kan het niet via de telefoon uitleggen, maar ik ben thuis. Ik laat het licht op de veranda aan.'

Anya aarzelde. Ze had gedacht dat hij op zijn werk was. Nadat ze zijn adres had opgeschreven, zei ze aarzelend dat ze zou komen. Terwijl ze haar panty weer aantrok, prikte ze er met een nagel een gat in; dan maar blote benen. Voordat ze het huis verliet, pakte ze haar tas en controleerde ze de raamsloten op de benedenverdieping.

Een uur later reed ze de chique Hunters Hill Street in. Ze vroeg zich af wat het spoedgeval van Dan Brody was dat niet tot de volgende werkdag kon wachten.

Normaal gesproken ging ze niet op huisbezoek bij advocaten en daar wilde ze ook zeker geen gewoonte van maken. Een van zijn belangrijke vriendjes zat zeker in de problemen. Maar waarom had hij bij een spoedgeval een forensisch patholoog nodig?

Het was niets voor Brody om te weigeren dat via de telefoon uit te leggen. Ook het feit dat hij bang was leek niets voor hem. Ze begreep het niet. Eerlijk gezegd had zijn telefoontje haar een beetje bang gemaakt, hoewel ze geen idee had waarom.

In Brody's straat stonden herenhuizen met fraaie, goedverlichte voortuinen. Toen ze de heuvel op reed, bleek de ene tuin nog mooier dan de andere. Of deze wijk kreeg uitzonderlijk veel regen of hier golden geen waterbeperkingen of ze werden genegeerd. Ze stopte boven op de heuvel voor een roodstenen huis met een veranda eromheen, zette de auto op de handrem en stapte uit.

In het lamplicht zag ze een goed onderhouden tuin. Ze duwde het tuinhek open en liep over een stenen pad naar een decoratieve vijver met stenen engelen eromheen. Grote goudvissen zwommen onder de bladeren van de waterlelies door, terwijl een jacarandaboom enige schaduw bood tegen het felle lamplicht.

Ze kreeg een ongemakkelijk gevoel toen ze beter naar het wateroppervlak keek. Dit uitnodigende tafereeltje was een potentiële ramp. Er zou een metalen net op de vijver moeten liggen om te voorkomen dat er een kind in kon vallen. Daar had Brody waarschijnlijk nooit bij stilgestaan omdat hij zelf geen kinderen had, maar een kind kon deze tuin ongehinderd binnenlopen, met de kans op rampzalige gevolgen. Ze nam zich voor dit bij gelegenheid tegen hem te zeggen.

Anya liep de trap op en bleef even op de veranda staan. Ze keek naar de haven in de verte en genoot van het lichte briesje. Daarna trok ze haar rok recht, controleerde haar kapsel in het raam van de voordeur en klopte aan.

Even later deed Dan Brody de deur open. Hij torende hoog boven haar uit, niet alleen door zijn lengte van 1,90 meter, maar ook omdat hij een trede hoger stond dan zij.

'Fijn dat je wilde komen.' Hij liet haar binnen, sloot de voordeur en deed de ketting er weer op.

Anya kreeg een ongemakkelijk gevoel. 'Wat is er aan de hand?' vroeg ze en ze liep achteruit terug naar de voordeur.

'Ik wil gewoon niet dat iemand zomaar binnen kan komen.'

'Je maakt me bang.' Ze keek rond om te zien of er nog meer mensen waren. 'Als je de voordeur weer van het slot doet, kunnen we praten.'

De advocaat maakte een verontschuldigend gebaar. 'O, sorry hoor, ik dacht er niet bij na. Ik bedoelde alleen maar dat ik even onder vier ogen met je wilde praten. Er is nog iemand met een sleutel en ik wil niet gestoord worden.'

Iemand met een sleutel? Zijn nieuwste societyvriendinnetje zeker.

Voordat Anya naar het buitenland was vertrokken, waren zij en Dan uit eten gegaan. Ze hadden gevierd dat een van Dans zaken was geëindigd in vrijspraak voor een dakloze man die van moord was beschuldigd. Het vonnis was gebaseerd op Anya's bewijzen. Die avond was Dan attent en lief geweest, maar twee maanden waren een lange tijd in deze hectische wereld.

'Prima.'

Dan, die er anders altijd perfect uitzag, droeg nu geen stropdas en een gekreukelde spijkerbroek. Om zijn gekneusde enkel en voet zat een slordig verband gewikkeld.

'Heeft dit iets te maken met die eerstehulppoging aan je voet?'

'Ja, wel een beetje. Ik ben door een houten vloer gezakt. En het was niet eenvoudig voor zo'n lange vent als ik om er weer uit te komen.'

Hij deed een houten schuifdeur open en strompelde een kamer in. Anya liep achter hem aan naar binnen. Tot haar verbazing werd het vertrek gedomineerd door een glanzende, notenhouten vleugel. Alle wanden waren bedekt met boekenplanken die vol stonden met gebonden boeken en boeken met leren omslagen. Een droomkamer, volgens Anya, alleen zou in haar droomkamer naast de vleugel een drumstel staan. 'Ik wist niet dat je zo van lezen hield.'

'Doe ik ook niet,' antwoordde hij. Hij liet zich vallen op een bruinleren stoel die naast de marmeren open haard stond. 'Tot voor kort was dit het huis van mijn ouders.'

Anya wist dat Dans moeder was overleden en dat zijn vader, die een beroerte had gehad, nu in een verpleeghuis woonde. Verder wist ze vrijwel niets van zijn ouders.

'Mijn moeder was een verwoed lezer. Ze las alles, van filosofie en religie tot wereldse zaken. Het heeft me altijd verbaasd dat ze zo dol was op misdaadromans. Ze was bovendien een begaafd schrijfster en kunstenares.'

'En je vader?'

'Een paar weken na het overlijden van mijn moeder kreeg mijn vader een beroerte. We hebben geprobeerd hem thuis te houden, maar hij had 24 uur per dag verzorging nodig. Bovendien zijn dit huis en de tuin niet bepaald geschikt voor een rolstoel. Eerlijk gezegd denk ik dat hij het moeilijk vond om hier zonder mijn moeder te wonen.'

Hij veegde een denkbeeldig pluisje van de armleuning van zijn stoel. 'Hoe dan ook, we hebben hem in een verpleeghuis laten opnemen, maar daar kreeg hij weer een beroerte en daarna kon hij niet meer praten. Ik was niet tevreden over de verzorging die hij daar kreeg en ik heb hem daarom een paar weken geleden weer verhuisd.'

Anya voelde zich meer op haar gemak nu ze over zijn familie praatten. Ze had Therese Brody nooit ontmoet, maar ze had fantastische verhalen gehoord over haar liefdadigheidswerk en haar alfabetiseringsprojecten voor autochtonen; ze was kennelijk een intelligente vrouw geweest met een sterk sociaal bewustzijn.

'Is hij al gewend?'

'Volgens mij wel. O, wat onbeleefd, ik vergeet helemaal je iets aan te bieden! Wil je een kopje koffie?'

'Nee, dankjewel. Maar ik wil wel graag weten waarover je met me wilde praten. Zeg alsjeblieft niet dat je wilt dat ik je enkel onderzoek.'

Ze zag Brody nu in een nieuw licht, maar ze had absoluut niet het idee dat dit een gezelligheidsbezoekje was, vooral niet als hij inderdaad een nieuwe vriendin had. Ze had er helemaal geen behoefte aan dat er nu een vrouw zou thuiskomen die de verkeerde indruk zou krijgen.

Dan zat rechtop en streek met zijn handen over zijn bovenbenen. 'Misschien is het beter als ik het je gewoon laat zien.' Hij strompelde de kamer uit en kwam terug met een vaal houten kistje, niet veel groter dan een schoenendoos. Hij hield zijn armen voor zich uit gestrekt, alsof hij bang was voor wat erin zat. Nadat hij even om zich heen had gekeken, zette hij het kistje op de vloerbedekking, strompelde terug naar zijn stoel en ging met zijn rug naar de vleugel zitten. 'Hier heb ik je over gebeld. Ik wist niet wat ik anders moest doen. Ik bedoel, ik ben me rot geschrokken toen ik dit een paar uur geleden vond.'

'Het is toch geen levende rat?'

'Nee, het leeft niet. Het deksel zat zo stevig vast dat het me moeite kostte het open te krijgen.'

Anya hield ook niet van dode ratten, maar ze liet zich van haar stoel op de vloer glijden. Vanuit haar ooghoek zag ze dat Brody opstond en iets verderop ging staan. Zo te zien was hij doodsbang voor wat erin zat.

Ze ging op haar hurken zitten, veegde wat stof van het deksel en zag een gedetailleerd ingelegd design. 'Prachtig handwerk,' zei ze, maar haar gastheer staarde naar buiten. Ze kon niet bedenken wat erin kon zitten dat zo verontrustend was. Ze maakte het slotje los, klapte het deksel open en tilde het vetvrije papier op. Ze deinsde achteruit, kon haar ogen niet geloven.

'Waar heb je dit gevonden?'

Brody bewoog zich niet. 'Onder de houten vloer in de slaapkamer van mijn ouders. Ik was de inloopkast aan het opruimen en opeens zakte ik door de oude vloer. Toen ik mijn enkel eindelijk had bevrijd, zag ik dat kistje.'

Anya keek aandachtig naar het dode figuurtje in het kistje. Het

minuscule lichaam lag in de foetushouding, met de knieën opgetrokken tegen de kin. Geen twijfel mogelijk: dit was een gefossiliseerde menselijke baby.

Even bleef het stil.

'Nu kan ik wel een kopje koffie gebruiken,' zei Anya en sloot het
deksel. 'Maar eerst wil ik mijn handen wassen.'

'Geen probleem.'

Brody strompelde naar de open keuken van waaruit je nog meer
van de tuin kon zien. De keuken werd grotendeels in beslag genomen door een granieten kookeiland. Aan de metalen stangen er-
boven hingen koperen pannen.

Met trillende handen stopte hij een capsule in het koffieapparaat
en zette er een klein kopje onder. Even later rook Anya de koffie.

Dan pakte een pak volle melk uit de rvs-koelkast en goot een
beetje in een metalen kannetje dat naast het koffieapparaat stond.
Een paar seconden later schonk hij schuimende melk in twee
bekers.

Anya waste haar handen in de gootsteen en droogde ze af met
een papieren handdoekje uit een tissuehouder die aan de muur
hing. Ze warmde haar handen aan haar beker. Nu begreep ze waarom Dan zo van slag was.

Ook al had hij al heel veel strafzaken behandeld, waarschijnlijk
had hij nog nooit een dood mens gezien. Het was natuurlijk ook
schokkend als je zoiets in de klerenkast van je ouders vond.

'Heb je enig idee wiens kind dit kan zijn?'

Hij bood haar een rieten stoel aan en ze ging zitten.

'Dit huis is al drie generaties lang in het bezit van de familie van
mijn vader. Het is altijd doorgegeven aan de oudste zoon.'

'Is er ooit een schandaal geweest over een buitenechtelijke
zwangerschap?'

Dan schudde zijn hoofd en spoelde het stalen kannetje om. Behalve een vaasje met vers basilicum waren de werkbladen helemaal
leeg. 'Moeten we de politie bellen? Ik bedoel, ze willen natuurlijk
foto's maken van die...'

'Mogelijk. Ik vraag het wel even, maar het is niet zo ongewoon als je zou denken. Als een tuin opnieuw wordt aangelegd, worden wel vaker babylijkjes gevonden. Vroeger kwamen illegale abortus en een doodgeboren baby vrij vaak voor.'

Brody knikte, maar hij leek niet opgelucht.

Anya liep weg om te bellen en kwam even later terug met een tas die ze uit haar auto had gehaald. 'Ik hoef alleen maar een paar foto's te maken van de kledingkast. Als je wilt neem ik het kistje wel mee naar het mortuarium. Er zal wel een autopsie moeten plaatsvinden.'

'Natuurlijk. Ik laat je zien waar ik het heb gevonden.'

'Misschien moet ik nu ook maar even een DNA-monster van je nemen, als je dat goedvindt, zodat we dat kunnen vergelijken met dat van de baby.'

Dan leunde tegen het aanrecht. 'Het... hij is niet van mij.'

'Dat beweer ik ook niet. Aan het kistje en de toestand van het lijkje is te zien dat het al oud is. Maar het kan ons helpen te ontdekken of het kind van een familielid van je is.'

'Mijn grootouders hebben altijd bedienden gehad. Mijn opa had de reputatie van een ladykiller, voor en tijdens zijn huwelijk.' De ironische overeenkomst met zijn eigen reputatie met vrouwen ging kennelijk aan hem voorbij.

Anya wist dat het vroeger heel vaak was voorgekomen dat een bediende zwanger werd van haar baas en dat dit geheim werd gehouden. Maar het was niet echt verstandig een dood kind in een kledingkast te verstoppen. Het zou verstandiger zijn geweest het lijkje weg te gooien of te begraven.

Ze haalde een wattenstaafje uit haar tas en Brody deed zijn mond open, zodat ze wat wangslijmvlies kon nemen. Ze voelde zijn adem op haar gezicht toen ze het wattenstaafje terugtrok en het in het plastic hoesje schoof.

Dan streelde haar hand even. 'Ik ben... nou ja, dankbaar dat je bent gekomen. Ik wist niet wie ik anders moest bellen.'

Anya voelde dat ze bloosde. Zo had ze Brody nog nooit meegemaakt en ze had nooit gedacht dat hij zo kwetsbaar was. Op het werk was hij altijd beheerst en gedroeg hij zich ongelooflijk arrogant, zelfs vergeleken met andere juristen. Maar het was ook niet zo vreemd dat je van slag raakte als je een lijk in je huis vond. Zijn vriendinnetje zou hem strakjes wel troosten. Heel even was ze jaloers op die nieuwe vrouw in zijn leven.

Met een viltstift uit haar tas labelde ze het monster. Daarna liep ze terug naar de woonkamer. Brody stond in de deuropening, op een afstandje.

Anya bukte zich en pakte het doodskistje op. Ze hoopte, voor de baby en voor Brody, dat de baby een natuurlijke dood was gestorven.

12

De volgende middag verwijderde Anya het vetvrije papier, hield haar adem in en tilde het lijkje voorzichtig uit het kistje. Door ongelijke druk konden er ledematen afbreken. Het was een wonder dat het lichaampje de plankenvloer en de autorit ongeschonden had doorstaan. Het bleke lichaam leek zelfs nog breekbaarder op het koude staal van de ontleedtafel.

Jeff Sales was met de administratie bezig geweest en hij had bijna enthousiast gereageerd toen Anya hem over haar vondst had verteld. Hij wilde het lijkje zo snel mogelijk onderzoeken. 'Het is inderdaad een adipocire, maar dat zei je al.'

In tegenstelling tot het normale ontbindingsproces hadden de huid en de zachte weefsels een transformatie ondergaan. Wat ooit huid was geweest, was nu een harde, vetachtige substantie – adipocire – vooral op de billen, buik en wangen, de vetste delen van het lichaam.

'Het heeft normale afmetingen, het lijkt er dus op dat de baby bij de geboorte helemaal volgroeid was.' Jeff deed de operatielampen aan. 'Wat weten we allemaal?'

'Alleen maar dat hij in een kledingkast is gevonden, onder de houten vloer in een oud houten kistje. Op dit moment weten we absoluut niet wie de moeder was, hoe hij daar is terechtgekomen en of hij wel of niet levend is geboren.'

'We moeten dus kijken of er iets is wat wijst op moord.'

Hij richtte de lamp op de buik. 'Opmerkelijk. Volgens mij is het een meisje, aan de genitaliën te zien. Ik heb nog nooit een lijkje gezien dat zo goed bewaard is gebleven. Er is nog een stompje van een umbilicalis te zien, dus iemand heeft na de geboorte de navelstreng doorgeknipt.'

Het was minder gemakkelijk om te bepalen of de baby had geademd. Als er ooit lucht in de longen had gezeten, was dat niet meer te zien. Ze waren nu plat en halfvergaan.

'Kunnen we het navelstompje rehydrateren om te zien of de baby pasgeboren was of al een paar dagen oud?'

'Een geweldig idee! Ik zal een paar biopten doen.'

Het felle licht accentueerde enkele huidscheurtjes. Het zou heel moeilijk worden om te bepalen of deze waren ontstaan tijdens de vorming van de adipocire, of door slagen op de buik, dijen en bovenarmen.

John Zimmer en een vrouw van Forensische Opsporing kwamen binnen, beiden in hun werkoverall. 'De secretaresse zei dat jullie hier waren.'

Zimmer had een zesde zintuig voor ongebruikelijke doodsoorzaken. Door zijn werk was hij vaak bij een autopsie aanwezig. 'Dacht dat we maar eens moesten kijken of dit een zaak voor ons wordt.'

'We weten nog niet of de doodsoorzaak verdacht is of niet.'

Toch nodigde Jeff Sales hen allebei uit erbij te blijven. 'Hoe meer mensen hoe meer vreugd, zeg ik altijd maar.'

Vergeleken met Zimmer leek zijn jongere collega heel klein. 'Dit is Milo Sharpe, ze is net vanuit het zuiden hiernaartoe overgeplaatst.'

Nadat ze zich hadden voorgesteld, bleef Milo staan, met de handen op de rug.

'Wat heb je een bijzondere naam,' zei Jeff, die haar over zijn halve brilletje aankeek. 'Waar komt die vandaan?'

'Het is een bijnaam. Ik kan niet zo goed autorijden en dat hadden mijn collega's ontdekt voordat ik hier kwam.'

Zimmer zei geïrriteerd: 'Nou ja, het is ons werk om onderzoek te doen en alles nauwkeurig te bekijken.'

'Maar waarom Milo?' vroeg Anya. De aanleiding voor die naam was natuurlijk heel vreemd, maar ontging haar.

'Op 26 januari werd ik naar een auto-ongeluk gestuurd en het regende.' Ze praatte op monotone toon, alsof ze het zat was om het steeds maar opnieuw te vertellen. 'Mijn handschoenen waren nat en mijn baas gooide de autosleutels naar me toe. Ik kon ze niet opvangen en ze vielen in het riool. Daarna heb ik drie kwartier tevergeefs geprobeerd ze eruit te vissen.'

Milo, die niet vertelde hoe ze echt heette, zweeg zonder verder nog iets te zeggen en wijdde haar aandacht aan de instrumenten die de patholoog had klaargelegd voor de autopsie.

'Snap je?' vroeg Zimmer.

Anya trok haar wenkbrauwen op.

'Venus van Milo. Dat standbeeld zonder armen. Je moet alles aan haar *geven*. Een klassiek grapje.' Hij grijnsde.

Kennelijk was de agente die met die naam was opgezadeld het daar niet mee eens.

'Het had erger kunnen zijn,' voegde Zimmer eraan toe. '*Show-bags* vond zijn bijnaam prima, tot hij zich realiseerde wat die betekent: hij ziet er prachtig uit, maar zit boordevol rotzooi.'

Anya hoopte maar dat zij geen bijnaam had...

Jeff Sales ging weer aan de slag. 'Wat we hier hebben, rechercheurs, is een adipocire. Dat is een vorm van ontbinding.'

Milo's gezicht was nu vlak bij de tafel, ze bestudeerde het lichaam. 'Is dat een cultureel fenomeen?'

'Goede vraag. Nee, het is geen mummificatie door balseming. Deze vorm van ontbinding zie je meestal bij lijken die in het water hebben gelegen of in een vochtige of natte omgeving. Het ontstaat waar vet aanwezig is.'

'Hoe dan?' vroeg Milo zonder geïnteresseerd of verveeld te klinken.

'Bacteriële enzymen en lichaamsenzymen veranderen de vrije vetzuren, maar veroorzaken niet de normale tekenen van ontbinding, zoals opzwellen of verkleuring. Dit stoffelijk overschot moet onbereikbaar zijn geweest voor insecten, anders zou het er totaal anders uitzien.'

Volgens Dan Brody was het kistje heel goed afgesloten geweest. Bovendien had het vetvrije papier het proces ook nog eens bevorderd.

Er kwam een laborant aan met een draagbaar röntgenapparaat en hij legde voorzichtig een röntgenplaat onder het broze lijkje. Hij had maar één beschermende loodschort en die droeg hij zelf.

Milo liep langzaam om de tafel heen, op zoek naar aanwijzingen. 'Wie zou een baby in een kistje stoppen en dat verbergen? De moeder was waarschijnlijk gestoord.'

Anya keek op. 'Niet noodzakelijk. We weten niet hoe oud de moeder was en hoelang de baby in het kistje heeft gelegen. Dat kistje kan al tientallen jaren in die kledingkast hebben gestaan. En vergeet niet dat ze vroeger wel vaker een baby in de tuin begroeven. Ongetrouwde moeders werden verstoten, illegale abortussen waren heel normaal en die vrouwen kregen geen uitkering. Soms werd een jonge moeder zelfs naar een gevangenisachtige instelling gestuurd of naar een verbeteringsgesticht.'

De patholoog stapte naar achteren en stuurde hen allemaal de gang op terwijl de röntgenfoto's werden gemaakt.

'Bovendien,' zei Anya, 'werden doodgeboren baby's vaak in naamloze massagrafjes geplaatst of gewoon weggegooid, samen met ander ziekenhuisafval. Misschien hield deze moeder van haar kindje en wilde ze niet dat er zoiets mee gebeurde.'

'Je zou toch denken,' zei Milo, 'dat tuinarchitecten en tuinlieden deze baby's zouden vinden.' Onduidelijk was of ze dat als grapje had bedoeld of niet.

Jeff keek of ze weer naar binnen konden en dirigeerde hen allemaal de kamer in. 'Er zijn ook nog andere mogelijkheden. De botjes van een foetus zijn veel minder veerkrachtig. Ze bevatten relatief weinig calcium waardoor ze snel verdwijnen, vooral als er kalk in de bodem zit. Je zou hooguit een paar kleine botjes vinden die aan de overblijfselen van een vogel doen denken.'

'Is er een speciale reden dat je röntgenfoto's maakt?' vroeg Zimmer, en hij keek op zijn horloge alsof hij nog ergens naartoe moest.

'Routine. De botten zijn zo broos dat fracturen niet eens een trauma betekenen, maar als ze nog intact zijn, kan het helpen bij het ontdekken van verwondingen door geweld.'

'Is er een manier waarop je kunt bewijzen dat het kind buiten de baarmoeder heeft geleefd?'

Zimmer vroeg eigenlijk of ze konden bewijzen dat het kind in juridische zin had geleefd. Zo ja, dan was moord niet uit te sluiten en moord verjaarde nooit. Hun werk zou een stuk eenvoudiger zijn als ze konden bewijzen dat de baby doodgeboren was. En dan kon Anya aan Brody vertellen dat er geen verder onderzoek zou volgen.

'Dat weet ik pas na onderzoek van de inwendige organen, maar hoe die eruitzien? Als dat kan, zal ik de maaginhoud controleren op melk. Maar omdat we niet weten hoelang deze baby al dood is, zou ik daar maar niet op rekenen. Je mag het kistje wel meenemen, om op bloed te controleren, misschien zelfs te dateren. Alles wat kan helpen er een tijdstip aan te hangen.'

De vrouwelijke rechercheur keek naar het kistje. 'Bedoel je dat chocoladedoosje?'

Verbaasd vroeg Zimmer: 'Hoe weet je wat dat is?'

Milo antwoordde, weer met de handen op de rug: 'Mijn vader verzamelt van alles, ook doosjes. Hier heeft snoep in gezeten. Hij zou eigenlijk nog steeds naar chocoladecaramel moeten ruiken.' Ze snoof even. 'Maar dat is niet zo. Het was een beperkte oplage, gemaakt door een Brits bedrijf dat Molly's Originals heette. Mijn vader zal het jaartal wel in zijn catalogus hebben staan. Als ik het me goed herinner was het eind jaren zestig. Hij maakt aantekeningen van alles wat hij bezit.'

Een beperkte oplage zou een aanwijzing kunnen zijn voor het jaar waarin de baby daarin was terechtgekomen.

'Hoe weet je zo zeker dat het precies hetzelfde kistje is?' vroeg Anya.

Milo antwoordde nonchalant: 'Ik heb een fotografisch geheugen en een IQ van 145.'

Die opmerking werd zwijgend aangehoord. Kennelijk was de rechercheur tot meer in staat dan sleutels laten vallen op de plaats van een ongeluk. Door haar monotone manier van praten en het vermijden van oogcontact vroeg Anya zich af of ze misschien aan een lichte vorm van autisme of asperger leed. Dat zou haar robotachtige benadering van feiten, haar beperkte sociale vaardigheden en de totale afwezigheid van gevoel voor humor verklaren. Maar ja, dat had ze gemeen met talloze hoogleraren en Mensa-leden die zich niet wensten bezig te houden met 'trivialiteiten' als intermenselijke vaardigheden. Obsessief-compulsief gedrag zoals het verzamelen van doosjes kon zelfs een familietrekje zijn.

Anya nam afscheid voordat Jeff Sales aan het inwendig onderzoek begon. Vroeger had ze dat zelf kunnen doen, maar nadat ze moeder was geworden, had ze moeite gekregen met autopsies op kinderen. Het was fijn dat ze niet hoefde te blijven. John Zimmer zei dat Milo moest blijven kijken terwijl hij naar boven ging.

'Je went wel aan Milo,' zei hij toen ze het vertrek verlieten en naar de lift liepen. 'Ze lijkt wel een wandelende encyclopedie, maar dat is niet genoeg om te slagen in dit vak. Anders gezegd, je zult haar er nooit van kunnen beschuldigen dat ze te gevoelig reageert.'

Anya schoot bijna in de lach. John Zimmer klaagde erover dat iemand anders ongevoelig was. Dat had ze nooit voor mogelijk gehouden. 'Geef haar maar een kans. Ik ben het met je eens dat ze anders is, maar het duurde ook even voordat ik aan jou was gewend.' Anya drukte op het liftknopje.

'Ik heb altijd gedacht dat vrouwen zich meer bewust waren van de emoties van andere mensen. Het is te riskant om haar mee naar boven te nemen voor het verhoor. Ben jij erbij?'

Anya was van plan geweest naar Sophie Goodwin te gaan, maar ze had niets gehoord over een verhoor. 'Waar heb je het over?'

'Ik dacht dat je het al wist. Sophie is tegen alle verwachtingen in wakker geworden. De recherche is op weg naar haar om haar verklaring op te nemen.'

13

Kate Farrer en Hayden Richards stonden voor de intensive care, samen met een geüniformeerde agent die op wacht stond.

'De vader heeft naar je gevraagd. Ik wilde je net bellen,' zei Kate.

Anya vroeg zich af waarom meneer Goodwin naar haar had gevraagd; ze kenden elkaar immers niet eens. Maar nu kon ze even kijken of Sophie bij bewustzijn was en kon worden verhoord. Zo niet, dan zou ze tegen de rechercheurs zeggen dat ze maar moesten terugkomen als de tiener zich beter voelde.

Sophie zou fysiek en mentaal nog bijzonder kwetsbaar zijn. Ze kon niet riskeren dat het meisje van slag raakte door een streng verhoor. Bovendien had ze geen idee welk effect het bloedverlies op haar hersenen zou hebben.

'Hier om de hoek is een kamer waar een videocamera klaarstaat. Daar kunnen we haar ondervragen. Laat maar even weten wanneer we met het verhoor kunnen beginnen.'

'Wacht,' zei Anya. 'Als ze nog maar net bij bewustzijn is, is ze misschien gedesoriënteerd of verward. Bovendien herinnert ze zich misschien nu pas wat er is gebeurd en is ze veel te geëmotioneerd om...'

'Dat begrijp ik,' zei Kate, 'maar ze moet ons helpen degene die dit heeft gedaan zo snel mogelijk te vinden. Ook al kan ze ons alleen maar zijn naam vertellen, meer hebben we niet nodig voor een arrestatiebevel. Daarna laten we haar met rust tot ze voldoende is opgeknapt.'

Anya begreep dat Kate haast had, gezien de wrede en gewelddadige aanvallen, maar Sophies welzijn was nu het belangrijkst. Anya voelde zich verantwoordelijk voor haar. Haar arts-patiënt-relatie met Sophie woog zwaarder dan haar verplichtingen tegen-over de politie. Ook al waren de rechercheurs het er niet mee eens, toch moesten ze zich neerleggen bij de medische besluiten die werden genomen.

Ze besloot zelf even bij Sophie te gaan kijken. In de ic ontsmette ze haar handen bij een wasbak naast de deur en trok een witte jas aan. Er waren zestien met een gordijn afgeschermde bedden en drie aparte kamertjes voor patiënten die geïsoleerd moesten worden.

Geluiden van beademingsapparatuur vulden de ruimte rond de centrale zusterspost. Af en toe piepte een alarm en de verpleeg-kundigen checkten de monitors voor ze de apparatuur opnieuw instelden.

Op een wandbord zag Anya waar Sophie lag. Het was een kamer die anders altijd werd gebruikt voor patiënten met een besmettelijke ziekte. Op kamer 18 was het meisje veilig voor nieuwsgierige blik-ken en opdringerige fotografen.

Anya werd begroet door een mannelijke verpleegkundige. 'Kan ik u helpen?'

'Ik ben dokter Crichton. Anya. Ik hoorde dat meneer Goodwin naar me heeft gevraagd.'

'Dat is zo. Hij wil u bedanken voor het medaillon dat u haar hebt gegeven. Hij is ervan overtuigd dat dat haar leven heeft gered. Maar volgens mij was er meer voor nodig om dat soort verwondingen te overleven.'

Hij gebaarde naar de eenpersoonskamer vlak bij de zusterspost. Door de open deur zag ze een man zitten. Het leek alsof hij aan het bidden was.

'Ze ligt nog steeds aan de beademing, maar ze wordt af en toe even wakker.'

'Weet ze waar ze is?'

'Ze raakt niet in paniek en ze probeert niet van de beademing af te komen, en het lijkt alsof ze haar vader herkent. We houden haar aan de pijnstillers in verband met haar verwondingen en daar wordt ze ook suf van. Het buisje in haar luchtpijp blijft zitten tot de verwondingen aan haar hals genezen zijn, dus gesprekken zijn voorlopig niet mogelijk.'

Anya haalde diep adem en liep de kamer in. Meneer Goodwin droeg nog dezelfde kleren als de ochtend waarop zijn dochter was opgenomen. Hij had een blauwkatoenen ziekenhuissprei om zijn schouders geslagen. De airconditioning blies koude lucht naar het bed en Anya voelde de kilte in de kamer. De vader stond op, maar hij hield de hand van zijn dochter stevig vast.

Een verpleegkundige zat aan een verrijdbaar bureau en bekeek een uitdraai met informatie over zuurstofniveau, urineproductie, vloeistofinname en bloedonderzoekuitslagen.

'Meneer Goodwin, ik ben Anya Crichton, de forensisch patholoog.'

De man liet zijn dochter los en nam Anya's handen in de zijne. 'Ned, zeg maar Ned. Bedankt hoor, dat u langs bent gekomen om naar Sophie te informeren. Ik hoorde dat u naar haar had gevraagd, maar ons met rust wilde laten.'

Anya zei maar niet dat ze hem niet onder ogen had durven komen en vanwege de toestand van zijn dochter een ontmoeting met hem zo lang mogelijk had uitgesteld. 'Hoe gaat het met haar?'

Sophie lag half rechtop op het bed met de dekens tot haar oksels opgetrokken. De bloeddruk- en hartslagmonitoren vertoonden een stabiel beeld, net als de zuurstofmeter aan haar vinger. Anya keek naar de kleine handen van het meisje dat wanhopig had geprobeerd haar aanvaller van zich af te schudden. Hierbij had ze al haar nagels gebroken, maar zo te zien had een verpleegkundige haar nagels bijgevijld. De verdedigingswonden op haar armen waren verbonden, maar ze leek nu nog kleiner en nog brozer dan die ochtend op de eerstehulp.

De ketting met het medaillon zat om haar pols. Niet bepaald standaard voor een ziekenhuisafdeling waar het voorkomen van infecties prioriteit nummer één was, maar kennelijk had het personeel voor Sophie een uitzondering gemaakt.

Op het nachtkastje stond een foto van de beide zusjes, waarschijnlijk met hun overleden moeder. Het leven spatte van de foto.

'Een tijdje geleden werd ze wakker. Toen kneep ze even in mijn hand, maar daarna is ze weer in slaap gevallen. Af en toe doet ze haar ogen open, alsof ze wil zien of ik er nog wel ben.' Ned streelde even over Sophies voorhoofd. Hij straalde toen ze haar ogen opendeed. 'Liefje, ik ga nergens naartoe, hoor. Je bent veilig en nu is er een lieve dokter op bezoek.'

Sophies blik dwaalde naar Anya en haar mond bewoog. Het leek alsof ze 'hallo' zei.

'Dat medaillon heb je gekregen van een van de ambulancebroeders die jouw leven heeft gered. Ik heb er alleen maar voor gezorgd dat je het kreeg.'

'En daar zijn we heel dankbaar voor. De priester heeft haar de laatste sacramenten toegediend en ze zeiden dat we ons op het ergste moesten voorbereiden. Maar kijk haar nu toch eens, ze is een echte vechtersbaas.'

Zijn onderlip trilde en hij deed zijn uiterste best zich te beheersen. 'Dank u wel voor wat u hebt gedaan. Ik weet dat u voor de politie werkt. De artsen van de spoedeisende hulp en de chirurgen hebben ons verteld hoe lief u voor Sophie bent geweest.'

Opeens vulden zijn ogen zich met tranen en werd hij overmand door verdriet. Toen Anya naar hem toe kwam, omhelsde hij haar.

De verpleegkundige liep langzaam naar hen toe en sloeg haar arm om Neds schouders. 'Laat u maar gaan, hoor. Het wordt hoog tijd dat u dat doet. U bent door een hel gegaan, maar het gaat immers alweer beter met Sophie. Neem maar even pauze.' Ze leidde hem naar de deur en draaide zich om naar Anya.

'De dokter blijft wel bij Sophie terwijl wij even vijf minuutjes pauze nemen. Als ze ons nodig hebben zijn we zo weer terug.'

Ned Goodwin liet zich als een klein kind wegleiden; hij was te uitgeput en te kapot om tegen te stribbelen.

Anya knikte en ging op de stoel bij het bed zitten.

Sophie opende haar ogen en keek even naar haar bezoeker voordat ze haar ogen weer sloot.

'Kun je me horen? Je vader is even de kamer uit gegaan. Ik blijf bij je, zo lang je maar wilt. Ik heet Anya.'

Het meisje likte langs haar droge, gebarsten lippen. Op het nachtkastje stond een glas water met een rietje erin. Anya gaf Sophie een slokje nadat ze op haar kaart had gekeken of ze wel iets mocht drinken.

Sophie dronk, maar het meeste stroomde langs haar lippen over haar kin. Ze had een sterk gezicht. Anya's moeder zou hebben gezegd dat haar hoekige kaaklijn op koppigheid wees. En te oordelen naar Sophies sterke overlevingsdrang, zou dat ook kloppen.

Anya bood haar nog wat water aan, maar de patiënte draaide haar gezicht een beetje opzij, deed haar ogen open en bewoog haar mond. De eerste keer begreep Anya niet wat ze wilde zeggen. Daarna was er geen misverstand mogelijk. 'Rachel.'

Anya voelde een steek in haar maag. Vroeg Sophie waar haar zus was? Kon ze zich herinneren wat er was gebeurd? Dat kon ze niet aan haar blik zien.

Het meisje kneep in haar hand en Anya boog zich naar voren. 'Sophie, weet je nog wat er is gebeurd? Waarom je nu in het ziekenhuis ligt?'

Sophies vrije hand wees naar haar keel. Haar vermoeide ogen gingen weer dicht, maar ze bleef Anya's hand vasthouden.

Eigenlijk hoopte Anya dat Sophie zich de gewelddadige verkrachting en alle messteken nooit zou herinneren, net zomin als de kreten van haar stervende zus. 'Als je moe bent, kunnen we later wel praten. Je moet nu rusten.'

Opeens sperde Sophie haar ogen open en het beademingsapparaat begon te piepen. Het leek alsof het meisje moeite had met ademen en Anya boog Sophies bovenlichaam naar voren. De mannelijke verpleegkundige kwam binnenrennen, trok snel een paar handschoenen aan, haalde een steriel buisje uit de verpakking en stak het in de opening van de tracheotomie.

Sophie begon te hoesten en te piepen toen de verpleegkundige het buisje er weer uittrok. 'Een beetje slijm, meer niet,' zei hij. 'Dat gebeurt af en toe. Al klaar! Nu kun je weer gemakkelijker ademen.' Hij glimlachte, ruimde alles op en vertrok.

Anya hield Sophie nog steeds vast. Sophie trok Anya's gezicht naar zich toe tot ze haar in de ogen kon kijken.

'Wat is er?' Anya fluisterde bijna.

Het meisje likte langs haar lippen en fluisterde: 'Ik weet het nog.'

14

Kate liep voor de ingang van de ic te ijsberen. Liz Gould verstuur-
de een sms en John Zimmer zat met gesloten ogen en met zijn
benen voor zich uit gestrekt in een van de wachtkamers.

'Sophie is wakker,' zei Anya, 'en ze zegt dat ze het zich herinnert.'

'We kunnen haar dus verhoren?'

Anya hief haar handen in de lucht. 'Ze is amper bij bewustzijn en
ze doezelt steeds weer weg.'

'Maar ze kan zich die nacht herinneren.' Liz Gould klapte haar
mobieltje dicht en stond op.

Zimmer deed zijn ogen open.

'Ze heeft een beademingsbuisje in haar keel en kan niet goed
praten. Haar stembanden zijn nu buiten werking, maar ze kan wel
fluisteren. Het kost gewoon iets meer tijd en geduld om haar te
verstaan. En ze is heel vlug moe.'

Kate stak haar handen in haar zakken. 'Ons maakt het niet uit,
ook al knippert ze met haar ogen om ja of nee te antwoorden. Wij
willen alleen maar weten wat er is gebeurd en of ze degene die dit
heeft gedaan kan identificeren.'

Anya zag ertegenop om Sophie lastig te laten vallen, maar de politie moest snel in actie komen als ze nog bewijzen wilden vinden
op de kleding of in het huis van de daders. De politie had dankzij
haar domme gedrag immers vrijwel geen sporen kunnen vinden.
Ze hadden dus niet veel, vooral niet als Sophie haar aanvallers niet
kende.

'Ik ga met haar vader en de ic-arts praten. Daarna kom ik terug.

Ga ondertussen maar een hapje eten of je benen even strekken. Het kan wel een paar minuten duren.' Anya wilde zeker weten dat Sophie een verhoor aankon.

'Niet nodig.' Kate maakte duidelijk dat ze nergens naartoe gingen.

Niet veel later kwam Anya terug. 'Jullie mogen een paar minuten bij haar, maar forceer alsjeblieft niets. Sophie is ontzettend zwak. De verpleegkundige zal de dosis pijnstillers iets verminderen zodat ze een beetje helderder wordt, maar zodra ze pijn krijgt moeten we ermee ophouden.'

'We?' vroeg Liz.

Anya antwoordde: 'Haar vader heeft me gevraagd erbij te blijven.'

Zimmer haalde een digitaal opnameapparaatje uit zijn zak. 'Ik zal me op de achtergrond houden. De jongens van het audiovisuele team moeten maar terugkomen als ze wat sterker is.'

'Laten we maar gaan.'

De rechercheurs liepen de ic binnen, wasten hun handen en begroetten meneer Goodwin.

De verpleegkundige had een paar extra stoelen gebracht zodat de kamer opeens heel erg vol leek. Sophie keek iedereen aan en knikte.

Liz Gould begon: 'Ik weet dat dit heel moeilijk voor je is, maar we moeten je een paar vragen stellen. Alles wat je ons kunt vertellen, elk detail, kan ons helpen.'

Sophie knikte. Anya zat naast het bed met Ned tegenover zich. De verpleegkundige stond samen met John Zimmer achter in de kamer.

'Weet je wie je dit heeft aangedaan?' vroeg Liz zacht en vriendelijk.

'Nee,' fluisterde ze. 'Had ze nog nooit gezien.' De machine ademde in, en weer uit.

'Ze? Hoeveel mensen waren er die nacht dan in jullie huis?'

De tiener deed haar ogen dicht. Haar rechterarm trok toen ze probeerde haar hand op te tillen. Ze legde drie vingers op de sprei.

'Waren er drie mannen?'

Sophie knikte.

Anya slikte. De zussen hadden geen enkele kans tegen drie mannen. Kate, die aan de andere kant van het vertrek stond, keek naar de enig overlevende getuige.

Liz vroeg: 'Kun je ons vertellen hoe ze eruitzagen?'

'Een had bruin haar. Kort. Koude donkere ogen,' fluisterde ze. 'En sterke handen... Probeerde me te verzetten.'

Anya raakte haar arm aan. 'We weten allemaal dat je je hevig hebt verzet. Je hebt voor je leven gevochten en dat is de enige reden dat je nog leeft.'

De verdrietige vader staarde naar de muur. Hij pakte Sophies hand, maar hij kon zijn dochter niet aankijken. Rachels naam werd niet genoemd, maar iedereen dacht aan haar.

De verpleegkundige vertrok en kwam terug met een kop thee voor Ned. 'Ik heb er extra suiker in gedaan. Krijgt u energie van,' zei ze. Hij leek dankbaar voor de tijdelijke afleiding.

Anya gaf Sophie nog een slokje water.

Kate boog zich naar haar toe. 'Kun je je iets herinneren waardoor wij hen kunnen identificeren? Tattoos, een bijzonder kapsel, opvallende kenmerken?'

'Kort haar, zoals in het leger.'

Liz zei: 'Je doet het heel goed, hoor. We weten dat je heel moe bent, maar we hebben nog een paar vragen. Had een van de mannen een baard of snor? Of een litteken of moedervlek?'

Sophies ogen werden groot. 'Eentje had een moedervlek. Op zijn kin.' De hartmonitor liet een stijgende lijn zien en haar bloeddruk steeg. 'De man die Rachel nam... met zijn broer.'

De rechercheurs keken elkaar aan. Broers, eentje met een moedervlek.

Sophie had het over Gary Harbourn en twee van zijn broers. Ze waren altijd als groepje op jacht. Anya herinnerde zich dat ze gladgeschoren waren toen ze werden vrijgelaten. Diezelfde avond hadden ze dat straatfeest georganiseerd. Dezelfde avond waarop de zusjes Goodwin waren aangevallen. Door een man met een moedervlek op zijn kin.

'Hoe weet je dat het broers waren?' vroeg Kate.

'Een zei dat hun moeder... hen zou...' Ze werd kennelijk moe, had moeite met praten. 'Ze zou hen wurgen als ze erachter kwam.'

Het alarm van de hartmonitor ging af en de verpleegkundige liep ernaartoe. 'Volgens mij is het zo genoeg geweest.'

Sophie knipperde en haar ogen vielen dicht.

'Je hebt het geweldig gedaan,' zei Liz. 'We zullen de mannen die dit hebben gedaan oppakken.'

Meneer Goodwin hield de beker vast zonder de hand van zijn dochter los te laten.

Anya stond op zodat de verpleegkundige bij Sophie kon, en de rechercheurs verlieten het vertrek.

Zodra ze de ic uit waren, ging Kate's telefoon. Ze nam meteen op. 'We hebben net met haar gepraat en je wilt dit vast niet geloven...' Even later klapte ze haar mobieltje dicht. 'Dat was Hayden. Een van de schaamharen die op Sophie zaten toen ze binnenkwam, had een hit. Zonder wortel, dus maar één DNA-type. Een paar jaar geleden is Noelene Harbourn gearresteerd voor prostitutie nadat ze een van haar klanten verrot had geslagen, dus haar DNA is bekend. Volgens Hayden moet die haar afkomstig zijn van een familielid van haar.'

Anya legde het uit: 'Mitochondriaal DNA verschilt van het DNA dat je van je beide ouders hebt geërfd: het wordt alleen door de moeder doorgegeven. Het probleem is dat dit DNA niet specifiek is voor een individu. Het kan wel bevestigen dat de eigenaar uit een bepaalde moederlijke lijn afkomstig is.'

'Precies,' zei Kate. 'Deze haar moet dus van een van de Harbourns zijn.'

'Niet per se.' Anya probeerde het nog duidelijker uit te leggen. 'Mitochondriaal DNA kan wel alleen door moeders worden doorgegeven, maar dat betekent dat een grootmoeder hetzelfde mitochondriaal DNA heeft als haar dochter. Mannen geven het niet door aan hun kinderen, maar zij bezitten dezelfde genetische eigenschappen.'

'Ja, maar het is dus zonder enige twijfel Harbourn-DNA,' hield Kate vol.

'Het probleem is dat iedereen die geboren is uit diezelfde familie vrouwen diezelfde genetische code bezit. Noelene Harbourns moeder, zussen, grootmoeder, tantes van moederskant en al hun kinderen. Het kan om ongelooflijk veel mensen gaan die afstammeling zijn van diezelfde vrouw.'

De drie politieagenten stonden er verslagen bij. Dat betekende negen kinderen, een ontelbaar aantal neven en nichten en achterneven en achternichten die die avond in het huis van de zusjes Goodwin hadden kunnen zijn.

Liz was de eerste die wat zei. 'Ik begin met de stamboom. Misschien kunnen we Darwins theorie bewijzen en ontdekken we dat de anderen door natuurlijke selectie zijn gestorven.'

'Goed,' zei Kate. 'Dankzij jouw getuige hebben we reden om te vermoeden dat Gary Harbourn daar was en het fysieke bewijs past bij het familie-DNA-profiel. Dat moet voldoende zijn voor een arrestatiebevel.'

'Hopelijk is de rechter het daarmee eens.' Liz Gould had het telefoonnummer al ingetoetst. 'We kunnen ze morgenochtend voor het licht is te pakken nemen.'

15

Noelene Harbourn deed de voordeur open terwijl ze de ceintuur van haar roze fluwelen kamerjas dichtknoopte. 'Wat willen jullie nu weer, stelletjes hufters?'

Het licht op de veranda brandde nog. 'Weten jullie verdomme wel hoe laat het is? Dit is nóg meer pesterij.' Ze draaide zich om en wilde weer naar binnen gaan.

'Als jullie niet binnen één minuut verdwenen zijn, bel ik mijn advocaat en laat ik de honden los.'

Kate vond dat daar geen verschil tussen was. De matriarch met haar grote mond was de reden dat ze hier waren en ze hadden het familie-DNA om dat te bewijzen. Vandaag leek ze helemaal niet op de moeder die met de pers flirtte en zelfgebakken koekjes uitdeelde.

Liz Gould zei onaangedaan: 'Misschien wilt u hier eerst even naar kijken. Het is heel legaal allemaal. We hebben een huiszoekingsbevel voor deze woning en voor het omliggende terrein.'

De moeder streek haar warrige grijze haar glad en draaide zich om. 'Jullie kunnen mij en mijn jongens niets aanwrijven. Waarom rotten jullie niet op, ga toch echte criminelen pakken!'

Kate wenkte de geüniformeerde agenten die in de politiewagen zaten.

De vrouw graaide het huiszoekingsbevel uit haar handen en bestudeerde het. 'Dit is belachelijk,' snauwde ze. 'Mijn jongens zijn al bij me sinds ze uit de gevangenis kwamen.'

'O ja?' Liz liep haar voorbij en ging haar team voor. 'We hebben redenen om aan te nemen dat ze ons bij ons onderzoek kunnen helpen.'

'Wat het ook is, het is doorgestoken kaart. Blijf waar je bent, allemaal, ik bel mijn advocaat.'

Een van de geüniformeerde agenten maakte video-opnamen. 'Mevrouw, ik maak opnamen van de huiszoeking en u mag natuurlijk toekijken, maar u mag zich er niet mee bemoeien en u mag ook niets uit het huis verwijderen.'

Ze liep langs hen heen naar de gang. 'Gary! Jongens, opstaan! De juten hebben een huiszoekingsbevel.'

Langzaam verschenen allemaal slaperige gezichten. De jongste twee zagen eruit alsof ze met hun kleren aan hadden geslapen. Van de negen kinderen woonden waarschijnlijk zeven tussen hun bezoek aan de verschillende gevangenissen thuis.

Kate telde de hoofden. Inmiddels stonden er vier mannen in de hal plus twee jonge meisjes van een jaar of tien, twaalf.

'We hebben een wegloper. Hij springt over het hek van de achtertuin,' riep Liz, die achter in het huis was.

Gary, de zoon met de moedervlek op zijn kin, ontbrak.

Een geüniformeerde agent rende de achterdeur uit en sprong zonder moeite over het hek.

'Waarom ging Gary ervandoor?' vroeg Kate.

Noelene Harbourn stak een sigaret aan. 'Geen idee. Jullie hebben hem al genoeg gepest. Hij dacht waarschijnlijk dat jullie hem erin zouden luizen als hij hier bleef.' Ze nam een lange trek aan haar sigaret en blies de rook in Kate's richting. 'Misschien had hij een afspraak. Ik heb mijn handen vol aan dit stel. Niemand kan van me verwachten dat ik elke minuut weet wat iedereen doet.'

Goed dat ik dat weet, dacht Kate. Als de vrouw dat ook voor de rechtbank toegaf, kon het elk alibi onderuithalen waarbij ze beweerde dat ze wist waar haar zoons elk moment waren.

De agenten zochten onder de bedden en tussen de lakens, overal waar Rachels ontbrekende ondergoed als trofee van de moord kon zijn verstopt.

Kate controleerde de wasmachine voordat ze de stekker uit het stopcontact trok en het apparaat een halve meter naar voren schoof. Ook erachter was niets verstopt. Ze liep naar de badkamer en controleerde met een tandartsspiegeltje de smalle ruimte tussen de stortbak van de wc en de muur. Daarna verwijderde ze het deksel en keek of er niets was verstopt in het waterreservoir. Er zaten roestvlekken in de pot.

Liz Gould zocht de muren af met een metaaldetector om te controleren of er metalen voorwerpen achter zaten. Het kwam wel vaker voor dat misdadigers wapens en bewijsstukken tussen muren verstopten.

De geüniformeerde agenten onderzochten de afvalbakken, terwijl een andere de garage doorzocht.

Het gezin had zich in de woonkamer verzameld en was opvallend relaxed tijdens de inval. Kate nam aan dat deze woning in de loop der jaren al ontelbare malen was onderzocht, wat betekende dat de kans dat ze iets zouden vinden wat hen met de moord op Rachel in verband zou brengen miniem was. De Harbourn-broers zouden wel bijzonder achterlijk moeten zijn om bewijzen mee naar huis te nemen. Maar ja, het waren wél draaideurcriminelen die al heel vaak waren betrapt.

Kate kwam tijdens een huiszoeking altijd veel te weten over de bewoners, maar over het algemeen zag ze smerigheid en totale desinteresse voor het schoonmaken van een woning. In deze keuken was het zo'n smeerboel, met stapels vuile borden op het aanrecht en vetvlekken achter het fornuis, dat het een wonder mocht heten dat de journalisten niet waren vergiftigd door Noelene Harbourns koekjes. Ze keek in en achter het fornuis, de koelkast en de vriezer, en in elke kast en la. Ze nam twee messen in beslag die ze wilde laten onderzoeken. De agent filmde de vondst.

John Zimmer arriveerde met zijn nieuwste partner, Milo, die zijn tas droeg.

'Hier zijn we dan, met de luminol.' Hij had gezwollen oogleden. Het vroege tijdstip had dus niet alleen invloed op de Harbourns.

'Gaan jullie de kakkerlakken uitroeien?' Noelene torende boven hem uit. 'Ik sleep jullie voor de rechter als je mijn dure porselein kapotmaakt,' kondigde ze aan, waarna ze in lachen uitbarstte.

Niets in het huis leek onderhouden of van waarde.

'Wat hebt u uw huis prachtig ingericht,' antwoordde Zimmer. 'Dat bladderende behang is helemaal in. Ik zou graag de naam van uw binnenhuisarchitect willen weten.'

'Stomme hufter,' mompelde ze.

Milo negeerde de discussie en gaf aan dat ze wilde beginnen. 'Mevrouw, we gaan uw gezin vragen naar de slaapkamer te gaan terwijl wij dit vertrek met luminol besproeien. We zijn op zoek naar bloedsporen en we moeten dit vertrek verduisteren.'

'Niemand gaat ook maar ergens heen, hoor je! Mijn advocaat is onderweg hiernaartoe en hij kan hier elk moment zijn.'

'Ik vrees dat hij ook buiten moet wachten, mevrouw, de aanwezigheid van burgers in verduisterde kamers is tegen de gezondheidsvoorschriften.'

Noelene Harbourn staarde haar aan. 'Gezondheidsvoorschriften? Nou, dat is lekker. Van welke planeet ben jij afkomstig?'

'Het spijt me dat ik dit gesprek moet onderbreken, maar we moeten aan het werk,' zei Zimmer en hij liep naar de eerste slaapkamer. Liz Gould liep met hem mee. Het gezin ging in een hoek staan terwijl Milo de woonkamer doorzocht.

Ongeveer tien minuten later verscheen Zimmer met een zak met iets erin. 'Twee shirts en een hemd.'

Misschien waren de Harbourns stommer dan ze hadden gedacht.

Toen ze naar de volgende kamer liepen, kwam de geüniformeerde agent de voordeur binnen in gezelschap van Gary Harbourn, die alleen een rode onderbroek droeg.

Kate sloeg haar armen over elkaar. 'Waarom ging je ervandoor?'

'Het is een mooie ochtend. Had zin om te joggen.'

Als hij Rachel had vermoord, was hij absoluut niet bang om gepakt te worden.

'In je onderbroek, zonder schoenen, over het hek van de achter-tuin?'

'Ik ben heel spontaan,' grijnsde hij.

'Goed dat ik dat weet,' zei Kate en ze liep naar hem toe, alsof ze hem iets wilde toevertrouwen. 'Want impulsieve mensen hebben de neiging bewijzen achter te laten op een plaats delict. Waar was je de avond van de vijftiende?'

Gary reageerde niet en gedroeg zich ongelooflijk arrogant en zelfvoldaan. Als hij die avond in het huis van de Goodwins was ge-weest, zou hij van moord worden beschuldigd. Dat wist hij.

Noelene Harbourn stapte naar voren. 'Alle kinderen waren thuis, bij mij. Dat was de avond dat ze uit de gevangenis kwamen.'

Op die dag was Giverny Hart gestorven. Kate zei: 'Ik dacht dat jullie een straatfeest gaven. Wilt u soms zeggen dat niemand van jullie die avond dit huis heeft verlaten?' Ze had op tv gezien dat ze die avond op straat Giverny's dood hadden gevierd. De juryleden zouden diezelfde beelden hebben gezien.

'Nee, maar ze zijn in de straat gebleven en ik kan tien mensen vinden die precies datzelfde kunnen verklaren.'

'Dan moet ik hun namen hebben,' zei ze en haalde haar notitie-boekje tevoorschijn.

Noelene somde de namen op van haar andere kinderen, die zwijgend in de woonkamer stonden. Inclusief zijzelf waren er zeven familieleden die Gary een alibi konden geven.

Kate wist dat het ook daarom zo moeilijk was hen te vervolgen. Tot dan toe was de familieband onbreekbaar, zelfs als dat bete-kende dat je de gevangenis in moest voor de misdaad van een broer of zus – een perverse erecode voor verder totaal oneerlijke mensen.

Twee uur later waren ze klaar met de huiszoeking, maar ze had-den verder niets meer gevonden. Gefrustreerd keek Kate nog een keer rond, voor het geval ze iets over het hoofd hadden gezien, wat dan ook, dat de moordenaars kon incrimineren. Het hele huis was smerig, maar Gary's kamer was het ergst. Op alle lichtknopjes in huis zaten smerige vingerafdrukken, maar in zijn kamer zaten er zelfs krassen in de verf eromheen. Ze riep Liz, die de wanden on-derzocht met de metaaldetector, die begon te piepen.

Kate pakte haar zakmes en wipte de afdekplaat eraf. In de ruimte erachter vond ze een plastic zak. Langzaam trok ze hem eruit en hield hem ongelovig omhoog. Er zaten een mes en een slipje in.

Liz Gould pakte haar tandartsspiegeltje en scheen met een zak-lamp naar binnen.

'Ik zie nog een zak.' Daarin zaten twee pistolen en doosjes met munitie.

Daarna controleerden ze de andere lichtschakelaars nog eens en vonden verschillende hoeveelheden hasj en pillen in gesealde plastic zakjes.

Kate hield de vondst op en keek naar de gezichten van de man-nen in de woonkamer. Gary was in het huis van de Goodwins ge-weest, dat had Sophie bevestigd. Maar welke andere leden van dit gezin hadden meegedaan aan de verkrachtingen en de moord?

Ze keken haar met uitdagende blikken aan. Ze dekten elkaar, on-danks de bewijzen die er waren gevonden.

16

Anya haalde het papier uit de fax. Jeff Sales had zijn rapport over de gefossiliseerde baby af. Ze deed de bureaulamp aan en ging zitten lezen.

De inwendige organen waren gedeeltelijk vergaan, maar het was mogelijk geweest een biopt te nemen uit lever, hersenen, maag en lever. Het was begrijpelijk dat de doodsoorzaak na zoveel jaar en zonder verdere informatie moeilijk te bepalen was, maar ze hadden geen fysieke verwondingen gevonden.

Het was niet gelukt melk uit de maag te verzamelen. Daardoor was het niet mogelijk te bepalen of de baby lang genoeg had geleefd om te worden gezoogd. Maar één deel van het autopsieverslag trok onmiddellijk Anya's aandacht.

Achter het linkeroog was een zwelling achter de oogkassen ontdekt. Door de staat van ontbinding was niet duidelijk of die uit de hersenmassa afkomstig was of niet. Op de röntgenfoto's was een minuscule asymmetrie van de oogkas te zien; daar was het bot aan één kant iets dunner. Het kon weken duren voor de histologie gereed was, door de fragiele staat van het lijk en de speciale fixatieprocessen die nodig waren om een definitieve diagnose te stellen.

Het leek erop dat de baby een tumor in de schedel had gehad en dat kon heel goed de doodsoorzaak zijn geweest.

Als de tumor tijdens dat oppervlakkige onderzoek was ontdekt, moest hij groot zijn geweest en kon de baby dus door een natuurlijke oorzaak zijn overleden. Misschien had ze nooit geleefd en zou

Dan Brody een moordonderzoek naar een familielid van hem bespaard blijven. De vraag van wie de baby was, bleef open, maar het antwoord was nu academisch, omdat er geen politieonderzoek zou volgen. Ze wilde net de telefoon pakken om hem op te bellen, toen er een nieuwe pagina uit de fax rolde.

Uit de DNA-analyse bleek dat het om een meisje ging. Het DNA dat Dan Brody had afgestaan vertoonde overeenkomsten met dat van de dode baby. Dat was niet verrassend als zijn grootvader een buitenechtelijk kind had gehad.

De volgende zin verklaarde dat. Meneer Brody en het lijkje hadden hetzelfde mitochondriale DNA. Ze hadden dus dezelfde moeder, tante of oma. Een van hen had een baby gekregen en het dode lichaampje in een kistje in de kleedkamer verstopt, en als Milo gelijk had wat de leeftijd van het houten kistje betreft, dan was die iemand Dans moeder geweest.

Anya wist niet goed hoe ze dat aan Dan moest uitleggen. Hij praatte over zijn moeder alsof ze een heilige was en hij had haar verteld dat zijn ouders elkaar al sinds hun vroegste jeugd kenden. Ze waren elkaars eerste en enige liefde.

Uit het DNA zou een ander verhaal kunnen blijken. Ze wreef over haar slapen en toetste Dans nummer in.

Een halfuur later kwam hij eraan in zijn rode Ferrari. Alleen iemand als Brody zou zijn kenteken personaliseren als LAW4L, alsof de auto op zich al niet voldoende aandacht trok. Aan de keiharde bigbandmuziek uit de speakers hoorde ze dat hij er was. Gelukkig voor de buren had hij de lage bas zacht gezet.

Ze schonk twee glazen rode wijn in en deed de voordeur open. Ze had jeuk in haar hals, zoals altijd als ze zenuwachtig was. 'Fijn dat je kon komen,' zei ze en liet hem binnen.

'Ik moest wel komen, als die baby tenminste nog steeds in het mortuarium is.' Hij keek snel om zich heen en Anya vroeg zich af wie van hen beiden zich het minst op zijn gemak voelde.

'Ik heb een glas wijn ingeschonken. Goed?'

'Heerlijk. Het was een zware dag op de rechtbank.'

Toen Anya uit de keuken kwam had Dan een foto van haar zoon Ben opgepakt. 'Wat wordt hij al groot.'

Dat was zo. Ze verlangde ernaar hem vrijdag te zien en de verhalen te horen over de rest van het uitstapje. Opeens dacht ze weer aan zijn boekenkast boven; dat zou moeten wachten.

Dan trok zijn maatcolbert uit en hing het, met de voering naar buiten, over de armleuning van de bank. Hij nam de wijn aan en ging zitten. 'Kunnen jij en je ex-man het een beetje met elkaar vinden?'

'Ik heb de afgelopen weken gewerkt aan een zaak waar een cruiseschip bij betrokken was en als bedankje heeft dat bedrijf ons een vakantie aangeboden.'

Dan keek bijna teleurgesteld.

'Ben sliep bij mij in de hut en Martin ging overdag zijn eigen gang. Ter wille van Ben dineerden we wel samen, maar er is niets veranderd. Martin is nog steeds niet volwassen.'

'Wat jammer.' Hij keek naar zijn glas wijn voordat hij een slokje nam. 'Jij hebt iemand nodig die even oud is als jij en even volwassen.'

Anya wist nooit goed hoe ze Dans persoonlijke opmerkingen moest opvatten. Ook nu, wat eerst een complimentje leek, klonk uiteindelijk alsof hij haar heel bezadigd vond. 'Bedoel je daarmee dat ik ouder overkom dan ik ben?'

Hij rook even aan zijn wijn. 'Nee, natuurlijk niet. Ik wilde alleen maar zeggen...'

Nu ze zag dat de goedgebekte advocaat om woorden verlegen zat, moest ze glimlachen. 'Het is al goed, hoor. Heb je je vriendin al verteld over dat kistje?'

Deze keer was de advocaat degene die bloosde. 'Nog niet. Ik weet eerlijk gezegd niet of ik dat wel wil. We hebben elkaar leren kennen toen jij weg was en alles is heel snel gegaan. Maar wat ontbreekt, is het vertrouwen dat ontstaat als je elkaar echt kent. Ik heb niet het gevoel dat ik haar even goed kan vertrouwen als jou.' Hij nam een slokje. 'Ik bedoel, ze doet echt haar best om een succes te maken van deze relatie en volgens mij moet ik haar daar de tijd voor gunnen.'

Ze voelde dat ze weer rood werd. 'Wil je Jeff Sales' rapport lezen of de samenvatting horen?'

Dan boog zich naar voren, haalde een zakdoek uit zijn zak en legde die op de salontafel.

Anya had nooit het gevoel gehad dat ze onderzetters nodig had op haar goedkope meubels, maar ze vond het wel een aardig gebaar.

Hij zette zijn glas op zijn zakdoek. 'Ik wil het wel lezen, dan kun jij zo nodig wat uitleggen. Trouwens, ik vind je huis heel gezellig en deze bank zit veel lekkerder dan de mijne. Zullen we ruilen?'

Anya schudde haar hoofd. Hoewel Dans leren bank aantrekkelijker leek dan haar tweedehands bank, moest ze toegeven dat het heerlijk was om na een zware dag lekker in deze bank weg te zinken. Ze gaf hem de envelop waarin ze de kopieën van de autopsie-uitslagen had gedaan, maar zonder het DNA-profiel.

Dan begon te lezen en zei na een paar minuten: 'De baby is dus aan een bepaald soort kanker overleden? Niets verdachts dus?'

Anya leunde achterover en sloeg haar armen over elkaar. 'Daar ziet het wel naar uit. Er is geen aanleiding voor een onderzoek.'

Hij ademde uit. 'Het is wel verdrietig, maar het is ook goed nieuws eigenlijk. Bedankt voor wat je hebt gedaan. Ik ben je erg dankbaar.'

Hij leunde ontspannen achterover met zijn handen achter zijn hoofd gevouwen. 'Voor zover ik weet had mijn vaders vader zes kinderen en hebben zij noch mijn neven en nichten een erfelijke ziekte. De oude man stierf aan longkanker, maar hij heeft zijn hele leven zeker vijftig sigaretten per dag gerookt.'

Anya wreef over haar hals. Ze kon het hem alleen maar vertellen door hem alle feiten te geven. 'Uit het DNA-monster blijkt dat jij en de baby, een meisje, familie van elkaar zijn. Maar niet via je grootvader. Jullie hebben hetzelfde mitochondriale DNA.'

Hij reageerde niet.

'Dan, mitochondriaal DNA zit alleen in de moederlijke lijn. Wat ik wil zeggen, is dat de baby het kind is van iemand uit je moeders familie. Het kan de baby zijn van een vrouw van je moeders kant, een nicht bijvoorbeeld.'

'Dat kan niet,' zei hij. 'Mijn moeder was geadopteerd. Tijdens de oorlog in Engeland is ze wees geworden. Kennelijk konden mijn grootouders van mijn moeders kant geen kinderen krijgen. Tijdens een vakantie zijn ze naar een weeshuis gegaan en hebben mijn moeder geadopteerd. Ik vraag me wel eens af waarom, want er was niet bepaald veel liefde in dat gezin. Toen ik geboren werd had mijn moeder geen contact meer met haar ouders. Ik zag mijn opa voor het eerst tijdens mijn rechtenstudie, toen hij een college gaf. Volgens mij vonden ze dat ze ook een kind moesten hebben – al hun machtige vrienden hadden kinderen – en bovendien zou een dochter kunnen trouwen met iemand uit een juridische dynastie, wat hun eigen status ook weer zou kunnen verhogen. Door met mijn vader te trouwen, die nooit rechter zou worden, heeft ze hun ambities de grond in geboord.'

In dat geval was er maar één mogelijkheid. 'Dan, begrijp je wat dat betekent? Dan is de baby dus van je moeder.'

Hij pakte zijn glas en dronk het snel leeg. 'Niemand heeft ooit iets gezegd over een doodgeboren kindje. Ik zou het weten als ik een zus had. Mijn ouders hadden nooit geheimen voor me.' Hij staarde naar het glas in zijn hand.

Anya zweeg, ze gaf hem de tijd het nieuws op zich in te laten werken.

'Als het waar is wat je zegt, kan het alleen maar zijn dat ze het te pijnlijk vonden om erover te praten.'

Anya haalde diep adem. Zij wilde het beeld dat hij van zijn overleden moeder had niet bederven, maar ze had geen keus. 'Het kan zijn dat je vader niets van die baby af wist. Uit de DNA-test blijkt dat hij de vader niet kan zijn.'

Dan stond op, gaf het lege glas aan Anya en pakte zijn jasje. Ze wist niet wat hij dacht, en of hij boos was of haar zelfs maar geloofde.

'De enige manier om dat te weten te komen, is door met mijn vader te praten. Als je mee wilt, kan ik je zondag om een uur of drie ophalen en dan kunnen we dit probleem tackelen. Er moet sprake zijn van een vergissing en er moet een eenvoudige verklaring voor zijn.'

'Sorry, ik kan niet mee. Ben is dit weekend hier.'

'Dat geeft toch niets, neem hem maar mee. Naast het verpleeghuis is een park. Hij zal het er prachtig vinden. Weet je, ik zal een voetbal meenemen.'

Anya probeerde ertegen in te gaan, maar de advocaat was eraan gewend een discussie te winnen. Ben zou met hen meekomen en zou als een soort omkoopsom vermaakt worden in het park. Ze deed de voordeur dicht, verbaasd dat Dan het nieuws zo goed had opgenomen. Ze vroeg zich echter ook af of Dan de waarheid over zijn moeder had geaccepteerd.

Ze kon zich niet voorstellen dat het bezoek voor Dan of voor zijn onwetende vader positief zou uitpakken.

17

Anya zocht in het donker naar de telefoon. 'Dokter Crichton,' bromde ze. Ze kreeg haar ogen niet open.

Stilte.

'Hallo,' mompelde ze in de hoop dat de beller van gedachten was veranderd.

Net toen ze wilde ophangen, hoorde ze iemand zachtjes huilen.

'Met Violet Yardley,' zei een hoog stemmetje. 'U zei dat ik mocht bellen. Ik wist niet wat ik anders moest doen.'

Anya knipte het bedlampje aan. De wekker stond op kwart over twaalf. Geen wonder dat haar ledematen loodzwaar voelden toen ze rechtop ging zitten. 'Gaat het wel goed met je?'

'Ik ben bang en ik heb hulp nodig. Iemand is in gevaar.'

Opeens was Anya een en al aandacht. 'Waar ben je? De politie kan...'

'Nee, geen politie.' Violets stem werd nog schriller. 'Dat maakt alles alleen maar erger. Ze is gewond. Heel erg deze keer.'

'Wacht even, Violet.' Anya moest weten hoe ernstig deze onbekende persoon gewond was. Als die een ambulance nodig had, kon de wachttijd kritiek worden. Ze dacht aan Giverny Harts lichaam en het verschil dat een paar minuten hadden gemaakt.

'Is ze ernstig gewond? Is er een ongeluk gebeurd? Moet er een ambulance komen?'

'Nee. Geen ambulance, geen andere artsen en geen verpleegkundigen! We willen dat u haar verzorgt.'

Anya wist nog steeds niet wat er was gebeurd, misschien wel een overdosis of een zelfmoordpoging of een ongeluk. De angst voor de politie en ziekenhuizen wees erop dat ze iets illegaals had gedaan, drugs genomen of dronken achter het stuur. Maar misschien was ze ook wel het slachtoffer van seksueel geweld. Als ze wilde helpen, had ze snel veel meer informatie nodig, maar zonder dat Violet ging liegen of in paniek raakte. 'Is je vriendin nog bij bewustzijn?'

Op de achtergrond hoorde Anya iemand zachtjes huilen. Het slachtoffer was in elk geval bij bewustzijn en ademde nog.

'Ik kan je alleen maar helpen als ik weet wat er aan de hand is en hoe erg ze gewond is.'

Violet wachtte even met antwoorden. 'Ze is verrot geslagen, haar gezicht is opgezwollen en ze kan haar linkerarm niet bewegen. Help ons alstublieft, ze heeft heel veel pijn.'

Een arts wordt altijd argwanend als iemand telefonisch om pijnstillers vraagt. Dat kan een smoes zijn om aan drugs te komen. Drugsverslaafden doen wel vaker alsof ze gewond zijn, hoewel dat meestal gebeurt met verhalen over een miskraam, een buitenbaarmoederlijke zwangerschap of iets dergelijks.

Anya sprak langzaam en duidelijk, in een poging Violets toenemende paniek de kop in te drukken. 'Ik heb geen pijnstillers in mijn dokterstas of in de spoedopvang bij het ziekenhuis. Als ze een sterke pijnstiller nodig heeft, moet ze naar het ziekenhuis gaan.'

Als drugs de reden voor het telefoontje waren, zou dat voldoende zijn om een verslaafde te ontmoedigen. Maar Violet reageerde fel: 'Ze is clean, ze neemt zelfs nooit iets tegen hoofdpijn. En ze is niet dronken. Ik ben echt bang, u moet ons helpen. We kunnen niemand anders vragen.'

'Is degene die dit heeft gedaan nog in de buurt?'

'Nee. Hij is nu weg.'

Anya besloot het meisje en haar vriendin op te zoeken. Ze stapte uit bed en trok haar spijkerbroek, een bh en een T-shirt aan. Voordat ze de trap af liep keek ze even in Bens lege slaapkamer. 'Ik ga nu naar het ziekenhuis, dezelfde plek waar je me de eerste keer hebt gezien.'

'Dat weet ik nog.'

'Laten we buiten afspreken, dan laten ze ons wel binnen.'

'Schiet alstublieft op.'

Violet hing op en Anya belde Mary Singer, om haar te vertellen wat er was gebeurd. Mary, die verrassend wakker klonk voor dit uur van de nacht, wilde ook komen. Ze zei dat er in zo'n geval altijd een advocaat in de buurt moest zijn, maar Anya beloofde haar terug te bellen als Mary's aanwezigheid nodig was.

Twintig minuten later stopte ze voor het ziekenhuis. Ze zag twee kleine figuurtjes in de schaduw van een straatlantaarn, een van hen stond gebogen. Ze rende ernaartoe om te helpen, maar Violet zei dat ze hen snel mee moest nemen naar een veiliger plek.

Zodra ze binnen waren deed Anya de deur achter hen op slot en keek snel door de glazen deur om te controleren of iemand buiten stond. Ze draaide het licht aan en liep voor de meisjes uit naar de onderzoekskamer.

Het meisje dat met Violet was meegekomen, strompelde naar een stoel. Haar wangen en ogen waren gezwollen en donker. Op haar witte bloes zat bloed. Met een hand drukte ze een met bloed doordrenkte handdoek tegen haar achterhoofd. Anya zag dat haar andere pols en onderarm gebroken waren.

Anya trok meteen een paar latex handschoenen aan. 'Dat is een behoorlijk nare wond aan je hoofd. Mag ik even kijken?'

Het meisje keek aarzelend naar Violet, die knikte.

Anya tilde de gebroken onderarm voorzichtig op en legde hem op een kussen op de schoot van het meisje. Ze vertrok haar gezicht, maar verzette zich niet. Daarna onderzocht ze de hoofd-wond. 'Zo te zien heeft iemand je behoorlijk te grazen gehad. Dit prikt misschien een beetje.'

Anya depte het bloed rondom de zeven centimeter lange snee in de schedel, op zoek naar een weke zwelling, naar alles wat op een schedelbreuk kon wijzen. Ze was opgelucht dat ze niets bijzonders ontdekte en bekeek de gerafelde snee iets zorgvuldiger. 'Kun je me vertellen hoe dit is ontstaan? Het is wel duidelijk dat iemand je pijn wilde doen.'

Violet had haar armen over elkaar geslagen en zat op een stoel, naar voren gebogen, met haar lange zwarte rok over haar knieën getrokken. 'Is dit vertrouwelijk? Zoals u ook beloofde toen u mij onderzocht?'

Anya keek naar haar. 'Ja, maar als iemands leven in gevaar is, kan het zijn dat ik me daar niet aan kan houden.'

De beide jonge vrouwen keken elkaar aan. 'Zei je toch dat ze te vertrouwen was,' zei Violet. 'Hier zijn we veilig. Toe dan, vertel het maar.'

De snee bloedde even niet meer, maar zou wel gehecht moeten worden. Anya wachtte af, met haar handen in haar schoot.

De onbekende vrouw praatte door een kapotte onderlip. 'Ik ben Savannah. Savannah Harbourn.'

18

Anya had al wel veel gehoord over de misdaden van de familie Harbourn, maar de naam Savannah had ze nooit horen noemen.

Violet zei opgewonden: 'We zijn al heel lang vriendinnen. Zo heb ik haar broer Rick leren kennen, de jongen met wie ik verkering had toen...' Ze plukte aan een nagelriem. 'Die avond dat ik hier kwam.'

'Ze bedoelt die avond dat ze dronken werd en seks had met mijn broers,' verduidelijkte Savannah nonchalant.

'Weet je wie dit heeft gedaan?' vroeg Anya. 'Jij en Violet leken doodsbang.'

Savannah ademde door haar gezwollen lippen. De brug van haar neus werd al breder door de zwelling. 'Ik ging naar huis om mijn zusjes te zien. Ik woon niet meer thuis, maar ik help ze nog wel eens met hun huiswerk en zo. Het was na achten en niemand had eten voor ze gekookt, dus ik ging spaghetti maken.'

'Hun moeder maakt zich daar nooit druk over,' zei Violet. 'Zonder Savannah zouden ze alleen maar chips en chocolade eten.'

'Toen ik in de keuken was maakten mijn moeder en Gary, mijn oudste broer, ruzie over de politie, over waar ze hem deze keer van konden beschuldigen. Hij zei steeds maar dat hij alles onder controle had. Ik bemoeide me er niet mee, want ze maken altijd ruzie. Daarom ben ik ook uit huis gegaan.'

Anya kon zich de ruzie in dat volle, smerige huis vol tieners en volwassenen die altijd problemen met de politie hadden wel voorstellen. Als crimineel gedrag werd aangeleerd, was die woning hét

ideale schoolgebouw. Het was verstandig dat Savannah was weg-
gegaan, want binnen dat gezin leek geweld onvermijdelijk.

'Wat gebeurde er toen?'

Anya bleef zitten. Savannah moest eerst haar verhaal maar vertellen en dan zou ze haar wonden hechten en verzorgen. Ze had
tientallen vragen over wat Savannah wist van de misdaden van haar
familie, maar ze wilde eerst haar vertrouwen winnen door haar vrij-
uit te laten praten. Ze hoopte iets te horen te krijgen over Giverny
en de aanval op Sophie en Rachel Goodwin. Dit gesprek was weliswaar vertrouwelijk, maar misschien kon ze Savannah later toch
overhalen om alles wat ze wist aan de politie te vertellen.

'Gary begon te schreeuwen toen Bruce, Peter en Paddy thuis-
kwamen. Zij bemoeiden zich er ook mee en zeiden dat Peter die
verf die nacht had weggegooid en dat hij en Bruce verder niets hadden gedaan. Maar mama geloofde ze niet en begon ze te slaan.'

Violet vulde aan: 'Dat pikten ze altijd van haar; niemand had het
lef iets terug te doen.'

Anya vroeg zich af of de mannen vrouwen mishandelden als een
soort vergelding voor wat hun moeder hen aandeed. Mensen die
anderen mishandelen zijn zelf ook vaak mishandeld, maar toch
was het geen juridisch en geen moreel excuus.

'Ik bemoeide me er niet mee, maar de halve straat moet het hebben gehoord. Ze bleven maar zeggen dat ze de verf hadden weggegooid, meer niet. Uiteindelijk stapte ze in haar auto en vertrok. D'r
is een vent waar ze vaak naartoe gaat als ze boos op ons is.'

De verf. Was dat de rode verf waarmee ze die bedreigingen op Giverny's auto hadden geschilderd? Dat betekende dat de Harbourns
betrokken waren bij wat er in het huis van de Harts was gebeurd, ondanks het feit dat vier van de broers op dat moment in de gevangenis
zaten. Anya wilde precies weten wat ze hadden gezegd waarmee ze
zichzelf hadden belast, maar dat zou ze heel voorzichtig uit Savannah
moeten trekken. Op dit moment was ze haar patiënt, geen informant.

'Kan ik iets tegen de pijn krijgen? Als ik die arm beweeg, doet het
ontzettend veel pijn.'

Anya wilde haar geen pil geven voor het geval de arm operatief en onder algehele narcose moest worden gezet. En ze had geen pijnstillers die geïnjecteerd moesten worden, om inbraak en overvallen op de afdeling te voorkomen. 'Die arm moet misschien geopereerd worden, dus je mag niets innemen voordat we er een röntgenfoto van hebben gemaakt.'

Violet wilde opstaan, maar toen Savannah haar arm wilde optillen om dat ook te doen, viel ze terug in haar stoel.

'Wacht even,' zei Anya. 'Ik kan nu met je naar de overkant lopen voor een röntgenfoto en je een anonieme code geven. Dat mag, weet je. Niemand hoeft je naam te weten, of wat er is gebeurd. Maar er moet echt iets aan je arm gedaan worden, anders kun je hem straks helemaal niet meer gebruiken. Als het een instabiele fractuur is, kan de bloedtoevoer naar je hand geblokkeerd worden en dan wordt het nog veel erger.'

Anya wilde dat het meisje bij bewustzijn en alert bleef, met die verse hoofdwond. Pijnstillers konden haar verdoven en nog meer problemen veroorzaken. Het immobiliseren van de arm was op dit moment even effectief als een pijnstiller. Ze voelde haar pols nog een keer. Savannahs vingers waren roze en kregen nog steeds voldoende bloed. Daarna legde ze het kussen dichter bij Savannahs lichaam, zodat de arm beter werd beschermd tegen kleine bewegingen.

Ze sloot de afdeling af en liep daarna met de beide meisjes naar de overkant, naar de spoedeisende hulp. Violet wilde een sigaret en bleef buiten wachten. Misschien stond ze ook wel op wacht.

De spoedverpleegkundige gaf hun een anonieme code en daarna konden ze snel naar de röntgenafdeling. Anya trok een loodschort aan zodat ze bij haar patiënt kon blijven.

Savannah had twee gebroken ribben, maar die hadden haar longen gelukkig niet doorboord. Ook haar pols was gebroken, maar ze had geen schedelfractuur. De spoedarts gaf Savannah een pijnstillende injectie en zette haar arm. Uit een nieuwe röntgenfoto bleek dat het bot op z'n plek zat.

Daarna gingen ze naar een behandelkamer en wachtten tot dezelfde arts terugkwam. Hij stelde voor haar onderarm te stabiliseren met een steun van gips en een verband. Het was niet de meest ideale oplossing, maar Savannah kon het er afhalen als ze naar huis moest en niet wilde dat zij wisten dat ze naar het ziekenhuis was geweest.

Terwijl ze wachtten tot het gips was gedroogd, vertrok de arts om hechtmateriaal te halen voor Savannahs hoofdwond. Het meisje vroeg aan Anya: 'Waarom bent u zo aardig?'

'Ik ben niet aardig, ik doe mijn werk. Net als de artsen hier.'

Savannah begon te huilen. 'Er is nog nooit iemand zo aardig voor me geweest.'

Anya sloeg een arm om haar heen. Ze had medelijden met dit meisje dat tijdens haar jeugd was geslagen en mishandeld. Zelfs een klein beetje medeleven kon bij iemand als zij een vloedgolf aan emoties opwekken.

'Mijn moeder vindt dat ik nergens voor deug. Ze haat me.'

Normaal zou dit een onvolwassen reactie lijken op een ruzie, maar Noelene Harbourn was ernstig psychisch gestoord. Savannah kon wel eens gelijk hebben over haar.

Toen het gips op z'n plek zat, begon de arts de hoofdwond te hechten. Als Savannah haar haar de komende tijd voorzichtig zou wassen, zou het haar de wond kunnen verdoezelen. Savannah onderging de hele procedure manmoedig. Ondertussen dacht Anya na over het verstoorde gezin.

Allerlei mensen klaagden over dit gezin, maar het was niet relevant of natuur of opvoeding de oorzaak was van de criminaliteit. Dit soort gezinnen zou uit elkaar moeten worden gehaald. Savannah had een veel beter leven verdiend.

'Wat gebeurde er nadat je moeder was vertrokken?'

Savannah zweeg even en boog haar hoofd. 'Gary zei dat ik zijn honkbalknuppel moest zoeken en hij werd woedend toen ik hem niet kon vinden. Mijn zusjes zeiden dat de politie weer langs was geweest en nog meer vragen had gesteld. Het enige wat Gary wilde weten was wat Bruce en Paddy de politie hadden verteld, maar Amber zei dat ze waren vertrokken en de knuppel hadden meegenomen. Gary werd woedend en begon me te slaan. Eerst met zijn vuisten, maar toen ik op de grond viel begon hij me te schoppen.'

Anya dacht koortsachtig na. Was Gary doorgedraaid omdat zijn broers met de honkbalknuppel waren vertrokken? Of om wat ze ermee wilden doen? Men beweerde dat Gary iedereen kon aanvallen, behalve zijn eigen moeder. 'Wat gingen ze doen met die knuppel? Waarom kon hem dat zoveel schelen?'

Savannah stond op, ondersteunde haar arm. 'Daar sloeg hij altijd iedereen mee in elkaar. Iedereen die hem geld schuldig was of bedrogen had.'

Ze liepen naar buiten.

Violet zat op de trap te roken. 'Hebben ze je opgekalefaterd?'

Savannah knikte. 'Ja, bedankt, ik voel me een stuk beter.'

Anya zei: 'Deze keer heb je geluk gehad. Hoe ben je ontsnapt?'

'Hij is gewoon vertrokken. Rick was naar vrienden geweest en toen hij thuiskwam heeft hij me van de vloer geraapt. De anderen waren thuisgekomen en zaten in de woonkamer.'

'Dit is niet de eerste keer. Die klootzakken sloegen haar altijd als ze hen geen drank bracht of een zak chips of iets anders wat ze haar opdroegen.' Woedend zei Violet: 'Vertel de dokter eens wat er gebeurde toen je moeder thuiskwam.'

Savannah wreef met haar goede hand over haar verbonden arm. 'Ze had gedronken. Ze drinkt steeds meer sinds Ian in de bak zit. Ik kon het ruiken. Toen ik haar vertelde wat er was gebeurd, begon ze tegen me te schreeuwen omdat ik Gary boos had gemaakt. Daarna sloeg ze me keihard in mijn gezicht en ging naar bed.'

19

Martin kwam Ben brengen en nam de uitnodiging om mee te eten aan. Ze aten schnitzels, groenten en chocolade-ijs en zaten met z'n drieën urenlang te kletsen over het uitstapje en hun avonturen. Het was bijna net als vroeger. Ze hadden genoten van de vakantie.

Martin praatte zelden over zijn vriendin en Ben genoot van de aandacht van zijn beide ouders. De verbittering van vroeger leek vergeten en ze kusten hun slapende kind welterusten.

De zaterdag met Ben ging voorbij in een vlaag van omhelzingen, gelach en spelletjes. Anya had durven zweren dat hij was gegroeid in de paar dagen dat ze hem niet had gezien.

Zondagochtend stonden ze veel later op dan anders. Anya checkte of het wel goed ging met Ben en ze bleef even kijken naar haar zoon die zo vredig, zo onschuldig lag te slapen. Disneyland en de reis naar huis hadden hem uitgeput. Maar hij had een hele serie badges bij zijn bed opgehangen, die hij in Anaheim had verzameld en geruild.

Anya keek naar de onafgemaakte boekenkast achter in de kamer. Ben had niet eens gevraagd wat er in de dozen zat; hij had alleen behoefte aan zijn moeder. Ze glimlachte. De avond tevoren hadden ze samen op de bank naar *Ratatouille* liggen kijken. De dagen en nachten met Ben waren kostbaar en zeldzaam.

Ze sloop naar beneden en zette de waterketel aan. Achteraf gezien was de scheiding van Martin onvermijdelijk geweest. Behalve dan dat Anya niet had verwacht dat ze de voogdij zou kwijtraken, omdat zij moest werken om hen te kunnen onderhouden terwijl Martin thuisbleef en de voornaamste verzorger werd.

Anya schonk kokend water in de theepot, ging aan de keukentafel zitten en voelde de zon op haar huid. Dit was haar favoriete moment van de dag. Geen telefoontjes of vergaderingen, en de wereld was tijdelijk rustig. En Ben lag veilig boven, alsof hij hier gewoon woonde. Anya dacht aan alles wat Ben nu leerde waar ze niets van wist – en dit was nog maar het eerste jaar! Andere moeders werden leesmoeder of hielpen in de kantine, maar zij moest werken om de alimentatie, de hypotheek en het salaris van Elaine te kunnen betalen. Haar bedrijf liep nu beter en hoewel veel werk voor de overheid onbetaald was, leidde het toch vaak tot betaalde opdrachten. Dat was natuurlijk wel fijn.

Na nog een kop thee hoorde Anya snelle voetstappen op de houten trap. 'Goedemorgen,' zei ze, en ze knuffelde hem even.

Ben, met slaperige ogen, sloeg zwijgend zijn armen om haar heen. Toen hij zich niet bewoog, keek ze even of hij misschien staand in slaap was gevallen.

'Heb je zin in een ontbijtje? Met sinaasappelsap, roerei en geroosterd brood?'

'Kunnen we ergens naartoe gaan om wafels te eten? Ik heb zin in wafels met ahornsiroop, zoals we in Disneyland hadden.'

'Zullen we maar eens kijken of er nog muesli is? Gisteren heb je daar twee grote kommen van gegeten.'

Ben grijnsde vol trots.

Anya probeerde Bens bezoekjes altijd zo leuk mogelijk te maken, maar ze wilde ook dat hij gezond at.

Hij gaapte en krabde zijn buik onder zijn pyjamajasje. Even zag Anya een miniversie van haar ex.

Ben koos voor muesli met banaan en melk, en ging op zijn gewone plekje aan het tafeltje zitten, tegenover zijn moeder. Na zijn eerste hap zat hij alweer eindeloos te kletsen. Hij onthaalde haar op grappige momenten uit *Ratatouille*, doorspekt met nog meer verhalen over het vliegveld en het eten in het vliegtuig. Soms duurden de verhalen die hij vertelde langer dan de feitelijke gebeurtenissen, maar dat was een van de dingen die ze zo leuk aan hem vond.

Toen hij klaar was, vroeg hij of ze samen konden kleuren. Even later was hij terug met een doos kleurpotloden en een kleurboek vol dieren. Hij sloeg een bladzijde open met een moedertijger en haar pups, gaf het oranje potlood aan Anya en begon zelf met blauw de lucht in te kleuren.

'Mevrouw Henry zegt dat ik moet oefenen om binnen de lijntjes te blijven. Ze zegt dat ik heel goed letters kan schrijven, maar te snel wil kleuren. Deed jij dat ook op de kleuterschool?'

'Dat kan ik me niet herinneren, dat is al heel lang geleden.'

Hij had buiten de wolken gekleurd, maar Anya liet hem zijn gang gaan.

'Hé, hierna kunnen we naar het park gaan en daarna thuis gaan lunchen. We gaan vanmiddag met een collega mee die zijn zieke vader wil bezoeken.'

Ben keek haar aan. 'Gaan we naar het ziekenhuis?'

'Nee, lieverd, we gaan naar een verpleeghuis, waar mensen naartoe gaan die niet meer voor zichzelf kunnen zorgen, maar niet zo ziek zijn dat ze naar een ziekenhuis moeten.'

Hij verruilde het blauwe potlood voor een groen en begon de lijn van het gras na te tekenen. 'Waarom zorgen hun papa's en mama's niet voor ze?'

'Omdat hun ouders bijna allemaal al in de hemel zijn.'

'Hebben ze nog familie?'

'Soms wel.'

'Waarom wonen ze dan niet daar in plaats van in dat verpleeghuis? Mevrouw Henry zegt dat familie voor elkaar moet zorgen. Dat we daarom familie hebben.'

Mevrouw Henry, Bens kleuterschooljuf, speelde vaak een hoofdrol in zijn gesprekken. Anya genoot van de manier waarop zij van het leren een spel maakte.

'Sommige familieleden kunnen wel voor de ouderen zorgen, maar de meeste niet.' Het was een ingewikkeld onderwerp.

'Waarom niet?' Het gras liep over in een tijgerjong, dat snel groen en zwart werd.

Ben was nooit uitgevraagd. 'Waarom' was waarschijnlijk zijn meest geliefde woord.

Anya dacht aan allerlei redenen. Kleinere gezinnen, langere werkdagen, afstand tot familieleden, egoïsme, gezinsproblemen; de lijst was eindeloos. Zij koos voor een praktisch antwoord.

'Nou, als je oma in een rolstoel zat, kon ze hier niet wonen, omdat de slaapkamers boven zijn. Waar moest ze dan slapen?'

Daar dacht Ben even over na. 'Je zou haar naar ons huis kunnen brengen en zelf ook bij ons komen wonen.'

Anya zou niets liever willen dan bij haar zoon wonen, maar Martin had een vriendin. Bovendien kon ze niet samenleven met een volwassene die surfen belangrijker vond dan rekeningen betalen. Maar aan Ben te zien, was Martin een prima vader.

'Hé, volgens mij is oma best wel gelukkig met haar patiënten en haar tuin. Oké, wat vind je van het park?'

Ben zette zijn kom in de gootsteen en stommelde naar zijn kamer om zich aan te kleden. Terwijl Anya de afwas deed, vroeg ze zich af wat voor vader de Harbourn-kinderen hadden gehad. De kans was groot dat hij niet alle kinderen had verwekt, als Noelene haar 'beroep' tijdens hun relatie was blijven uitoefenen.

Bezat hij een erfelijke slechtheid, agressief of gewelddadig? Kon hij eigenlijk wel lezen en schrijven? Was hij streng of immoreel?

Het kan niet gemakkelijk zijn geweest om negen kinderen op te voeden, maar grote gezinnen konden heel goed functioneren, tenminste, dat leek zo. Ze liep naar haar kantoor en keek op haar laptop of er e-mails waren. Dan Brody had geen nieuwe mails gestuurd. Ze zouden hem vanmiddag dus gewoon zien.

Ben verscheen in een nieuwe Buzz Lightyear-bloes en een korte broek. Door de marineblauwe kleur leken zijn ogen zelfs nog donkerder. 'Mam, waarom heb je niet dezelfde naam als papa en ik? De ouders van een jongen uit mijn klas zijn niet getrouwd en hebben niet dezelfde naam.'

'Je vader en ik zijn getrouwd, maar toen zijn we gescheiden. Jij hield de naam Hegarty en ik gebruikte mijn oude naam weer.'

Hij kroop op haar schoot en zwaaide met zijn benen. De computer werkte als een magneet op haar zoon, maar ze was niet van plan hem van haar schoot te duwen.

'Waarom?'

Dát woord weer. 'Dat is veel te ingewikkeld.' Een kind van vijf kon haar behoefte aan autonomie en onafhankelijkheid niet begrijpen en ze was ook niet van plan uit te leggen waarom ze haar achternaam had veranderd van Reynolds in Crichton. Ze probeerde een ander onderwerp. 'We gaan dus naar het park?'

Ben bleef op haar schoot zitten en pakte een presse-papier. 'Waarom moeten mensen verschillende namen hebben?'

Anya kuste hem op de wang. 'Het zou heel grappig zijn als die arme mevrouw Henry de presentielijst afloopt en dan elk kind met dezelfde naam aanspreekt. Stel je voor dat jullie allemaal Ben zouden heten.'

'De meisjes zouden een jongensnaam heel stom vinden.' Hij giechelde bij het idee, maar trok vervolgens de la open en haalde er een pen uit. 'Maar waarom moeten we een achternaam hebben?'

Anya legde het potlood terug en deed de la dicht. 'Achternamen zijn al heel oud en ze zeggen iets over de familie. Soms vertelt een naam waar je familie vandaan komt, zoals Crichton. Die naam is afkomstig uit een plaats in Schotland waar mijn over-overgrootvader woonde. Andere namen vertellen welk beroep iemand uitoefende. Iemand die Smith heet, is familie van iemand die dingen van ijzer maakte of misschien wel van goud.'

'Is Josh Smith rijk?'

'Nee,' zei ze lachend, 'maar zijn overgrootvader heeft misschien wel juwelen gemaakt.'

'Wat is een Hegarty?'

'Tja, Benjamin Hegarty, dat moeten we opzoeken.' Anya logde in op Google en typte de naam in. Maar de zoekmachine reageerde met 'onbekend'.

'Niet te vinden,' zei Anya en ze tilde hem op. 'Tijd om je tanden te poetsen en je aan te kleden. Heb je ook schoenen en sokken bij je?'

Ben ging op zoek. Voordat ze de laptop uitzette, typte ze Brody in. 'Modderige plaats' was niet helemaal wat ze had verwacht, maar het was wel passend na de ontdekking van de baby van Dans moeder.

Uit nieuwsgierigheid typte ze nog een naam in: Harbourn. De naam had niet toepasselijker kunnen zijn: 'vervuild, vies stroompje'. Als een familie zo heette, moesten ze vlak bij vervuild water hebben gewoond of al generaties lang slecht zijn geweest. Ze vermoedde dat de criminaliteit van de huidige familieleden niet alleen te wijten was aan gebeurtenissen in hun jeugd. De kans was groot dat ze erfelijk belast waren. Ze had altijd gedacht dat de omgeving belangrijker was dan genen. Maar in Bens gedrag en ontspannen karakter leek hij heel veel op haar vader die hij zelden had gezien. Het was geen aangeleerd gedrag. Nu ze zelf een kind had, moest ze haar visie op de invloed van erfelijke eigenschappen misschien maar herzien. Ze besloot zich een keer te verdiepen in het meest recente onderzoek naar criminele families. In het geval van de Harbourns vermoedde ze dat slechtheid en geweld erfelijke eigenschappen waren.

20

Anya keek even naar de minuscule achterbank en bood aan met haar auto te gaan. Zelfs als ze de voorstoel zo ver mogelijk naar voren schoof, was er amper plek voor Bens kinderzitje en zou hij zijn voeten moeten optrekken. Ze hoopte dat hij niet misselijk werd met dat kleine raampje en amper frisse lucht.

'Het komt wel goed,' zei Dan. 'Het is een gewone auto, hoor.'

Ben streelde de rode lak. 'Mijn papa zegt dat mensen met een snelle rode auto een heel klein pikkie hebben.'

Anya voelde dat ze bloosde en ze kneep even in Bens hand. 'Sorry hoor, Dan, ik weet niet hoe hij daarbij komt. Ik weet zeker dat hij niet eens weet wat dat betekent.'

Dan stond met zijn handen in zijn achterzakken, maar verplaatste ze zelfverzekerd naar voren. 'Het geeft niet, hoor. Ik heb je ex-man ontmoet, die opmerking begrijp ik dus wel.'

Ze bukte zich zodat ze Ben kon aankijken. Martin had de gewoonte zijn mening luidkeels te verkondigen, vooral over mensen die hem om welke reden dan ook intimideerden. 'Zulke onbeleefde dingen zeggen we niet. Zeg sorry, alsjeblieft.'

'Sorry, meneer Brody,' mompelde Ben. Maar met opgetrokken wenkbrauwen vroeg hij aan zijn moeder: 'Waarom is dat onbeleefd?'

'Soms is het niet beleefd om te herhalen wat volwassenen zoals je vader hebben gezegd.'

Ondanks Anya's bedenkingen stond Dan erop dat ze met zijn Ferrari naar het verpleeghuis reden. Met Ben in zijn zitje en Anya met haar knieën bijna tegen het dashboard, reden ze haar straat uit, sneller dan ze had verwacht.

Ben zat rustig achterin en hij was zijn reprimande alweer vergeten. 'Wat een coole auto!' riep hij uit.

'Fijn dat je hem leuk vindt. Leuk dat je mee wilde,' zei Dan. 'Ik kan niet zo vaak naar mijn vader toe.'

Anya vroeg zich af of Dan misschien geen tijd wilde maken. Net zoals de meeste mensen slaagde hij er wel in alle dingen te doen die hij leuk vond, zoals mensen ontmoeten en naar chique feestjes gaan. Voelde hij zich schuldig omdat hij zijn vader in een verpleeghuis had laten opnemen of voelde hij zich ongemakkelijk doordat iemand van wie hij hield invalide was? Ze wist dat zijn vader minstens twee beroertes had gehad. Als hij nu in een verpleeghuis was opgenomen, betekende dit dat hij daardoor behoorlijk invalide was geworden.

Dan reed door het oranje licht en sloeg snel een hoek om. Anya hield zich met beide handen aan haar stoelzitting vast. 'Wanneer kreeg hij zijn eerste beroerte?'

'Vlak na mijn moeders begrafenis. De artsen dachten dat het door de stress kwam. Hij was nog nooit bij een dokter geweest en hij had nog nooit medicijnen geslikt.'

Anya wist dat dit vaak het geval was bij mensen die een actieve jeugd hadden gehad en daar nog met plezier aan terugdachten. Zolang ze gezond waren gingen ze nooit naar een arts, zelfs niet voor een routinecontrole. Tegen de tijd dat ze een beroerte kregen of stierven aan een hartaanval, was het te laat.

Ze stopten voor een verkeerslicht, naast een lesauto. De jongen die achter het stuur zat, keek met grote ogen naar de Italiaanse auto. Dan trapte op het gaspedaal zodat de motor begon te loeien. Anya trok haar wenkbrauwen op en zei: 'Weet je, dat joch kan zijn lol niet op als je hem sneller laat optrekken.'

De advocaat haalde zijn schouders op. 'Jij denkt ook altijd aan andere mensen.' Toch wachtte hij even met wegrijden toen het licht op groen sprong.

'Tevreden?' Hij schakelde en liet de motor weer even loeien. Anya glimlachte alleen maar.

'Weet je, wat dat betreft lijk je wel wat op mijn moeder. Mijn vader zei altijd dat Paul Newman gelijk had dat hij zo trots was op zijn vrouw. Waarom zou je ergens een hamburger gaan eten als je thuis een biefstuk hebt? Dat zei hij zelfs na vijftig jaar huwelijk.'

Anya's grootouders waren ook zo. Ze had geprobeerd zich voor te stellen hoe het was om vijftig jaar of langer naast dezelfde man te slapen en dan opeens alleen wakker te worden. De wereld had altijd medelijden met iemand die vlak na het huwelijk alleen kwam te staan. In werkelijkheid pakten juist jonge mensen na de dood van hun partner hun leven vrij snel weer op. Maar voor een stel dat tientallen jaren had samengewoond, kon het verlies van een partner te veel zijn om mee te leven.

Ze legde haar handen in haar schoot toen ze een bus inhaalden. 'Ben jij het eens met die biefstuk-filosofie?'

'In theorie wel.' Hij grijnsde. 'Maar in die tijd kenden ze nog geen lamsburgers, verrukkelijk vegetarisch eten, biologisch vlees of eend.'

'Jij en mijn ex-man hebben meer gemeen dan je zou denken.' Ze draaide zich om en zag dat Ben in slaap was gevallen. 'Heb je een goed contact met je vader?'

Dan keek even opzij. 'Ik had meer met mijn moeder. Mijn vader had altijd een vooringenomen mening over de pro-Deoadvocatuur en hij was het er helemaal niet mee eens toen ik een particuliere praktijk begon.'

'Je zei dat hij altijd gezond is geweest. Dan zal het niet gemakkelijk voor hem zijn om in een verpleeghuis te wonen.'

Dan nam wat gas terug. 'Ik vind het heel moeilijk hem zo hulpeloos te zien. Hij is niet meer de vader die ik ken; hij is nu een omhulsel. We kunnen verdorie niet eens meer bekvechten; ik weet dus niet eens of ik hem teleurstel.'

Opeens begreep ze de manier waarop Dan met vrouwen omging en de agressieve manier waarop hij een zaak wilde winnen. Zelfs intelligente, succesvolle volwassenen waren wanhopig op zoek naar de goedkeuring, en de liefde, van hun ouders.

Het was al dertig jaar geleden, maar Anya wilde nog steeds dat haar moeder haar vertelde dat zij niet verantwoordelijk was voor Miriams ontvoering.

Dan reed de oprit op van een roodstenen gebouwencomplex en parkeerde bij een grasveld. Hij haalde een rugzak uit de kofferbak, terwijl Anya zich omdraaide en even Bens arm streelde om hem te wekken.

Ze liepen naar de hoofdingang van Pine Lodge, drukten op de zoemer en wachtten. Aan het gerinkel van een sleutelbos hoorden ze dat er iemand aankwam.

'Goedemorgen. Wat kan ik voor u doen?' De oudere vrouw schoof de mouwen van haar marineblauwe vest omhoog. Ze wekte een praktische indruk, alleen al door haar witte wandelschoenen. Toen ze haar handen aan haar broek afveegde, gleden haar mouwen weer naar beneden.

'Kijk, u moet de zoon van William Brody zijn. U lijkt precies op hem.'

Dan boog zijn hoofd en stak aarzelend zijn hand uit.

'O, het is maar water, hoor, ik doe net een van de bewoners in bad die één keer per maand in bad al overdreven vindt. Soms heb je het gevoel dat je met kleuters werkt, zo veel ophef maken ze overal van.' Ze gaf hun allemaal een hand, ook Ben.

'Ik ben Rhonda Gillespie, hoofd van de verpleegafdeling. Ik had vakantie toen uw vader werd opgenomen, daarom hebben we elkaar nog niet ontmoet. Het gaat heel goed met die ouwe snaak.'

'Komt ons bezoek wel gelegen?'

'We zorgen dat het gelegen komt. Het is heerlijk als je wordt opgevrolijkt door een lief gezinnetje. Wat vindt u van de tuin? Hij vindt het fijn buiten en het is heerlijk weer.' Ze wees waar ze naartoe moesten. 'Niets bijzonders, maar er is een binnenplaats met tuinmeubels, potplanten en een vogelbadje.'

'Geweldig,' zei Dan.

Ben hield zijn moeders hand vast.

De vrouw deed de voordeur weer achter hen op slot en verdween.

'Dit lijkt wel een gevangenis,' fluisterde Dan.

'Misschien wonen hier wel demente bejaarden die aan de wandel gaan. Het is hun plicht te voorkomen dat die verdwalen. Als dat gebeurt, zal de een of andere gehaaide advocaat hen wel voor de rechter slepen.'

'Dat is natuurlijk waar.'

Dan opende de buitendeur voor Anya en Ben. Ze liepen over een paadje naar een houten bank vlak bij een halfgevuld vijvertje.

'Belachelijk, dat is stilstaand water. Je zou toch denken dat ze er wel een pomp in zouden plaatsen of een fontein. Dat kan ook best met het tarief dat ze hier in rekening brengen...'

Anya vroeg zich af of het geluid van stromend water wel slim was in een tehuis met incontinente bejaarden.

'Ik neem aan dat je nog nooit prostaatklachten of incontinentie-problemen hebt gehad.'

'Eh, nee.' Hij ging zitten, strekte zijn benen en trok ze weer in.

'Mag ik insecten zoeken?' vroeg Ben en hij hurkte bij een van de planten voor een muurtje.

'Ja hoor, maar van spinnen moet je afblijven.'

'Mam.' Ben hief beide handen in de lucht. 'Spinnen hebben acht poten en insecten zes.'

'Raak ze toch maar niet aan.'

Toen hij wegliep vroeg Anya zacht, zodat haar zoon het niet kon horen: 'Hoe wil je hem vragen wat hij weet van wat er in dat kistje zit?'

Dan boog zich naar haar toe. 'Dat wacht ik even af. Hij schijnt slechte en heel erg slechte dagen te hebben. Het is niet bepaald een onderwerp dat je zomaar even te berde brengt. "Hallo pap, behandelen ze je wel goed, hoe is het eten, o, en wist je dat er een dode baby in jullie kledingkast lag?"'

Op dat moment ging de deur open en duwde zuster Gillespie een patiënt in een rolstoel naar buiten. De man zat opzij gezakt, maar hij was heel groot.

De oude Brody was schoon en keurig gekleed in een geruit overhemd met een corduroy broek en hij droeg een geruite pet. Aan zijn gekromde vingers en gebogen pols te zien, had hij een zware beroerte gehad waardoor hij rechts helemaal verlamd was geraakt.

De verpleegkundige draaide de rolstoel zo dat hij niet in de zon keek en ze zette de stoel op de rem. Ze boog zich naar voren zodat ze Dans vader kon aankijken en zei: 'Ik laat jullie alleen, dan kunt u even bijkletsen met uw zoon en zijn lieve vriendin. Als u me nodig hebt, drukt u maar op de zoemer die om uw hals hangt, oké?'

Ze wachtte op een reactie, maar William Brody keek haar alleen maar vriendelijk aan met zijn lichtblauwe ogen en tilde zijn linkerhand op.

'O, en hier is uw blocnote zodat u dingen kunt opschrijven.'

Tegen Ben zei ze: 'William kan niet meer praten, daarom schrijft hij alles op. Indrukwekkend, vindt u niet?'

Ben rende naar haar toe om de blocnote te bekijken en daarna liep hij terug naar een stapel stenen bij het muurtje.

De verpleegkundige ging weer rechtop staan en ging naar binnen.

Dan liep naar zijn vader toe en omhelsde hem. 'Fijn dat je al een beetje gewend bent. Hopelijk maak je het de verpleging niet al te moeilijk.'

De oudere man hield Dan langer vast met zijn rechterarm dan Anya had verwacht. Dan moest de omhelzing afbreken.

'Pap, ik heb iemand meegenomen. Dit is dokter Anya Crichton.'

Meneer Brody keek naar Anya en glimlachte, waardoor er een beetje kwijl in zijn mondhoek verscheen. Hij zette zijn pet af, legde hem op zijn schoot, stak zijn goede hand uit en gaf Anya een stevige hand. Ondanks zijn fysieke beperkingen had hij vriendelijk stralende ogen. Ze mocht hem meteen.

Dan pakte zijn rugzak. 'Ik heb een schone pyjama, wat toiletartikelen en een dvd van de laatste militaire taptoe van Edinburgh. Het personeel vertelde me dat je in de gemeenschappelijke ruimte dvd's kunt bekijken. Misschien kunnen we er de volgende keer samen naar kijken. O ja, en toen ik wat spulletjes van mama bekeek, vond ik dit. Misschien wil je die op je nachtkastje zetten.'

Hij gaf zijn vader een foto in een zilveren lijstje. Anya zag dat het een foto was van de trouwdag van Dans ouders. Het jonge stel glimlachte bij de belofte van hun nieuwe leven samen. William Brody raakte de foto even aan en Anya dacht dat ze tranen in zijn ogen zag.

'Ik heb ook nog iets anders gevonden, pap, en ik weet niet goed hoe ik dat moet vertellen. Ik heb Anya meegenomen om me daarbij te helpen.'

Dans vader fronste en zijn blik dwaalde van Dan naar Anya en terug.

'Er is geen gemakkelijke manier om je dit te vertellen. Onder de vloer van jullie kledingkast vond ik een oud afgesloten kistje.'

William pakte het fotolijstje steviger vast en hield zijn blik neergeslagen.

Zijn zoon boog zich naar voren zodat hij zijn vader kon aankijken. 'Hoorde je wat ik zei? Het heeft daar jaren gelegen.'

De oude man keek niet op.

Anya vroeg zich even af of de laatste beroerte zijn begripsvermogen had aangetast. Ze besloot een iets vriendelijker aanpak te proberen. 'Meneer Brody, ik ben patholoog. Dan heeft me gevraagd naar de inhoud van het kistje te kijken, omdat het zoiets bijzonders was. Ik heb de politie op de hoogte moeten brengen...'

Toen hij dat hoorde, keek William op en schudde zijn hoofd. Anya realiseerde zich dat hij heel goed begreep wat ze zeiden. GEEN POLITIE schreef hij op de blocnote. Toen pakte hij Dan bij de arm.

'Pap, gaat het wel? Begrijp je het?' Dan keek steunzoekend naar Anya. 'God, ik wilde dat je gewoon kon praten.'

'Het is goed, hoor,' zei Anya. Het gedeelte van de hersenen dat verantwoordelijk was voor spraak was niet hetzelfde als het schrijfdeel. Meneer Brody was nog heel goed in staat zijn diepste gedachten op te schrijven. Ze gaf hem de pen terug.

De nieuwe woorden die hij opschreef waren beverig maar duidelijk: GEEN POLITIE.

'Waarom niet? Pap, wil je ons vertellen dat je het wist van dat kistje en dat je weet wat erin zat?' Dan stond op en streek door zijn haar. 'Ongelooflijk dat je dat geheim hebt gehouden. Een echt skelet in onze kast.'

Ben had een hagedisje gevonden en toonde geen enkele interesse in hun gesprek.

Dan fluisterde. Het gehoor van meneer Brody was kennelijk beter dan dat van zijn leeftijdgenoten. 'Waarom hebben jullie me in vredesnaam niets verteld over een dode baby? Ik ben opgegroeid in dat huis en ik werk voor de rechtbank. Net als jij vroeger.'

Anya keek naar meneer Brody. 'De politie informeren is de normale procedure. Er komt geen onderzoek of aandacht van de pers, als u soms bang bent voor een schandaal.'

William keek naar de foto terwijl Anya verder praatte. 'We hebben een DNA-test laten uitvoeren.'

Dan boog zich naar voren, zich duidelijk bewust van Bens aanwezigheid: 'Pap, we weten dat de baby van mama was.'

Dans vader schreef met moeite: THERESE. GOEDE VROUW.

Dan las de boodschap en klemde zijn kaken op elkaar. 'Alstublieft niet nog meer geheimen. We weten dat u de vader niet was.'

De oude man streelde de foto en de tranen drupten op het glas. Minuten later pakte hij de pen weer en schreef: GOEDE VROUW.

Dan zei: 'Ik kan het gewoon niet geloven. Jullie zeiden altijd dat jullie als kind al verliefd op elkaar waren en nooit iemand anders hadden gekust. En nu zeg je dat ze zwanger was van een andere man? En je wist dat ze de baby had begraven? God, pap, heb je nog meer geheimen voor me? Als ik denk aan al die toespraken vol eigendunk van je waar ik altijd naar moest luisteren...' Dan begon steeds harder te praten, alsof hij een verdachte in de rechtbank in de val lokte. 'Weet de echte vader dit wel?'

De oude man schudde zijn hoofd, maar keek met een bijna smekende blik naar Anya. Er zat meer achter en zijn zoon gaf hem niet de kans het uit te leggen.

'Dan, wil je Ben mee naar binnen nemen? Ik wil even met je vader praten en volgens mij heb jij behoefte aan een slok koud water.'

Dan aarzelde, maar vroeg toen: 'Ben, zullen we eens gaan kijken of er ijs in de koelkast zit?' Ben stond op, veegde het vuil van zijn broek en pakte, na een knikje van zijn moeder, Dans hand en liep mee naar binnen.

Anya knielde bij de rolstoel. 'Weet u wie de vader was?'

Meneer Brody knipperde en knikte. Hij schreef: VOORDAT WE TROUWDEN.

'Leeft deze man nog?'

Hij knikte weer.

William Brody wist dus dat de moeder al eerder een relatie had en was toch met haar getrouwd. Bovendien waren ze blijven vertellen dat ze elkaars eerste liefde waren.

'U hoeft geen antwoord te geven, maar uw zoon wil dit graag weten. Als de baby in uw huis begraven is, was u dus in de buurt toen hij werd geboren...'

De oude heer raakte Anya's schouder aan en probeerde met zijn mond woorden te vormen. Dat mislukte en Anya zag de pijn en de frustratie in zijn blik.

'Ze zeggen wel eens dat liefde geen begin en geen eind heeft,' zei ze. 'U moet wel veel van Therese hebben gehouden om met haar te trouwen terwijl u wist dat ze zwanger was van een andere man.'

Hij pakte de pen en tikte op de blocnote om aan te geven dat zij hem vast moest houden.

VEROORDEEL HEM, NIET HAAR. ZIJ HIELD VAN ME. Het woord VEROORDEEL streepte hij door en hij omcirkelde HIELD VAN ME.

'Daar twijfel ik niet aan. Jullie zien er heel gelukkig uit op de foto, als zielsvrienden.' Anya wilde hem niet afvallen. Deze man was zijn levenspartner kwijtgeraakt en daarna had hij het vermogen verloren om te lopen en te praten, waarna hij het huis had moeten verlaten waarin ze samen hadden gewoond.

Hij streelde Anya's kin en schreef toen: DAN MAZZEL.

Ze voelde dat ze bloosde. 'Nee, nee, we zijn gewoon vrienden, we werken wel eens samen. En maak u geen zorgen, Ben is mijn zoon. We gaan u niet met nog meer dingen verrassen.'

Weer krabbelde hij een paar woorden op papier: DAN IDIOOT.

Toen Anya in de lach schoot, glimlachte William met één kant van zijn gezicht. Ze kon wel zien hoe levendig en aantrekkelijk hij als jongeman was geweest. Dit was een goede man. 'Volgens mij was Therese een bijzonder gelukkige vrouw.'

Dan kwam terug met Ben in zijn kielzog. Het gezicht van de jongen zat onder het ijs en hij schraapte met een houten lepeltje nog het laatste beetje uit een bakje.

Zuster Gillespie liep achter hen aan. 'U verbrandt toch niet in de zon, hè? We willen uw perzikkleurige huidje natuurlijk niet bederven.'

Meneer Brody keek haar even aan, rolde met zijn ogen naar Anya en glimlachte weer.

'Wie is die knappe man op die trouwfoto?' De verpleegkundige pakte de foto. 'U kon er wel mee door vroeger. Uw bruid ook trouwens. Ze was écht heel knap.' Ze legde de foto weer terug en draaide de rolstoel om.

Anya keek op haar horloge; het was bijna vijf uur, etenstijd waarschijnlijk. 'We moeten gaan. Het wordt al laat en ik moet Bens spullen nog inpakken,' zei ze. 'Ik vond het heel leuk u te ontmoeten, meneer Brody.'

De oude man zette zijn pet af en stak zijn hand uit.

'Vindt u het goed als ik nog een keer op bezoek kom?'

Hij gaf een stevig kneepje in haar hand, een bevestigend antwoord dus.

Ze namen afscheid en liepen naar de auto.

Ben vouwde zichzelf achterin en Anya zorgde ervoor dat hij goed in de gordel zat. Dan liep even te ijsberen voordat hij instapte. Hij startte de motor en reed snel weg. Ben had nog last van jetlag en viel al snel in slaap.

'Wil je erover praten?' vroeg ze. Ze wist niet goed of ze hem met rust moest laten of niet.

'Het komt gewoon doordat ze jarenlang tegen me hebben gelogen. Mam heeft een relatie en wordt zwanger en dat vertellen ze me niet eens!'

'Ga jij je kinderen vol trots vertellen met welke vrouwen je allemaal naar bed bent geweest?' Zodra ze dat had gezegd, had ze er spijt van.

Dan stopte in de berm. 'Ik begrijp wat je bedoelt, maar dit was niet zomaar een flirt. Ze heeft een baby gekregen en ze heeft die begraven. Misschien heeft zij hem wel vermoord, of mijn vader, uit woede om wat ze had gedaan.'

Anya realiseerde zich dat ze niet hadden gevraagd hoe de baby was gestorven. Dat zou ze beter een keer kunnen vragen zonder dat Ben of Dan erbij was. 'We weten dat de baby een tumor had en waarschijnlijk doodgeboren is.'

Dan legde zijn voorhoofd op het stuur. 'Waarschijnlijk, het is dus niet zeker.'

'Je vader zei dat het voor hun huwelijk is gebeurd, ze heeft hem dus niet bedrogen. Waarom ben je eigenlijk zo boos?' Hij had over zijn moeder gepraat alsof ze een heilige was. 'Omdat je moeder geen maagd meer was toen ze met je vader trouwde?'

Dan keek haar met een schuldige blik aan.

'Lieve help, dát is het, hè? Daarom ben je zo van slag. Niet om wat er in dat kistje zat, maar om je moeders verleden.'

Anya was nog nooit zo teleurgesteld geweest in een man. Deze man stond bekend om zijn seksuele avontuurtjes met vrouwen, maar zijn dubbele moraal gold dus niet voor al die vrouwen die ook allemaal ooit moeder konden worden. Wat ze nog erger vond, was dat hij niet volwassen genoeg was om zijn moeder als een complete persoon te kunnen zien met haar eigen wensen en verlangens.

'Zoiets belachelijks heb je nog nooit gezegd...'

'Mammie,' zei Ben slaperig vanaf de achterbank. 'Ik voel me niet lekker.' Hij begon over te geven. Anya draaide zich om en zag het ijs over de achterbank van de Ferrari stromen.

21

'Geweldige actie van dat joch,' zei Kate lachend. 'Op de achterbank?'

'Het was echt niet grappig!' riep Anya. 'Je had Dans gezicht moeten zien.'

'Waarom was je eigenlijk met hem op stap, met Ben erbij? Speelt er iets wat je me nog moet vertellen?'

'Nee hoor, echt niet. Ik wilde hem alleen maar helpen met zijn vader. Ben voelde zich prima, tot we weer naar huis gingen.'

Kate's lach was aanstekelijk en Anya moest toegeven dat het nu wel grappig was. Maar de eigenaar van de Ferrari zou daar nog lang anders over denken.

'Ik kan me voorstellen hoe het rook. Wat deed meneer de Gewichtigdoener?'

'Zijn gezicht sprak boekdelen, maar hij bleef beleefd. Ik heb het schoongemaakt met tissues en hij probeerde te helpen, maar eerlijk gezegd kon ik het beter in mijn eentje doen. Ben was helemaal van slag.' Anya voelde dat ze weer moest lachen. 'Maar hij voelde zich beter toen hij zijn maag leegde... nog een keer... op de achterbank.'

Tegen de tijd dat Hayden Richards op de ic arriveerde, zaten ze te giechelen als schoolmeisjes. Ze zagen hem niet eens aankomen.

'Volgens mij is hij gek op je,' zei Kate plagend.

'Is dit een privégesprek of mag ik meedoen?' vroeg Hayden met opgetrokken wenkbrauwen.

Anya schraapte haar keel en hoopte dat ze uit schaamte niet begon te blozen.

'O,' zei Kate, 'gewoon een grappig verhaal over haar zoon. Hij is echt een mafkees.'

Hayden fronste en keek naar een ouder echtpaar dat voorbijkwam. Daarna zei hij tegen Anya: 'Sophie heeft gevraagd of je bij het vervolg van haar verhoor aanwezig wilt zijn. Jij kunt ons vertellen of haar verwondingen overeenstemmen met wat ze zich herinnert.'

Anya drukte op de zoemer bij de ingang van de afdeling.

'In een spreekkamer achter in de gang staat audiovisuele apparatuur klaar, want ze gaan alles weer opnemen,' zei Hayden. 'We moeten zo veel mogelijk van haar te weten komen. Zelfs als ze daar met rustpauzes de hele dag voor nodig heeft.'

Anya hoopte dat de tiener de stress aankon. Het zou niet gemakkelijk zijn alle gebeurtenissen van die avond te herleven.

Eerst ging ze alleen naar Sophie op de ic.

Ned Goodwin wilde niet horen wat zijn beide dochters allemaal hadden ondergaan. Hij zei tegen Sophie dat hij even een luchtje ging scheppen, maar in de buurt bleef voor het geval ze hem nodig had.

De wond aan haar hals was nog lang niet genezen en met haar hand lichtjes op het verband gedrukt fluisterde ze: 'Ik ben bang.'

Anya trok haar stoel dichterbij. 'Goed. Alles wat je je herinnert kan helpen en als je even wilt pauzeren, moet je dat maar zeggen. Jouw welzijn is nu het belangrijkst, wat de politie er ook van vindt. En als je het te pijnlijk vindt aan alles terug te denken of als je meer tijd nodig hebt, moet je dat zeggen.'

De patiënte drukte weer op het verband om haar hals. 'Bedankt dat je hier bent.'

Anya wist niet goed waarom Sophie een band met haar had, maar zij voelde dat ook zo. Het medaillon van de heilige Judas Thaddeüs zat nog steeds op Sophies nachthemd gespeld. Ze hechtte kennelijk veel waarde aan dat kleine gebaar.

'Je bent in goede handen. En wat heb je veel bloemen gekregen!'

De tranen sprongen Sophie in de ogen.

'Ik weet dat je hier niet om hebt gevraagd en dat we wat er is gebeurd niet ongedaan kunnen maken.' Anya boog zich voorover; ze begreep instinctief dat het meisje behoefte had aan een knuffel, maar in plaats daarvan streek ze de pony uit Sophies ogen. Door de tranen waren ze bijna helderblauw in plaats van grijs.

'Ik mis Rachel. Moest moedig zijn voor papa.'

Zo veel mocht je niet verlangen van een veertienjarige. Sophie had niet alleen levensbedreigende verwondingen, maar ze had bovendien het gevoel dat ze haar vader moest steunen.

'Je moet ook toegeven aan je verdriet. Hij begrijpt dat en hij probeert moedig te zijn voor jou.'

Het jonge meisje leek veel brozer dan tijdens het eerste verhoor. Ze drukte haar gezichtje tegen Anya's schouder en huilde. Het verbaasde Anya niet dat de emoties nu naar boven kwamen. Dat moest ook. Haar fysieke genezing was één ding, maar het zou veel langer duren voordat haar emotionele wonden waren genezen.

'Ze zeggen dat ik me gelukkig mag prijzen... omdat ik... nog leef.' Ze tilde haar hoofd op en keek de kamer rond. 'Die bloemen zijn van mensen die ik niet ken.' Ze zweeg even. 'Maar ik ben niet gelukkig of dankbaar... Ik begrijp niet waarom dit is gebeurd.' Nog meer tranen. 'Papa huilt... als hij denkt dat ik slaap.'

Ze werd overmand door een vloedgolf van verdriet, over die nacht en alles wat daarna was gebeurd. Woede maakte deel uit van rouw en zij had redenen genoeg om woedend te zijn.

Het maakte nu niet uit wat Anya zou zeggen en dus hield ze Sophie alleen maar vast. Ze was nooit goed geweest in gemeenplaatsen, maar ze was wel een goede luisteraar. En daar had dit meisje op dit moment vooral behoefte aan.

'Ik had dood moeten gaan, niet Rachel.'

'Dat moet je niet denken.'

Anya liet Sophie even los en depte haar ogen met een tissue uit een doos op het nachtkastje.

'Niemand begrijpt het.'

Anya aarzelde even, toen besloot ze te vertellen waarom zij gedeeltelijk begreep wat Sophie en haar vader doormaakten. 'Toen ik vijf jaar was, is mijn zusje ontvoerd terwijl ik op haar moest passen. Ze is nooit teruggevonden en ik heb me jarenlang schuldig gevoeld omdat ze mij niet hadden meegenomen. Ik had op haar moeten passen en ik had dat niet gedaan.'

Sophies ogen glinsterden terwijl ze luisterde.

'Ik begrijp hoe het is als jij degene bent die in leven is gebleven. Maar jij had niets kunnen doen. Je had er geen macht over, net zoals ik met mijn zusje.' Ze streek een lok haar uit Sophies ogen. 'Je vader is zo dankbaar dat jij hier bent. Denk je dat hij minder verdriet zou voelen als Rachel hier was, of als jullie allebei dood waren?'

Sophie schudde haar hoofd.

Ze omhelsden elkaar nog een tijdje, tot de verpleegkundige kwam vragen of de politie binnen mocht komen.

'Geef ons nog een minuutje,' zei Anya en depte Sophies gezicht met een vochtig doekje. 'Je mag dit ook later doen, hoor.'

'Als jij hier blijft... dan kan ik het wel.'

'Prima, maar vergeet niet wat ik zo straks zei: je moet het zeggen als je wilt stoppen.'

Hayden Richards en Liz Gould kwamen binnen en gingen zitten.

De cameraman zette een videocamera klaar en deed hem aan voordat hij vertrok. Het rode lampje aan de voorkant brandde. Kate had besloten in de spreekkamer te blijven, om te controleren of alles goed werd opgenomen. Als er iets met Sophie gebeurde – medische complicaties bijvoorbeeld – dan was het belangrijk dat de politie de beschikking had over de videobeelden voor een eventuele rechtszaak.

Hayden begon met het noemen van de datum en locatie van Sophies verklaring.

Sophie zat rechtop in bed. Het was dat Anya erbij was, anders had ze niet geloofd dat het meisje zo volwassen en beheerst was.

Hayden vroeg of ze kon beschrijven wat er op de avond van de aanval was gebeurd. Ze hoorden dat Rachel het avondeten had klaargemaakt: lamskoteletjes met muntsaus. Sophie deed de afwas en maakte twee kopjes thee. Daarna wilden ze kijken naar hun favoriete tv-uitzending, *Home and Away*, maar toen klopte iemand op de voordeur. Rachel keek door het raam, zag een pick-up op de oprit staan en deed de voordeur open. Drie mannen drongen naar binnen. Een schreeuwde dat ze hem het geld moest geven.

'Kun je precies vertellen waar dat was?' Hayden liet haar een plattegrond van haar huis zien. Foto's van de plaats delict waren niet nodig.

'Daar. In de woonkamer. De man die schreeuwde had een honkbalknuppel bij zich en veegde de kopjes van de tafel. Rachel zei dat ik weg moest rennen.' Ze praatte met haar blik neergeslagen. 'Ik was te bang om in beweging te komen.'

'Weet je nog meer over die man met die knuppel?'

'Hij had een zwarte moedervlek op zijn kin. Hij was ontzettend kwaad en schreeuwde steeds: "Vertel ons waar het geld is." Rachel zei steeds maar dat we geen geld hadden en ze smeekte hen ons met rust te laten.'

Sophies gezicht werd uitdrukkingsloos. 'De man met die knuppel sloeg Rachel met zijn vuist. Ze smakte tegen de muur, keihard. Hij schreeuwde dat hij ons zou vermoorden.'

Liz Gould ging iets verzitten. 'Was Rachel bij bewustzijn nadat ze de muur had geraakt?'

Sophie likte langs haar lippen. Anya gaf haar een glas water met een rietje erin. Sophie nam een slokje en antwoordde: 'Volgens mij was ze dizzy. Ik probeerde haar handtas te pakken, die naast de woonkamer lag. Ze had twintig dollar. Maar toen gaf de man die vlak bij mij stond me een keiharde klap. Mijn oren suisden. Rachel zei dat we niet veel geld hadden, maar ze luisterden niet.'

Liz vroeg: 'Zeiden ze iets over wapens, auto's, drugs of plaatsen? Of noemden ze elkaar bij de naam?'

'Niet dat ik me kan herinneren. Wij gebruiken geen drugs. Dat hadden we onze moeder beloofd voordat ze stierf.'

'Had Rachel een vriendje?' Tot nu toe had de politie nog geen motief ontdekt.

'Maar één sinds school.' Ze hoorden het beademingsapparaat bijna niet meer. 'Ze hebben het uitgemaakt nadat mama was gestorven. Rachel werkte als kapster en ze vond dat heel leuk, maar ze was 's avonds wel te moe om nog uit te gaan.' Met een glimlachje voegde ze eraan toe: 'Ze zei dat mij achter de broek zitten over mijn huiswerk leuker was dan een vriendje.'

Liz zei: 'Het klinkt alsof ze een fantastische grote zus was.'

Sophie dacht even na. 'Soms vond ik haar een lastpak, maar ja, dat was ik soms ook.'

Rachel Goodwin en Savannah Harbourn hadden een totaal andere achtergrond, maar ze hadden op dezelfde manier voor hun zusjes en broertjes gezorgd.

Anya rilde toen ze eraan dacht dat Gary Harbourn en zijn broers hen zoveel pijn hadden gedaan.

'Wat gebeurde er daarna?' vroeg Liz.

'De man met die knuppel greep haar bij het haar. Rachel had vrij lang haar, ze had het laten watergolven op haar werk... Ze gilde toen hij haar naar de slaapkamer sleurde. Een andere man kwam met een mes naar me toe en zei dat ik stil moest zijn. Hij zei dat ik daarna aan de beurt was. Ik begon te huilen. Ik smeekte hem ons geen kwaad te doen.'

'Herinner je je nog iets over die man met dat mes?'

'Hij zweette heel erg en veegde zijn gezicht af met zijn mouw. Hij had een petje op. Ik kon zijn haar en ogen niet zien.'

'Waar waren de andere twee mannen?'

'Die liepen de slaapkamer in en deden de deur dicht.'

Sophie sloeg haar blik neer en haar schouders verkrampten. Het beademingsapparaat versnelde, net als haar hartslag en bloeddruk.

'Doe maar rustig aan,' zei Anya. 'Als je even wilt pauzeren...'

Sophie schudde haar hoofd en begon met gesloten ogen te praten: 'Ik hoorde Rachel huilen en iemand anders schreeuwen. Het

werd donker in de kamer. Het leek uren te duren. Toen schreeuwde Rachel heel hard. Alsof ze heel veel pijn had. Daarna heb ik haar
niet meer gehoord.'

Er liep een koude rilling over Anya's rug. Sophie beschreef het
moment waarop haar zus was doodgestoken.

'Wat gebeurde er daarna?' vroeg Liz vriendelijk.

'Twee mannen kwamen de slaapkamer uit en de man met die
knuppel had allemaal bloed op zijn kleren en handen.'

'Had hij een mes?'

Even was het stil.

'Dat weet ik niet. Ik zag het niet eens tot die andere man begon
te vloeken en schreeuwde: "Waarom heb je dat gedaan? Mama vermoordt ons." Die andere man was denk ik nog steeds in Rachels
kamer. De man met die moedervlek zei dat hij zijn bek moest houden, dat we hem konden verlinken. Toen probeerde ik naar de deur
te rennen, maar iemand kreeg me te pakken en sloeg me tegen de
muur.' Ze wees naar de schets op haar schoot. 'Dat was hier. Ik viel
met mijn rug tegen de muur en kreeg geen adem meer. Toen kwamen die anderen erbij en hielden me vast. De man met die moedervlek zei dat ze mijn broek uit moesten trekken. Ik probeerde me
te verzetten, maar ze waren te sterk. Het deed ontzettend pijn,
maar hij wilde niet ophouden. Daarna verkrachtte een van de anderen me. Toen zag ik het mes, in mijn gezicht. Ik wist dat ze me
wilden vermoorden, net als Rachel.'

Sophie begon te stotteren en vroeg om nog wat water. Anya
hield het glas vast, ze voelde de spanning in de kamer. Niemand
wilde een slachtoffer dat zo jong was als dit meisje nog meer ellende bezorgen, maar het moest gedaan worden. Het kon Sophie
zelfs helpen bij de verwerking van alles wat haar was overkomen.

'Je doet het heel goed, hoor, doe maar rustig aan,' zei Anya.

'Toen ze klaar waren lieten ze me los. Ik probeerde mijn spijkerbroek omhoog te trekken, maar de man met die moedervlek pakte
het mes en toen voelde ik pijn in mijn buik. Ik probeerde mezelf te
beschermen. Maar toen voelde ik nog meer pijn in mijn buik. Nog

erger nu. Ik rolde opzij en zag bloed op de vloer. Daarna hield ik mijn adem in en deed net alsof ik dood was, zoals we als kind wel eens deden.'

De rechercheurs keken elkaar aan.

'Wat deden ze toen?'

Sophies ogen vielen dicht, ze leek uitgeput. Haar hartslag en bloeddruk waren weer gedaald.

Liz en Hayden zwegen, ze wisten precies wat ze nu zou gaan zeggen.

'Iemand zei dat ze me moesten laten liggen, dat ik toch al dood was. Ik heb niet gekeken, maar ik hoorde dat ze naar de voordeur liepen. Toen kwam iemand terug, trok mijn hoofd aan mijn haren omhoog en zei: "Zo zorg je ervoor dat er geen getuigen zijn." Ik zag het mes flitsen en hoorde iets scheuren. Ik wist pas dat mijn keel was doorgesneden toen ik hier wakker werd.'

Anya gebaarde dat de rechercheurs het verhoor moest beëindigen.

Zonder aarzelen stond Hayden op, zei hoe laat het was en zette de camera uit. Nadat de anderen de kamer hadden verlaten, doezelde Sophie weg en bleef Anya nog een paar minuten zitten en streelde haar haar.

Ze dacht terug aan de ochtend op de spoedpoli toen een chirurg zei dat Sophie een narcose niet zou overleven, en de spoedarts snel een infuus aanlegde, bloedtransfusies gaf en de halswond verbond. Ze waren bang dat de kwetsbare aderen in haar hals zouden scheuren als ze haar nek zelfs maar een beetje bewogen.

Wat had dit jonge meisje een ongelooflijke kracht en weerstand. Zwaargewond was ze de hele oprit naar de straat af gekropen, waar ze het bewustzijn weer had verloren.

Sophie had iets waardoor iedereen voor haar wilde vechten, net zoals zijzelf al had gedaan.

Als Savannah Harbourn wist wat er die avond in het huis van de Goodwins was gebeurd, zou ze misschien van gedachten veranderen. Dan wilde ze misschien helpen om te voorkomen dat Gary en zijn broers ooit nog eens iemand anders kwaad zouden doen.

22

Nu Ben en Martin weer in hun eigen huis waren, keek Anya naar het late journaal met een bord spinazie-cannelloni uit de delicatessenwinkel op schoot.

Het nieuws begon met deprimerende beelden van terroristische aanslagen in India, gevolgd door naargeestige voorspellingen over de meest recente mondiale financiële crisis. Ze lieten beelden zien van gezinnen die in een auto sliepen, terwijl een verslaggever clichés gebruikte als 'we gaan zware tijden tegemoet' en 'we moeten de broekriem aantrekken'.

Anya at haar bord leeg en schraapte met haar vork alle kaassaus van haar bord. Als het chocolade was geweest, had ze haar bord afgelikt – ze was immers toch alleen? Een van de voordelen van het alleen wonen was dat ze alles kon eten, wanneer dan ook; ze kon zelfs beginnen met het toetje als ze dat wilde.

Daarna berichtte het journaal over een dodelijk auto-ongeluk waarna de weg was afgezet. Politieagenten in reflecterende hesjes onderzochten een witte Colt die frontaal op een boom was gebotst.

Er verscheen een telefoonnummer en getuigen werden opgeroepen contact met de politie op te nemen. Anya had medelijden met het gezin dat het hartverscheurende nieuws zou krijgen, en met de politie die dat nieuws moest brengen.

Zonder snelheidsovertredingen en drankmisbruik zouden er bijna geen auto-ongelukken zijn.

Ze zette de tv uit en liep naar de keuken om nog een kop pepermuntthee te nemen voor ze naar bed ging. De volgende ochtend zou ze Violet Yardley opbellen om te vragen hoe het met Savannah ging. Ze wilde de beide vrouwen wat tijd geven en hen niet te snel onder druk zetten. De bel interrumpeerde haar gedachten.

Ze keek door het spionnetje en zag twee geüniformeerde agenten voor de deur staan. Haar hart sloeg een slag over. Ze dacht aan Ben. O, god, nee! Als er maar niets met hem was gebeurd! Haar hart ging tekeer toen ze de ketting van de deur haalde en de voordeur opendeed.

'Anya Crichton?' vroeg de jongste agent.

Anya knikte, haar mond was opeens kurkdroog.

'Sorry dat we u zo laat nog storen, maar u kunt ons misschien helpen in verband met een slachtoffer van een fataal ongeluk vanavond.'

Anya voelde haar knieën knikken en de oudere agent stapte naar voren. 'We komen u geen slecht nieuws brengen, hoor,' zei hij snel en keek zijn collega bestraffend aan. 'Dat hadden we natuurlijk meteen moeten zeggen.'

Hij liet haar een van haar eigen visitekaartjes zien en ze ademde opgelucht uit. 'Bij een auto-ongeluk is een vrouw overleden. Zij had alleen een rijbewijs bij zich en uw visitekaartje zat in haar portemonnee. Daarom dachten we dat u iets met haar te maken hebt gehad, kortgeleden in elk geval.'

Anya voelde haar hartslag vertragen en vroeg of ze binnen wilden komen. Het was vast het ongeluk dat ze op het journaal had gezien.

'Als ik kan helpen doe ik dat natuurlijk graag. Kom alstublieft binnen.'

De mannen zetten hun pet af en veegden hun voeten voordat ze naar binnen liepen.

'Kent u de naam van het slachtoffer?' vroeg Anya en bood hun in de woonkamer een stoel aan.

De jongste agent opende zijn blocnote alsof hij zich de naam niet kon herinneren. 'Ene Savannah Harbourn, van de Miller Avenue.'

Anya liet zich langzaam op de armleuning van de bank zakken.

Nog maar een paar avonden geleden had de jonge vrouw haar verteld dat ze haar leven lang was mishandeld. Ze was een van de chronische slachtoffers van de Harbourns, zwijgend en onbekend. Nu was ze dood. Ze dacht weer aan hoe bang Savannah was geweest dat bekend zou worden dat ze iemand had verteld wat er was gebeurd.

'Zijn er nog gewonden?'

'Nee, mevrouw. Kende u juffrouw Harbourn?'

Dat betekende dat Violet niet in de auto had gezeten. 'Ik heb haar vorige week gesproken. Toen heb ik haar mijn kaartje gegeven.' Anya legde een hand op de knoop in haar maag. 'Wat is er gebeurd?'

'Tot nu toe hebben we geen getuigen gevonden. De weg is heel rustig op dit tijdstip en slecht verlicht. Het lijkt erop dat ze met haar Colt op een recht stuk weg reed en met hoge snelheid tegen een boom is gereden. Remsporen lijken erop te wijzen dat ze probeerde te remmen voordat ze de boom raakte.'

De oudere agent zat stil en draaide zijn pet in het rond. 'Kunt u ons vertellen hoe en wanneer u haar hebt gesproken?'

Anya zorgde ervoor Violet Yardleys naam niet te noemen, maar de rechter van instructie en de patholoog die de autopsie zou uitvoeren, moesten op de hoogte worden gesteld van de verwondingen die Savannah al voor het ongeluk had. 'Ze was vreselijk in elkaar geslagen en ik heb haar op de afdeling Zeden onderzocht.'

Een van de agenten schreef op wat ze zei. 'Was ze verkracht?'

'Nee, ze was het slachtoffer van een geweldsdelict en ze had medische verzorging nodig. U zult wel willen weten dat ze kwam op aanraden van iemand die ik al eens had behandeld, maar die naam kan ik u niet geven.'

De mannen keken elkaar aan. 'Is het veel moeite een kopje koffie voor ons te maken?' vroeg de oudste. 'Het is een lange avond geweest.'

'Ik kan zelf ook wel een kop koffie gebruiken.' Kruidenthee was nu niet genoeg.

Anya kwam met een dienblad terug uit de keuken. Ze was nog steeds verbijsterd door het nieuws van Savannahs dood. De Harbourns stonden erom bekend dat ze elkaar altijd dekten, wat er ook gebeurde. Maar zouden ze een van hen doden om de rest te beschermen? Savannah had verteld dat haar moeder haar niets waard vond, dus het kon. Net zoals veel andere slachtoffers van chronische mishandeling, was Savannah die avond ingestort. En daar was maar een klein vertoon van medeleven voor nodig geweest.

De bel ging weer.

Kate Farrer wachtte niet tot ze binnen werd gevraagd. 'Ik neem aan dat je weet dat een van de Harbourns vanavond is gestorven en dat ze jouw kaartje in haar portemonnee had.'

Slecht nieuws ging razendsnel rond in het politienetwerk.

'Onderzoek jij het ongeluk?' vroeg Anya zachtjes in de hal.

'Moet dat dan?'

Toen Kate de woonkamer binnen kwam stonden de agenten op. Ze gebaarde dat ze weer moesten gaan zitten, haalde een beker uit de keuken en kwam weer terug.

Anya beschreef in het kort Savannahs verwondingen en haar gebroken linkerarm die op de spoedpoli was gezet, de blauwe plekken in haar gezicht en de hoofdwond die gehecht had moeten worden.

De jongste agent keek weer in zijn aantekeningen. 'De vrouw van vanavond had geen gips om haar arm.'

'Kan het zijn dat het iemand anders is?' Anya hoopte even dat het iemand anders was.

Kate zat op de salontafel en zei: 'De familie heeft het lichaam al geïdentificeerd.'

Anya voelde dat haar maag zich weer samentrok. 'De kans is groot dat ze dat gips eraf heeft gehaald om te verbergen dat ze bij een dokter was geweest. Dat doen slachtoffers van mishandeling wel vaker als ze naar huis gaan. Ik neem aan dat de auto een automaat was? Maar als ze het stuur opeens moest draaien, had ze dat niet met haar linkerarm kunnen doen.'

Kate schonk zichzelf een kop koffie in. 'Zij is de enige Harbourn die niet meer thuis woonde. Wil je soms zeggen dat het oude echtpaar bij wie ze woonde haar verrot heeft geslagen?'

Anya wist wat Kate bedoelde. 'Nee, maar wat ik weet is alleen informatie uit de tweede hand en dus niet genoeg voor een rechter.'

Kate nam een slokje koffie. Nu leidde zij het gesprek. 'Ik wil dat Forensische Opsporing die auto onderzoekt op sporen van een botsing voordat hij tegen die boom reed. Het zou om moord kunnen gaan.'

'Ze zijn nog op de plaats van het ongeluk,' zei de jongste agent.

Zijn partner zei: 'We kunnen de snelheidscamera's in de omgeving controleren, misschien hebben zij de auto gespot. Dat kan ons een indruk geven van de snelheid waarmee ze reed voor het ongeluk.'

Kate trok even aan haar haar. 'Ze reed dan misschien wel met een gebroken arm, maar dat betekent niet dat dit een ongeluk was. Ze komt uit een gezin van psychopaten. We doen op dit moment onderzoek naar drie van hen in verband met de Goodwin-moord. Het meisje van veertien is eerst verkracht en daarna is haar keel doorgesneden.'

De beide mannen bogen hun hoofd.

Kate dronk haar kopje leeg. 'Jullie kunnen ook helpen door het controleren van video-opnamen bij benzinestations, geldautomaten, banken en ieder ander in die buurt met een bewakingscamera. Misschien hebben we geluk en ontdekken we dat Savannah werd gevolgd.'

De drie bezoekers stonden op, bedankten Anya en vertrokken. Toen ze de voordeur achter hen dichtdeed, dacht ze eraan hoe bang ze was geweest toen ze de uniformen had gezien. Had Noelene Harbourn diezelfde angst gevoeld of had ze al geweten dat haar dochter dood was? Anya had geen enkel begrip voor een moeder die haar mishandelde dochter sloeg omdat ze 'klaagde'.

Ze dacht aan een gesprek met een wandelaar die op een afgelegen locatie met zijn arm bekneld was geraakt onder een rotsblok.

Hij had verteld dat hij zijn eigen arm met een zakmes had moeten amputeren om in leven te blijven en veiligheid te kunnen zoeken. Eén arm opofferen voor de rest van het lichaam.

De Harbourns hadden een ongelooflijk sterk overlevingsinstinct en Savannah had daarvoor misschien zojuist de ultieme prijs betaald.

23

Op het journaal waren beelden van Savannah Harbourns auto te zien, maar het merk en type waren onherkenbaar. De motor was helemaal naar de voorstoel gedrukt en de auto was nog maar half zo lang. Het was niet vreemd dat de vrouw achter het stuur het ongeluk niet had overleefd.

Een nieuwer model zou airbags hebben gehad, maar het was zeer de vraag of die verbrijzelde benen en ernstig hoofd- of borstletsel hadden kunnen voorkomen.

Ondanks Savannahs gebroken arm weigerde Anya te accepteren dat het een ongeluk was geweest.

Ze kon niet slapen en bij het eerste ochtendgloren reed ze naar de plaats van het ongeluk. Het was een griezelig idee om op dezelfde weg te rijden waar Savannah de dood had gevonden.

Aan de ene kant van de weg was een met bomen omzoomd park en aan de andere kant stond een lang schoolgebouw. Geen wonder dat er geen getuigen waren van het ongeluk. Op dat tijdstip zou er niemand zijn, op een enkele passerende auto na.

Voorbij een bocht zag ze aan de andere kant van de weg zwarte remsporen. Ze waren twintig meter lang en liepen de berm in. Dit was de plek waar Savannah was gestorven.

De school zou op z'n vroegst over twee uur beginnen. Daarom parkeerde Anya haar auto daar en stak de nu verlaten weg over. Ze liep langs de plek waar Savannahs auto de boom had geraakt, slechts tien meter van de weg. De stam was amper beschadigd; ze zag alleen een inkeping op heuphoogte.

Zelfs met lage snelheid zou de auto in elkaar gedrukt zijn door de botsing met een onbeweeglijk voorwerp. De grond eromheen was kapot getrapt door de verkeerspolitie, het ambulancepersoneel en de agenten. De struiken waren onbeschadigd.

Aan de voet van de stam lagen twee bossen bloemen. Narcissen en een plastic kerstster, zoals je rond Kerstmis in allerlei winkels ziet. Ze maakte er met haar mobieltje een foto van en bukte zich om te kijken of er een kaartje aan zat.

Bij de narcissen zat een briefje in het cellofaan:

Het spijt me zo.
Ik begrijp het nu pas, en ik vergeef je.
Geen pijn meer of verdriet.
Nu kun je in vrede rusten, nu ben je vrij.
Daglicht voor altijd,
Violet

Anya had bewondering voor Violet Yardley. Ook al was ze door Savannahs broers verkracht en ook al had ze geen hulp gekregen van degene die ze als haar beste vriendin beschouwde, toch kon Violet vergeven. Anya betwijfelde of zij in dezelfde situatie ook zo genereus zou kunnen zijn.

De plastic kerstster had een kaartje met een geprint woord erop: *Waarom?*

Iedereen had de bloemen hier neer kunnen leggen, familie en vrienden, zelfs een kind. Plastic bloemen waren kennelijk bedoeld als een permanente herinnering aan wat er was gebeurd, maar de stam van de boom was onzichtbaar vanaf de weg. En dat ene woord was angstaanjagend.

Anya kon diezelfde vraag maar niet uit haar hoofd krijgen. Ze keek op de routeplanner op haar mobieltje en berekende de route tussen het huis waar Savannah logeerde en het huis van de Harbourns. Ze woonden acht straten verderop. Ze stapte weer in haar auto en reed naar het huis van de Harbourns.

Bij een verkeerslicht sloeg ze rechtsaf en zag gebroken oranje plastic, alweer aan de andere kant van de weg. Ze stapte uit haar auto en bekeek ze eens goed. Zo te zien was er nog niemand overheen gereden.

Ze belde Kate, die al wakker bleek te zijn. 'Ik ben vlak bij de plek van dat ongeluk van gisteravond en volgens mij is ze een kilometer daar vandaan van achteren aangereden. Dat zou kunnen verklaren waarom ze zo hard reed.'

Kate bleef even stil. 'Als ze van achteren is aangereden, zou het logischer zijn dat ze was gestopt, omdat het haar schuld dan niet was. Ze is geflitst omdat ze te snel reed, dus we weten nu hoe snel ze reed. Zelfs met die gebroken arm kon je gewoon wachten tot ze een ongeluk kreeg.'

'Dat begrijp ik wel, maar luister nou eens even. Stel dat ze achterna werd gezeten? Is er vlak na haar een andere auto geflitst?'

'Tenzij je iemand kunt vinden die dat ongeluk heeft zien gebeuren, lijkt niets erop te wijzen dat er iemand anders bij betrokken was. De politie heeft alles onderzocht gisteravond. Er was maar één stel remsporen. Eén auto. Verdorie, misschien heeft de enige Harbourn met een beetje verantwoordelijkheidsgevoel geprobeerd een beest te ontwijken.'

'Prima.' Anya werd boos. Deze vrouw was verkracht en met de dood bedreigd, en nu was ze dood. Zo moeilijk was dit toch niet? Ze haalde diep adem. Maar ze schoot er niets mee op als ze boos werd op Kate. 'Kun je nagaan of er recente schade was aan de achterkant van haar auto? Alsjeblieft. Dit meisje was doodsbang en had daar alle reden toe. Op een drukke avond kan zelfs de verkeerspolitie dit over het hoofd hebben gezien.'

Weer bleef het stil. Daarna zei Kate: 'Ik bel wel even, dan hoor je van me.'

Anya maakte een U-bocht en stopte vlak voor de kruising met haar alarmlichten aan. De ochtendspits begon, maar de auto's konden haar gemakkelijk passeren.

Ze ging op het trottoir staan wachten. Na wat getoeter en een paar scheldwoorden van geïrriteerde forensen, bood alleen een vrachtwagenchauffeur hulp aan. Die hulp wees ze beleefd af. Dit was duidelijk geen plek om pech te krijgen en de hulp van een barmhartige samaritaan te verwachten.

Een paar minuten later belde Kate: 'Je had gelijk. Er was schade, maar omdat er geen glas of plastic op de weg lag, ging men ervan uit dat het al eerder was gebeurd. Ze dachten natuurlijk: Je weet toch dat vrouwen niet kunnen inparkeren.'

'Dankjewel, hoor.' Savannah kon dus best door een andere auto zijn aangereden.

'Ik stuur de verkeerspolitie wel langs. Kun jij daar blijven en zorgen dat er niemand overheen rijdt?'

'Heb ik al gedaan,' zei Anya terwijl een andere automobilist zijn raampje naar beneden deed en een belediging riep, en ze gaf Kate de locatie op.

Ze hoefde niet lang te wachten.

Brigadier Owen Hollis, hoofd van de afdeling Verkeersongevallen, arriveerde als eerste, in een politiebusje. Hij stelde zich voor en trok een groen reflecterend hesje aan. 'Bedankt voor je telefoontje. De rest van de afdeling is bezig met een kettingbotsing op de M4. Ze zijn nog steeds bezig met het afvoeren van de gewonden.' Hij gaf haar een stevige handdruk en leek niet geïrriteerd omdat hij hier weer naartoe was gestuurd.

Ondanks dat de verkeerspolitie ook met de dood te maken had, gedroegen ze zich anders dan hun collega's van Moordzaken. Zij vonden het helemaal niet erg dat de technische recherche na een ongeval op zoek ging naar technisch bewijs. Vaak werkten ze midden op een drukke weg waar het spitsverkeer nog overheen reed of terwijl een storm over hen heen raasde. Daardoor hadden ze veel minder de neiging de plek af te schermen van hun collega's.

Hollis had aan het begin van de straat al een omleidingsbord geplaatst, zodat er geen verkeer meer langskwam. Hij haalde een camera tevoorschijn en maakte foto's van het plastic dat op de weg lag. Daarna pakte hij een rolmaat en nam de afstanden op van het plastic tot de stoep, tot de middenberm en tot de lijn waar het verkeer bij rood licht voor moest wachten.

Hij bukte zich om het plastic beter te kunnen bekijken. 'Dat is van een knipperlicht en hier ligt ook wat van een koplamp. En hier', hij haalde een pincet tevoorschijn en pakte verfschilfers op, 'een beetje zilverkleurige verf. We gaan kijken of dezelfde verf op de Colt zit en of de beide auto's dus op elkaar zijn gebotst.'

Er leek onvoldoende plastic te zijn om iets mee te doen. Anya vroeg zich af of ze die aan een specifieke auto konden koppelen. 'Ligt hier genoeg plastic om het merk en type van af te kunnen leiden?'

Zorgvuldig verzamelde hij elk minuscuul stukje en stopte dat in een bewijszakje. 'Onderschat nooit het belang van een stukje plakband. Deze minuscule stukjes kunnen verbazingwekkend veel onthullen.' Hij keek op. 'Driedimensionale puzzels zijn mijn specialiteit.'

Kate en Shaun Wheeler arriveerden in hun ongemerkte auto. Deze keer had de jonge agent wel kleur op zijn wangen en hij had bovendien kauwgum in zijn mond.

'Wat heb je ontdekt?' vroeg Kate aan Hollis.

'Hier is een botsing geweest, er ligt nieuwe verf. Ik zal zien wat ik ervan kan maken. De achterkant van de Colt was licht beschadigd, dus ik zal kijken of dit daarbij past.' Hij keek op naar de camera bij de verkeerslichten. 'Die zou ik ook maar eens controleren. Misschien is de vrouw door het rode licht geduwd of door het rode licht gereden nadat ze was aangereden.'

Kate knikte goedkeurend. 'Bel me zodra je iets weet.'

De man salueerde. 'Jij bent de eerste die het hoort. Zodra ik terug ben op kantoor begin ik hiermee.'

De rechercheurs vertrokken en Anya en Hollis bleven achter.

'Ik ga nu de plaats van het ongeluk bekijken. Als je wilt mag je meekomen,' zei Hollis. 'Bij mijn werk kom je niet vaak een forensisch patholoog tegen en twee paar ogen zien meer dan één.'

'Graag. De vrouw die zich heeft doodgereden is kortgeleden verkracht en ze had alle reden om doodsbang te zijn. Als ik kan helpen, dan graag.'

Hij opende het portier van zijn busje en gaf haar het originele verslag van de geüniformeerde agenten die het eerst ter plekke waren geweest. 'Ik moet nog even dat omleidingsbord weghalen en dan kunnen we gaan. Ik rij wel achter je aan.'

Anya liep terug naar haar auto en las het rapport terwijl ze op Hollis wachtte. Bepaalde informatie ontbrak doordat er geen ooggetuigen waren. De weersomstandigheden en de toestand van de weg waren niet uitzonderlijk geweest en hadden daarom niet geleid tot de botsing. Doordat er maar één auto was, waren de meeste paragrafen irrelevant. Het was een standaardformulier dat bedoeld was voor de rechtbank en verzekeringsclaims. Er stond niets nieuws in, behalve dan het bouwjaar van de auto: 1988. Dus geen airbags of stuurbekrachtiging, en dat laatste betekende dat de auto in een noodsituatie moeilijker te besturen was, vooral met een gebroken arm. Ze had geen idee waarom Savannah die avond met haar gebroken arm zonder het gips eromheen in de auto was gestapt.

Tenzij ze natuurlijk naar het huis van haar familie was gegaan om te kijken of haar zusjes te eten hadden gehad en al veilig in bed lagen.

Toen Anya het politiebusje zag aankomen, reed ze weg. Ongeveer vijftig meter voor de beschadigde boom stopte Hollis en deed het zwaailicht op het dak van de auto aan. Hij zette een paar oranje pionnen langs de weg en gaf Anya een reflecterend hesje.

'De remsporen zijn twintig meter lang, maar dat zijn alleen de zichtbare sporen.'

Anya wist niet dat er meer dan één soort remsporen bestond. 'Wat is het verschil tussen zichtbare en onzichtbare remsporen?'

Hollis maakte vanuit verschillende hoeken foto's en hij haalde zijn rolmaat weer tevoorschijn. Anya had geen idee wat hij aan het doen was.

'Er is altijd een schaduwspoor. Remsporen ontstaan als de chauffeur hard remt en de wielen niet meer draaien. Remsporen beginnen altijd licht en worden steeds donkerder, tot de auto stilstaat. Het duurt ook even tot de banden heet genoeg zijn om zichtbare sporen op de weg achter te laten. Als je opeens remt, gaan de wielen eerst langzamer draaien voordat ze daar echt mee ophouden. Daardoor ontstaan er eerst heel lichte remsporen.

'Maar kun je daaruit afleiden hoe snel de auto reed, of hij gedwongen was van richting te veranderen, of door een andere auto van de weg is geduwd?'

'Als de auto ABS had, was dit geen vraag. Het probleem is dat een auto onbestuurbaar wordt zodra de wielen blokkeren. Maar als een auto door iets anders wordt geraakt, kan hij een andere richting op geduwd zijn. Maar in dit geval vormen de remsporen een rechte lijn. Het lijkt erop dat de chauffeur remde, de wielen blokkeerden en de bocht niet kon halen, zodat de auto van de weg raakte en tegen de boom botste. Geen twijfel aan.'

Een vrachtwagen reed langs hen en Anya voelde de windvlaag. Instinctief ging ze met haar rug naar de weg staan zodat ze geen stof in haar ogen kreeg. Hollis deed hetzelfde.

'Als je de snelheid wilt berekenen,' zei Hollis, 'moet je rekening houden met allerlei factoren. Het wegdek, beschadigingen aan de weg, vertragingsfactoren, de wind. Het is heel goed mogelijk dat de auto helemaal niet zo snel reed, zo'n zestig kilometer per uur, de maximumsnelheid hier.'

Anya wist dat zelfs een lage snelheid fataal kon zijn, vooral als een kleine auto tegen een massief voorwerp zoals een boom reed. Ze wenste dat meer mensen zich dat realiseerden.

Er reed een auto langs die duidelijk te snel reed.

De vraag bleef Anya maar bezighouden waarom Savannah op een recht stuk weg zo hard had geremd.

Er moest nog een auto zijn geweest. De stukjes plastic moesten bewijzen wie op haar inreed voordat ze tegen die boom botste.

24

De komende twee weken moest Anya in twee verschillende rechts-zaken getuigen en bovendien enkele verslagen schrijven. Daarom besloot ze zich de rest van de dag in haar kantoor te verschansen.

Ze wilde het dossier van Violet Yardley nog eens doornemen, voor het geval er iets in stond dat de politie verder kon helpen. Maar haar eerste prioriteit was het documenteren van alles wat ze zich van Savannah Harbourn kon herinneren: wat ze had gezegd, hoe ze zich had gedragen, haar geestesgesteldheid, haar verwon-dingen. Savannah had min of meer gezegd dat ze haar hele leven had geprobeerd niet op te vallen. Violet had Savannah zelfs be-schreven als 'rechtlijnig' en gezegd dat ze geen drugs gebruikte en niet dronk. Het toxicologisch onderzoek zou dus een negatieve uitkomst moeten vertonen.

Dit was een vrouw die terugging naar haar ouderlijk huis om haar jongere zusjes te eten te geven, hen zelfs met hun huiswerk hielp en bang was voor wat er met hen zou gebeuren als ze niet terugkwam.

Anya was daar ook bang voor, nu de zusjes hun enige bescherm-ster kwijt waren.

Savannahs gebroken arm zou het autorijden hebben bemoei-lijkt. Met maar één arm had ze niet veel controle als ze een bocht moest maken of een botsing wilde vermijden. Dat woord weer. De term 'auto-ongeluk' was absoluut misleidend als er sprake was van drugs- of alcoholmisbruik, een snelheidsovertreding of over-treding van andere verkeersregels – allemaal illegaal. Haar werk in het mortuarium had bewezen dat meestal onschuldige mensen het slachtoffer waren van iets wat niets minder was dan crimineel gedrag.

De rest van haar werkdag was ze bezig met haar administratie. Na een warm bad en een bord pasta ging Anya op de bank zitten om tv te kijken. Ze wilde aan iets anders denken dan aan haar werk.

Even voor negen uur klopte Kate Farrer aan. 'Walgelijke onderkruipers!' riep ze toen ze de hal binnen stormde met een dik dossier.

'Wie?' Anya liep achter Kate aan naar de keuken.

'Die afschuwelijke Harbourns. Opperbaas Gary, die met die moedervlek. Hij heeft zichzelf laten opnemen in een particulier psychiatrisch ziekenhuis en de psychiater daar denkt dat hij te ziek is om te worden verhoord over de moord op Rachel Goodwin.'

Kate smeet het dossier neer, schoof de mouwen van haar bloes omhoog en sloeg met beide handen op het aanrecht.

Anya dacht na over de mogelijkheden. Als de politie fysiek bewijs had van de plaats delict en bovendien Sophies getuigenverklaring, kon dit een stunt zijn om te voorkomen dat hij werd gearresteerd. 'Waarom hebben ze hem opgenomen. Beweert hij dat hij zelfmoordneigingen heeft of depressief is?'

'Hij wil zich kennelijk beroepen op ontoerekeningsvatbaarheid. Hij is er zelf naartoe gereden en hij vertelde daar dat hij stemmen hoort die hem opdracht geven mensen pijn te doen.'

Schizofrenie was niet eenvoudig te simuleren, ook al dachten sommige misdadigers dat dit wel het geval was.

Anya deed de waterkoker aan. 'Je kunt niet op een willekeurige dag beweren dat je schizofreen bent en alle verantwoordelijkheid voor je daden ontkent. Zo werkt het niet.'

'Wedden van wel? Hij heeft al één psychiater overtuigd.' Kate rekte zich uit. 'Dit lijkt wel een slechte grap. Wat moeten we in vredesnaam tegen Ned Goodwin zeggen? "We weten wie uw dochters heeft verkracht, een van hen heeft vermoord en de andere bijna heeft gedood, maar hij verstopt zich in een ziekenhuis en we kunnen hem dus niet in handen krijgen."'

Anya begreep Kate's reactie wel, maar het was riskant om je in een psychiatrisch ziekenhuis te verstoppen. 'Je kunt toch een onafhankelijk onderzoek vragen...'

'Daarom ben ik hier ook.'

Anya had moeten weten dat Kate niet voor de gezelligheid was gekomen. Ze haalde twee bekers uit het kastje en zette een pot thee.

Kate ging zitten. 'Onze afdeling vraagt jou, een van onze favoriete forensisch pathologen, officieel om Gary Harbourn te onderzoeken op eventuele verwondingen die hij heeft kunnen oplopen tijdens zijn aanval op de meisjes Goodwin en ons te vertellen of je denkt dat hij kan worden ondervraagd.' Ze pakte de laatste appel en legde een kaartje in de nu lege fruitschaal. Daarop stond het adres van het psychiatrisch ziekenhuis en de naam van de behandelend psychiater. 'De dokter zegt dat Harbourn nergens heen gaat en dus kun je er morgen op elk moment naartoe.'

'Ik kan wel een fysiek onderzoek doen en kijken of hij wonden heeft, maar normaal gesproken onderzoek ik of een verdachte beneveld is, lijdt aan ontwenningsverschijnselen of aan een fysieke of mentale ziekte waardoor zijn vermogen om op dat moment te worden verhoord wordt beïnvloed. Een diagnose van schizofrenie, zelfs als hij daaraan lijdt, betekent niet automatisch ontoerekeningsvatbaarheid. Dat is een juridische term, geen medische.'

Kate gromde. 'Ik vind het een belediging voor de familieleden van de slachtoffers dat die klootzak door kan gaan voor iemand met een echte psychische ziekte. Hij is een lafbek die niet eens bereid is de gevolgen van zijn daden onder ogen te zien. Hij neemt ons allemaal in de maling. Voor hem en zijn familie is het één groot spel. Het enige wat jij hoeft te doen, is bewijzen dat hij de boel voor de gek houdt.'

Geen probleem dus, dacht Anya. De timing van zijn ziekenhuisopname was ontzettend verdacht vlak na Savannahs dood, maar ze moest alle opties openhouden. Zodra Kate was vertrokken, wilde ze alle informatie over schizofrenie die ze in huis had nog eens nalezen.

Maar als Gary echt schizofreen was, zou dat kunnen verklaren waarom hij zomaar gewelddadig werd. Je ontwikkelen van misdadiger tot verkrachter was één ding, maar voor zover zij wist was er bij de door hem gepleegde zedenmisdrijven geen sprake geweest van progressieve agressie. Meer geweld kon een natuurlijke ontwikkeling zijn als elke nieuwe verkrachting zijn fantasieën niet bevredigde, maar het aantal steekwonden bij de meisjes Goodwin wees erop dat er iets verschrikkelijks was gebeurd. 'Wat heeft de afdeling Forensische Opsporing uit de sporen in hun huis kunnen afleiden?'

Kate nam een hap van de appel en zei: 'Gary's vingerafdrukken stonden op de handgreep van het mes. Tijdens het verhoor zeiden ze dat Gary helemaal gek was door de drugs en de drank, en dat Rick en Patrick hem achterna kwamen omdat ze wilden voorkomen dat hij iemand kwaad deed, maar dat hij te sterk was. Je moet wel bewondering hebben voor hun fantasie. O ja, en die "onzichtbare man" die alle misdaden pleegt, was in het huis van de Goodwins en heeft die meisjes verkracht. Dat slipje was van Rachel en het bloed van de beide meisjes zat op dat mes. We hebben Gary, maar we moeten die anderen ook te pakken krijgen. We hebben drie andere mogelijke verdachten. Het hangt ervan af of Sophie haar aanvallers kan identificeren, ook al heeft ze gezegd dat ze het gezicht of de ogen van zeker een van hen niet heeft gezien.'

Anya kon maar niet vergeten wat vier van de broers Giverny hadden aangedaan. 'Hoe zit het met die verf op de bloes?'

'Dat was dezelfde verf als op Giverny's auto. Maar het beste wat we hebben, is een shirt van Rick dat gebruikt is toen hij in de gevangenis zat. Er is niets gestolen uit het huis van de Harts, dus als we hen alleen maar van vandalisme kunnen beschuldigen, is het alle moeite niet waard.' Kate stond op en liep naar de voordeur. Ze nam een hap van de appel en zei: 'Ik moet weg. We kunnen Gary in verband brengen met Sophie door dat mes en dat slipje. Op de een of andere manier moeten we een wig drijven tussen de Harbourn-broers en eentje laten doorslaan.'

Anya deed de deur op slot en schoof de grendel ervoor. De politie zou haar gelukkig betalen voor haar onderzoek. Ze schonk een kop sterke thee in en liep naar boven om haar pyjama aan te trekken. Daarna liep ze weer naar beneden, nestelde zich op de bank en begon het dossier te lezen dat Kate had meegebracht.

Het leek wel een patiëntendossier en het stond vol bekentenissen. Een aantal aanklachten bevatte een hele rij misdaden. Toen Gary achttien was had hij al vier jaar in de jeugdgevangenis gezeten voor gewapende overval, inbraak en aanranding.

Kate had een samenvatting gemaakt van een aantal voorvallen en gevolgen. Op zijn achttiende was hij gearresteerd voor seksueel misbruik, maar vrijgesproken. Het slachtoffer leed aan pleinvrees en durfde haar huis niet uit. Ze getuigde via een videoverbinding en kreeg een paniekaanval. Volgens Kate's aantekeningen dacht de jury dat ze onevenwichtig was en dus een onbetrouwbare getuige.

Het was mogelijk dat Gary vrouwen met een psychische ziekte uitzocht. Zij waren het kwetsbaarst en hun geloofwaardigheid kon in de rechtbank onderuit worden gehaald, áls ze al in staat waren te getuigen. Via zijn gevangenisvriendjes had hij gemakkelijk vrouwen kunnen vinden met een psychiatrische afwijking.

Op zijn negentiende stond hij alweer voor de rechter, samen met Ian, een van zijn jongere broers. Deze keer was de aanklacht een ramkraak bij een wapenwinkel. Beide broers beweerden dat ze hiertoe waren gedwongen door iemand anders, ene Simon Vine, die de roof had gepleegd en de wapens in hun huis had verborgen. De complete buit was nooit teruggevonden.

Een getuige van de roofoverval zei dat een van de mannen een baard had, maar hij kon Gary en zijn broer niet identificeren. Beide broers verschenen gladgeschoren in de rechtbank.

Ondanks de twijfels werd Gary veroordeeld en zat anderhalf jaar achter de tralies; Ian zeven maanden.

Anya wreef in haar ogen. De woorden werden wazig; alle aanklachten en vonnissen leken op elkaar. Simon Vine werd genoemd als de bedenker van de meeste misdaden van dat gezin, maar de politie had niemand kunnen vinden met die naam. Ze betwijfelde of dat ooit zou lukken; dit was Kate's 'onzichtbare man'.

Ze bladerde de medische geschiedenis door, die een stuk interessanter bleek. Vier jaar eerder was Gary opgenomen in dezelfde psychiatrische inrichting voor depressie en zelfmoordpogingen. Hij beweerde last te hebben van fugue-achtige aanvallen waarin hij zich kennelijk bepaalde perioden niet kon herinneren.

Deze verdediging werd niet geaccepteerd toen hij die gebruikte om een aanklacht wegens zwaar lichamelijk letsel te weerleggen. Hij had een voormalige werkgever met een honkbalknuppel mishandeld en diens zaak in brand gestoken. Ze onderstreepte het woord honkbalknuppel.

Anya dacht aan wat Savannah had gezegd. De avond waarop ze was mishandeld had Gary gezegd dat ze de honkbalknuppel moest zoeken en hij was woedend geworden toen hij hoorde dat twee van zijn broers die hadden meegenomen. De knuppel werd altijd gebruikt om slachtoffers in elkaar te slaan. Savannah was waarschijnlijk niet vermoord door Gary, omdat de broers de knuppel hadden meegenomen. Daarom had Gary alleen zijn vuisten en voeten om haar mee te mishandelen. Maar ja, als de knuppel thuis was geweest, was ze misschien helemaal niet mishandeld. Die avond.

Door dat gedoe met zijn werkgever kreeg hij vier jaar, waarvan hij er twee in de gevangenis doorbracht. In het dossier stond dat hij akkoord was gegaan met een behandeling met antidepressiva, in de gevangenis een psycholoog bezocht en een cursus woedebeheersing volgde. Anya dacht dat dit alleen maar een trucje was om eerder vrijgelaten te worden.

Ze liet de pen vallen en stopte de paperassen weer in de map. Het was bijna niet te geloven hoe vaak de leden van dat gezin met een relatief korte straf naar de gevangenis waren gestuurd, gezien alle misdaden die ze hadden gepleegd. Er was geen enkele hoop op rehabilitatie. Toch waren ze allemaal weer vrijgelaten, om zonder vrees voor de gevolgen door te gaan met verkrachten, mishandelen en moorden. Geen wonder dat ze zich niet bedreigd voelden.

Het systeem was doorgeslagen in het voordeel van de daders en in het nadeel van hun slachtoffers. Door de manier waarop recidivisten als de Harbourns waren behandeld, was het systeem er niet in geslaagd Giverny Hart en de meisjes Goodwin te beschermen, zelfs niet een van hen, Savannah. Ze had geen idee hoeveel mensen nog steeds de gevolgen ondervonden van hun misdaden.

Ondanks de beperkte mogelijkheden die ze had om Gary te verhoren en te onderzoeken, was ze vastbesloten hem te ontmaskeren als hij een psychose simuleerde.

25

De volgende ochtend ging Anya naar Saint Stephen's Private Clinic. De entreehal leek met zijn marmeren vloeren en bloemstuk in het midden eerder op een duur hotel dan op een spoedopvang voor psychiatrische patiënten.

De 'cliënt-relatie-manager' zat achter een bureau en verwelkomde haar.

Een paar minuten nadat hij was opgeroepen, verscheen dokter Kyle Temple in de foyer. De jonge psychiater droeg in plaats van een witte doktersjas een overhemd zonder stropdas en een maatbroek.

Hij stak zijn hand uit. 'Ik hoopte dat we even kort met elkaar konden praten voordat u onze patiënt ziet.'

Onze patiënt? dacht ze. Dit was een kort onderzoek om te bepalen of Gary Harbourn fysieke verwondingen had die hem met de Goodwins in verband konden brengen. Ze zou maar een paar vragen stellen en bovendien in aanwezigheid van een personeelslid. Daar hield het mee op.

Ze liepen door een gang die aan één kant uitzicht bood op een binnenplaats die was beplant met een 'regenwoud' en waar de geluiden van vogelgezang en stromend water te horen waren. Kennelijk was het regenwoud een rustige en besloten plek, maar het verbaasde Anya hoe extravagant het eruitzag en hoeveel het onderhoud ervan wel niet zou kosten. Als je deze psychiatrische kliniek vergeleek met de 'gewone', zou deze wel een lange wachtlijst hebben.

Ze vroeg zich af hoe Gary Harbourn zich een verblijf hier kon permitteren en hoe hij erin was geslaagd op zo korte termijn een plekje te krijgen. Drugs, diefstal en intimidatie waren duidelijk winstgevender dan een werkloosheidsuitkering.

Ze liepen langs een verlaten gemeenschappelijke ruimte met een grote breedbeeld-tv. Verderop zag ze een dubbele deur met een bordje *Theater* erop.

'We hanteren een holistische behandelwijze en we schrijven onze cliënten de meest ontspannende en minst dwingende regels voor. 's Avonds worden er films vertoond en we moedigen familieleden aan om tijdens de themaweekenden aanwezig te zijn.'

Dit was meer een luxe resort dan een psychiatrische inrichting! 'Dit is erg indrukwekkend. Hoeveel bedden zijn er?'

De arts streek zijn pony uit zijn gezicht en glimlachte. 'Er is plaats voor zeventig, maar op dit moment hebben we eenendertig patiënten die meedoen aan programma's voor bijvoorbeeld alcohol- en drugsmisbruik, eetproblemen, automutilatie, posttraumatische stress en depressie. Bovendien hebben we natuurlijk een afdeling voor mensen met een acute psychose. Maar een groot deel van onze business bestaat uit externe patiënten, meestal na een intensief programma.'

Ze liepen langs een glaswand met daarachter een sportzaal en een massagezaal. Een man en een vrouw waren aan het hardlopen op een loopband, op muziek van Britney Spears.

'Door de economische recessie en de opgelopen werkloosheid hebben veel mensen hun particuliere ziektekostenverzekering opgezegd, maar we weigeren onze service in te perken. We bereiken fantastische resultaten met onze programma's.'

Mensen die geloofden dat misdaad niet loont, zouden Gary Harbourn hier eens moeten opzoeken, dacht Anya.

Dokter Temple bleef staan bij een deur en haalde zijn pasje door een scanner. Ze liepen een spreekkamer binnen met een bureau en een bureaustoel, een onderzoektafel achter een gordijn en twee leunstoelen tegenover elkaar. De psychiater ging aan het bureau zitten, alsof hij Anya wilde ondervragen. Hoezo kort met elkaar praten?

'Ik behandel Gary Harbourn nu al een paar jaar en ik ben goed bekend met zijn zaak. Deze laatste tragedie, de dood van zijn zus, heeft hem behoorlijk aangegrepen. Hij weet dat niet goed te hanteren.'

Nu Anya zijn dossier helemaal had doorgenomen, was zij ook goed bekend met die zaak. 'Kan ik hem zien?'

'Ja natuurlijk, maar er zijn een paar dingen die me zorgen baren ten aanzien van de timing van uw bezoek. Op dit moment is hij heel kwetsbaar.'

'In welk opzicht?' Anya wilde wel eens horen hoe Gary zich gedroeg en waarom de arts zich zorgen maakte over haar aanwezigheid.

'Zijn moeder heeft hem hier twee nachten geleden om een uur of drie afgeleverd en toen was hij in een verschrikkelijke staat. Hij was erg gestrest geweest en had in de weken daarvoor veel cannabis gerookt en veel gedronken. In die tijd heeft hij ook zijn antidepressiva niet ingenomen.' De arts zwaaide zijn haar opzij. 'Zoals u weet, kan de combinatie van een al bestaande mentale ziekte en bedwelming een psychotische aanval veroorzaken. Toen Gary hier kwam, had hij het over stemmen in zijn hoofd die hem opdracht gaven vrouwen te vermoorden. Hij was ervan overtuigd dat hij iemand kwaad zou doen en daarom bracht zijn moeder hem hiernaartoe.'

De timing van de opname viel samen met Savannahs dood en iedereen zou gestrest zijn door het vooruitzicht te worden aangeklaagd voor een hele serie misdaden, te beginnen met moord. Anya knikte, omdat ze wilde dat de arts bleef doorpraten en zou vertellen welke diagnose hij had gesteld bij Gary Harbourn.

Hij plantte zijn ellebogen op het bureau en vouwde zijn handen onder zijn kin. 'Deze man heeft grote problemen. In zijn jeugd is hij fysiek mishandeld en hij lijdt nog altijd aan nachtmerries over het bebloede lichaam van zijn vader dat hij in hun woonkamer heeft zien liggen.'

Dokter Temple zweeg even, kennelijk om Anya's reactie te testen. Ze moest objectief blijven en ze gedroeg zich ook zo. Ze reageerde niet.

'Meneer Harbourn was doodgestoken, weet u.'

Dat wist ze. Noelene Harbourn was nooit voor moord aangeklaagd, omdat alle gezinsleden het moordwapen hadden aangeraakt en niemand Noelenes verklaring kon weerleggen dat ze door het slachtoffer was mishandeld en dat ze zichzelf en haar kinderen probeerde te beschermen. 'Ik ben op de hoogte van de situatie in dat gezin.'

'Neem me niet kwalijk, maar ik heb u gegoogeld. U was arts en u bent nu forensisch patholoog, dus u bent zeer waarschijnlijk niet op de hoogte van alle subtiele psychometrische gevolgen van zo'n traumatische gebeurtenis. Voor een kind was deze moord, ook al heeft zijn moeder die uit zelfverdediging gepleegd, een groot verraad aan de liefde. De kans was klein dat hij hiervan zou herstellen. De relatie met zijn moeder is complex en ze heeft nog altijd een onbeperkte invloed op al haar kinderen.'

Anya hoopte dat hij niet kon zien wat ze dacht. De kinderen hadden met hun moeder samengespannen om de plaats delict te verstoren. Gary had toen al geen besef van goed en kwaad.

Zijn moeder had hem niet gedwongen Giverny te verkrachten en ook niet om Rachel Goodwin te verminken en te vermoorden. Waarom stond deze psychiater totaal niet stil bij alle slachtoffers? Gary Harbourn was een gewelddadige misdadiger. Sophie en haar vader en de ouders van de meisjes Hart waren de echte slachtoffers. Ze verschoof in haar stoel, keek op haar horloge en hoopte dat hij haar nu Harbourn zou laten onderzoeken.

Maar als dokter Temple haar ongeduld merkte, negeerde hij dat. 'Gary's verleden van herhaalde misdaad is bekend. In de gevangenis is hij seksueel en fysiek getraumatiseerd en hij práát zelfs over seks in gevangenisjargon. Hij is niet in staat een baan te houden en hij vertoont talloze tekenen van een antisociale persoonlijkheidsstoornis, boven op zijn depressie en door drugs veroorzaakte psychose.'

Het tegenargument was dat hij geen baan kon houden omdat hij steeds weer in de gevangenis terechtkwam voor het plegen van misdaden en omdat hij het bedrijf van een voormalige werkgever in de fik had gestoken.

Anya wist dat veel gevangenen leden aan een antisociale persoonlijkheidsstoornis; dat was dus geen reden om niet aangeklaagd te worden. Ook niet als je niet intelligent was of een psychische ziekte had. Als dat zo was, zouden de gevangenissen vrijwel leeg zijn. 'Denkt u dat het mogelijk is dat hij een psychose simuleert?'

Dokter Temple veegde zijn pony weer opzij. 'Ik ben ervan overtuigd dat u op de hoogte bent van onderzoeken waarin studenten psychologie werden gebrieft om naar een gewone psychiatrische kliniek te gaan en moesten zeggen dat ze stemmen hoorden.' Het woord 'gewone' sprak hij op neerbuigende toon uit. 'Ze werden allemaal betrapt als simulanten. Het is echt heel moeilijk om een psychose te simuleren.'

Anya had over andere onderzoeken gelezen, waarin studenten wel waren opgenomen omdat ze stemmen hoorden maar eenmaal in het ziekenhuis geen psychiatrische symptomen meer vertoonden. In die ziekenhuizen waren de psychiaters er niet in geslaagd het normale gedrag dat ze vertoonden te herkennen. De andere patiënten pikten de simulanten er wel uit, maar het personeel bleef alle gedrag als abnormaal zien, waardoor ze de diagnose bevestigden.

Het vakgebied van de psychiatrie was behoorlijk subjectief, zodat er voldoende ruimte overbleef voor manipulatie door mensen als de Harbourns. Nog een reden waarom Anya de voorkeur gaf aan de pathologie.

Ze besloot dokter Temple niet aan te vallen en knikte. 'Mag ik Gary nu zien?'

De arts stond op, zichtbaar verheugd dat hij de zaak van zijn patiënt had kunnen bepleiten. 'Hij leert met een computer te werken, maar ik haal hem wel even.'

Tijdens het wachten keek Anya om zich heen en zag twee ingelijste foto's van de Tasmaanse wildernis, Cradle Mountain en Freycinet Peninsula; twee van de meest fotogenieke plaatsen ter wereld.

Een paar minuten later werd er op de deur geklopt en kwam dokter Temple terug met een krachtig gebouwde man in een spijkerbroek, T-shirt en te grote slippers. Zijn beide voeten zaten in het verband en hij hinkte naar binnen.

'Ik ben dokter Crichton.' Anya stond op. 'Neemt u plaats.'

Gary Harbourn liep aarzelend naar de andere stoel en vroeg aan dokter Temple: 'Is het wel veilig voor haar om hier alleen met me te zijn? Ik wil niemand iets aandoen.' Hij praatte als een angstig kind.

'Het is wel goed, Gary, de medicijnen beginnen al aan te slaan. Ik blijf wel hier voor het geval je me nodig hebt.'

'Dank u wel, dokter,' zei Gary en ging zitten. Hij boog zijn hoofd en keek naar zijn knieën.

'Weet u waarom ik hier ben?' vroeg Anya.

'U denkt dat ik gek ben en mensen kwaad ga doen. U wilt me naar de gevangenis sturen.' Zijn handen begonnen te trillen en hij klemde ze tussen zijn dijen.

Anya keek omhoog naar de hoeken van het plafond om te controleren of dit gesprek werd opgenomen, maar ze kon geen camera ontdekken. 'Ik ben hier om je te onderzoeken. Een paar mensen van de politie willen graag eens met je praten als je je beter voelt. Ik moet kijken of je onlangs nog gewond bent geraakt.'

Zijn handen trilden oncontroleerbaar, zelfs tussen zijn dijen geklemd.

'Wat is er met je voeten aan de hand?' begon ze.

'Ik heb erin gesneden. Het stemmetje zei dat ik iemand iets moest aandoen. Het bleef maar zeggen dat ik...' hij keek Anya even aan, '...vrouwen iets moest aandoen.' Hij sloeg zijn blik weer neer. 'Daarom heb ik mezelf maar gesneden, zodat ik niet langer zou proberen de artsen hier te ontlopen.'

'Mag ik zien hoe ze genezen?' Anya probeerde meelevend te klinken. Temple luisterde mee en ze wilde op geen enkele manier agressief overkomen. Ze moest onbevooroordeeld lijken.

Gary Harbourn wikkelde een van de verbanden los en zijn handen hadden moeite met die eenvoudige taak. Hij probeerde een been op te tillen om de zool van zijn voet te laten zien, maar slaagde daar pas bij de tweede poging in. Ze vroeg zich af wat hij met een toetsenbord kon doen.

Spontaan zei hij: 'De Bijbel zegt dat als je oog de oorzaak is van je zonde, je dat eruit moet snijden. Het is beter voor je om het koninkrijk Gods binnen te gaan met één oog dan om met beide ogen naar de hel te gaan.'

Anya vroeg zich af of hij nu de moord op Savannah bekende. Ze probeerde geen enkele reactie te vertonen, ook al had hij de Bijbeltekst verkeerd geciteerd. 'Wat betekent dat volgens u?' vroeg ze terwijl ze haar blik gericht hield op zijn voet.

'Je kunt niet ergens voor sterven, tenzij je bereid bent ervoor te moorden.'

Dat was niet precies Anya's interpretatie, maar ze onthield wat hij had gezegd.

Hoewel Gary Harbourn verschillende horizontale sneden in zijn voet had, was geen enkele snee zo diep dat die gehecht moest worden. Ze waren allemaal oppervlakkig en liepen parallel aan elkaar, maar dat had hij met zo'n trillende hand nooit kunnen doen.

'Kunt u me vertellen waarom u denkt dat u iemand iets zou aandoen?'

Gary keek haar met een donkere kille blik aan, dezelfde ogen die Sophie had beschreven. 'Dat zegt de stem in mijn hoofd, die blijft maar zeggen dat ik slechte dingen moet doen.'

'Kunt u me iets over die stemmen vertellen? Weet u wie er tegen u praten? Hoe klinken die stemmen?'

'Het is altijd dezelfde stem. Mijn stiefvader. Hij zegt dat ik vrouwen moet vermoorden. Met een mes, dat ik hun keel door moet snijden voordat ze ons allebei vermoorden. Kunt u ervoor zorgen dat hij daarmee ophoudt?'

Anya bestudeerde zijn gezicht, probeerde een grijns te ontdekken of iets anders dat erop wees dat Gary zijn symptomen simuleerde. 'Weet u wat er met uw vader is gebeurd?'

Hij aarzelde even voordat hij antwoordde: 'Hij zit in mijn hoofd. Hij zegt dat ik de enige manier ben waarop hij kan blijven leven.'

'Ziet u hem?' Ze hoopte dat hij zou proberen overdreven hallucinaties te beschrijven met te veel symptomen en details.

'Soms.'

'Ziet u hem in kleur of in zwart-wit?'

Gary hield op met trillen. Even leek hij niet te weten wat hij moest doen. 'Dat is me nog nooit gevraagd! Waarom wilt u dat weten?'

'Gewoon uit nieuwsgierigheid,' zei ze, zich ervan bewust dat ze hem bang had gemaakt.

'Dat kan ik me niet herinneren.'

'Kunt u zijn stem nu horen?'

Zijn jongensstemmetje verdween en met een diepere, meer gecontroleerde stem zei hij: 'Hij mag u niet. Volgens hem moet ik u pijn doen omdat u probeert ons te pakken te nemen.'

Anya negeerde het dreigement. 'Dokter Temple zei dat u beter op de medicijnen reageerde. Ik wil u een paar vragen stellen en ik zou het op prijs stellen als u die eerlijk zou beantwoorden.'

Gary knikte. 'Ik wil graag helpen.'

Anya boog zich naar voren om zijn armen, borstkas, rug, handen, nek en benen te onderzoeken. Geen sporen van krassen of blauwe plekken. Op zijn lichaam waren helemaal geen sporen te zien van die avond in het huis van de Goodwins.

'Kunt u zich de avond van het straatfeest herinneren, vlak nadat u was vrijgelaten?'

Gary schudde zijn hoofd en zijn handen begonnen weer te trillen. 'Ik herinner me alleen nog dat ik wat heb gedronken en een paar stickies heb gerookt. Daarna weet ik niets meer.'

Anya zweeg zodat het even stil bleef en observeerde hem terwijl ze een paar aantekeningen maakte.

Gary deed geen poging het gesprek te hervatten.

'O ja, heeft de stem u ook opgedragen uw zus Savannah te vermoorden?'

Hij klemde zijn kaken op elkaar. 'Zij is bij een auto-ongeluk om het leven gekomen.'

Anya bleef hem aankijken. 'Ik hoopte dat u wilde praten over de manier waarop ze is overleden. Dat zou kunnen helpen.'

Gary stond vlug op, pakte de foto van Cradle Mountain, smeet hem kapot tegen de muur en uitte onsamenhangende kreten.

Dokter Temple stond snel op en drukte op een rode zoemer boven het bureau. Anya liep vlug naar de deur. Er kwam een verpleegkundige binnen met een karretje en twee bewakers. De psychiater pakte een verdovingsmiddel en spoot dat met behulp van zijn personeel in Gary's arm.

Zodra de verdoving begon te werken, liep Anya de kamer uit, met dokter Temple als een zenuwachtige ouder in haar kielzog.

'Niemand kan ontkennen dat Gary erg gestoord is.'

'Dat ben ik met u eens. Hij maakt zich grote zorgen over een aantal zaken en de dood van zijn zus is daar een van. Toch vind ik dat de politie hem wel kan verhoren over de avond waarop Rachel Goodwin en haar zus zijn aangevallen, met uw goedkeuring en in uw aanwezigheid natuurlijk.'

26

Natasha Ryder pakte een druif van de fruitschaal die op de tafel stond en stopte hem in haar mond. 'Gooit de verdediging het op ontoerekeningsvatbaarheid? Dat kán toch niet!'

Anya gaf de officier van justitie haar verslag van Gary Harbourns onderzoek.

Natasha zette een bril op en begon te lezen. Hayden Richards en Kate Farrer zaten er zwijgend bij.

'Stemmen horen; dát is origineel. Bestaat er een *Handboek voor idioten om gekte te simuleren* dat we niet kennen?' mompelde Natasha. Ze bladerde het verslag door. 'De hamvraag is: simuleert hij?'

Anya moest eerlijk zijn. 'Na dat korte gesprek weet ik dat niet zeker. Zijn psychiater is daar wel van overtuigd, maar Harbourn was redelijk helder toen ik met hem sprak, tot ik over Savannahs dood begon. Toen ging hij door het lint.'

Kate gaf een klap op de leuning van haar stoel. 'Hij kan toch niet helder én krankzinnig zijn? Hij houdt ons allemaal voor het lapje.'

'Zo simpel is het niet,' legde Anya uit. 'Hij beweert dat hij psychotisch was toen de meisjes Goodwin werden overvallen. Veroorzaakt door depressie, cannabis en alcohol. Het is irrelevant of hij op dit moment helder kan denken of niet. Ik wilde kijken of hij ook fysieke verwondingen had en of hij door de politie kon worden verhoord. Dat is alles. De rest is mijn niet-deskundige mening.'

'Dat begrijp ik wel,' zei Natasha, 'maar wat dénk je ervan?'

Anya moest voorzichtig zijn, want dit lag buiten haar vakgebied. 'Sorry, maar ik ben niet bevoegd daar iets over te zeggen.'

Hayden Richards streek met een vinger over zijn snor. 'Wat denk je, zullen we je laten zien hoe hij zich gedroeg tijdens de huiszoeking, zodat je dat kunt vergelijken met de indruk die jij van hem kreeg?'

'Ik wil die opname ook nog een keer bekijken.' De officier van justitie stond op en liep naar de draagbare tv. 'Misschien heb je iets over het hoofd gezien. Zo slim zijn deze mannen nu ook weer niet.'

Anya zag dat Kate gespannen was. 'We hebben zelfs met een metaaldetector gekeken of er metaal achter de muren zat. Daardoor hebben we het mes gevonden waarmee de meisjes zijn gestoken. We hebben ontdekt dat het slipje in de zak van Rachel was. Volgens mij hebben we al het mogelijke gedaan.'

'Laat eens kijken.' Natasha zette de dvd aan en ging weer zitten.

De dvd begon met Noelene Harbourn in haar ochtendjas. Algauw zagen ze opnamen van de huiszoeking. Een paar minuten later kwam Gary Harbourn in beeld. Hij droeg alleen een onderbroek. Zodoende konden ze zijn borstkas zien met biceps en triceps die hij alleen door gewichtheffen had kunnen ontwikkelen, met of zonder anabole steroïden. Hij was dan misschien wel sterk, maar hij was zo massief dat hij onmogelijk snel of flexibel kon zijn. Hij leek geen last te hebben van zijn voeten, die bloot waren en niet verbonden. Uit zijn opmerkingen en grapjes bleek dat hij niet bang was voor de politie. De sneden in zijn voetzolen had hij dus gemaakt na de huiszoeking en voor Anya's bezoek aan de inrichting.

Natasha zette het beeld stil. Ze zagen een grijnzende Gary, die Kate leek uit te dagen hem te arresteren. Hij gedroeg zich arrogant en uitdagend, niet het gedrag dat je zou verwachten van iemand in een psychose en van iemand die zich niets van een bepaalde gebeurtenis kon herinneren. Haar ervaring en instinct zeiden haar dat Gary Harbourn simuleerde om uit de gevangenis te blijven.

Kate zei: 'Hij gedraagt zich behoorlijk arrogant, de klootzak. Alsof hij zeker weet dat we die dag niets belastends in dat huis zouden vinden.'

Natasha was het daarmee eens. 'Hij lijkt niet erg slim.'

'Hoe zit het met die honkbalknuppel? Zitten daar bloedsporen op?'

Anya's gesprek met Savannah was vertrouwelijk geweest, maar ze herinnerde zich dat Sophie had gezegd dat een man met een knuppel Rachels kamer was binnengegaan. Gary's overdreven reactie op het feit dat zijn broers op de avond waarop Savannah was mishandeld die knuppel hadden meegenomen, kon betekenen dat die knuppel belastend was.

Natasha drukte op PLAY en meteen daarna weer op PAUZE. Toen Milo de woonkamer met luminol besproeide, was de knuppel er niet. Een paar minuten later zagen ze naast de bank een honkbalknuppel en een versleten handschoen.

'Vanwege de gezondheidsvoorschriften heeft de agent de kamer niet besproeid in aanwezigheid van burgers.' Kate leunde achterover in haar stoel. 'Ze heeft hen de kamer uit gestuurd en pas toen ze klaar was mochten ze terugkomen.'

Natasha drukte weer op PLAY. De cameraman liep naar de volgende kamer, achter Liz Gould en de agenten aan.

De woonkamer, waar het gezin had gewacht, werd alleen met het blote oog doorzocht nadat de knuppel was verschenen.

'Waar komt die knuppel vandaan?' Anya wilde weten of die daar al was geweest of door een van de Harbourns was meegenomen toen ze weer in de kamer mochten.

De officier van justitie liep naar het scherm, zette het beeld stil en liet het heel langzaam verder spelen. De cameraman had opnamen gemaakt van elk kind dat uit de slaapkamers kwam.

Een van de oudere jongens kwam de woonkamer binnen met iets langs zijn zij. Daarna groepten de kinderen samen. Een paar beelden later stond het jongste zusje naast de knuppel en lag er een handschoen op het handvat.

Ze zagen dat Liz Gould de muren met de metaaldetector afzocht.

Kate zei: 'Zo vind je alles wat van metaal is, een mes bijvoorbeeld. We vonden iets in Gary's kamer.'

'Slim,' zei Natasha. 'Dat zouden ze altijd moeten doen. Denken we dus dat dit mes kan zijn gebruikt om Rachel mee te bedreigen?'

Anya kon niet bekennen dat ze wist dat de knuppel ook bij andere aanvallen was gebruikt.

'We moeten hem onderzoeken op bloedsporen,' zei Hayden hoofdschuddend.

'Er ontbreken nog steeds een paar antwoorden.' Natasha tikte met haar pen op het bureau. 'Waren Rick en Patrick de andere Harbourns in het huis van de Goodwins en hebben we iets wat hen in verband brengt met dat huis of met Rachel en Sophie? En hoe zit het met die Simon Vine? Als we alleen maar kunnen bewijzen dat Gary daar was en als hij zich op ontoerekeningsvatbaarheid beroept, kunnen we de zaak verliezen. Als niets erop wijst dat hij de aanval op de meisjes Goodwin heeft gepland, kan hij daarmee wegkomen. Zonder motief of een logische reden voor zijn aanval op de meisjes, zal het heel moeilijk worden een door drugs veroorzaakte psychose te weerleggen. Zodra een jury hem ziet, zullen ze hem vrijspreken. Een goede advocaat zal gehakt maken van Sophie als zij getuigt, omdat ze die avond zo ontzettend veel bloed heeft verloren en ze de anderen niet kon identificeren.'

Kate bladerde door haar aantekeningen. 'De onderbroek en het hemd die positief reageerden op de luminol waren van Gary, maar ze waren wel gewassen. Het lab probeert nog DNA te halen uit het bloed in de naden, maar tot nu toe zijn ze daar niet in geslaagd.'

'We zijn nog steeds bezig met het ondervragen van vrienden en bekenden over wie het straatfeest heeft verlaten, maar niemand doet zijn mond open. Het lijkt erop dat iedereen de Harbourns als volkshelden beschouwt omdat het ze lukt uit de bak te blijven. Of anders zijn ze bang dat ze in elkaar worden geslagen, of erger.' Hayden leek nog gefrustreerder dan de officier van justitie.

'En het mes? Weten we al waar dat vandaan kwam?'

Kate antwoordde: 'Patrick beweert dat Gary dat mes die avond van hem heeft afgepakt om de gegrilde kip voor dat straatfeest mee te snijden. Vreemd dat hij Gary een mes heeft kunnen geven zonder zijn vingerafdrukken erop achter te laten.'

Hayden zei: 'Er is geen duidelijke relatie tussen de Harbourns en de Goodwins, en dus hebben we geen motief. De ene schaamhaar die op Rachels lichaam is gevonden, kan van verschillende familieleden afkomstig zijn, maar tot nu toe hebben ze allemaal op één na een goed alibi, in binnen- en buitenland. Het ziet ernaar uit dat zelfs hun neven en nichten niets met de misdadige kinderen van Noelene te maken willen hebben.'

Natasha zei tegen Anya: 'Dit is niet genoeg. We moeten dat gezin van meer kunnen beschuldigen.'

Giverny's verkrachting en dood, de moord op Rachel en de gewelddadige aanval op Sophie zouden voldoende moeten zijn, dacht Anya. Maar door het juridische systeem moest de officier van justitie misdaden onomstotelijk, zonder redelijke twijfel, kunnen bewijzen. Giverny was dood en dus was dat een moeilijke zaak.

Natasha Ryder had haar hoop gevestigd op een veroordeling in de zaak-Goodwin of op een andere zaak die ze konden bewijzen. Maar ondanks de fysieke bewijzen die Gary Harbourn met de Goodwins in verband bracht, kon hij nog onder een veroordeling uitkomen door zich op ontoerekeningsvatbaarheid te beroepen.

'Ik heb op de afdeling Jeugd- en Zedenzaken een vrouw gesproken die ruim een jaar geleden door een van de Harbourn-broers is verkracht.'

Natasha haalde haar blocnote tevoorschijn. 'Hoe heet ze? Wanneer kan ik met haar praten?'

'Wacht even.' Violets naam moest vertrouwelijk blijven. 'Op dit moment weigert ze nog een verklaring af te leggen, maar het forensische bewijs voor haar verkrachting ligt nog in de koelkast van de afdeling Zeden. Ik heb onlangs met haar gepraat, maar tot ze officieel een aanklacht indient, kan ik je niets geven. Ze had vroeger contact met dat gezin en nog steeds is ze doodsbang voor ze.'

Natasha tikte met haar pen op haar blocnote. 'Dat is niet voldoende. Als ze dat gezin kent, kan ze ons misschien nog wat smerige geheimpjes vertellen, iets waar we wat mee kunnen. Kun je haar onder druk zetten?'

Anya's eerste gedachte was Giverny Hart en hoe zij door justitie was bedreigd toen ze weigerde te getuigen. Violet verdiende een dergelijke behandeling ook niet. 'Het is al heel wat dat ik haar heb gevonden.'

Hayden zei: 'Kun jij een verklaring afleggen over het feit dat er een overeenkomstig patroon is in de fysieke gevolgen van de aanvallen bij deze vrouw en Giverny?'

'Alles was anders. Giverny is zomaar van straat geplukt en dit meisje had een relatie met een van de broers en ze had gedronken toen ze werd verkracht.'

Natasha liet haar pen op haar blocnote vallen. 'Dus hebben we nog steeds niets. Zelfs als ze met ons wil praten, lijkt het een zwakke zaak. Het zou haar woord zijn tegen dat van dat gezin, ongeacht de bewijzen. Het komt altijd weer neer op "hij zei, zij zei".' Ze liep naar het raam. 'We hebben het moordwapen, maar we moeten ook iets hebben om de Harbourns in verband te brengen met de Goodwins en we moeten weten wie erbij waren. Zonder dat maken we geen enkele kans.'

Anya dacht aan het verkreukelde topje dat Zimmer had gevonden. Daar had een bebloede vingerafdruk op gezeten. 'Hoe zit het met die vingerafdruk op Rachels roze topje?'

Hayden schudde zijn hoofd. 'Vingerafdruk zit niet in ons bestand.'

'Alle broers zitten toch in het systeem? Ze hebben toch allemaal een veroordeling achter de rug?'

'Dat zou zo moeten zijn, maar ik zal het nog eens controleren. Misschien was er die avond nog iemand anders bij, die Simon Vine bijvoorbeeld, onze denkbeeldige vriend. Tot nu toe hebben we alleen naar de Harbourns gekeken.'

'Dat komt doordat ze zich alleen in groepjes verplaatsen en in groepjes jagen. Dat gezin lijkt wel op het hoofd van Medusa,' zei Natasha. 'Als je een van de slangen afsnijdt door hem naar de gevangenis te sturen, neemt een ander zijn plaats in.'

Haydens telefoon ging en hij liep even weg om het gesprek aan te nemen. Een minuut later kwam hij terug met een brede grijns op zijn gezicht. 'We hebben net twee doorbraken gekregen. Noelene Harbourn blijkt te hebben gelogen. Twee van haar zoons zijn die avond gefilmd in een drankwinkel, maar niet in de buurt van het huis van de Goodwins waar de meisjes zijn overvallen. Nu Ian nog in de bak zit, kunnen het alleen Patrick en Rick zijn geweest die samen met Gary bij de Goodwins waren. Maar Ricks vingerafdrukken zaten niet in onze database. Op verzoek van zijn moeder is zijn jeugddossier gesloten, maar we hebben toestemming van de rechter dat te openen. De vingerafdruk op dat topje móét van Rick Harbourn zijn.'

'We hebben zojuist dus ontdekt welke drie Harbourns er hoogstwaarschijnlijk bij betrokken waren.' Natasha glimlachte, voor het eerst die dag.

'Nu kunnen we de druk opvoeren en eens kijken wie als eerste zijn koelbloedigheid verliest,' zei Hayden. 'We zullen ze allemaal ophalen om te worden verhoord en daarna klagen we hen aan.'

Anya vroeg Natasha naar de vervolging voor de verkrachting van Giverny.

'Als we de Harbourns kunnen aanklagen voor Rachel en Sophie, kunnen we gemakkelijker aanvoeren dat groepsverkrachting hun specialiteit is. Maar als we de eerste rechtszaak verliezen, wordt de kans dat we hen ook kunnen laten boeten voor wat ze Giverny Hart hebben aangedaan te klein om zelfs maar in overweging te nemen. Het hangt allemaal af van een veroordeling van Gary, Rick en Patrick.'

27

De volgende maandagochtend beende Natasha Ryder de rechtbank binnen. Ze zette haar aktetas op de tafel die voor de officier van justitie was bestemd. Ze zag er geweldig uit in haar donkere broekpak met lichtpaarse bloes.

Die ochtend zou de hoorzitting plaatsvinden om te bepalen of Gary Harbourn in staat was terecht te staan voor de gewelddadige verkrachting van en de moord op Rachel Goodwin, en voor de verkrachting van en de poging tot moord op Sophie.

De hoorzitting van Rick en Patrick was niet volgens plan verlopen. Ze waren beiden op borgtocht vrijgelaten. Hun advocaten hadden gezegd dat ze hadden geprobeerd te voorkomen dat hun psychotische broer de meisjes Goodwin iets aandeed. Ricks jeugddossier mocht niet worden gebruikt en hij vertelde een zielig verhaaltje over dat hij zijn familie moest ondersteunen. Anya kon gewoon niet geloven dat hij beweerde dat zijn vingerafdruk op het verkreukelde topje stond doordat hij het uit Rachels keel had getrokken in een poging haar leven te redden. De paspoorten van de broers werden ingevorderd, maar ze mochten thuis hun rechtszaak afwachten.

Het was misschien een cliché, maar door haar bril zag Natasha er wijzer uit en had ze een sympathiekere uitstraling voor de jury. Deze hoorzitting zou plaatsvinden in aanwezigheid van een rechter en het was aan Natasha hem ervan te overtuigen dat Gary psychisch uitstekend in staat was berecht te worden. Of hij op het moment van de aanval ontoerekeningsvatbaar was, moest een jury bepalen als er een rechtszaak kwam.

Een advocaat liep achter de officier van justitie langs en trok een karretje met dossiers achter zich aan, hij ging ook aan de tafel zitten.

Tegenover hen zaten twee advocaten die er bijna identiek uit-zagen: ze droegen allebei een antracietkleurig pak en een effen stropdas, die gelukkig wel van kleur verschilden.

Gary had zich niet geschoren en droeg slordige kleren, onge-twijfeld om de indruk te wekken van een mentaal instabiele per-soonlijkheid, ondanks de luxe van de psychiatrische kliniek. Zijn baard verborg de moedervlek die hem incrimineerde.

De persbank zal vol journalisten en op de eerste rij van de pu-blieke tribune zaten alleen Noelene Harbourn en haar supporters. Bevan Hart zat op de achterste rij, met de jonge rechercheur van Moordzaken Shaun Wheeler. Het verbaasde Anya niet dat Giverny's vader de rechtszaak wilde bijwonen, en het feit dat de jonge re-chercheur bij hem was, was niet ongewoon. Kate en Liz Gould zou-den getuigen, maar Wheeler niet en dus was er geen enkele reden waarom hij niet aanwezig kon zijn. Bovendien zochten slacht-offers en hun familieleden vaak steun bij de politie tijdens het juri-dische proces.

Iedereen stond op toen rechter Philip Pascoe binnenkwam.

Het hart zonk Anya in de schoenen. Hij stond erom bekend dat hij ouderwets was en een sterk voorstander van rehabilitatiepro-gramma's ter vervanging van hoge straffen, zonder kennelijk te weten dat er door allerlei bezuinigingen maar weinig mogelijk-heden voor waren. Toch bleef hij voorstander van minimale straf-fen, zelfs voor draaideurcriminelen. Ze had geen idee hoe hij von-niste in zaken waarbij ontoerekeningsvatbaarheid van de dader werd aangevoerd.

Hij zat onder de ouderdomsvlekken en hij had diepe lijnen in zijn gezicht. Anya schatte hem op bijna zeventig, een leeftijd waar-op de meeste rechters met pensioen gingen.

Natasha's zelfvertrouwen leek te verdampen toen hij de zaal bin-nen kwam. De assistent van de rechter beschreef de reden van hun aanwezigheid: te besluiten of meneer Gary Harbourn mentaal in goede conditie was om te worden berecht voor de genoemde misdaden. Nadat hij had voorgelezen wat het belang was van de hoorzitting en welke verantwoordelijkheden beide partijen hadden, mocht Natasha beginnen met de bewijsvoering.

Natasha voerde aan dat Harbourn berekenend was en helder genoeg was geweest om zijn woning ten tijde van de huiszoeking te ontvluchten. De verdediging bracht daartegen in dat hij in zijn onderbroek naar buiten was gegaan om te joggen – niet bepaald rationeel gedrag dus.

Anya was verbijsterd dat ze werd opgeroepen door de verdediging. Ze moest vertellen wat er was gebeurd toen ze Gary in de inrichting had opgezocht en hoe hij zich had gedragen. Het enige wat ze kon doen, was de feiten vertellen en hopen dat de rechter wel zou snappen dat zijn getril zijn computervaardigheden kennelijk níét beïnvloedde, maar er wél voor zorgde dat hij in aanwezigheid van een psychiater niet goed kon functioneren.

Natasha probeerde Anya zover te krijgen dat ze haar eigen mening gaf, maar de rechter instrueerde de officier van justitie de getuige-deskundige alleen relevante vragen te stellen over haar vakgebied.

Aan het einde van de dag had rechter Pascoe de bewijsvoering gehoord en trok hij zich terug in zijn kamer.

De volgende middag belde Kate met goed en met slecht nieuws.

Het goede nieuws was dat Pascoe had besloten dat Gary Harbourn in staat was te worden berecht.

Het slechte nieuws was dat hij, gezien de ernst van Sophies verwondingen en de kans op mogelijke acute complicaties, ervoor wilde zorgen dat de verdediging de kans kreeg deze kroongetuige aan een kruisverhoor te onderwerpen. Dat betekende een snel proces, wat het werk van de officier van justitie bemoeilijkte. Bovendien ging Pascoe over drie maanden met pensioen en wilde hij de rechtszaak voor die tijd afronden. Hij had besloten dat de rechtszaak maandag over vier weken zou beginnen.

Kate dacht niet dat ze nu voldoende tijd hadden om alle bewijzen voor de rechtszaak goed voor te bereiden.

De rechter had, al dan niet met opzet, in het voordeel van de Harbourns geoordeeld. Dat vertelde Anya niet aan Sophie toen ze de dag daarna bij haar op bezoek ging.

Op de ochtend waarop Rachel werd begraven, had Anya haar afspraken afgezegd zodat ze bij Sophie kon blijven, terwijl Ned er wel naartoe kon. Sophie was te ziek om mee te gaan, zelfs met een verpleegkundige en een beademingsapparaat. Ze was wisselend wel en niet bij bewustzijn en zich daardoor niet bewust van wat ze miste. Ze had al haar reserves nodig om te herstellen.

Daarna maakte Anya er een gewoonte van ten minste drie keer per week bij Sophie Goodwin op bezoek te gaan. Het beademingsbuisje raakte steeds weer verstopt, zodat het nog een keer operatief moest worden vervangen. Daarna kreeg ze een klaplong, met een week later bilaterale longontsteking tot gevolg. Ze maakte weliswaar goede vorderingen, maar toch bleef het een hele strijd om elke dag door te komen zonder nieuwe complicaties.

Anya's bezoekjes gaven Ned de kans om buiten de ic – wat inmiddels zijn tweede thuis was geworden – te douchen en te eten. Hij sliep in een ligstoel op Sophies kamer. Als hij niet voldoende rust hield, zou Ned Goodwin ziek worden van uitputting. Het minste wat Anya kon doen, was hem wat rust gunnen.

Ze nam altijd een boek mee om uit voor te lezen. Als kind had ze het heerlijk gevonden om voorgelezen te worden. Sophie sloot haar ogen en doezelde soms een beetje weg terwijl Anya hardop het verhaal voorlas van Helen Keller, *Pollyanna* of *Alice in Wonderland*. Ook de gedichten van A.A. Milne waren favoriet.

Soms praatte Sophie over haar moeder en over haar jeugd. Rachels naam werd vaak genoemd, maar Sophie vermeed het te sentimenteel te worden. Als ze voldoende puf had, gingen ze wel eens tv-kijken. Dan viel Sophie altijd in slaap en ging Anya aan het werk met behulp van haar laptop.

Anya merkte dat ze Sophie steeds aardiger ging vinden, maar niet uit medelijden. Het veertienjarige meisje had een positieve instelling en ze kon om zichzelf lachen, zelfs in haar ic-bed. Soms dacht ze terug aan de aanval, vroeg ze iets over de operaties of wilde ze meer weten van haar verwondingen. Anya gaf altijd eerlijk antwoord, zelfs als Sophie vroeg of er ooit iemand met haar zou willen trouwen en hoe seks met iemand van wie je hield voelde. Het was net alsof ze een jonger zusje had, iemand die te snel en te pijnlijk was opgegroeid.

Hoe meer tijd verstreek, hoe meer Sophie op ging zien tegen de rechtszaak en het feit dat ze moest getuigen. Hoewel Anya haar probeerde voor te bereiden op wat komen ging, was er geen ontsnapping mogelijk aan het trauma dat Sophie en haar vader in naam van de gerechtigheid moesten ondergaan.

28

Op de eerste ochtend van de rechtszaak zat Anya achter in de zaal. De aanklacht tegen de drie verdachten werd voorgelezen en aan ieder van hen werd gevraagd of ze schuld bekenden of niet.

Een van de advocaten van de verdediging stond op en knoopte zijn colbertje dicht. 'Edelachtbare, mijn cliënt, Gary Harbourn, ontkent schuld op grond van ontoerekeningsvatbaarheid ten tijde van het delict.' Vervolgens stonden de andere advocaten op die namens hun cliënten alle schuld ontkenden.

Natasha kromde haar rug, alsof ze zich op een fysieke strijd voorbereidde.

Rechter Pascoe vroeg waarom de kroon de drie mannen tijdens één rechtszaak aanklaagde. Ondanks dat hij een bril droeg, zag Anya dat zijn rechteroog een afwijking naar buiten had.

'Edelachtbare, we zijn van plan te bewijzen dat de drie verdachten de gewelddadige verkrachting en de poging tot moord op Sophie Goodwin als groep hebben gepleegd. Daardoor zijn alle deelnemers schuldig aan dezelfde misdaden, ongeacht het individuele aandeel aan deze misdaden.'

De advocaten van de verdediging vroegen om aparte rechtszaken, ongetwijfeld om de kroongetuige uit te putten. Als zij instortte of tijdens de verschillende rechtszaken een andere verklaring aflegde, konden ze haar in diskrediet brengen. Ter wille van Sophie hoopte Anya dat er maar één rechtszaak zou zijn. Herhaalde verhoren en kruisverhoren was meer dan wie dan ook zou moeten ondergaan, zeker een slachtoffer dat zo veel had geleden.

Pascoe likte langs zijn boventanden. 'In het belang van de rechtsorde ga ik akkoord met een aparte behandeling van de zaak tegen Gary Harbourn. Rick en Patrick Harbourn zullen gezamenlijk worden berecht.'

Natasha stond op om bezwaar te maken. 'Edelachtbare, we zijn sterk tegen aparte rechtszaken. Voor de kroongetuige zal het verschrikkelijk zijn om tijdens verschillende rechtszaken te moeten getuigen. Als gevolg van de aanvallen ligt ze nog altijd op de intensive care en ze is duidelijk getraumatiseerd door het geweld dat haar is aangedaan en door de moord op haar zus.'

'Ik heb mijn besluit genomen,' zei Pascoe. 'De eerste die zal worden berecht is Gary Harbourn.'

Voordat Natasha kon reageren, zei Pascoe tegen de gerechtsdienaar: 'U mag de andere verdachten wegbrengen en de juryleden ophalen.'

Voordat de groep potentiële juryleden binnenkwam, zei de rechter tegen Natasha: 'Juffrouw Ryder, ik verwacht dat de vrouwen in mijn rechtszaal zich netjes kleden. De volgende keer dat u voor mij verschijnt, draagt u een knielange rok en geen broek, zoals vandaag.'

Natasha wendde zich tot haar assistent die vol verbazing grote ogen opzette.

Op dat moment verliet Anya de rechtszaal nadat ze een buiging voor de rechter had gemaakt. Ze kon bijna niet geloven dat Pascoe zo seksistisch was. Maar goed, ze had chirurgen meegemaakt die van vrouwelijke artsen in opleiding eisten dat ze tijdens de ronde een rok droegen. Gelijke behandeling was nog ver te zoeken in de juridische en medische wereld, maar dat maakte zijn opmerking niet minder beledigend.

Anya's mobieltje ging zodra ze het weer inschakelde. Het was Dan, die vroeg of ze alweer op bezoek was geweest bij zijn vader. Anya voelde zich een beetje schuldig, maar ze had er nog geen tijd voor kunnen vinden. Ze vertelde hem dat de rechtszaak was begonnen.

'Wie is de rechter?' vroeg Dan.

De stilte die viel nadat Anya dat had gezegd, was veelzeggend. Toen zei hij: 'Tot nu toe heb ik hem kunnen ontlopen, maar hij en mijn vader hadden een paar jaar geleden een fikse ruzie. En nu hebben ze de pest aan elkaar.'

Anya beloofde dat ze binnenkort bij Dans vader op bezoek zou gaan en ze vertrok.

Kate Farrer stond buiten op haar te wachten. 'Proberen ze de boel te vertragen of schiet het een beetje op?'

'Ze zijn begonnen met de samenstelling van de jury.'

Opgelucht zei Kate: 'Ik begon me al zorgen te maken. Pascoe maakt het de politie en het Openbaar Ministerie vaak erg moeilijk. De Harbourns kennende, wist ik vrijwel zeker dat ze elke mogelijke truc zouden proberen om de boel weer op te houden.'

'Hij heeft besloten dat Gary en de beide anderen afzonderlijk worden berecht.'

Kate's opluchting was van korte duur. 'Ziet hij dan niet wat dat voor Sophie betekent?'

'Dat betwijfel ik. Natasha moet bewijzen dat Gary simuleert en nooit last heeft gehad van psychoses.'

Op dat moment kwam de officier van justitie de rechtbank uit. 'We hebben tien minuten pauze. Een van de juryleden is verdwenen,' zei ze. Ze negeerde de camera's van de fotografen die hoopten op een primeur.

'Ik heb je binnen nodig, Anya, als eerste getuige. Ik wil dat jij getuigt nu de jury nog fris is en dat je hen voorbereidt op Sophies eerste verhoor. We zullen de tape afspelen voordat we de videoverbinding met haar ziekenhuiskamer tot stand brengen.'

'Waarom aparte rechtszaken?' drong Kate aan.

Nadat Natasha om zich heen had gekeken, antwoordde ze: 'Pascoe gaat binnenkort met pensioen en volgens mij wil hij de verdediging de vrije teugel laten en de kans op hoger beroep verkleinen. Zodoende kan hij er met een schone lei mee ophouden. Het wordt heel lastig voor ons. We zullen de zaak moeten bewijzen zonder dat de jury met twijfels blijft zitten.'

Kate zag dat Anya begreep dat ze geen fouten of blunders mocht maken.

'Jou heb ik morgen nodig, Kate, als alles goed gaat,' zei Natasha. 'Zorg ervoor dat alles wat je met dat huiszoekingsbevel hebt gevonden, legaal is. Als er ook maar iets niet klopt, wordt de zaak geseponeerd. Als de Harbourns worden vrijgesproken, mogen ze naar huis. Dan kunnen ze niet nog een keer worden berecht voor wat ze Rachel en Sophie hebben aangedaan.'

29

Na de openingsverklaringen liep Anya naar het getuigenbankje en legde de eed af. Natasha vroeg haar of ze wilde vertellen welke professionele kwalificaties ze bezat.

Gary Harbourns advocaat, Joseph Stilton, viel haar in de rede: 'Edelachtbare, we accepteren dat de getuige een deskundige is op het gebied van de forensische geneeskunde.'

Dit was een gebruikelijke tactiek als de verdediging wilde voorkomen dat de jury alle professionele kwalificaties van een getuigedeskundige te horen kreeg.

Anya keek naar de jury, vijf vrouwen en zeven mannen. Ze keken haar allemaal aandachtig aan.

Natasha vervolgde: 'Kunt u me vertellen hoe vaak u een vaginaal onderzoek hebt uitgevoerd?'

'Tijdens mijn werk bij verschillende afdelingen Jeugd- en Zedenzaken hier en in Groot-Brittannië heb ik meer dan negenhonderd slachtoffers van een zedenmisdrijf onderzocht. Daarvoor heb ik meer dan tachtig keer een vaginaal onderzoek uitgevoerd bij vrouwen die waren vermoord nadat ze seksueel waren misbruikt.'

'Vertel ons eens, in uw eigen woorden,' zei Natasha zelfverzekerd, 'wat u hebt ontdekt toen u op de plaats delict was en Rachel Goodwins lichaam zag?'

Anya vertelde wat ze had gezien toen ze op de ochtend na de moord op Rachel in het huis van de Goodwins kwam. Ze zag dat twee juryleden aantekeningen maakten, terwijl een vrouw van middelbare leeftijd met haar ogen knipperde toen ze de naakte jonge vrouw beschreef en de manier waarop ze aan het met bloed door-weekte bed was vastgebonden.

'Dokter, wilt u het autopsieverslag erbij nemen en de jury de ver-wondingen uitleggen?'

Anya las de beschrijving voor van de sneden, rijtwonden en blauwe plekken. Ze versimpelde de beschrijvingen en legde alle termen uit. Daarna vertelde ze welke inwendige en uitwendige verwondingen waren geconstateerd.

'En waren deze verwondingen volgens u veroorzaakt door con-sensuele of door niet-consensuele penetratie?'

Rachels verwondingen en uitgescheurde vagina waren waarschijn-lijk de ergste die ze ooit had gezien. 'Volgens mij zijn deze verwon-dingen veroorzaakt door niet-consensuele penetratie.'

Stilton maakte bezwaar. 'De dokter was er niet bij en kan niet be-oordelen of de blauwe plekken wel of niet zonder toestemming zijn veroorzaakt. Heel veel mensen doen vrijwillig aan geweldda-dige seks.'

Op de publieke tribune werd gegrinnikt. Anya zag dat Noelene Harbourn een hand voor haar mond sloeg, alsof ze geschokt was. Met haar andere hand trok ze haar jonge tienerdochter tegen haar borst, als om te voorkomen dat zij zulke vulgaire opmerkingen zou horen.

Het leek belachelijk dat ze de beschrijving van de verwondingen kennelijk niet erg genoeg vond om ze haar dochter te besparen, maar het noemen van seks wel. Ze probeerde net te doen alsof Gary Harbourn uit een beschermd gezinnetje kwam, met een on-schuldige en beschermende moeder. Dan móést hij toch wel krankzinnig zijn om een dergelijke gruwelijke misdaad te plegen? Ze probeerde de jury te bespelen.

De rechter zei onmiddellijk dat de jury de zaal even moest ver-laten, zodat hij met beide partijen kon overleggen.

Zodra ze vertrokken waren, zei Pascoe tegen Anya: 'Dokter, vol-gens mij kunt u niet beweren dat deze vaginale verwondingen door niet-consensuele penetratie zijn veroorzaakt. Meneer Stilton heeft wel een punt.'

Anya keek ongelovig naar Natasha. Ze wist niet goed waar de rechter naartoe wilde.

Stilton zei: 'Edelachtbare, of het slachtoffer wel of niet toestemming heeft gegeven, moet in deze zaak nog worden vastgesteld. De suggestie dat niet-consensuele geslachtsgemeenschap heeft plaatsgevonden, is een enorm vooroordeel tegen mijn cliënt.'

'Edelachtbare,' zei Natasha, 'Rachel Goodwin heeft geen toestemming gegeven voor meerdere messteken en ook niet om te worden vermoord. Dat zijn feiten. Wat de niet-consensuele gemeenschap betreft, verkondigt de getuige een mening die is gebaseerd op de ernst van de verwondingen. De verdediging heeft geaccepteerd dat zij een expert is op dit gebied en als zodanig is ze dan ook gekwalificeerd om die mening te uiten.'

'Edelachtbare,' Anya probeerde tegemoet te komen aan zijn voorliefde voor semantiek, 'dergelijke verwondingen zie je vooral in verkrachtingszaken. Ik heb dit soort verwondingen nog nooit gezien na consensuele gemeenschap.'

De advocaat verspilde geen tijd. 'Nogmaals, edelachtbare, ik maak me zorgen over het onderwerp niet-consensuele seks. Dit is een misplaatste discussie, omdat vrouwen met dit soort verwondingen na consensuele seks nooit om dokter Crichtons geneeskundige ervaring zullen vragen.'

Anya koos haar woorden zorgvuldig. 'Ik werk al heel lang bij de spoedeisende hulp en ik heb dit soort verwondingen nooit eerder gezien. Een vrouw met deze verwondingen zou onmiddellijk geneeskundig behandeld moeten worden.'

De rechter krabde over zijn brede neus. 'Dit is lastig. Een jury zal de neiging hebben uw mening over te nemen, maar toch hebt u niet buiten redelijke twijfel kunnen bewijzen dat al deze verwondingen zonder toestemming zijn ontstaan.'

Natasha Ryder zei: 'De ernst van deze verwondingen op zich zou al voldoende bewijs moeten zijn dat het slachtoffer niet-consensuele seks had. Het moet ontzettend pijn hebben gedaan, zodat het slachtoffer moet hebben gesmeekt ermee op te houden. Met andere woorden, ook al zou het slachtoffer in eerste instantie toestemming hebben gegeven, dan zou ze die toestemming door deze hevige pijn hebben ingetrokken.'

'Dat is niet noodzakelijk,' verklaarde Stilton. 'Anders zou er geen sadomasochisme bestaan.'

Nadat ze nog een halfuur hadden gediscussieerd, mocht de jury weer binnenkomen.

Als compromis formuleerde Natasha de vraag anders: 'Pasten de verwondingen die u op het lichaam van Rachel Goodwin zag, bij niet-consensuele activiteiten?'

'Ja, de genitale verwondingen pasten bij het ontbreken van toestemming, net zoals de steekwonden in haar borst en buik.'

'Is het mogelijk deze vaginale verwondingen zelf te veroorzaken, bijvoorbeeld tijdens pogingen zichzelf te bevredigen?'

'Nee, de handen van het slachtoffer waren stevig aan het bed vastgebonden.'

Iemand in de zaal lachte en de rechter keek woedend met zijn ene oog naar de publieke tribune.

'Hebt u ooit gezien dat een slachtoffer van seksueel geweld met dergelijke ernstige verwondingen het overleefde?'

'Nee, nog nooit.'

Meer kon Natasha niet doen. Ze had de juryleden op het idee van verkrachting gebracht. Het motief moest nog worden gevonden, en verkrachting zou een motief kunnen zijn om het slachtoffer het zwijgen op het leggen. Daardoor kreeg Natasha ook de kans eerdere aanklachten wegens verkrachting te berde te brengen, als de bewijzen tenminste hetzelfde patroon volgden.

Ondanks de verrassende houding van de rechter, die zich door de verdediging leek te laten leiden, hoopte Anya dat Natasha een belangrijk winstpunt voor het Openbaar Ministerie had gemaakt.

'Pascoe zal het me de komende maanden nog heel moeilijk maken,' zei ze toen de zitting om vier uur 's middags werd geschorst. 'Zullen we iets gaan drinken?'

Anya had het afschuwelijk gevonden in het getuigenbankje en ze hoopte dat de rest van de rechtszaak soepeler zou verlopen. 'Een-tje dan. Ik moet nog werken.'

Ze staken de straat over, liepen een café binnen en gingen aan de bar zitten.

Natasha zette haar bril af. 'Een gin-tonic en...'

'Een bitter lemon, alstublieft.'

Natasha betaalde met een creditcard en daarna liepen ze naar een tafeltje bij het raam, buiten gehoorsafstand van de andere gasten.

Anya was de eerste die iets zei. De jeuk op haar borstkas en in haar hals was afgenomen, maar ze was nog steeds verbijsterd door de gang van zaken in de rechtszaal. Ze had zin iets kapot te maken. Wat dan ook. 'Hoe moeten de familieleden en vrienden van het slachtoffer zich wel niet voelen, nu ze al die onzin moeten aanho-ren over sm? En die arme Bevan Hart, ik zag dat hij er ook was.'

'Ik vrees dat ik heb gezegd dat hij moest komen, omdat de be-schuldigingen voor de aanval op zijn dochter tijdelijk zijn uitge-steld. Hij weet dat als we deze veroordeling krijgen, de kans groter is dat we ze voor Giverny's verkrachting veroordeeld krijgen.'

Toen hun drankjes werden gebracht, zette Anya haar glas op een bierviltje. 'Ik kan niet geloven dat Pascoe de verdediging steunt. Is hij soms van plan toe te laten dat Stilton suggereert dat Rachel zichzelf tijdens het masturberen heeft verwond, dat Sophie toen binnenkwam, haar zus heeft vastgebonden en haar vervolgens met een mes te lijf is gegaan? O ja, en dat ze daarna naar buiten ging, zichzelf aanviel en haar eigen keel doorsneed?'

'Misschien dekt Stilton zich in om vrijspraak voor Harbourn te krijgen, voor het geval verminderde toerekeningsvatbaarheid mis-lukt. Ik zou Pascoe niet te hoog inschatten.'

Anya keek om zich heen om te controleren of er iemand mee-luisterde. Een rechter belachelijk maken met andere advocaten binnen gehoorsafstand was niet erg slim.

'Stond hij echt open voor dat idee dat pijn en seks bij elkaar horen?'

'Ben bang van wel. Hij geeft de verdediging altijd meer ruimte dan ons, zelfs als dit betekent dat het slachtoffer nog een keer onder komt te liggen.'

Anya vroeg zich af hoelang het nog zou duren voordat rechters met ouderwetse ideeën zouden uitsterven. 'Rechters zoals Pascoe maken het hoop ik niet lang meer. Hij is al bijna met pensioen.' Ze dronk haar glas leeg en zag dat een goed geklede man aan de bar naar Natasha keek.

'Niet onze oude Onzinkbare. Philip Pascoe zou de *Titanic* zelfs hebben overleefd.'

'Waarom Onzinkbare?'

'Ze zeggen dat hij een zeldzaam soort jeugdkanker heeft gehad en daardoor dat oog is kwijtgeraakt.' Ze telde de feiten af op haar vingers. 'Daarna had hij een auto-ongeluk waarbij de auto total loss raakte en hij er zonder kleerscheuren vanaf kwam. Hij is pas weer aan het werk, want hij had een raar soort botkanker en daarom is zijn been gedeeltelijk geamputeerd. Die ouwe lijkt sterker dan ooit. Als je het mij vraagt heeft hij een pact met de duivel gesloten.' Ze nam een slokje.

Er kwamen steeds meer keurig geklede mensen het café binnen. De man die Anya had gezien, begroette een paar nieuwkomers. Hij stond weliswaar te kletsen en te lachen, maar hij verloor Natasha niet uit het oog.

'Ken je die man aan de bar, donker pak, zilverkleurige stropdas?'

Natasha keek op. 'Heb hem een paar keer ontmoet. Hij schijnt een behoorlijk goede advocaat te zijn.'

'Nou, hij zit de hele tijd al naar je te kijken.'

'Echt waar?' Natasha dronk haar glas leeg, haalde een spiegeltje uit haar tas en begon aan haar haar te frunniken.

Alsof hij daarop had gewacht, kwam de man naar hun tafeltje en bood hen een rondje aan.

Natasha glimlachte en gebaarde dat hij moest gaan zitten. Anya wachtte tot ze hem zou voorstellen, maar kennelijk was Natasha zijn naam vergeten. Hij rook naar sigarettenrook en dat alleen al zou Anya hebben tegengestaan.

Ze was nog steeds woedend over de opmerkingen van de rechter, pakte haar tas en nam afscheid. Er móést een manier zijn om de rechter en de jury bij zinnen te krijgen.

Op dat moment ging Natasha's mobieltje. Ze mompelde 'Ja', toen 'Nee', daarna 'Oké', hing op en zei met een wrange grijns: 'Ongelooflijk! Harbourn denkt kennelijk dat het goed is gegaan vandaag. Hij heeft zojuist zijn advocaat ontslagen. Morgen horen we of de behandeling van de zaak wordt uitgesteld.'

Voor iemand die beweerde dat hij verminderd toerekeningsvatbaar is, toonde Gary Harbourn dat hij het systeem heel slim in zijn voordeel kon benutten. Zelfs vanuit een luxueus particulier psychiatrisch ziekenhuis in plaats van de gevangenis vertraagde hij de zaak met legale spelletjes.

Anya vertrok en vroeg zich af waarom ze een systeem ondersteunde dat in het voordeel werkte van de Harbourns ten koste van mensen zoals de Harts en de Goodwins en opgehemelde rechters als Pascoe.

Ze dacht aan Natasha's woorden over de onzinkbare rechter en bedacht wat ze moest doen. Zodra ze het café had verlaten, belde ze Dan Brody. Ze werd doorgeschakeld naar zijn voicemail. 'Met Anya, wil je me zo snel mogelijk bellen? Het is dringend.'

Ze zag een berichtje van Hayden Richards. Verdorie. Ze had het geluid van haar mobieltje niet weer aangezet. Er was een vrouw seksueel mishandeld. Ze pakte een blocnote, noteerde het adres en herkende de straatnaam. Het was Saint Stephen's Private Clinic.

30

Anya werd opgevangen door een verpleegkundige die haar snel meenam naar een spreekkamer. Dokter Temple stond op de gang, in een spijkerbroek en een gestreept overhemd.

Hayden knikte haar toe. 'Fijn dat je zo snel kon komen. We hebben een vrouwelijke gevangene...'

'Patiënte,' corrigeerde de psychiater. 'Dit is een medische instelling.'

'Ze zegt dat ze wakker werd doordat er een man op haar lag. Toen ze gilde legde hij zijn hand op haar mond. Nadat hij haar had verkracht, verdween hij.'

Dit was niet de eerste keer dat Anya naar een ziekenhuis of kliniek werd geroepen. Ze had slachtoffers van zedenmisdrijven gezien in bejaardentehuizen en in tehuizen voor ernstig geestelijk en fysiek gehandicapten. Dit was haar derde psychiatrische kliniek. In de voorgaande gevallen waren het personeelsleden die misbruik maakten van de zwakste medemensen. 'Hoe is ze er medisch gezien aan toe?'

'Ze is stabiel en voor zover ik dat kan beoordelen, zijn er geen fysieke tekenen die wijzen op seksueel misbruik.'

Anya probeerde zich te beheersen. Als de psychiater de vrouw genitaal had onderzocht zonder forensische monsters te nemen, zou zijzelf vrijwel zeker geen fysieke bewijzen meer kunnen vinden. Bovendien zou hij de patiënte nog meer hebben getraumatiseerd, zodat haar werk een stuk moeilijker was geworden.

'Zoals u weet, dokter Temple, zijn er bij seksueel misbruik zelden zichtbare fysieke verwondingen.'

Hayden boog zijn hoofd; hij leek even gefrustreerd als zij zich voelde. 'Wat is haar achtergrond en haar psychische gesteldheid?'

'Schizofrenie sinds haar achttiende, met heftige psychoses. Ze is talloze keren opgenomen wegens gewelddadig gedrag na het staken van haar medicatie en na drankmisbruik. Haar ouders hebben haar hiernaartoe gebracht nadat de politie haar had opgepakt wegens wildplassen. Daarvoor heeft ze drie maanden lang gewerkt, als administratief medewerkster. Maar ze is een behoorlijke fantast en daarom vraag ik me af of ze echt seksueel is misbruikt. Ze heeft last van waandenkbeelden en dit is niet de eerste keer dat ze zoiets beweert.'

Anya zette haar tas neer. Een vrouw die aan waandenkbeelden leed zou nooit serieus worden genomen en was dús een perfect slachtoffer voor een verkrachter. Maar het was heel goed mogelijk dat ze niet had verzonnen dat ze al eerder seksueel was misbruikt. 'Zijn er ook videobeelden?'

'Om privacyredenen mogen we geen camera's in de kamers en in privévertrekken ophangen. Deze gang wordt bijvoorbeeld ook niet bewaakt.' Dokter Temple probeerde het Hayden en Anya uit te leggen. 'Onze patiënten zijn hier vrijwillig en zoiets als dit hebben we nooit eerder meegemaakt. Camera's zijn echt niet nodig, behalve in de tuinen en de entreehal.'

'Met andere woorden, zoiets als dit zou uw reputatie kunnen ruïneren,' zei Hayden. 'En vervolgens vertelt u ons dat deze vrouw een onbetrouwbare getuige is.'

'Dat klopt.' Temple leek zich te ontspannen.

'Als u ons wilt verontschuldigen, we moeten aan het werk. Ik wil iedereen spreken die vanmiddag dienst had en ik wil de namen hebben van alle bezoekers, leveranciers en keukenhulpen, en ik moet met de andere patiënten praten.'

De psychiater verstijfde. 'Ik vrees dat dit om privacyredenen onmogelijk is.'

'Maak u maar geen zorgen, dokter,' zei Hayden, 'Ik zal niemand iets vertellen, tenzij we tot de ontdekking komen dat een van uw patiënten iemand heeft verkracht. Privacyredenen kunnen me er niet van weerhouden degene die dit heeft gedaan te arresteren.'

'Waar was Gary Harbourn toen dit gebeurde?' wilde Anya weten. Met zijn verleden van zedenmisdrijven was hij de belangrijkste verdachte. Hij zou zijn diagnose van verminderde toerekeningsvatbaarheid kunnen gebruiken als excuus om andere patiënten te verkrachten. Het zou alleen maar in zijn voordeel werken als de politie twijfelde aan de verklaringen van de slachtoffers. Het waren de perfecte omstandigheden voor zijn zieke, gewelddadige aanvallen.

Temple trok bleek weg. 'Bij de deuren van de afdeling staat een politieagent op wacht, maar binnen de afdeling kan hij zich vrij bewegen.'

'Weten de andere vrijwillige patiënten dat ze gezelschap hebben van een groepsverkrachter en moordenaar? Welke consequenties zou dat hebben voor uw reputatie?'

Hayden trok zijn broek op. 'Goed, waar kan dokter Crichton deze patiënte onderzoeken? Overigens, Anya, deze mevrouw heet Lydia Winter.'

Lydia wikkelde een handdoekje om haar pols en kneep erin. Een verpleegkundige hielp haar met het aantrekken van een ziekenhuisjasje.

Anya zag dat haar ribben uitstaken onder haar strakke huid. Ze vertelde wie ze was en waarom ze hier was, maar Lydia was zich amper van haar aanwezigheid bewust.

'We zijn niet erg spraakzaam, hè, Lydia,' zei de verpleegkundige en knoopte het ziekenhuisjasje vast. 'Dit is een lieve dokter die even wil kijken of het wel goed met je gaat.'

Lydia hield haar handdoekje stevig vast.

Anya vroeg de verpleegkundige haar het slipje te geven dat Lydia had gedragen, plus de lakens van haar bed. Ze stopte ze in papieren zakken die ze had meegenomen.

'Lydia, kun je me vertellen wat je vanmiddag is overkomen, nadat je in slaap was gevallen?'

'Ik had een nachtmerrie. Ik kreeg geen adem en ik werd vermorzeld. Toen ik mijn ogen opendeed, zat hij op me. Hij deed me pijn. Ik wilde zeggen dat hij moest stoppen, maar hij legde zijn hand op mijn mond.' Ze trok nog harder aan het handdoekje, tot haar knokkels wit werden.

'Herkende je de man?'

Lydia schudde haar hoofd. 'Ik kon zijn zweet wel ruiken, maar ik kon zijn gezicht niet zien. Het gebeurde allemaal heel snel.'

'Je doet het heel goed, hoor, Lydia.' Anya had medelijden met deze vrouw die fysiek en emotioneel zo broos leek.

'Heb je ergens pijn?'

'Daar beneden,' zei ze. 'Dokter Temple zegt dat daar niets mis is, maar het doet wel pijn.'

'Vind je het goed als ik heel voorzichtig even kijk? De verpleegkundige kan me misschien even bijlichten.'

Lydia smeekte: 'Doe me alstublieft niet nog meer pijn.'

'Dat doe ik echt niet,' beloofde Anya en ze begon aan haar onderzoek.

Een uur later verliet Anya de kamer. Lydia was op de bank in slaap gevallen, in een deken gewikkeld en nog steeds met het handdoekje in haar hand. De verpleegkundige bleef bij haar.

Hayden had al met het personeel en met een paar patiënten gepraat, hij zat in een kamer op haar te wachten. Dokter Temple was vertrokken om Lydia's ouders in te lichten.

'Wat denk je ervan?' vroeg de rechercheur nadat ze de deur had dichtgedaan.

'Er kan sprake zijn geweest van geslachtsgemeenschap. Er zit een oppervlakkige schaafplek op de vulva, maar volgens mij heeft hij een condoom gebruikt. Net als zoveel andere jonge vrouwen heeft ze haar schaamhaar onlangs verwijderd, gewaxt, en ik heb geen enkele andere haar gevonden. Gezien de hoeveelheid medicijnen die ze krijgt, kalmerende middelen bijvoorbeeld, zal het lastig worden iets te controleren.'

Hayden wreef over zijn voorhoofd. 'Het is niet zijn gebruikelijke mate van geweld, maar Gary Harbourn is onze eerste verdachte. Als we hem zover krijgen dat hij bekent dat hij seks met haar had, kun je dan zeggen dat ze te verdoofd was om daar toestemming voor te geven? Zodat het verkrachting is?'

'Leuk geprobeerd. Hij is waarschijnlijk ook aan de medicijnen en kalmerende middelen, weet je nog? Zijn beoordelingsvermogen zou beïnvloed kunnen zijn.'

Ze werden gestoord door een klop op de deur. Dan Brody stond in de deuropening.

'Temple zei waar ik jullie kon vinden. Kreeg pas net je berichtje.'

'Wat doe jij hier?' vroeg Anya verbaasd. Toen ze haar berichtje insprak wist ze zelf nog niet eens dat hier wat was gebeurd.

'Dat wilde ik je net vertellen,' mompelde Hayden. 'Rechter Pascoe heeft me persoonlijk "verzocht" een pro-Deocliënt te accepteren die zijn advocaat had ontslagen. Ik had niet echt een keus,' zei Dan, 'gezien zijn vriendschap met mijn bazen.'

Anya begreep niet goed wat hij bedoelde en nam hem even apart. 'Ik kreeg vandaag een telefoontje van Jeff Sales van het mortuarium. Je hebt de baby nog steeds niet begraven.'

'Mijn vader wilde wachten tot het onderzoek van de hersenen was afgerond. Ik heb gehoord dat dat nog weken kan duren. Hij wil haar niet cremeren als haar lichaam niet compleet is.'

'Dat begrijp ik wel, maar er is al een diagnose. De tumor in haar oogkas was een retinoblastoom. Aan het formaat en de uitzaaiingen te zien maakte de baby geen enkele kans in leven te blijven. Ik zal zelf naar je vader gaan om hem dat te vertellen. Dat heb ik je al beloofd.'

'Dat zal hij fijn vinden. Misschien kan ik wel mee. Je zoon is nu toch niet bij je?'

Glimlachend zei Anya: 'Nee, en ik beloof je dat ik ook niet zal overgeven. Waar wordt je cliënt van beschuldigd?'

'Volgens mij ken je hem al. Het is Gary Harbourn.'

31

Natasha Ryder kleedde zich snel aan en nam haar schoenen mee naar de deur zodat ze Brian niet zou wekken – of was het Baden? Onderweg naar buiten pikte ze een paar sigaretten uit het colbertje dat hij een halfuur eerder nog had gedragen. Advocaten... na één hoogtepunt lagen ze al in coma. Zoals zoveel advocaten wisten ze niets van naspel of het uitstellen van het hoogtepunt.

Verdorie. Ze had het negenentwintig dagen volgehouden zonder het te missen; het was gewoon een kwestie van zelfbeheersing. Maar deze keer had de seks haar begeerte nog versterkt; dat proefde ze op zijn lippen en in zijn haar. De seks was gemiddeld, maar het vooruitzicht van de sigaret na afloop hield haar geïnteresseerd.

Ze rolde de sigaret tussen haar duim en wijsvinger en genoot van het vertrouwde gevoel van het papier. Alleen al het besef dat het slecht voor haar was, maakte het nóg begeerlijker.

De afgelopen weken waren de ergste geweest van haar carrière. Als ze ook maar één foutje maakte tijdens de vervolging van de Harbourns kon dat haar ontslag betekenen.

Ongelooflijk, maar de politie had geld ingezameld voor de medische behandeling van Sophie Goodwin, terwijl ze ook al hadden aangeboden de begrafenis van haar zus te betalen. Ze hadden vorige week bij de bevolking al meer dan vijftigduizend dollar opgehaald. Iedere sensatiejournalist, elke make-over show en elk tijdschrift wilde een verhaal maken over Sophie, de miraculeuze overlevende. En de bevolking eiste ongekend fel dat de daders werden gestraft.

Dat kwam mede doordat Sophie op de foto's van voor de aanval een knappe tiener was en dat haar zus een glimlach had waar elke ouder trots op mocht zijn. Twee gewone meisjes die op tragische wijze hun moeder hadden verloren maar bij elkaar waren gebleven, tot hun leven werd verwoest door een gruwelijke misdaad.

De verdrietige vader die zijn ex-vrouw al had begraven, moest nu ook een van zijn dochters begraven en hij zat dag en nacht bij het bed van zijn andere dochter.

Meer had je niet nodig om het medeleven van de bevolking op te wekken.

Natasha pakte haar tas en liep van de afdeling. Zodra ze buiten stond stak ze haar eerste sigaret aan met zijn aansteker en genoot van de geur van de brandende tabak. Ze besloot geen taxi te nemen, maar naar huis te lopen. Het was maar vier straten verderop en misschien knapte ze wel op van een wandeling door de zoele avond.

Ze was wel een beetje jaloers op Anya Crichton. Het leven was best eenvoudig als je je het kon veroorloven eigenwijs en principieel te zijn. Zij hoefde geen verantwoording af te leggen als zich weer een slachtoffer meldde.

Alles zou anders zijn als de dokter maar had willen verklaren dat ze voordat ze aan de reanimatie was begonnen bloeduitstortingen op Giverny's gezicht had gezien. Dan had zij de Harbourns nu kunnen vervolgen wegens moord met voorbedachten rade en zouden ze nog steeds in de gevangenis zitten. Dan zou dit de meisjes Goodwin nooit zijn overkomen, zou Sophie nog steeds een onbezorgde tiener zijn en kon de vader zich verheugen op het kerstfeest met zijn gezin.

Hoe haalde Anya het in vredesnaam in haar hoofd zo star vast te houden aan haar ethische principes? Door die principes was Rachel Goodwin vermoord.

Haar sigaret was te snel opgebrand. Natasha zoog elke molecule rook in haar longen.

De straten waren uitgestorven, op een enkel verliefd stelletje na, en de restaurants en cafés waren al gesloten.

Natasha was een grote vrouw en ze was nooit bang om alleen buiten te zijn. Ze liep vol zelfvertrouwen over straat en ze zou niet aarzelen terug te vechten als iemand probeerde haar iets aan te doen. Bovendien had ze altijd een spuitbusje pepperspray bij zich voor het geval ze iemand tegenkwam die betrokken was bij een zaak waar ze aan werkte.

Anya Crichton was een veel moederlijker type, een vrouw die bij mannen bewondering opriep en de neiging haar te beschermen. Toch had ze meer veerkracht dan Natasha had verwacht. Ze kon zich goed verweren tijdens een discussie en op een bepaalde manier verdiende ze wel respect. Ze was bovendien opgegroeid met het trauma van haar vermiste zus en als gevolg daarvan met constante media-aandacht. Misschien had Crichton daar haar kalme zelfverzekerdheid aan te danken; bij haar wist je nooit precies wat ze dacht of hoe ze zou reageren.

Natasha bleef bij een kruising staan om nog een 'kankerstok' aan te steken. Eén meer of minder zou niets uitmaken. Ze werd er rustig van en ze moest die nacht nog een paar uur aan de Harbourn-zaak werken. Vanuit haar ooghoek zag ze dat een auto gas terugnam, veel te vroeg om haar te laten oversteken. Ze liep door en zag een oudere man zijn vuilnis buiten zetten. De auto reed nog steeds achter haar.

'Mag ik u iets vragen? Weet u misschien hoe laat het is?'

Ze zette haar tas neer en keek op haar horloge.

De oude man noemde de tijd en vertelde dat een stelletje relschoppers vlakbij vuurwerk aan het afsteken was. Toen was de auto doorgereden.

Natasha pakte haar tas weer op en liep door. De rechtszaak had haar zo langzamerhand in zijn greep gekregen. Ze begon paranoïde te worden. Op dit tijdstip was de chauffeur waarschijnlijk iemand die te veel had gedronken en onderweg naar huis niet de aandacht van de politie wilde trekken.

Ze sloeg de hoek van haar straat om en schrok van het geluid van knallend vuurwerk. Na nog een paar knallen was het stil. Met haar sigaret in de mond en haar tas in de ene hand, opende ze met de andere het hek en zocht haar sleutel. De buitenlamp was alweer kapot, zodat het nog lastiger was haar sleutel te vinden. Ze rommelde in haar tas, negeerde het gerinkel van haar mobieltje, vond haar sleutels en deed de voordeur open. Degene die nu nog belde moest het een andere keer maar opnieuw proberen.

Minty schurkte luid spinnend tegen haar benen en ze bukte zich om hem te begroeten. 'Hallo schatje, heb je me gemist?'

Ze ving een glimp op van de donkere schoen achter haar. Voordat ze zich kon omdraaien of iets anders kon doen, werd haar hoofd naar voren geduwd en haar linkerarm op haar rug gedraaid, zodat ze door haar knieën zakte. Daarna hoorde ze een luide knal achter zich.

32

Anya was nog steeds boos op Dan Brody omdat hij de verdediging van Gary Harbourn op zich had genomen. Ze maakte muesli met banaan klaar, ging op de bank zitten en zette de tv aan voor het ochtendnieuws.

Hoe kón Dan zo'n gevaarlijke crimineel als Harbourn verdedigen, ook al had hij daartoe opdracht gekregen van de rechter die deze zaak behandelde? Ze had Brody's houding ten opzichte van de affaire van zijn moeder walgelijk gevonden, maar dit sloeg alles. Ze kon amper geloven dat William zo gewetensvol en verantwoordelijk was, terwijl zijn zoon alleen maar gericht was op roem en financieel gewin.

Opeens verscheen Natasha Ryders gezicht op het tv-scherm. Anya pakte de afstandsbediening en zette het geluid harder. Er verschenen beelden van een rijtjeshuis en vervolgens van het recht-bankgebouw. Een stem zei. 'De officier van justitie stond bekend om haar agressieve gedrag in de rechtbank, tot grote ergernis van haar tegenstanders. In haar vrije tijd was Ryder actief in een alfa-betiseringscampagne voor kinderen in achterstandssituaties en bovendien maakte ze zich sterk voor de rechten van slachtoffers. Dit heeft onlangs geleid tot een klacht bij de Law Society over een gesprek dat ze had gehad met een journalist over de erosie van de rechten van slachtoffers ten gunste van die van verdachten. De klacht werd ingetrokken.'

Lieve help, wat had Natasha gedaan? Wie had ze deze keer tegen zich in het harnas gejaagd? Of had ze soms een ongeluk gehad? Waarom zeiden ze niet wat er was gebeurd?

Toen begreep ze het. De journalist bleef in de verleden tijd over Natasha praten. Anya zette haar kom neer, pakte haar mobieltje en belde Kate Farrer. Ze werd doorgeschakeld naar de voicemail.

Toen verscheen de nieuwslezer weer: 'Kort samengevat: Officier van justitie Natasha Ryder is vannacht overleden na voor haar huis te zijn neergeschoten. De politie roept iedereen die mevrouw Ryder of iets verdachts in de buurt heeft gezien, op zich te melden. Er is een beloning van vijftigduizend dollar uitgeloofd voor informatie die leidt tot de veroordeling van haar moordenaar. Nu schakelen we live over naar onze verslaggever in het ziekenhuis. Heeft de politie al informatie verstrekt over hoe deze bekende aanklager is gestorven?'

'Ja, Kellie.'

Anya zakte in elkaar. Doodgeschoten. Ze was als verdoofd.

De blonde journalist stond met een microfoon voor de afdeling spoedeisende hulp. 'Ze hebben aangekondigd dat ze later vanochtend een officiële verklaring zullen geven, maar bronnen in het ziekenhuis meldden dat de officier van justitie werd doodgeschoten toen ze gisteravond om een uur of tien thuiskwam. Een buurman heeft een luide knal gehoord, maar dacht op dat moment dat het om vuurwerk ging. Door het alarm dat hij in haar woning hoorde afgaan, ging hij ernaartoe. Mevrouw Ryder lag op de drempel van de voordeur en volgens ons heeft hij onmiddellijk een ambulance gebeld. Mevrouw Ryder was bij aankomst in het Western General overleden.'

De nieuwslezer verscheen weer in beeld. 'Het is bijzonder triest dat iemand die zo geliefd is bij het publiek, voor haar eigen huis wordt doodgeschoten, terwijl ze keihard streed voor gerechtigheid. Kennelijk is het niet meer veilig op straat. We hopen dat de politie de moordenaar vindt. Ironisch dat ze zoveel moordenaars achter de tralies heeft gekregen en nu zelf is vermoord. Afschuwelijk. En nu over naar de sport.'

Anya voelde dat ze boos werd. Hoezo ironisch? Natasha was een doelwit dankzij haar baan. Drugsdealers, verkrachters en moordenaars waren nooit dankbaar voor een veroordeling. En ze hadden allemaal contacten buiten de gevangenis.

Anya was erg verdrietig, ook al had ze zich vaak ontzettend opgewonden over Natasha Ryder. Haar manier van handelen was dan misschien niet altijd even fair, maar ze voelde zich betrokken bij de slachtoffers en ze werkte keihard voor gerechtigheid voor hen en hun nabestaanden. Het was gewoon ongelooflijk dat ze nu dood was. Het kon gewoon niet waar zijn! Haar mobieltje ging. Het was Kate.

'Ik hoor net op het nieuws wat er met Natasha is gebeurd.'

'We zijn allemaal behoorlijk geschrokken toen het telefoontje kwam. Het was een executie.' Kate klonk uitgeput.

'Zijn er aanwijzingen? Had iemand haar bedreigd?'

'Dat is het probleem. Ze is de afgelopen jaren al heel vaak bedreigd. Ryder was niet bepaald populair bij de advocaten van de verdediging en hun cliënten.'

Natasha had zich ogenschijnlijk nooit zorgen gemaakt over haar veiligheid en ze had nooit verteld dat ze met de dood werd bedreigd. Maar ja, bedacht Anya, ze kende de vrouw immers niet zo goed. Ze hadden het nooit over persoonlijke onderwerpen gehad. Hun meest persoonlijke gesprek was dat in het restaurant over Giverny Hart.

'Zouden het de Harbourns geweest kunnen zijn?'

Kate slaakte een diepe zucht. 'We beginnen met hen, maar ook met iedereen die kortgeleden uit de gevangenis is ontslagen en wrok zou kunnen koesteren. En met voormalige vriendjes. Enkelen daarvan hebben een hoge positie en dus moeten we daar voorzichtig mee omgaan.'

'Kan ik iets doen?'

'Ik probeer erachter te komen waar ze de afgelopen dagen is geweest om te zien of iemand haar heeft gestalkt. Als je haar hebt gezien, kun je misschien wat gaten vullen.'

'Natuurlijk. Ik was gisteren tot een uur of vijf 's middags bij haar.'

Toen ze dat zei, leek Natasha's dood nog ongelooflijker. Nog maar zo weinig uren geleden hadden ze met elkaar gepraat en samen iets gedronken.

'Ik ben onderweg naar haar huis om een oudere buurman te verhoren. Het team Forensische Opsporing is daar ook nog, dus als je wilt kun je me daar ontmoeten. Zimmer heeft de leiding.'

'Geef me het adres maar, dan kom ik nu naar je toe.'

Anya had niet geweten dat Natasha vlakbij woonde. Ze hadden elkaar in een van de buurtwinkels tegen het lijf kunnen lopen. Bij de groenteboer bijvoorbeeld. Nu ze eraan dacht, in Natasha's kantoor lag altijd fruit op de fruitschaal. Misschien kocht ze dat wel bij dezelfde groenteboer als zijzelf. Ze vroeg zich af wat ze nog meer met elkaar gemeen hadden.

Ze parkeerde in Natasha's straat, die was afgezet. Vroeger was het een arbeidersbuurt geweest, maar nu waren de meeste rijtjeshuizen vanbinnen gerenoveerd terwijl de voorgevels onveranderd waren gebleven.

Voor nummer 82 was een doek gespannen, zodat het huis was afgeschermd voor de media en de politie wat privacy had.

John Zimmer gaf een geüniformeerde agent opdracht haar door te laten.

Het tuinhekje stond open en een kort paadje leidde naar een veiligheidsdeur met zwarte tralies. Ook voor de ramen zaten tralies. In deze straat stonden niet veel woningen met tralies ervoor.

Anya trok papieren schoenhoesjes aan en stak haar haar op.

Ze zag meteen dat er heel veel bloed lag op de drempel en op de eerste meters van de vloer van de gang.

Milo Sharpe onderzocht het zwarthouten deurkozijn en leek haar niet te zien.

Zimmer leek haar gedachten te lezen. 'Het lijkt erop dat ze nog heeft kunnen kruipen en daarbij veel bloed heeft verloren.'

Aan de wallen onder zijn ogen te zien was hij hier al vanaf het begin. Zimmer kennende, zou hij geweigerd hebben even te pauzeren voor het geval hij de plaats delict zou vervuilen als hij terugkwam.

Na een massale schietpartij in een café was hij zesendertig uur binnengebleven en had geweigerd ook maar iemand in of uit te laten, uit angst bewijzen te vernietigen. Hij had niet geweten of de schutter was gepakt, maar was gewoon doorgegaan met zijn werk tot hij klaar was.

'Kan het zijn dat de moordenaar haar heeft verplaatst, of dat degene die haar heeft gevonden haar heeft omgedraaid waarna het bloed dat nog niet was gestold is weggestroomd?' Anya probeerde zich de mogelijkheden voor te stellen. 'Hoe is ze gevonden?'

'Haar aktetas lag op de drempel. De eerste getuige zegt dat ze met haar gezicht naar beneden net binnen lag. Het rolluik was half-dicht, geblokkeerd door haar benen.'

Ze kende die aktetas, die had Natasha altijd bij zich als ze naar de rechtbank kwam. 'Handtas?'

'Het hengstel zat nog om haar elleboog. Hij stond open maar haar portemonnee lijkt intact, er zaten nog steeds creditcards in en geld. En weet je, ze had ook pepperspray bij zich, maar dat was on-aangeraakt. Ze had de huissleutels nog in haar hand. De enige sporen binnen zijn van de kat, die door het bloed is gelopen.'

Natasha was dus thuisgekomen, had het rolluik omhoog ge-daan en vervolgens de voordeur naar binnen toe geopend. Ze was in gezelschap geweest van iemand die ze vertrouwde of ze was overvallen en had geen tijd gehad zichzelf te verdedigen. Anya draaide zich om en keek naar de straat. Zelfs een kind zou zich amper kunnen verstoppen achter het lage muurtje. 'Geen diefstal dus. Wat kun je vertellen over de wond?'

'Het lijkt erop dat ze in haar achterhoofd is geschoten. De nood-arts zei dat de kogel tussen haar ogen naar buiten is gekomen.'

'Gevonden!' zei Milo. Met een pincet haalde ze voorzichtig de resten van een kogel uit het onderste stucwerk van de huismuur.

Anya bekeek de locatie. 'Als de kogel in haar achterhoofd naar binnen ging, de schedel heeft verlaten en daar terecht is geko-men,' ze bukte zich, 'dan moet haar hoofd vrij dicht bij de grond zijn geweest toen het pistool afging.'

'Als ze rechtop stond, zou je verwachten dat haar hoofd gebogen was, anders had die kogel daar niet terecht kunnen komen.'

'De moordenaar kan haar hebben beetgepakt en haar hoofd naar beneden hebben gedwongen.'

'Hoe dan ook, ze had geen tijd om te reageren of om iets uit haar handtas te pakken.'

Anya vroeg zich af of Natasha wist dat ze zou sterven.

'Er is wel iets vreemds,' zei Milo. 'Er is geen keuken in dit huis. Er zijn een badkamer en een slaapkamer, maar geen keuken. In de woonkamer staan een koffiezetapparaat en een schaal met fruit. Geen koelkast. Volgens mij had deze vrouw kalkgebrek en misschien wel een eetstoornis.'

Zimmer probeerde dat te verklaren. 'Dit is een vrij klein huis en veel mensen die in het centrum werken zijn rond etenstijd niet thuis. Daarom kiezen ze vaak voor een breedbeeld-tv in plaats van een keuken.' Zijn stem werd luider. 'En misschien dronk mevrouw Ryder zwarte koffie en had ze daarom geen koelkast nodig. Kunnen we ons tot onze werkzaamheden beperken?'

Hij was duidelijk geïrriteerd, door deze zaak, door Milo of door beide.

'Als ze naar huis liep kwam ze langs een delicatessenwinkel en een groenteboer, dus ze kwam niet om van de honger als je je daar zorgen om maakt.' Anya begreep Zimmers frustratie wel.

Ze kon zich maar moeilijk concentreren omdat ze wist dat Natasha hier was neergeschoten. Anya kreeg een brok in haar keel toen ze het bloed van haar collega zag. Ze kon Natasha's bloemenparfum bijna ruiken. En een paar meter verderop zaten ze aan haar privéspulletjes. Anya kreeg opeens last van claustrofobie en liep weg.

Zimmer kwam haar achterna. 'Gaat het wel?' vroeg hij, buiten het tuinhek en buiten gehoorsafstand van anderen, maar nog steeds binnen de politieafzetting.

'Ik vind het moeilijk om hier te zijn,' zei ze. Ze snoot haar neus met een tissue. 'Moeilijker dan ik had verwacht.'

'Ik begrijp het.' Zimmer boog zijn hoofd en zei zacht: 'Als het iemand is die je kent, denk je dat je een verschrikkelijke baan hebt. Maar omdát we haar kenden, trekken we het ons ook aan. En daarom is het goed dat wij hier zijn.'

Ze knikte. 'Wie doet de autopsie?'

'Ze laten iemand uit een andere staat hiernaartoe komen. Niemand van ons kan het opbrengen. We hebben tijdens de voorbereiding van zo veel zaken met haar samengewerkt.'

Anya werd misselijk. 'Giverny Hart, Savannah Harbourn en Natasha Ryder, allemaal dood binnen een paar weken. Ik kende hen allemaal.'

De dood van Giverny kon zelfmoord zijn geweest, als de Harbourns niet al die dreigementen hadden geuit. En Savannahs dood had een ongeluk kunnen zijn, als haar broers haar niet zo hadden mishandeld. En Natasha was vermoord tijdens de vervolging van diezelfde man, Gary Harbourn.

'Het is heel erg, maar iedereen zou Natasha vermoord kunnen hebben. Ze heeft heel veel mensen tegen zich in het harnas gejaagd alleen maar door haar werk te doen. En voor zover ik weet, zijn die drie vrouwen op verschillende manieren gestorven. Degene die dit heeft gedaan, heeft dit gepland en wist precies wat hij deed. De plaats delict is schoon. Tot nu toe hebben we zelfs geen haar gevonden.'

'Net zoals bij Giverny. Daar is alleen een haar van mij gevonden.'

Kate Farrer liep voorbij en Anya vertrok. De Harbourns moesten wel achter de moord op Natasha zitten. Dat moest Kate toch begrijpen!

33

Kate keek bezorgd toen ze Anya begroette. 'We moeten praten.'

'Hou je ook rekening met de Harbourns?' Anya trok haar schoenhoesjes uit en stopte ze in een politieafvalzak buiten het hek.

'Daar wilde ik met je over praten.' Kate liep voor haar uit de straat op, voorbij de politieafzetting. 'We hebben in het westen een pand gevonden waar ze vaak naartoe gaan. Tijdens een huiszoeking hebben we in Noelenes handschrift een lijst gevonden. Met adressen en telefoonnummers.' Ze stopte haar handen in haar broekzakken. 'Jij stond er ook op.'

Ze liet Anya een fotokopie zien. Haar huisadres en het kenteken van haar auto stonden erop, met een asterisk en de woorden WOONT ALLEEN. Opeens werd Anya licht in haar hoofd en leunde tegen een hek.

'Doorlezen,' zei Kate.

Anya scande de tekst en zag Natasha Ryders naam en adres, met dezelfde toevoeging WOONT ALLEEN. Iets lager zag ze nog een naam en ze had het gevoel dat haar wereld instortte.

CRICHTONS ZOONTJE WOONT BIJ HAAR EX. SLECHTE MOE-DER???????

De straatnaam, het huisnummer en de wijk klopten.

'Lieve help, Kate, ze weten waar Ben woont.'

De rechercheur kwam bij haar staan. 'Het is oké, hoor. Hayden heeft al met Martin gepraat en Ben logeert een paar dagen bij een vriendje. Ben zal in het klaslokaal wachten tot Martin er is.'

'Dan kan hij niet meer naar mij toe komen,' snikte Anya. 'Dit kán toch niet!'

'Luister, dit is niet zo gek als het lijkt. Noelenes vriendje werkt bij de rijksdienst voor het wegverkeer en volgens ons heeft hij die database gebruikt om deze info te verzamelen. Gezien de hoeveelheid drugs die we bij hen thuis hebben gevonden, dealen ze niet alleen maar verkopen ze ook de wapens die tijdens gewapende overvallen zijn gebruikt. Zo komen ze aan de contanten om Gary's medische behandeling te betalen. We hebben hen als een stelletje achterlijke idioten beschouwd, maar ze hebben meer dan een paar inkomstenbronnen. En zo te zien wil Noelene die allemaal beschermen.'

'Waarom zouden ze onze adressen willen hebben? Ze kan toch niet van plan zijn de helft van alle politieagenten en officieren van justitie uit te roeien?'

'We denken dat ze die persoonlijke gegevens heeft verzameld voor het geval ze iemand moet omkopen om haar jongens uit de problemen te helpen. Op de lijst staan ook Natasha's ouders, broer en tante.'

'Martin zal dat niet begrijpen, maar hij zal wel proberen te voorkomen dat ik mijn zoon kan zien. Lieve help, Natasha is al dood.'

Kate legde haar hand op Anya's schouder. 'Jullie familie-uitstapje heeft wel nut gehad, want Martin maakte zich grote zorgen om je.'

Anya moest dit even verwerken. 'Stonden er ook agenten op de lijst?'

'Hayden en Liz Gould, en haar man en kinderen. Mijn naam stond er niet op, dus als je een paar dagen in de logeerkamer wilt bivakkeren? Je weet dat ik niet vaak thuis ben.'

Dat leek een goed idee. Dan konden ze een beetje op elkaar passen. Bovendien voelde Anya er niet veel voor nu in haar eentje thuis te zitten.

'Denk je dat dat nodig is?'

Kate drong aan: 'Ik wil je niet bang maken, maar degene die

Natasha heeft vermoord, wist heel goed wat hij deed. Het was een afrekening: kort, snel, geen getuigen. Dat is niet bepaald de manier van de Harbourns en gelukkig is ze niet verkracht. Het past niet bij elkaar. Maar laat ik het anders zeggen: gedeelde smart is halve smart.'

Anya kende de rechercheur goed genoeg om te weten dat ze nooit duidelijker zou zeggen dat ze zich zorgen maakte. 'Beloof je dat je eerst opruimt?'

Kate legde haar hand op haar hart. 'Erewoord. Ik zal proberen geen rommel te maken. Maar alleen als je belooft mijn kamerplant water te geven.'

Het zou niet prettig zijn bij Kate in huis te wonen, maar het was wel een goede oplossing. 'Er zijn de laatste tijd al genoeg doden gevallen, die kamerplant krijgt nog even uitstel.'

Kate's mobieltje ging. Ze nam op en zei: 'Ik heb het haar net verteld. Ja, ze is hier nog... We zijn er even na tweeën.'

34

Later die middag keerden ze terug naar Moordzaken.

Anya kocht broodjes uit de automaat, meer om iets te doen dan omdat ze honger had. Er hing een matte stemming in het kantoor, ondanks dat de telefoons bleven rinkelen.

'We krijgen net de foto's binnen van Natasha's autopsie,' zei Kate. 'Ik wil ze zo bekijken, maar ik begrijp het best als je niet mee wilt kijken.'

Anya wilde alles doen om te helpen en ze ging op een stoel naast Kate's rommelige bureau zitten.

'Deze is gemaakt nadat het ambulancepersoneel klaar was.' Het was een foto van Natasha op het paadje voor haar huis. Het ambulancepersoneel had haar naar de dichtstbijzijnde vlakke ondergrond getild, waar ze meer ruimte hadden om hun werk te doen. Ze had een beademingsbuisje in haar mond en vanwege de hartmassage stond haar bloes nog open. Twee gelpads zaten nog op hun plek, net als vier plakkers van het ecg-apparaat. De ambulancebroeders hadden geprobeerd haar te reanimeren. Net zoals ze bij Giverny Hart hadden gedaan.

Van Natasha's voorhoofd druppelde wat bloed naar haar linkeroor.

De volgende foto was van haar achterhoofd. Alleen aan een kleine ingangswond onder aan haar schedel was te zien wat er was gebeurd. Anya vergeleek hem met de foto van de wond in het voorhoofd, die groter was.

'De kogel is aan de achterkant naar binnen gegaan en via het voorhoofd naar buiten gekomen. Daarom zat hij in de muur. Het is een kleine kogel, ik denk een .22.'

'Die is gemakkelijk te krijgen en wordt zo ongeveer door elke drugsdealer in de stad gebruikt.'

De volgende foto's die Kate liet zien, waren van Natasha's gemanicuurde handen. Geen nagellak, alleen perfect gevormd en gevijld, en toch niet zo lang dat ze onpraktisch waren. Vrouwelijk en functioneel. Wat precies paste bij de vrouw die Anya had gekend.

Aan de binnenkant van de linkerpols zaten vier blauwe plekken van een centimeter breed. Een was groter, en drie naast elkaar, in een verticale rij.

Het leek alsof de moordenaar haar linkerarm had vastgepakt. Het waren de afdrukken van een duim en drie vingers. Op de pols zelf zaten geen krassen of blauwe plekken.

'Had ze ook verwondingen aan haar linkerschouder?'

Kate bladerde door enkele paperassen op haar bureau. 'Volgens het rapport had ze een gekneusde, gescheurde borstspier. De patholoog stuurt zijn samenvatting later vandaag. Waar denk je aan?'

Anya stond op en duwde de stoel opzij. Shaun Wheeler keek op en legde de telefoon neer.

'Kun je even hier komen?' vroeg Anya.

Hij knikte en stond op. 'W-w-wat w-wilt u dat ik doe?'

'Kniel eens.'

De jonge rechercheur glimlachte gespannen, maar realiseerde zich toen dat ze geen grapje maakte. Hij ging snel op zijn knieën zitten. Anya ging achter hem staan. Inmiddels keek de hele afdeling Moordzaken toe.

'Ze kwam thuis, opende het rolluik en daarna de voordeur. Ze had haar aktetas in haar linkerhand en de huissleutels in haar rechter. Ze zette de aktetas op de grond en dat betekent dat ze haar hand vrij had. Op de een of andere manier werd ze op haar knieën gedrukt of gedwongen. Zijn daar blauwe plekken of krassen te zien?'

Kate bekeek nog een paar foto's. 'In de linkerknie van haar

panty zat een gat. En ze had een blauwe plek op elke knie, waarschijnlijk van de houten vloer.'

'Oké, ze bukte zich, misschien om haar kat te begroeten, of ze werd omlaag gedrukt.' Voorzichtig pakte ze Wheelers linkerarm en drukte haar duim en eerste drie vingers boven zijn pols. Haar vingers zaten feitelijk in dezelfde positie als de blauwe plekken op het lichaam.

'De moordenaar kwam achter haar staan, pakte haar bij de arm en heeft haar schouderspier gescheurd door de pols achter haar rug omhoog te trekken.'

'Het lijkt een halve nelson,' zei Wheeler, met zijn linkerhand achter zijn schouderbladen.

'Daarna kon de moordenaar haar gemakkelijk op haar knieën dwingen,' zei Kate, 'en dat verklaart waar de kogel is gevonden als haar hoofd gebogen was toen ze werd beschoten. Er zat nog een blauwe plek links, boven het oor.'

Anya concludeerde: 'Ze heeft haar handen niet uitgestoken om zichzelf op te vangen toen ze naar voren viel, anders zou ze daar blauwe plekken hebben, net als op haar knieën. Het ziet ernaar uit dat iemand haar in zijn macht had en zij niet kon reageren. Er was niet genoeg tijd om de sleutels te laten vallen of om de pepperspray te pakken.'

Het idee dat Natasha een verdedigingsmiddel onder handbereik had, maakte de moord op haar nog minder gemakkelijk te accepteren. Had ze de pepperspray maar op tijd gepakt.

Toen herinnerde Anya zich waar ze op de avond van Giverny's dood over hadden gepraat. Geen spijt, geen wat als, geen als... Dat was de manier waarop Natasha had geleefd.

Anya had Wheeler in haar macht en drukte haar rechterwijsvinger tegen zijn achterhoofd. Tegelijkertijd liet ze zijn linkerarm los en duwde hem naar voren, zodat hij voorover viel en zijn rechterarm uitstak om zich op te vangen.

Kate vroeg: 'Is het mogelijk dat de moordenaar haar eerst bewusteloos heeft geslagen?'

'Volgens mij niet. Die blauwe plek boven haar oor kan ontstaan zijn toen ze op de grond viel. Als ze haar armen niet heeft uitgestoken, is ze gewoon voorover gevallen.'

Wheeler stond op en veegde het stof van zijn broek. De telefoon op zijn bureau ging en hij liep er snel naartoe om op te nemen.

Kate draaide de stoel rond en ging er achterstevoren op zitten, met haar ellebogen op de rugleuning. 'Ze is geëxecuteerd. Geen bewijzen van roof of seksueel misbruik. Voor zover wij weten, heeft niemand haar aktetas aangeraakt. Dit was een geplande moord.'

Even later kwam Wheeler terug, als een puppy die een speeltje had opgehaald. 'Werd net gebeld door een buurman. Hij had nachtdienst en is tegen kwart voor tien gisteravond vertrokken. Hij heeft voor Ryders huis een man gezien met een hoed op en een jas aan. Hij w-w-was iets vergeten en kwam vrijwel meteen w-w-weer terug. Hij zag de man een paar huizen verderop, het leek alsof hij ergens op w-w-wachtte. Na zijn w-w-werk heeft hij boodschappen gedaan en met vrienden geluncht voordat hij vanochtend terugkwam. Daarom heeft hij nu pas gebeld.'

'Beschrijving?' Kate zat rechtop, negeerde Wheelers incidentele gestotter. Zo erg was het nog nooit geweest, misschien kwam dat doordat hij zo gestrest was.

'Gemiddelde lengte, te dik, ongeveer honderdtwintig kilo. Zijn dikke buik viel vooral heel erg op.'

Liz Gould kwam het kantoor binnen en smeet haar tas neer. 'Past bij geen enkele Harbourn of hun kennissen. Kun je nagaan wat de buren gisteravond hebben gedaan? Kijk of hij echt naar zijn werk is gegaan.'

'En die beschrijving dan? Dit is onze eerste echte aanwijzing.'

Kate wreef in haar ogen. 'Laten we deze persoon vragen zich te melden en ons te helpen met ons onderzoek, zoals gebruikelijk. De moordenaar kan vlakbij hebben gewoond. Dat kan verklaren waarom niemand hem of haar heeft gezien.'

Anya hoopte dat alle mogelijkheden werden nagegaan. Als de

politie last had van tunnelvisie kon dat betekenen dat de kansen om de moordenaar te pakken te krijgen elk uur minder werden.

'En een stalker? Ze kwam dagelijks in contact met gestoorde en slecht functionerende mensen.'

'Dat geldt voor haar en voor iedereen die met burgers werkt,' voegde Liz eraan toe. 'Controleer ook personeel van beveiligings- bedrijven, dat is een ras op zich.' Ze ging zitten, trok haar schoe- nen uit en begon haar voeten te masseren.

'Iets gevonden?' wilde Kate weten.

'Lijkt niet op een stalker. Ik heb zojuist de rechtbankvideo's be- keken. Ryder is de afgelopen dagen in de rechtbank geweest en de camera's hebben niemand opgenomen die daar rondhing of haar volgde. Datzelfde geldt voor de camera van de bank in de straat vlak bij haar huis. Toen zij verscheen was er niemand vlakbij of te zien, laat staan iemand met een dikke buik.'

De politie moest snel iemand arresteren, volgens politici, de hoofdcommissaris van politie en het hoofd van het Openbaar Ministerie, maar ook volgens het publiek en de media.

Liz drukte haar vingers in haar voetzolen. 'Tenzij ze het vuurwa- pen vinden en de naam van de moordenaar erop staat, proberen we een waterval tegen een berg op te duwen met alleen een tan- denstoker in de hand.'

35

Anya belde Martin. Hij klonk opgelucht omdat ze ongedeerd was en hij liet zelfs blijken dat hij de situatie begreep. Hayden had Martin kennelijk ook gerustgesteld. Ben was veilig en gelukkig. Ze controleerde haar e-mail op Kate's computer en downloadde artikelen over genen en criminaliteit. Misschien vond ze daarin iets wat de politie kon helpen of wat nuttig was tijdens de behandeling van de zaak-Harbourn.

Ze móést iets doen om zich niet helemaal nutteloos te voelen. Ze had hetzelfde gevoel als ze een keer op de spoedeisende hulp had gehad toen een dronken man een botsing had veroorzaakt met een auto waarin een gezin zat met vier jonge kinderen. Ze waren de hele nacht met hen bezig geweest, maar alle gezinsleden waren gestorven. De dronken chauffeur was ongedeerd gebleven. Artsen en verpleegkundigen waren nog uren gebleven nadat hun dienst afgelopen was, en niet alleen om de opgelopen achterstand in het werk in te halen. Niemand wilde naar huis waar hij in zijn eentje de emotionele gevolgen van de overleden patiënten zou moeten verwerken.

Zimmer kwam Moordzaken binnen. 'De plaats delict is behoorlijk schoon. Onze moordenaar wil niet gevonden worden.'

Anya dacht dat dit in niets leek op de Harbourns. Zij leken niet bang om gepakt te worden, vooral niet als ze iets moesten doen om dat te voorkomen. Misschien was Noelene toch het meesterbrein van de organisatie.

Kate was op haar bureau op zoek naar iets en negeerde Zimmer.

'McNab staat op het punt de deurpost en de kogel te onderzoeken. Dacht dat je erbij wilde zijn.'

Kate vond dat wat ze had gezocht: een zakje lollies. 'Moet je dat vragen?'

'Hé, ik ben een heer.' Zimmer wendde zich tot Anya: 'Waarom ben jij hier nog steeds? Vind je ons zo aantrekkelijk dat je ons niet kunt verlaten?'

'Ja, zoiets.' Eerlijk gezegd wachtte ze tot Kate haar mee naar huis zou nemen en wat toiletspullen zou geven. Kate kennende zou ze pas vertrekken als ze geen telefoontjes meer hoefde te plegen of aanwijzingen hoefde te onderzoeken.

Kate liep naar de trap met Anya en Zimmer achter zich aan.

Toen ze het vuurwapenlab binnen liepen, begon Zimmer tegen haar te praten terwijl zij haar best deed niet te laten merken hoe kapot ze was. 'Hoe gaat het met je drumles?'

'Niet. Ik ben weg geweest en heb het nu gewoon te druk.'

'Misschien moet ik een keertje langskomen met mijn saxofoon, dan kunnen we samen muziek maken.'

Kate rolde met haar ogen. 'Hallo? Kan iemand die man de mond snoeren?'

Zimmer zei gekwetst: 'Dat meen ik. Ik speel in een jazzband. Anya weet dat. We proberen al heel lang haar over te halen een keer met ons te komen jammen.'

Anya knikte grijnzend.

Kate negeerde hem.

De vuurwapenexpert, Nick McNab, was in zijn glazen kantoor. Hij legde de telefoon neer en kwam naar het lab. Hij trok een witte jas aan en maakte die op taillehoogte met twee knopen vast. 'Bedankt dat jullie er zijn. Ik weet wat deze zaak voor iedereen betekent. Daarom dacht ik dat jullie dit wel wilden zien.'

Ze gingen rondom een stereoscopische microscoop staan die in verbinding stond met een beeldscherm op een verrijdbaar statief.

'Ik kan het jullie maar beter laten zien.' Dokter McNab stelde de microscoop scherp en liet een patroonhuls zien. 'Deze is gevonden op de plaats delict. Zo'n kleine huls wordt vaak over het hoofd gezien als hulpmiddel bij het identificeren van het wapen. De meeste markeringen zie je op het gesloten uiteinde, waar de primer zit. Er ontstaat een krater waar de slagpen door de hamer wordt geraakt en in de primer wordt geduwd.'

Hij verplaatste een pijl en wees naar de onderkant. 'Je ziet dat deze een paar opvallende sporen heeft. De achterste sporen ontstaan als de huls door de brandende gassen naar achteren tegen de grendel wordt geduwd. In dit geval is een halfautomatisch wapen gebruikt. We kunnen ook kijken naar markeringen op de zijkant van de huls.'

Anya keek naar het scherm, maar ze wist niet goed naar welke sporen ze nu keek. De kans was groot dat zij niet de enige was die niet begreep waar McNab het over had.

'Kun je vertellen waar we naar kijken?' Zoals altijd kwam Kate snel ter zake.

'Nick bedoelt dat op de voorkant van de huls een paar verschillende indrukken zitten. Tussen haakjes, dit is een *rim fire*.'

McNab keek op van de microscoop. 'Dat zei ik toch.'

Zimmer hief zijn handen: 'Sorry, ze wilde alleen dat ieder van ons weet waar het over gaat.'

Kate vroeg: 'Kun je van deze markeringen het merk en het type pistool afleiden?'

'Dit is van een .22 halfautomaat. Uit Johns woorden leid ik af dat het een pistool was.'

'Hoe zit het met die kogel in de muur?'

McNab zuchtte. 'Daar is niet veel van over, ik ben bang dat het niet meer is dan een fragment. Ik kan je wel vertellen dat hij een holle punt had, maar we hebben ook iets vreemds ontdekt. Er zat kogellagervet op de punt.'

Kate keek Zimmer aan: 'Toen ik klein was gebruikte mijn vader altijd holle punten om konijnen af te schieten.'

'Door die vorm zet hij uit als hij contact maakt,' vertelde McNab, 'waardoor het dier sneller sterft.'

'Waar is dat vet voor?' vroeg Anya, die dit niet eerder was tegengekomen.

'Dat is voor mij ook nieuw,' zei Zimmer. 'Ik begrijp niet waarom dat belangrijk is.'

Kate wreef over haar slaap. 'Het is misschien niet relevant, maar mijn vader smeerde altijd een beetje vaseline op de punt van zijn kogels. Dat weet ik nog omdat ik hem vaak hielp. Volgens hem deed hij dat omdat de kogels dan sneller door de loop vlogen.'

'Vet heeft een hoger smeltpunt dan water, daarom vergroot het de uitzetting van de kogel, als een soort stormram.'

'Dat zei ik toch?' fluisterde Kate tegen Anya.

'Dus degene die Natasha heeft doodgeschoten, weet iets van wapens en is misschien een jager?'

'Of hij is gewoon op een boerderij opgegroeid, net als ik,' zei Kate. 'Als dat zo is, is het gekozen wapen niet logisch.'

'Ga door, rechercheur,' zei McNab, waarbij hij afwachtend zijn armen over elkaar sloeg.

'We weten allemaal dat iedereen heel gemakkelijk aan een .22 kan komen. Sportschutters, gewapende overvallers, beveiligingsmensen en iedereen die maar wil heeft er een. Verdorie, voordat we ooit van corruptie hadden gehoord, gebruikte de politie ze als *fit-up-pistolen*.'

'Die goeie ouwe tijd,' zei Zimmer, hij haakte zijn duimen achter zijn riem en wipte op zijn hakken, 'toen kon je nog een arme klootzak neerschieten, daarna dat *fit-up-pistool* afschieten en dat in de hand van de dode stoppen. Geen twijfel mogelijk, iedere rechter zou zelfverdediging accepteren. Ja, dat waren nog eens tijden.'

Kate gaf hem een tikje en zei: 'Dit is serieus, hoor. Een .22 is niet bepaald een wapen voor sluipschutters. Het is riskant omdat je heel dichtbij moet komen om zuiver te kunnen schieten, vooral als het doelwit zich beweegt. Ik zou zoiets niet eens gebruiken om mezelf te verdedigen.'

McNab opperde: 'Misschien wilde de schutter dat Natasha Ryder wist wie haar vermoordde. Misschien kwam hij met opzet zo dichtbij. Ik bedoel, als het iets persoonlijks was.'

Zimmer zei somber: 'Of het maakt onze schutter niet uit of hij wordt gepakt.'

Toen stokte het gesprek. Anya en Kate leken hetzelfde te denken: de Harbourns hadden niet alleen een reden om de officier van justitie te haten, maar ze waren ook niet bang voor de juridische consequenties. Ze gedroegen zich alsof ze boven de wet stonden. Toch was dit echt hun stijl. Tenzij ze een professional hadden ingehuurd om Natasha van de zaak te halen.

Noelene had meer dan genoeg criminele relaties en Natasha had al eerder leden van haar gezin vervolgd. Deze keer stond er meer op het spel dan ooit. Ze hadden veel te verliezen. Als de moordenaar iemand anders was, hadden de Harbourns er veel voordeel van. Maar dat gezin had niet vaak dergelijke meevallers.

'Nick, wat is er?' vroeg Zimmer bezorgd.

McNab antwoordde: 'Toch klopt er iets niet. Deze patroonhulzen komen me bekend voor, maar ik weet niet waarom. Ik wil ze door onze database halen. Als we een treffer hebben, weten we dat binnen een paar uur.'

Kate liep naar de deur. 'Bedankt, bel me maar als er iets is. Liever te vroeg dan te laat.'

De drie verlieten het lab en liepen de twee trappen weer op naar Moordzaken.

'Wheeler heeft ontdekt dat Noelene Harbourns broer in het westen een boerderij heeft, waar we die lijst hebben gevonden. Kennelijk gingen de broers daar in het weekend wel eens naartoe om vossen en konijnen af te schieten. Misschien moeten we daar maar eens met een metaaldetector naartoe.'

'Bewaarden ze daar wapens?' De kans was klein, maar als zij Natasha hadden vermoord, hadden ze het moordwapen daar misschien verstopt.

'Helaas niet. De pistolen die we achter de muur in hun huis hebben gevonden, waren afkomstig van een gewapende overval. De rest hebben ze waarschijnlijk verkocht op de zwarte markt of ze hebben ze ergens anders verstopt.'

Kate liep naar haar bureau en hing haar jasje over haar stoel. 'Het zit me nog steeds niet lekker. Wij denken dat deze mannen de beschikking hebben over iets beters dan een .22. Dit past niet bij hun gewoonte om een kakkerlak te verdelgen met een vrachtwagen vol dynamiet. Natasha is met één schot in haar hoofd vermoord. Snel en schoon. Geen enkel teken van overdaad of van ander geweld.' Ze ging zitten en legde haar voeten op haar bureau. 'Het past niet bij hun gebruikelijke behoefte aan bloed en lijden. Ik bedoel, denk maar eens aan wat ze met Rachel Goodwin hebben gedaan.'

Zimmer ging aan Wheelers bureau zitten. 'Ik moet toegeven dat dat auto-ongeluk ook niet hun stijl was. Veel te subtiel. Als ze de rest van de clan duidelijk wilden maken dat ze elkaar moesten blijven dekken, dan hadden ze van Savannahs dood een grotere show gemaakt.'

Het was mogelijk dat Noelene meer macht over haar zoons had dan zij zich realiseerden. 'Stel dat de moeder geen toestemming had gegeven voor die moorden? Stel dat ze in hun eentje op stap waren, in de wetenschap dat de politie aan het rondsnuffelen was? Zouden ze dan niet voorzichtiger zijn geweest?'

'Niet per se. We hielden een keer een seriemoordenaar in de gaten, maar dat heeft hem er niet van weerhouden ergens naar binnen te lopen en iemand te vermoorden met een politieagent voor de deur. Een fret blijft voor de lol moorden, of hij nu honger heeft of niet.'

Anya en Kate keken hem aan en schoten in de lach. 'Jeetje, hoe kom je dáár nu weer bij?' zei Kate.

'Nou, gewoon, als kind had ik fretten. Die moorden echt voor de lol, daar worden ze voor gefokt.'

Kate lachte weer tot de beide anderen met haar mee lachten. Dat brak de spanning, want ze maakten zich allemaal zorgen over hun eigen veiligheid en het politiebureau was een plek waar ze zich ondanks het late uur konden ontspannen.

Een paar minuten later was Anya onderweg naar haar huis om wat toiletspullen en schone kleren te halen, zodat ze de nacht in Kate's logeerkamer kon doorbrengen, als bescherming tegen de Harbourns. Alle grapjes waren snel vergeten.

36

Kate had een trainingsbroek en een T-shirt met capuchon aangetrokken. Ze zat blootsvoets op de vloer van haar woonkamer met
een voet onder zich en de andere voor zich uitgestrekt, met een
grote zak chips naast zich en allemaal paperassen om zich heen.

Anya moest ertussendoor laveren om bij haar te komen. 'Ik heb
zitten denken. Zimmer had misschien wel gelijk met zijn opmerking dat fretten worden gefokt om te moorden. Dat is hun aard,
net zoals honden van nature carnivoor zijn.'

'Waar héb je het over?' Kate stopte nog wat chips in haar mond.

'Over het *nature-nurture*-concept. Ik dacht altijd dat de omgeving
waarin we opgroeien ons maakt tot wat we zijn, maar allerlei onderzoeken halen die gedachte onderuit.'

'De oorzaak maakt toch niet uit als het resultaat hetzelfde is?'

Anya wist dat Kate niet veel op had met theorieën die het resultaat niet veranderden, en ze had wel een punt. Kate was taakge-
richt en dacht aan het eindresultaat, niet per se aan het proces. Dat
was een van de dingen die ze zo leuk vond aan Kate. Haar vriendin
was de meest praktische mens die ze kende. Kate zou zich nooit
afvragen wat het doel van het leven was.

'Ik begrijp niet waarom er verschil zou moeten zijn tussen genen
en omgeving.' Kate nam nog wat chips.

Anya ging op de armleuning van de bank zitten. 'Het is toch wel
een interessant onderwerp. Er is onderzoek naar gedaan bij ge-
adopteerde kinderen. Ze hebben ontdekt dat de kans dat kinderen
van criminele ouders die in een rechtschapen gezin opgroeien

toch een grotere kans hebben misdaden te plegen dan hun adoptiezusjes of -broertjes. Terwijl kinderen van niet-criminele ouders die door adoptie in een crimineel gezin terechtkomen een grotere kans hebben rechtschapen te blijven.'

Kate grijnsde. 'Die onderzoeken zijn net statistieken; je kunt er altijd wel eentje vinden die in je straatje past. Herinner je je die onderzoeken naar eeneiige tweelingen die na de geboorte zijn gescheiden?'

Dat deed Anya. 'Zoals die twee vrouwen die elkaar toevallig in een café tegenkwamen die zo op elkaar leken, dezelfde kleren droegen en hetzelfde werk deden. Die ontdekten dat ze zussen waren.'

Kate lachte. 'Intellectuelen zoals jij hebben een selectief geheugen. Het waren eeneiige jongens. De een was een racist en werd een nazi, maar de ander werkte met Aboriginals op een eiland. Dat haalt je theorie over genen dus behoorlijk onderuit.'

'Niemand beweert dat het altijd zo is, maar deze beide mannen waren arrogant, beschouwden zichzelf als leider en waren onaangenaam gezelschap. Ze konden niet eens met elkaar opschieten nadat ze elkaar hadden leren kennen.'

'Dat herken ik, daar hebben de meeste mensen met wie ik werk last van. Jee, die zijn vast allemaal familie van elkaar.'

Anya pakte een paar kussens en smeet ze naar Kate, die achteroverviel en begon te zingen: 'We-are-fa-mi-ly'. Opeens ging ze rechtop zitten. 'Hé, we kunnen namen raden. Wie ben ik?' en ze deed een paar keer net alsof ze overgaf.

Anya vond dat ongelooflijk kinderachtig van Kate, maar ze moest zo lachen toen ze aan Ben en Brody's auto dacht dat ze er buikpijn van kreeg.

Toen Kate's telefoon ging, liep Anya naar de keuken om iets te drinken te halen. Toen ze terugkwam stak Kate haar vuist in de lucht. 'Dat was McNab. De markeringen op de patroonhuls komen overeen met markeringen die zijn gevonden tijdens een moordzaak in Chinatown drie jaar geleden.'

De vuurwapenexpert had dus gelijk gehad. Na alle kogels en

hulzen die hij en zijn team hadden onderzocht, had hij zich dit patroon van sporen dat hij jaren geleden had gezien, goed herinnerd.

'Waren er toen ook verdachten?'

'Kennelijk wel.' Met haar pen tussen haar tanden bekeek ze de
aantekeningen die ze tijdens het telefoontje had gemaakt.

Anya gaf haar een kop koffie.

'Bedankt,' mompelde Kate voordat ze de pen uit haar mond
haalde om een slok koffie te nemen.

'Daarvoor is het wapen gebruikt tijdens een schietpartij vanuit
een rijdende auto waarbij niemand gewond raakte, en bij een gewapende overval. Het slachtoffer in Chinatown was Andrew Li, een
restauranteigenaar. Niemand is er ooit voor aangeklaagd, hoewel
de politie dacht dat Li was vermoord omdat hij had geweigerd pro-
tectiegeld te betalen en om als voorbeeld te dienen voor anderen
die het in hun hoofd haalden zich tegen die bendes te verzetten.'

Ze zocht naar een specifiek vel papier en controleerde iets, terwijl Anya keek of de gordijnen wel helemaal dicht waren en daarna controleerde ze nog eens of de achterdeur op slot zat.

'Je moet nagaan of Natasha aan die zaak heeft gewerkt of aan
andere zaken waar die bendes bij betrokken waren.'

Anya wist dat het nog moeilijker was iemand te vinden die hier
informatie over zou willen verstrekken als het om een gesloten,
angstige gemeenschap ging. Als de georganiseerde misdaad achter de moord op Natasha zat, zou dat een verklaring zijn voor de
executieachtige manier waarop die was uitgevoerd.

Het verbaasde haar telkens weer dat officieren van justitie zoveel
vijanden maakten als ze hun werk deden, terwijl dezelfde mensen
dol waren op de advocaten die hen verdedigden, zelfs als ze in
de bak terechtkwamen. De lijst met potentiële verdachten van de
moord op Natasha was lang.

'Ik zou denken dat de bazen geen moord van een afvallige zouden tolereren. Zij werken via discipline en een bepaalde hiërarchie.
Voor zover ik weet, is de reden voor moord meestal wraak.'

Kate had wel een punt en het vermoorden van een officier van justitie was bijzonder riskant. Een criminele groepering zou nooit de aandacht van de politie op hun illegale activiteiten willen richten.

'Het wapen is gevonden tijdens een inval bij een massagesalon, samen met andere verstopte wapens.' Kate las voor: 'Daarna, staat hier, is het wapen vernietigd.' Ze deed nog een greep in de zak en stopte nog meer chips in haar mond. Even later keek ze op. 'Shit. Het deugt niet.'

Anya ging met haar benen onder zich gevouwen op de bank zitten en nam een slokje thee. 'En dat betekent?'

'Herinner je je die landelijke terugkoopregeling na Port Arthur?' Kate strekte haar rug en bewoog haar hoofd heen en weer.

Anya knikte. Meer dan tien jaar geleden had een man in een populaire toeristenplaats in Tasmanië vijfendertig mensen vermoord en nog eens twintig verwond. De daaropvolgende publieke woede tegen de vuurwapenlobby leidde ertoe dat de overheid nog een keer een vuurwapen-terugkoopregeling in het leven had geroepen om het aantal vuurwapens in het land te verminderen. Al snel deden geruchten de ronde dat honderden tot duizenden van die wapens op de zwarte markt waren verhandeld en in handen waren gekomen van criminele netwerken.

Pro-vuurwapengroeperingen riepen dat de regeling één grote mislukking was geweest, terwijl de voorstanders van vuurwapenbeperking de regeling een succes noemden en erop wezen dat het aantal schietpartijen waarbij veel mensen waren gedood, was afgenomen.

'Tja, die wapens werden opgeslagen bij in beslag genomen en teruggevonden wapens. Ze gingen naar opslagplaatsen die onneembaar werden geacht, maar sinds die tijd zijn honderden wapens weer opgedoken. Enkele eigenaren van die opslagplaatsen bleken contacten te hebben met pandjeshuizen.'

'De vossen waren dus de baas in het kippenhok dat vol lag met, laat me raden, .22 wapens.'

'Precies.' Kate nam een slokje koffie.

'De afdeling Vuurwapens denkt dat dit het grootste illegale wapendistributienetwerk ooit is geweest. Ik moet het die incompetente instellingen wel nageven: de mensen denken dat het veiliger is op straat, politici geven zichzelf een schouderklopje en criminelen hebben een groter monopolie op wapens. Deze populistische politiek heeft ons werk alleen maar lastiger gemaakt. Alleen mensen met een wapenvergunning hebben hun wapens ingeleverd.'

Toch was Anya blij dat ze sinds dat terugkoopprogramma minder vrouwen had gezien die in hun eigen huis door hun eigen man met een wapen waren bedreigd. Ook al was er maar één vrouw niet vermoord door een man die een wapen bij de hand had, was die politiek in haar ogen al een succes. En ze was niet van plan met Kate over dit onderwerp te filosoferen.

'De ingeleverde wapens moesten worden vernietigd, vaak door mensen die door de overheid werden betaald. Zij verklaarden soms dat bepaalde wapens onbruikbaar waren en op die manier konden zij ze aan hun maatjes verkopen als replica's, waarna diezelfde wapens onmiddellijk weer bruikbaar bleken.'

Anya genoot van de warme beker in haar handen. 'Heeft McNab dat door één enkele huls ontdekt?'

'Hij had een andere huls gezien met vrijwel dezelfde sporen. Ze herinnerden zich dat het wapen tijdens die inval in Chinatown was geconfisqueerd en ze ontdekten dat het serienummer was weggevijld, maar de mannen van McNab hebben dat weer zichtbaar kunnen maken.'

Dat had Anya wel eens eerder meegemaakt. Met hydrochloorzuur, koperchloride en water was tijdelijk het verschil zichtbaar te maken tussen het serienummer en het metaal eromheen.

'Het is dus onmogelijk om het pistool te traceren en om te bepalen hoe de moordenaar aan dat pistool is gekomen nadat het op de zwarte markt terecht was gekomen?'

'We zouden dat pistool in handen moeten hebben om te kunnen bewijzen dat het serienummer hetzelfde was, maar het is net als met DNA: je hebt de moordenaar nodig met zijn DNA om die vergelijking te kunnen maken.'

Anya zette haar beker op de vloer. 'Oké, waar zijn we naar op zoek?'

Kate gaf haar een doos met oude dossiers. 'Iedereen uit deze zaken kan de pest hebben aan Natasha. Maar verder weet ik het nu even niet. We hebben een huurmoordenaar. Iemand die kennelijk verder niets van Natasha Ryder wilde, haar alleen heeft vermoord. Mijn informanten hebben niets. Het moet iemand zijn die slim genoeg is om te weten dat ze de aandacht op zichzelf zouden vestigen, of iemand die dat niet eens belangrijk vindt.'

Zoals de Harbourns. Anya zag aan Kate's gezicht dat zij hetzelfde dacht.

Anya zette de doos naast de bank en vroeg of ze het autopsierapport nog een keer mocht inzien. 'Het was toch een .22?'

'Een .22 *rim fire* met kogels met een holle punt.'

En het vet, dacht ze. Er was haar iets opgevallen aan de ingangswond. Als de loop van het pistool tegen Natasha's hoofd was gehouden toen het schot viel, hadden er bepaalde tekenen moeten zijn. De wond was niet ingedeukt en dus was de loop waarschijnlijk niet tegen de huid gedrukt, en ook zat er geen roet aan de wondranden en ook geen brandwondjes. Meestal zat het roet zo diep in de wond dat je het niet weg kreeg, zelfs niet als je de wond grondig waste. De afwezigheid ervan kon niet worden verklaard doordat de wond was onderzocht nadat het lichaam was schoongemaakt.

Er was kennelijk ook geen vet in de ingangswond te zien. Dan was er kennelijk geen geluiddemper gebruikt. Hoe had de moordenaar er dan voor gezorgd dat niemand het schot hoorde?

'Heb je de verklaring van de buurman over die man die bij Natasha's huis rondhing?'

Kate gaf haar die. 'Je hebt die bepaalde blik in je ogen. Waar denk je aan?'

Anya las de beschrijving van een grote man met een hoed en een jas door. 'Deze moordenaar kende Natasha. Volgens mij was het geen huurmoordenaar. Hij heeft iets tussen de loop van het pistool en Natasha's hoofd gehouden, volgens mij om het geluid te dem-pen. De getuige zei dat de man een dikke buik had, zoals een zwangere vrouw.'

Kate trok een kussen van de bank. 'En wat moet je doen om er zwanger uit te zien?' Ze schoof het kussen onder haar trui.

'Verdorie! We hebben kostbare tijd verloren door met een ver-keerd signalement op zoek te gaan naar de dader.'

37

Anya belde Ned Goodwin terug. Alsof de moord op Natasha al niet erg genoeg was, werd Sophie weer geopereerd in verband met een verstopte darm als gevolg van haar hysterectomie en buikoperatie. Er was nog steeds geen einde gekomen aan haar lijden. Ned beloofde haar te bellen zodra Sophies operatie was afgelopen.

Anya wilde haar zo snel mogelijk bezoeken.

Kate had zachte achtergrondmuziek opgezet, wat een verrassend kalmerend effect op haar had. Maar dat kon ook het gevolg zijn van een glas wijn en vermoeidheid.

Na hun geïmproviseerde avondeten met broodjes en protein bars, kwam Hayden Richards langs. 'Ik heb iets dat je misschien wilt weten,' zei hij tegen Anya.

Anya maakte een stukje van de bank vrij. Ze kreeg de indruk dat Kate hem wilde laten staan terwijl zij doorging met haar werk. Of ze was niet dol op bezoek of ze was geen goede gastvrouw.

'Koffie? Wijn? Bier?' vroeg Anya.

'Nee, dank je.'

'Alles is vers hoor, ik heb de melk gekocht en de koffie is vers gezet.'

'In dat geval graag, wel melk, geen suiker.'

Kate leek niet te luisteren. Ze bleef lezen en nam af en toe een slokje bier uit een flesje.

Toen Anya terugkwam met de koffie liet Hayden haar een paar foto's zien. 'Het heeft even geduurd, maar de stukjes plastic die jij op de weg hebt gevonden, zijn afkomstig van het linkerknipperlicht en een koplamp van een zilverkleurige Jeep Cherokee, bouwjaar tussen 1993 en 1998. De schade rechts achter aan Savannahs auto, op de hoogte waar de beide auto's elkaar hebben geraakt, komt precies overeen met de zilverkleurige verf op haar auto.'

Kate keek op. Ze had dus meegeluisterd. 'Goed gedaan. Je had dus gelijk.'

Anya was blij en kreeg meer hoop dat Savannahs moordenaar gevonden zou worden. 'En, bezitten de Harbourns zo'n auto?'

'Officieel niet, maar er zijn wel een paar auto's die af en toe bij dat huis opduiken. Sommige zijn waarschijnlijk gestolen of zijn eigendom van vrienden. Buren zeggen dat een zilverkleurige Jeep Cherokee voor het huis stond ten tijde van dat ongeluk en dat ze die sinds die tijd niet meer hebben gezien. Niet dat we daar iets aan hebben, want het is hun gewoonte de sleutels van de auto's achter het zonneklepje te bewaren zodat iedereen ze kan gebruiken.'

'Of snel weg kan. Hoe groot is de kans dat die auto wordt gevonden?'

'We hebben alle leveranciers van reserveonderdelen in de stad gevraagd of iemand vervangende onderdelen heeft besteld, maar er rijden ontzettend veel zilverkleurige Jeep Cherokees rond. Als iemand die auto in een garage heeft verstopt, kan het heel lang duren.'

Hayden had in elk geval bevestigd dat Savannah Harbourns Colt ongeveer een kilometer vanaf de plek waar ze was gestorven van achteren was aangereden door een andere auto.

'En hoe zit het met de flitspalen en de roodlichtcamera's op de kruising waar we waren?'

Hayden haalde een foto uit het dossier. Daarop stond Savannahs auto die door het rode licht reed.

'Volgens mij heeft iemand haar met opzet het verkeer in geduwd. Je hebt daar goed overzicht op die weg, het is niet zo dat de verkeerslichten voorbij een blinde hoek staan. Je rijdt er recht op af. Volgens de berekeningen die we aan de hand van de remsporen hebben gemaakt, reed Savannah tijdens die botsing zeker negentig kilometer per uur. Of iemand wilde haar bang maken of haar van de weg duwen.'

'Of,' zei Kate, 'ze was bang en is na een zacht duwtje in paniek geraakt.'

Anya en Hayden keken haar aan.

'Je vriendje Brody zou precies hetzelfde zeggen. Je weet dat we daar niet genoeg aan hebben.'

Anya bedacht opeens dat ze Dan niet meer had gesproken sinds hun korte ontmoeting in het Saint Stephen's. Op de een of andere manier had ze het feit dat hij Gary Harbourn zou verdedigen persoonlijk opgevat, ook al had hij gezegd dat hij het in opdracht van rechter Pascoe deed. En het zou een pro-Deoklus zijn, want officieel was Gary Harbourn immers werkloos.

Ze had besloten weer op bezoek te gaan bij William om erachter te komen wat hij nu eigenlijk wist over de vader van de baby. Ze zou later wel met Dan in discussie gaan.

'Hoe gaat het met Lydia Winter?' vroeg ze aan Hayden.

'De uitslag van jouw monsters zijn er. Niets waar we iets aan hebben, vrees ik. Lydia kan zich om onverklaarbare redenen niets meer van de vorige avond herinneren.'

Anya kon het haar niet kwalijk nemen als ze haar verhaal herriep of zelfs uit haar geheugen had gewist. Bovendien hadden haar medicijnen haar kortetermijngeheugen kunnen beïnvloeden, vooral als ze bepaalde benzodiazepinen had gekregen.

'Ik heb met de vervanger van Natasha Ryder gesproken. Volgens hem hebben we geen zaak. Als Gary Lydia Winter heeft verkracht, heeft hij gewoon de perfecte misdaad gepleegd.'

38

Anya had op Dans voicemail ingesproken dat ze zijn vader die middag wilde opzoeken. Ze nam een bos bloemen en een blik zandkoekjes mee naar het verpleeghuis.

William Brody zat in een rolstoel naast zijn bed, met zijn gezicht naar de deur. Hij zat te luisteren naar *The Conversation Show*, waarin auteurs werden geïnterviewd over hun fascinerende leven en hun boeken.

Onderweg had zij daar ook naar geluisterd en ze was onder de indruk van het verhaal van een arts die haar leven had gewijd aan het opereren van vrouwen die door militieleden in Afrika waren verkracht. De in Australië geboren chirurg was tien uur per dag bezig met het herstellen van ernstige gynaecologische verwondingen. Ze beschreef de seksuele misdrijven waardoor deze militieleden de vrouwen van talloze dorpen verminkten. De vrouwen die het overleefden, leden nog lange tijd aan incontinentie of ze konden geen kinderen meer krijgen.

Anya dacht weer aan de aanval op Giverny Hart en aan alle steun die zij had gekregen van de afdeling Jeugd- en Zedenzaken, de advocaten en haar liefhebbende ouders; dat was meer dan deze Afrikaanse slachtoffers kregen. Maar Sophie had geen baarmoeder meer en ze had nu darmproblemen, allemaal als gevolg van haar verkrachting.

Seksueel geweld tegen vrouwen was helaas iets universeels. De vrouwen die in Afrika waren verkracht, werden meestal uit hun dorp verbannen. Ze waren dus onteerd en werden daardoor ook niet meer sociaal geaccepteerd. De chirurg had een speciale vracht-wagen gekocht waarin ze deze vrouwen medische hulp verleende, want geen enkel bus- of taxibedrijf was bereid de vrouwen mee te nemen.

De presentator zei: 'U verricht dus niet alleen chirurgische won-deren, maar u herstelt levens zonder lokale financiële, politieke of maatschappelijke steun. En ondertussen loopt u ook nog eens het risico zelf te worden overvallen vanwege uw werk.'

Aan de blik op meneer Brody's gezicht te zien, had hij evenveel bewondering voor die arts als Anya. Toen de presentator een tele-foonnummer noemde waarop men donaties kon doorgeven, wend-de hij zijn hoofd opzij en zag zijn bezoekster. Zijn ogen sprankelden toen hij haar herkende.

'Ik zat daar net ook naar te luisteren. Wat een bijzondere vrouw.'

William Brody knikte. Hij straalde nog steeds waardigheid uit, ondanks zijn kamerjas en slippers. Met zijn goede hand streek hij het weinige haar op zijn hoofd glad.

Anya legde de bloemen naast hem neer. Ze hoopte dat ze deze keer met elkaar konden praten en dus haalde ze een A4-white-board tevoorschijn met een marker en een wisser.

Het programma was afgelopen en voordat Anya begon te pra-ten, ging ze op het opgemaakte bed zitten. 'Het is amper voorstel-baar dat mensen zo slecht kunnen zijn,' zei ze.

Hij wees naar het whiteboard en begon te schrijven.

GELD + MACHT.

'Dat klopt. Samen zijn ze vaak aanleiding voor corruptie. Maar de slechtheid die ertoe leidt dat groepen mannen vrouwen uit econo-misch belang verkrachten en verminken...' Ze schudde haar hoofd.

'Wilt u een koekje?' vroeg ze en maakte het blik open. Meer aan-moediging had hij niet nodig. Hij liet de pen in zijn schoot vallen, hield een koekje onder zijn neus en sloot zijn ogen alsof hij aan een dure sigaar rook. In plaats van erop te kauwen, leek hij het koekje in zijn mond heen en weer te rollen zodat hij er zo lang mogelijk van kon genieten.

Ze realiseerde zich dat hij tegenwoordig zelfs niet meer kon eten wat hij wilde en wanneer hij wilde. 'Ik bezit de sleutel naar uw hart.'

Zijn wangen glommen en hij gaf een kneepje in Anya's hand. Toen pakte hij de pen weer in zijn hand en schreef weer iets op.

HOE IS HET MET DAN?

'Volgens mij werkt hij hard, ik heb hem amper gezien.'

Hun gesprek stokte toen er een verpleegkundige binnenkwam en de bloemen oppakte. Ze vertrok om een vaas te halen en kwam net zo snel terug als ze was vertrokken.

Anya ontdekte een schaakbord op zijn nachtkastje. 'Schaakt u?'

Net als bij het koekje zag ze dat ze hem dat geen twee keer hoefde te vragen.

Ze trok het nachtkastje naar zich toe en zette de stukken op het bord. Brody senior voelde zich misschien meer op zijn gemak als hij werd afgeleid door een spelletje schaak. Dat gold in elk geval wel voor haarzelf.

GELOOF JE IN ECONOMISCH BELANG?

Anya keek hem aan. De fysieke beperkingen van deze man hadden geen invloed op zijn hersens. Het whiteboard was al een topper.

'Vrouwen bewerken meestal het land, halen voedsel en water. Door ze te verkrachten of te vermoorden, is er niemand meer die dat werk kan doen. Daardoor snijdt de militie de dorpelingen af van voedsel en inkomsten. Ze laten ze verhongeren.'

ONVERDEDIGBAAR.

'Dat hoort een advocaat niet te zeggen.' Dan Brody had gezegd dat zijn vader bij een rechtswinkel had gewerkt. Zijn zoon had gekozen voor het prestige en de inkomsten van een particuliere praktijk.

MET PENSIOEN. GEEN BELASTINGVOORDELEN MEER.

William legde de pen op het whiteboard en begon het spel door een pion te verplaatsen. Daarna deden ze allebei een paar veilige zetten.

'Mag ik u vragen wat er is gebeurd na de geboorte van Thereses eerste baby? We moeten weten of ze wel of niet heeft geleefd.'

De oudere heer deed eerst een zet voordat hij antwoordde.

DOODGEBOREN. VROEDVROUW PROBEERDE. IK PROBEERDE. GEEN ADEM OF HARTSLAG.

'U was toen dus bij Therese. Dat moet afschuwelijk zijn geweest. Hebben haar ouders haar ook gesteund?'

Hij schudde zijn hoofd.

HAAR VERSTOTEN.

'Dat was ontzettend moeilijk. Heeft Therese een zware bevalling gehad?'

HEEL VEEL PIJN. HEEL SNEL. GEEN TIJD VOOR ZIEKENHUIS. DEDEN WAT WE KONDEN. MOEDIGE VROUW.

Anya sloeg een van Williams paarden.

'Ik neem aan dat alleen de vroedvrouw op de hoogte was van de baby, anders waren er wel vragen gesteld.'

WEINIG MENSEN WISTEN HET. WE ZEIDEN DAT ZE EEN MISKRAAM HAD GEHAD. DOODGEBOREN BABY'S WORDEN NIET AANGEGEVEN.

Nu begon ze het te begrijpen. Therese was zwanger geraakt en ze had zich verstopt nadat haar ouders haar hadden verstoten. Het waren andere tijden, waarin niemand zich bewust was van de emoties die het gevolg waren van een miskraam of een doodgeboren kindje. Mensen gingen door met hun leven alsof er niets was gebeurd.

GOEDE VROUW. NIET HAAR SCHULD. VADER DWONG HAAR MET HEM UIT TE GAAN. EERSTE KEER.

Ze speelden nog een paar minuten verder. Daarna zei Anya: 'U zei de vorige keer dat de vader nog leefde, maar niets wist van de baby.'

THERESE HEEFT ME DAT LATEN BELOVEN.

Dan had gezegd dat zijn grootvader van moeders kant rechter was geweest. De vader van de baby had het gezin dus gekend en was waarschijnlijk ook afkomstig uit een gezin dat op dezelfde trede van de maatschappelijke ladder stond. Dat was vast niet gemakkelijk geweest.

'U moet veel van haar hebben gehouden om te accepteren dat ze zwanger was van een andere man en de kritiek over u heen te laten gaan door de overhaaste trouwerij.' Ze vroeg zich af of William haar keus of haar enige optie was geweest.

ALTIJD VAN HAAR GEHOUDEN. GEEN SPIJT.

'Kende u de vader?'

GELD + MACHT.

'Oké, had u ook iets tegen hem?' grapte ze en verplaatste een toren. 'Schaak.'

BEKROMPEN.

'Heel veel mensen zijn vooringenomen en bevooroordeeld.'

Ze bestudeerde zijn gezicht en realiseerde zich toen wat hij bedoelde. In plaats van een tegenzet te doen, schreef haar tegenstander.

ONVERDEDIGBAAR.

Anya keek hem aan, probeerde hem te begrijpen. Hij boog zijn hoofd, ontweek haar blik en streepte het woord door.

Anya herinnerde zich dat hij al eerder een woord had doorgekrast, de vorige keer dat ze bij hem op bezoek was. Langzaam maar zeker vielen de puzzelstukjes op hun plek. Opeens begreep ze het! De geheimzinnigheid, de beschermende echtgenoot.

Ze keek de oude man aan. 'Heeft die man Therese die nacht verkracht?'

De stilte beantwoordde de vraag. Haar moeder zei altijd dat de woorden die mensen weigerden uit te spreken meer over hen zeiden dan de woorden die ze wel uitspraken.

Therese Brody was niet verantwoordelijk geweest voor die zwangerschap. De man met wie haar vader haar had gedwongen uit te gaan, had haar tijdens hun eerste afspraakje verkracht. Daardoor was ze verstoten en in de steek gelaten – behalve door de man die onvoorwaardelijk van haar had gehouden.

William Brody was een van de meest eerbare mannen die ze ooit had ontmoet.

De man die zijn vrouw had verkracht, was er zonder kleerscheuren vanaf gekomen en leefde nog altijd zonder daarvoor te zijn veroordeeld. Anya wist dat ze zijn identiteit door het foetale DNA konden bevestigen, maar alleen als ze wisten wie het was.

'Waarom hebt u de baby in dat kistje in uw huis verstopt?'

Hij aarzelde even.

CHARLOTTE ANNE BRODY.

ONS KINDJE.

THERESE WILDE HAAR NIET IN DE TUIN BEGRAVEN.

Anya begreep dat. Als ze naar het ziekenhuis waren gegaan, zou een doodgeboren baby in een anoniem massagraf zijn begraven of gewoon zijn weggegooid samen met ander ziekenhuisafval. Alsof het systeem de moeders deze kinderen wilde laten vergeten. En de moeder zou ook geen enkele psychische hulp hebben gekregen.

IN DIE TIJD GEEN KATHOLIEKE BEGRAFENIS.

Ze knikte. Als Charlotte niet was gedoopt, zou de Kerk hebben geweigerd haar te begraven. Hoezo medelijden en waardering voor het leven! Het moest ongelooflijk moeilijk zijn geweest voor Therese: ze was verkracht, verstoten door haar ouders omdat ze hen te schande had gemaakt met een buitenechtelijk kind, en daarna was haar dochter, van wie ze was gaan houden, doodgeboren. Geen wonder dat ze het lichaampje van de baby bij zich in de buurt had gehouden. Alleen op die manier kon ze rouwen en afscheid nemen. De man die van haar hield, had het geheim gehouden. Tot nu toe.

William gaf haar de pen terug. Hun spel en hun gesprek waren afgelopen.

Maar daar was Anya het niet mee eens. Ze moest het weten. De ambitieuze trouwplannen die Thereses ouders met hun dochter hadden, de tumor achter het oogje van de baby, William die het woord 'veroordeel' had doorgestreept.

'Was de man die Therese heeft verkracht rechter Philip Pascoe?'

Williams hand begon te trillen.

'Het spijt me. Dat dacht ik al. Charlotte had een retinoblastoom en ze is helaas te vroeg overleden. Het is een zeldzame vorm van kanker die vaak erfelijk is. Pascoe is als kind een oog kwijtgeraakt en heeft onlangs een zeldzame vorm van botkanker gehad. Het klopt allemaal: zijn leeftijd, zijn meedogenloze ambitie, zijn houding ten opzichte van vrouwen. Dan zei dat u elkaar al heel lang niet kunt luchten of zien.'

Anya vroeg zich af hoe ze dit aan Dan moest vertellen. Zijn moeder was niet alleen verkracht, maar ze had vervolgens ook nog eens een doodgeboren kindje gekregen. De man die Therese had verkracht, leefde nog steeds en moest zich daar nog altijd voor verantwoorden. Geld en macht, zei William.

Opeens drong het tot haar door dat ze niets hoefde te vertellen. Dan stond al een hele tijd in de deuropening.

39

Anya rende achter Dan aan, die naar zijn auto liep. Ze wilde het hem uitleggen en voorkomen dat hij iets stoms zou doen. Daarom stapte ze bij hem in de auto. Ze probeerde van alles, maar hij zei niets.

Er was maar één plek waar hij naartoe wilde.

Voor het witte art-decohuis uit de jaren twintig greep Anya Dan bij zijn arm. 'Denk even goed na voordat je iets doet. Als je bij hem naar binnen stormt, kun je alles kwijtraken. Hij zal ervoor zorgen dat je je vergunning kwijtraakt. Hij zal je laten arresteren. En waarvoor?'

Dan trok zich los, stapte uit de auto en liep het pad naar de voordeur op.

'Als je hem iets aandoet, krijg je je moeder niet terug en je kunt ook niet ongedaan maken wat hij haar heeft aangedaan, maar het zal je vader wel ruïneren.'

Dan bleef staan, maar hij draaide zich niet om. 'Ik wil hem in zijn gezicht vertellen dat ik weet dat hij mijn moeder heeft verkracht.' Daarna liep hij door en belde aan.

Anya rende naar hem toe, buiten adem.

Een vrouw met een donkere bril op deed de deur open. 'Wat kan ik voor u doen?'

'Mevrouw Pascoe, mijn naam is Brody. Ik ben een collega van uw man.'

'Hij is in de studeerkamer. Kom maar even binnen.'

Ze droeg een blauwe trui, blauwe kokerrok en camel pumps, en ze leek ondanks haar donkere bril niet blind te zijn. 'Gaat u zitten, dan roep ik Philip wel even.'

Dan beende de kamer in, waarvan de hoge ramen uitzicht boden op de haven. Anya ging tussen hem en de hal in staan, omdat ze ervan uitging dat de rechter vanuit de hal de kamer zou binnenkomen.

Een paar minuten later kwam hij binnen. Hij droeg een overhemd, een gebreid vest en een lange broek. 'Ik hoef je natuurlijk niet te vertellen, Brody, dat dit bezoek absoluut opgepast is. Ik zou je hiervoor kunnen aangeven bij de Orde van Advocaten. En je vriendinnetje de dokter komt dan ook in de problemen.'

'Dit bezoek heeft niets met de rechtszaak te maken; dit is persoonlijk,' zei Dan. 'Het gaat over u en mijn moeder.'

Pascoe snauwde: 'Ik kende die meid amper.'

'Dan heeft u natuurlijk geen bezwaar tegen een DNA-onderzoek.'

De rechter glimlachte. 'Je bent een idioot als je denkt dat ik je vader ben. Dat zou je wel willen. Ik heb een tijdje gedacht dat jij anders was, maar je lijkt precies op je vader. Hij heeft nooit het lef gehad het in zijn eentje te maken. Daarom heeft hij zich zijn hele leven achter die rechtswinkel verscholen.'

Mevrouw Pascoe verscheen met een dienblad vol hapjes en glazen wijn, en zette die op een tafeltje. 'Er is rode en witte wijn. Maar als u dat liever heeft staat er sterkedrank in dat kastje.'

Dan leek zich niets aan te trekken van de opmerking over zijn vader. 'Ze heeft een baby gekregen, een meisje, in 1962. Dat kindje had een tumor achter het oog.'

'Philip, waar heeft hij het over?' vroeg de vrouw met schrille stem.

De rechter bleef staan, maar hij stond te zwaaien op zijn benen alsof de botten in zijn ene goede been begonnen te smelten.

Anya vertelde, in de hoop dat Brody ondertussen een beetje zou kalmeren: 'De baby had een zeldzame erfelijke tumor, een retinoblastoom.'

Mevrouw Pascoe liet zich in een stoel vallen. 'Als kind had Philip dat ook. Het was een wonder dat hij het heeft overleefd.' Ze wees naar een vergeelde foto van een baby. 'Onze Erin heeft niet zoveel geluk gehad. De eerste tumor werd ontdekt toen ze drie maanden oud was, en nog geen twee weken later had ze er ook eentje in het andere oog. Ze stierf op de dag dat ze vier maanden oud was.' Ze trok aan haar rok en streek hem glad. 'U hoeft me niet te vertellen hoe zeldzaam een retinoblastoom is. Erin heeft dat gen,' zei ze, niet meer verdrietig maar bitter, 'van haar vader geërfd.'

Pascoe zei nonchalant: 'Mens, hou je mond toch eens. Ik wist niet eens dat het erfelijk was tot jij dat kind had gekregen.' Van dichtbij en zonder zijn bril was zijn kunstoog beter te zien. Dat oog bewoog zich trager dan zijn linkeroog.

Anya keek naar zijn vrouw. De donkere bril had kennelijk geen invloed op haar gezichtsvermogen en haar foundation was dikker dan ze had verwacht, zelfs als je er rekening mee hield dat de vrouw van de rechter gewend was gasten te onderhouden. Dat bleek ook wel uit het feit dat ze onmiddellijk met hapjes en drankjes was verschenen.

'Daarna hebben we geen kinderen meer gehad. Dat wilde ik niet nog een keer meemaken, of een ander kindje ook zo laten lijden.'

Dan leek minder opgewonden, alsof zijn woede was verdwenen en had plaatsgemaakt voor medelijden met de vrouw van Pascoe. Hij liep naar haar toe en zei: 'Wij denken dat uw man mijn moeder zwanger heeft gemaakt. Dat kindje is dood geboren, door diezelfde tumor.'

'Wat een onzin,' riep de rechter op autoritaire toon. 'Dit is een smerige manier om me tijdens deze rechtszaak onder druk te zetten. Voor deze avond om is, zal ik je aan de schandpaal nagelen.' Hij haalde een mobieltje uit zijn zak en toetste een nummer in.

'Dan ga je toch gewoon akkoord met dat DNA-onderzoek? Dan is alles toch duidelijk?' snauwde zijn vrouw.

Abrupt klapte hij zijn telefoon dicht.

Mevrouw Pascoe vroeg aan Dan: 'Wie was je moeder?'

'Therese Brody, nou ja, toen heette ze Therese Robilliard.'

'Als tieners tennisten we met elkaar. Maar ze was opeens vertrokken, en toen ze terugkwam was ze getrouwd met William, haar partner van het gemengd dubbel. Er werd gefluisterd dat ze "een probleem" had, maar jaren later kregen ze pas een kindje. Dat weet ik nog omdat ze zo aardig was. In tegenstelling tot de andere leden van die katholieke club, zei ze nooit iets negatiefs over andere mensen.'

'Wat wil je, Brody? Vertel op, dan kun je daarna oprotten.'

Anya kon niet geloven dat hij het feit gewoon negeerde dat hij dus nog een kind had gehad. Hij ging ervan uit dat Dan geld wilde en dan zou verdwijnen, waarna hij net kon doen alsof dit allemaal niet was gebeurd.

Ze kon zich niet inhouden. 'Rechter, we zijn hiernaartoe gekomen om...'

'Anya, wacht. Laten we eerst eens horen wat hij te zeggen heeft.'

De rechter strompelde naar een bureau en haalde een chequeboek tevoorschijn. 'Hoeveel wil je?'

'Hoeveel biedt u?' vroeg Dan.

Anya werd misselijk. Hoe kón Dan geld aannemen van een man die zijn moeder had verkracht? Op dat moment realiseerde ze zich hoe slecht ze hem kende. Ze stond op en wilde weggaan.

'Ga zitten, Anya.' Dan leek de rechter wel. 'We zijn nog niet klaar.'

'Jij misschien niet...'

'Dus jouw vriendinnetje dat de pest heeft aan mannen wil ook worden afgekocht.'

Dan vroeg: 'Wilt u me voordat u iets tekent vertellen hoe u mijn moeder zwanger heeft gemaakt?'

'Wat denk je? Het is al jaren geleden, toen er nog geen anticonceptie was. We waren jong. Ik kan het me amper herinneren. Toen wij jong waren deden we dat allemaal! En als ik het goed heb gehoord, ben je daar zelf ook vrij goed in. Kun jij je elk detail nog herinneren van iedere vrouw met wie je naar bed bent geweest? Ik kan me de naam van je moeder tenminste nog herinneren.'

Dat klonk alsof Therese zich gelukkig mocht prijzen dat hij zich dat nog herinnerde. Wát een arrogante man, zeg!

'Heel veel meisjes in die tijd zouden er alles voor over hebben gehad om iemand uit een goede familie met geld te vangen. En veel meisjes hádden er alles voor over.'

De man deed net alsof zijn vrouw er niet bij was. Ze bleef griezelig stil.

'Ging u vaak met haar uit? Ik neem aan dat uw familie mijn grootvader kende, rechter Eugene Robilliard.'

'Dat klopt. Mijn ouders dachten dat het goed zou zijn voor mijn carrière als ik goede maatjes werd met de rechter; daarom was ik bereid je moeder mee uit te nemen. Die minkukel van een vader van je liep haar altijd achterna en je grootvader wilde dat ik hen uit elkaar dreef.'

'Kennelijk is dat mislukt.'

Anya probeerde Dan te begrijpen. Het ene moment dacht ze dat hij zich zou laten omkopen en het volgende wist ze dat niet meer zo zeker.

'Je beweert dat ik haar zwanger heb gemaakt, maar we zijn maar één keer uit geweest. De kans is dus klein. En een retinoblastoom komt af en toe gewoon voor.'

'Met alle respect, meneer Pascoe, mag ik u vragen wat voor iemand mijn moeder was? Ik heb altijd gedacht dat ze verlegen en gereserveerd was.'

Pascoe snauwde: 'Die stille katholieken waren altijd de grootste verrassing.'

Dan bleef roerloos zitten. Anya dacht dat hij de rechter elk moment kon aanvliegen.

'Vertel verder. Ik bedoel, zette zij de eerste stap?' vroeg Dan met een spottende grijns. 'Ik moet mijn veroveringsinstinct toch van iemand hebben geërfd?'

Mevrouw Pascoe schoof heen en weer in haar stoel, duidelijk niet op haar gemak.

Pascoe's glazen oog draaide opzij toen hij het zich kennelijk weer herinnerde: 'Als je het echt wilt weten, we hadden seks in de auto, waarna ze meteen naar huis wilde.'

De vrouw van de rechter sloot haar ogen en sloeg een hand voor haar gezicht. 'O, god, Philip, wat heb je gedaan?'

De aderen in Dans nek en op zijn voorhoofd zwollen op.

De rechter lette totaal niet op de anderen en haalde zijn schouders op. 'Ze was zo saai dat ik haar niet weer heb gevraagd. En nu kom jij hier beweren dat ik de vader ben van die bastaard van haar.'

'Klootzak, je hebt mijn moeder verkracht!'

Voordat Anya hem kon tegenhouden, beende Dan naar de rechter toe en sloeg hem neer.

De oudere man lag jammerend op de grond en voelde aan zijn kaak. 'Dat was een opzettelijke poging mij ernstig lichamelijk letsel toe te brengen. En stom genoeg heb je dat gedaan in het bijzijn van getuigen.'

Anya bukte zich om de rechter overeind te helpen, maar hij duwde haar hand weg. Hij keek haar met een hatelijke blik aan. Nu kon ze Brody niet helpen, hij was te ver gegaan. Lieve help, waarom moest hij de rechter neerslaan?

Anya keek op en zag dat Dan liep te ijsberen, alsof hij wachtte tot de rechter was opgestaan zodat hij hem weer kon slaan.

'Sta op, Philip, je maakt jezelf belachelijk.'

'Penny? Je zag dat hij me aanviel. Zonder dat ik het uitlokte. Ik heb maar één goed oog; hij had me met die ene klap wel blind kunnen slaan. Bel de politie. Nu meteen!'

'Philip, ik weet niet waar je het over hebt. Ik zag alleen maar dat je viel. Het zal wel lastig zijn om in evenwicht te blijven met die prothese van je.'

'Doe dit niet, Penny. Daar krijg je nog spijt van.'

De onopvallende vrouw stond over haar man heen gebogen. 'Niet meer dan dat het me spijt dat ik met jou ben getrouwd. Je bent een bullebak, niets meer en niets minder. Waarom geef je niet openlijk toe dat je Therese hebt verkracht?'

Anya keek Dan ongelovig aan.

'Ik geef helemaal niets toe. Ik heb zijn moeder toen niet horen klagen.'

Mevrouw Pascoe zei: 'Dit is de druppel. Ik ga bij je weg.'

'Ik verbied je om waar dan ook naartoe te gaan!' brulde hij. 'Ze kunnen niets bewijzen. Ze bluffen. Kom hier en help me opstaan.'

Ze liep met een nieuw gevoel van zelfvertrouwen naar het bureau en pakte een blocnote. 'Dit is mijn nummer, meneer Brody, voor het geval u een verklaring van me moet hebben. Het spijt me van uw moeder, echt waar.'

Anya liep naar haar toe en vroeg: 'Waarom doet u dit?'

'Ik kan dit leven niet meer verdragen.' Mevrouw Pascoe zette haar zonnebril af, zodat ze konden zien wat ze bedoelde: ze had een blauw oog. 'Het is geen troost, maar uw moeder was niet de enige die hij in de loop der tijd heeft mishandeld.'

De rechter krabbelde overeind en Anya bleef tussen hem en zijn vrouw in staan, voor het geval hij haar iets wilde aandoen. Kennelijk was mevrouw Pascoe daar ook bang voor, want ze ging snel vlak bij Dan staan.

'Hier krijg je spijt van,' brulde de rechter.

Opeens hoorden ze een paar knallen, daarna brak het grote raam en vlogen glas en lichamen door de lucht.

40

Anya's hoofd sloeg tegen de vloer en het duurde even voordat ze zich realiseerde dat Dan Brody op haar lag. Ze keek waar mevrouw Pascoe was en zag dat de vrouw nog steeds rechtop stond. Toen volgde er een tweede serie knallen. Instinctief trok ze de vrouw op de grond. Dan kroop snel naar de rechter, die bloedend en in elkaar gezakt op de grond lag.

Toen er weer een serie knallen volgde, begreep Anya dat ze werden beschoten. Het licht in de kamer brandde nog steeds, zodat ze een gemakkelijk doelwit vormden. Ze kroop op haar ellebogen naar het lichtknopje, gleed met haar hand langs de muur omhoog en deed de plafondlamp uit. Daarna brandde er nog een lamp die net voldoende licht gaf dat elke beweging en schaduw te zien waren.

'Dan,' riep ze, 'de lamp!'

Brody dook naar het snoer en trok de stekker uit de muur, waarbij het art-decoantiek op de vloer viel.

Op de tast zocht ze de mobiele telefoon van de rechter en toetste het alarmnummer in. Ze voelde iets warms op haar hand stromen. Er stroomde bloed uit de dij van de rechter, vlak boven de amputatie. Ze trok haar vest uit en draaide het als een tourniquet om zijn been. Ze voelde dat er glas in zijn huid zat en zorgde ervoor dat het bleef zitten waar het zat.

'We worden beschoten. Ik ben bij rechter Philip Pascoe. Hij is gewond. We hebben een ambulance nodig. We zijn met z'n vieren en we kunnen niet weg.' Ze verbrak de verbinding niet, zodat de politie kon horen wat er daarna gebeurde.

'Ben jij oké?' fluisterde Dan. Hij lag midden tussen de glasscherven.

'Pascoe is geraakt door het glas en hij bloedt. Zijn vrouw is in shock, maar ik ben oké.'

'Ik zie niemand. Blijf plat liggen tot de politie er is.'

'Als het de Harbourns zijn, zitten ze achter mij aan.'

De seconden leken wel uren en Anya probeerde te bedenken wat ze moest doen. Vol adrenaline kroop ze naar mevrouw Pascoe. 'U moet druk op de wond van uw man zetten, maar niet op de glasscherf. Daar moet u afblijven. Wilt u dat voor me doen?'

In het maanlicht zag ze dat de vrouw knikte.

'Waar is de achterdeur?'

'Er is een deur aan de zijkant van het huis, in het washok achter de keuken. En er is een terrasdeur aan de achterkant.' Ze pakte Anya's hand en wees ermee. 'Er ligt een zaklamp onder de gootsteen in het washok.'

'Anya!' hoorde ze Brody roepen, maar ze was al onderweg naar de keuken. Ze bewoog zich snel, nog steeds kruipend. Ondertussen deed ze alle lampen uit. Ze dacht dat de schutter voor het huis stond en daarom nam ze de deur van het washok. In de schaduw van de bomen verplaatste ze zachtjes een tuinstoel en klom over het hek naar de buren. Ze liep door die achtertuin en kon twee huizen verderop de straat zien.

Ze zag niemand. Ook geen politie. Het was doodstil geworden in de buurt. Als de schutter met een auto was gekomen, was hij nu allang verdwenen.

Pascoe had medische verzorging nodig, en snel ook. Ze liep terug naar het huis, maar voor het geval de schutter er nog was, bleef ze in de dekking van bomen en struiken.

De voordeur zat op slot, maar binnen brandde licht. Door het raam was niemand te zien.

Ze liep om het huis heen en sloop langzaam weer naar binnen door de deur van het washok. Alleen in de woonkamer brandde licht, alle andere vertrekken waren donker.

De haren op haar armen en in haar nek stonden recht overeind. Er klopte iets niet. Er was niet weer geschoten. Zo stil mogelijk maakte ze het aanrechtkastje open en haalde de zaklamp eruit.

Toen voelde ze de loop tegen haar achterhoofd.

'Langzaam opstaan en neerleggen wat je in je handen hebt. En probeer niets heldhaftigs te doen. Ik heb niets te verliezen, weet je.'

Ze deed een beroep op zijn gevoel. 'Er ligt een man te bloeden. Mag ik hem eerst helpen voor je me vermoordt?'

'Nee, deze keer niet.'

Anya's gedachten tolden door haar hoofd. Die stem had ze eerder gehoord. Wie wás het? Waarom zei hij 'deze keer niet', alsof ze al eens eerder iemand die hij kende had geholpen?

En als hij van plan was haar dood te schieten, waarom deed hij dat dan niet nu, van achteren, snel, zonder getuigen? Zoals hij dat bij Natasha had gedaan?

'De politie kan hier elk moment zijn. Je kunt er nog steeds vandoor,' zei ze.

'Ik heb geen haast, hoor. Alles wat ik nodig heb, is hier.'

Hij duwde haar naar voren, een gang door en vervolgens een wenteltrap af. Ze bleef om zich heen kijken, op zoek naar een wapen of een manier om te ontsnappen, maar ze kreeg geen enkele kans. Wat was hier, en wat hij had nodig?

Ze wist nog steeds niet van wie deze stem was. Zijn stem klonk gedempt, alsof hij iets voor zijn mond hield. Ze vond het griezelig dat hij zich zo kalm en zelfverzekerd gedroeg. Hij had kennelijk een vooropgezet plan, maar ze wilde proberen hem over te halen haar geen kwaad te doen.

Ze bleven staan voor een houten deur met een thermometer erop. Het was tien graden. Te warm voor een koelkast, het zou dus wel een kelder zijn.

'Doe de deur open, dan kunnen we de anderen gezelschap houden.'

Anya's hart bonsde en ze durfde geen onverwachte beweging

te maken nu hij dat pistool nog steeds tegen haar achterhoofd drukte. Beelden van Natasha die op de grond lag flitsten door haar hoofd en ze dacht aan Ben die zijn moeder zou verliezen. Als ze ook maar een káns kreeg, moest ze die grijpen. De enige uitweg was de open wenteltrap, maar daarop zou ze een gemakkelijk doelwit zijn, zelfs als ze de man kon overmeesteren. Nu was het niet het juiste moment.

Dan stond in de kelder en mevrouw Pascoe zat naast haar man op de grond, maar ze raakte hem niet aan. De rechter drukte zijn eigen wond dicht.

'O, mijn god, Anya, waarom ben je teruggekomen?'

'Ik dacht dat de rechter hulp nodig had,' zei ze en liep naar binnen.

Achter haar ging de deur dicht. Ze draaide zich om en zag dat de man zijn bivakmuts aftrok.

Ze schrok en wist dat ze zou sterven.

41

Met holle ogen stond Bevan Hart voor hen. Anya wist dat hij verdriet had, maar in de rechtbank had hij heel beheerst geleken. Ze had moeten zien dat er iets mis was; hij was een rouwende vader die het recht had woedend te zijn. Door haar konden de Harbourns niet voor moord worden aangeklaagd.

'Het spijt me zo van Giverny. Ik heb geprobeerd haar leven te redden, maar het was al te laat. Het spijt me zo.'

'Waar gaat dit over, verdorie?' Dan zette een stap in Anya's richting.

'Zitten!' commandeerde de man met het pistool. Dan gehoorzaamde. Mevrouw Pascoe begon te huilen.

'Dokter, dit heeft niets met u te maken. Ga zitten.'

Anya ging naast Dan op de grond zitten. Ze rilde. Het vertrek voelde ineens veel kouder aan.

'Ik weet alles van uw zoontje, dokter Crichton, en ik wil u geen kwaad doen, maar als u me voor de voeten loopt, doe ik alles wat nodig is. Voor Giverny.'

Anya werd licht in het hoofd. Ze begreep niet goed wat er gebeurde. Ze had, net als de politie, gedacht dat de Harbourns achter de moord op Natasha zaten. Maar als Bevan Hart iemand wilde straffen, leek het logisch dat hij haar had uitgekozen.

'Ik wil rechtvaardigheid. Daar geloofde ons gezin in.' Met zijn pistool wees hij naar rechter Pascoe. 'U en uw vriend moeten zich verantwoorden voor wat u zoveel mensen hebt aangedaan. Dat mag niet doorgaan.'

Anya zei zo rustig mogelijk: 'U hebt Natasha vermoord, niet-waar? Waarom? Ze deed haar uiterste best om de Harbourns, die uw dochters hebben aangevallen, veroordeeld te krijgen.'

'Wat een onzin,' zei hij emotieloos. 'Ze had er geen enkel pro-bleem mee de aanklacht voor wat ze Giverny hebben aangedaan in te trekken. Het was net alsof zij, en wij, nooit hebben bestaan. Mijn kleine meisje is door een hel gegaan en de mensen die daar-aan schuldig zijn, vinden het alleen maar grappig. Die klootzak-ken zouden nooit worden vervolgd voor wat ze haar hebben aan-gedaan. Ryder overwoog schuldvermindering in ruil voor een bekentenis en ze overwoog de aanklacht wegens seksueel geweld te laten vallen, alsof dat nooit was gebeurd, in ruil voor hun be-kentenis dat ze Rachel Goodwin hebben vermoord. Slachtoffers zijn gewoon onderhandelingstroeven in een spel, alleen zijn be-paalde levens veel minder waard dan andere. Mensen als Ryder, jullie allemaal – rechters en advocaten, ruïneren meer levens dan de Harbourns ooit zullen kunnen.'

Anya keek naar rechter Pascoe. Hart was in de rechtszaal ge-weest en had hem horen zeggen dat niemand het woord verkrach-ting in de mond mocht nemen in aanwezigheid van de jury.

Nu wist ze waarom. Als iemand hoorde wat hij Dans moeder had aangedaan, zou Pascoe worden ingemaakt.

Mevrouw Pascoe veegde haar ogen af met de rug van haar hand en keek op. 'Ik weet hoe het voelt een dochter te verliezen. Mijn dochter had kanker.'

Bevan leek te bevriezen, alsof hij medelijden had met de vrouw. 'Wat is er met uw oog gebeurd?' vroeg hij.

Rechter Pascoe bulderde: 'We kunnen niet ongedaan maken wat er met uw kind is gebeurd, maar er zijn regels en daar moeten we ons allemaal aan houden. De samenleving vernietigt zichzelf als de slechteriken het kunnen overnemen. Dat is de enige gecivili-seerde manier.'

Dan Brody balde zijn vuisten en rechtte zijn schouders. 'Dat is onzin, er is niets geciviliseerds aan wat we doen en dat weet u heel goed. Het is gewoon één groot spel. Het enige doel is winnen en elke keer wordt de waarheid verslagen door de beste trucjes en toneelstukjes. U bent zelf een voorbeeld van een verkrachter die er gewoon mee weg is gekomen.'

Anya hield haar adem in. Hopelijk was Brody zo slim dat hij verder zijn mond hield.

Pascoe was zichtbaar van slag en zei niets.

'Kannibalen hebben niet veel aanleiding nodig zich op elkaar te storten,' zei Bevan. 'Als u dit met de Harbourns had gedaan, zou mijn dochter nog leven.'

Penny Pascoe schraapte haar keel. 'Wilt u me vertellen wat er met haar is gebeurd?'

Boven hoorden ze voetstappen. 'Rechter, u belt nu de politie en zegt dat ze het huis moeten verlaten, anders vermoord ik iedereen.' Hij keek de kelder rond. 'Er is hier zo veel te drinken dat we het hier weken kunnen uithouden.'

Tegen Dan zei hij: 'Jij ziet eruit alsof je wel weet hoe je andermans geld moet uitgeven. Open iets, maar maak geen glas kapot. Met mijn munitie kan ik ons allemaal in minder dan drie seconden vermoorden.'

Penny Pascoe leek totaal niet onder de indruk. 'Vertel eens over uw dochter. Giverny is zo'n mooie naam, is het Frans?'

'Ze was zeventien. We hebben haar genoemd naar het huis van Claude Monet in Frankrijk.'

'Daar ben ik geweest. Het is er schitterend!'

Dan had een fles wijn gepakt en die met een flessenopener die aan de muur hing geopend. Voordat hij weer ging zitten, bood hij Bevan de fles aan, die een slok nam en de fles weer teruggaf.

'Ze willen met je praten.' Pascoe hield hem de telefoon voor.

Hart schudde zijn hoofd. 'Nee.' Hij pakte de telefoon aan en smeet hem tegen de muur. De vier mensen op de grond schrokken van het onverwachte harde geluid. Toch leek Hart nog steeds kalm. Zelfs nu de politie boven was, raakte hij niet in paniek.

Anya wist dat hij zich erop had voorbereid dat hij in de volgende minuten zou sterven. Ze dacht aan de dood van Savannah en vroeg zich af of hij die ook op zijn geweten had. 'Hoe zit het met Savannah?' vroeg ze. 'Savannah was anders dan haar broers, totaal anders.'

'Nee. Zij was even verantwoordelijk als haar broers voor wat ze mijn dochter hebben aangedaan. Ze wist van die andere verkrachtingen en zij heeft haar mond gehouden om hen te beschermen. Als zij haar mond had opengedaan, zouden die monsters achter slot en grendel hebben gezeten. Dan hadden ze de avond dat ze Giverny ontvoerden niet op straat kunnen zijn.'

'Hoe wist u dat?' wilde Anya weten. Zij had Violet en Savannah beloofd haar mond te houden.

'Ik heb een contact bij de politie die me op de hoogte hield als niemand anders dat deed.'

'Heeft hij u ook verteld dat Savannah regelmatig klappen kreeg van Gary Harbourn, gebroken botten had en altijd doodsbang was voor wat ze haar zouden aandoen als ze het iemand vertelde? Als ze zelfs maar naar een dokter ging? Die moeder deed niets om daar een einde aan te maken.'

'Dat wist ik niet, maar ze had best hulp kunnen krijgen. Zij had een keus, de slachtoffers niet. Rechter, en meneer de advocaat van de verdediging, hebt u enig idee hoe Sophie Goodwin heeft geleden terwijl haar zus werd vermoord? Dat veertienjarige meisje hoorde hoe haar zus werd verkracht en daarna werd doodgestoken. Ze heeft de laatste schreeuw van haar zus gehoord. Daarna werd zij verkracht en voor dood achtergelaten, maar voor die tijd trokken ze haar hoofd achterover en sneden haar keel door. Een meisje van veertien, verdomme! Die avond is ze naar de straat gekropen om hulp te krijgen. En u wilt me wijsmaken dat zij het rechtvaardig zal vinden als u discussieert over de vraag of masochistische seks al dan niet vrijwillig is. Dokter Crichton vertelde dat ze nooit eerder zulke ernstige verwondingen had gezien en u maakte er een woordspelletje van en zei dat sommige vrouwen nu eenmaal van ruige seks genieten.'

'Mijn god, Philip, dat is toch niet waar?'

'U probeert me wijs te maken dat die twee onschuldige meisjes de Harbourn-broers toestemming gaven om te worden verkracht, verrot geslagen en gestoken. Onbekenden die zwaaiend met een honkbalknuppel hun huis binnendrongen?'

Mevrouw Pascoe begon weer te huilen.

'En nog iets. Wie denkt u moet al dat bloed van de vloeren en de wanden boenen nadat de politie vertrokken is? Stel u eens voor wat er door je heen gaat als je het met bloed doorweekte matras van je kind moet opruimen en probeert haar bloedspatten van het plafond, de muren en de vloeren te boenen? Zelfs van haar knuffels! Daar is Goodwin mee bezig als u bezig bent met woordspelletjes. Dat kán toch gewoon niet! U vernietigt levens die toch al aan een zijden draadje hangen!'

Dan zette de fles neer en stond op. 'U hebt helemaal gelijk. Daar heb ik nooit bij stilgestaan en dat had ik dus wel moeten doen,' zei hij. 'Ik wil staand worden doodgeschoten, niet in elkaar gedoken op de vloer.'

Anya stond op, met haar beide handen voor zich uitgestrekt, in een poging nog een paar seconden te winnen. 'Ik begrijp het. Ik ben ook verkracht, in mijn eigen huis door een man die naar binnen is gedrongen. Gelukkig heb ik het overleefd. Maar ik heb nog steeds vertrouwen in de mensen die hun best doen de slachtoffers te helpen.'

Ze móést contact met hem krijgen. 'Savannah had in Giverny's geval kunnen helpen. Maar u hebt haar ook vermoord, nietwaar?'

Hij schudde zijn hoofd en richtte zijn wapen op Dan. 'Dat ging per ongeluk. Ik wilde alleen maar met haar praten. Ik pikte de Jeep omdat ik dacht dat ze wel zou stoppen als ze die auto herkende, maar dat deed ze niet. Ik wilde antwoorden. Ik reed haar bij de verkeerslichten van achteren aan, ik wilde dat ze uitstapte. Maar in plaats van te stoppen, ging ze er als een gek vandoor. Ik wist niet dat ze haar arm gebroken had.'

Opeens vermande Hart zich. 'Het is voorbij, ik kan niets doen om wie dan ook terug te brengen.' Hij richtte zijn pistool op Philip Pascoe. 'Maar jij verdient dit meer dan wie dan ook.'

Brody pakte de fles en smeet hem naar Bevans hand. Hart miste wel, maar liet het wapen niet vallen. Anya ging net voor de Pascoe's staan toen de deur openzwaaide en een gewapende agent binnenstormde.

Bevan Hart draaide zich vliegensvlug om met het pistool in zijn hand en liep naar Anya.

'Nee!'

Ze zag de steekvlam en viel tegen Bevan aan. Daarna voelde ze een stekende pijn in haar maag, en iets warms stroomde over haar buik.

42

Bevan Hart lag op haar en bewoog zich niet. Haar maag deed pijn. Brody en een agent renden naar haar toe om Hart van haar af te trekken. Hij stribbelde niet tegen en ze legden hem op de grond. Twee andere agenten hadden hun pistool op hem gericht, schietklaar.

Anya's pijn werd minder toen ze Bevans pistool naast zich neer legde, opgelucht doordat het niet langer in haar lichaam drukte door het gewicht van de man. Ze ging langzaam rechtop zitten. Vanuit een ooghoek zag ze dat Dan zijn stropdas lostrok om een tourniquet te maken om het been van de rechter. Naast haar lag Bevan Hart naar adem te happen. 'Bel een ambulance,' riep ze. Ze wilde hem helpen, maar uit een gapende wond in zijn buik stroomde bloed. Ook Penny Pascoe knielde bij hem neer. 'Ik ben verpleegster geweest. Kan ik iets doen?'

Anya keek nog eens goed, maar hij verloor zo veel bloed dat niemand veel kon doen zonder donorbloed en een infuus. 'Hebt u ook handdoeken of iets anders waarmee we druk op de wond kunnen zetten?'

De vrouw van de rechter trok meteen haar rok uit. 'Kan dit ook?'

'Bedankt,' Anya drukte de stof stevig op de wond. 'Er komt een ambulance aan. Volhouden, Bevan.'

Hij probeerde wanhopig haar handen weg te duwen.

'Maar dit kan het bloeden stelpen,' zei ze.

'Alsjeblieft,' hijgde hij. 'Laat me gaan.'

Anya hoorde hem wel, maar weigerde te geloven wat hij zei. Ze had zijn dochter niet kunnen redden, maar dat zou haar bij hem wel lukken. Ze drukte nog harder en hij kreunde, schudde zijn hoofd.

'Nee, hou op. Ik wil sterven,' fluisterde hij. 'Giverny is hier.'

Ze bleef drukken, maar mevrouw Pascoe boog zich over hem heen. 'Bevan, kun je haar zien?'

Hij knikte.

'Is ze gelukkig?'

Een brede glimlach.

'Hij is al bijna dood,' zei ze. Met haar ene hand streelde ze zijn wang en haar andere hand legde ze op Anya's wang.

Bevan hijgde en blies zijn laatste adem uit. Nog steeds glimlachend.

Twee ambulanceverpleegkundigen duwden de agenten opzij en begonnen hun patiënt te onderzoeken.

'Het is te laat,' zei mevrouw Pascoe, 'hij is dood.'

Een van de verpleegkundigen voelde zijn pols. De andere scheurde Bevans overhemd open en plakte de ecg-plakkers op zijn borst. De lijn op het beeldscherm was vlak. 'Geen pols, geen spontane ademhaling, hij heeft veel bloed verloren.'

Anya en mevrouw Pascoe stapten achteruit terwijl de ambulancemannen deden wat ze moesten doen: ze spoten vloeistof in een ader en probeerden uit alle macht zijn hart weer aan het kloppen te krijgen.

Anya was zich niet bewust van iets of iemand anders in het vertrek. Alleen de tragedie van Bevan Hart. Eerst Giverny, toen Natasha en Savannah, allemaal dood, allemaal onnodig.

Mevrouw Pascoe sloeg een arm om haar heen. 'Hij heeft nu vrede. Ik voelde hem gaan.'

Anya verontschuldigde zich en liep tussen twee rijen wijnflessen door.

Een van de agenten haalde een envelop uit Bevans jasje. 'Lijkt wel een zelfmoordbriefje,' zei hij. Met handschoenen aan vouwde hij het open.

Het spijt me wat er allemaal is gebeurd. Maar ik geloof niet langer in gerechtigheid. Die bestaat niet. Rechters en advocaten spelen gewoon een spelletje. Ze denken niet eens aan de slachtoffers en hun familieleden. Ze doen net alsof zij pionnen zijn die ze naar believen kunnen verplaatsen, hoeveel pijn ons dat ook doet.

Rechter Pascoe werd verzorgd door een van de ambulancever-pleegkundigen. 'Moeten we echt luisteren naar het geraaskal van een misdadiger?'

'Wacht,' zei Anya. 'Volgens mij moeten we dit allemaal horen.' De agent ging door met voorlezen.

Ik heb het hele proces al een keer meegemaakt. En na al die ellende besloot de rechter om de een of andere onzinnige reden dat de rechtszaak ongeldig was.
Kon het hem iets schelen wat dit voor mij en mijn familie betekende? Heeft hij me gevraagd hoe moeilijk het was om te getuigen en de mannen te zien die me verkrachtten? Daarna had ik het gevoel dat hun advocaat me nog een keer verkrachtte, met al die dingen die hij over me zei en toen hij beweerde dat ik een leugenaar was. Toen werd ik weer vernederd en verkracht.
Ik dacht dat ik sterk genoeg was om dit een tweede keer te doen, maar dat is niet zo. Het spijt me zo, mama en papa, voor alles wat jullie hebben meegemaakt. Ik wilde dat ik die avond niet was weggelopen en alles wat ik heb gezegd kon terugnemen. Maar dat kan niet. Dat kan niemand.
Ik hoop dat jullie me kunnen vergeven.
Jullie liefhebbende dochter,
Giverny

Het werd stil in het vertrek. Bevan Hart was niet langer een maniak die met een pistool het huis van de rechter was binnengedrongen. Hij was een treurende vader met een goede reden om van slag te zijn. Het zou nooit goed zijn gekomen. De laatste woorden van zijn dochter zouden hem altijd blijven achtervolgen.

Nu begreep Anya waarom ze zich niet had herinnerd dat Giverny rode vlekjes op haar gezicht had. Die waren er niet geweest. Giverny had zelfmoord gepleegd, zonder dat er iemand anders bij was. Ze dacht terug aan die ochtend. Bevan Hart was voor hen de slaapkamer in gelopen, had het briefje kunnen oppakken en verstoppen. In zijn ogen hadden de Harbourns haar tot haar zelfmoord gedreven, met hulp van rechters, advocaten en Savannahs gedwongen zwijgen.

Geen enkele betrokkene had er iets mee gewonnen, tot nu toe. Behalve degenen die verantwoordelijk waren voor de hele serie gebeurtenissen.

De gebroeders Harbourn.

43

De volgende ochtend stonden Anya en Dan Brody in de kamer van rechter Pascoe. Ze dachten dat hij de rechtszaak aan een andere rechter zou overdoen, ook al had hij maar een oppervlakkige beenwond.

Hij zat in een bruinleren stoel achter een walnoten bureau. Hij vroeg hun niet te gaan zitten. 'Ik ben niet van plan de gebeurtenissen van gisteren in mijn huis te bespreken. Naar mijn mening zijn ze voor deze rechtszaak niet van belang.'

Dan had een ogenschijnlijk ontspannen houding aangenomen, hoewel hij er handenwringend bij stond. Anya wist niet goed of ze hier nu was als chaperonne of als getuige.

'Naar aanleiding van jouw beschuldigingen wil ik nog dit zeggen: als je deze belachelijke beweringen herhaalt, dien ik een aanklacht wegens smaad tegen je in. Je hebt geen enkel bewijs voor je bewering dat ik tegen haar zin gemeenschap met je moeder heb gehad en dat DNA bewijst alleen maar dát er sprake is geweest van gemeenschap. En dat ontken ik ook helemaal niet. Daarmee is deze zaak afgedaan.'

'Goed dan, edelachtbare, dan verzoek ik u formeel om ontheffing van deze zaak wegens ons persoonlijk conflict.'

De rechter legde zijn handen op zijn bureau en zei: 'Volgens mij heb ik de situatie zojuist beschreven. Welke argumenten kun je daar volgens jou voor aanvoeren?'

'Wel, edelachtbare, volgens mij bent u de vader van mijn overleden zusje en dat kan worden beschouwd als een vorm van nepotisme. Daarom zou het onethisch van me zijn om verder mee te werken aan deze zaak.'

Pascoe smeet een boek op zijn bureau. 'Nepotisme? Mijn beste jongen, ik kan je aanklagen wegens minachting van de rechtbank. Je cliënt beweert dat hij ontoerekeningsvatbaar was ten tijde van de misdaad waar hij van wordt beschuldigd. Als je verliest, en deze claim wordt afgewezen, mag je cliënt in beroep gaan. Jij moet je voegen naar de wensen van je cliënt en hem zo goed mogelijk verdedigen. Als je je niet voldoende inspant, zal ik je in de bak laten smijten. Je krijgt geen toestemming je uit deze zaak terug te trekken.'

Dan verstijfde en even dacht Anya dat hij de rechter weer te lijf wilde gaan. Gelukkig had hij zich deze ochtend beter in bedwang en beheerste hij zich. 'Edelachtbare, ik heb mijn cliënt geadviseerd zich niet op ontoerekeningsvatbaarheid te beroepen. Dat is volgens mij niet in zijn eigen belang, maar hij blijft erbij. Mijn cliënt gaat in tegen mijn instructies, hoewel die zijn gebaseerd op mijn ervaring en kennis.'

'In dat geval zul jij je cliënt vertegenwoordigen door aan al zijn wensen tegemoet te komen. Heb ik mezelf duidelijk genoeg uitgedrukt?'

Dan gaf geen antwoord.

'Dokter Crichton.'

'Ja, edelachtbare.' Ze had een droge mond. Een rechter die haar vijandig gezind was, kon haar getuigenverklaring in elke rechtszaak de grond in boren. Dan zouden advocaten het als een te groot risico gaan beschouwen haar als getuige-deskundige op te roepen, waardoor ze al snel geen opdrachten meer zou krijgen. Haar hart klopte als een bezetene en ze kreeg jeuk in haar hals. Ze walgde van deze man, voor wat hij Therese Brody en zijn vrouw had aangedaan en voor de manier waarop hij Bevan Harts redenen voor zijn gedrag kleineerde. Maar het was nu niet het juiste moment dat te laten zien.

'U blijft een getuige en ik geef meneer Brody toestemming u op te roepen als u een deskundige mening hebt die relevant is voor deze zaak. Maar als u deze belachelijke beschuldigingen tegen mij herhaalt, zult u tegen de tijd dat ik met u klaar ben geen van beiden nog enige geloofwaardigheid hebben.'

Anya voelde dat de jeuk verhevigde naarmate ze bozer werd. Deze man maakte misbruik van zijn macht om haar te bedreigen, zelfs nadat ze gisteravond zijn leven had gered. Ze was zelfs nog bozer omdat Bevan Hart voor zijn ogen was gestorven en hij het er daar niet eens over had.

'Begrijpen we elkaar?'

Dan en Anya keken elkaar aan en mompelden met hun kaken op elkaar: 'Ja, edelachtbare.'

Zodra ze zijn kamer uit waren, bleef Dan opvallend rustig en stond Anya te trillen van woede. 'Hij is een verkrachter en een vrouwenmishandelaar, en hij dreigt onze ethiek en onze geloofwaardigheid te grabbel te gooien. Kan hij dat doen?'

Dan wreef over zijn kin. 'Als je geen beschuldiging aan je broek wilt hebben voor het binnendringen van zijn woning en voor het feit dat je hem hebt bedreigd en mishandeld, dan is het antwoord ja.'

'Maar jij hebt hem geslagen! Ik heb geprobeerd je tegen te houden.'

Dan wilde zijn handen op haar schouders leggen, maar ze duwde hem van zich af.

'Hij gaat ervoor zorgen dat de Harbourns worden vrijgesproken en dat is onze schuld. Wat zal dat teweegbrengen bij Sophie Goodwin en haar familie? God, het is precies zoals Bevan Hart zei: het is gewoon misdadig!'

'Laten we er even over nadenken. Hij dwingt me Gary Harbourn te verdedigen, die zich wil beroepen op ontoerekeningsvatbaarheid. Waarom?'

'Omdat zijn vonnis dan wordt gebaseerd op de beweringen van een psychiater die zegt dat Gary Harbourn nu medicijnen krijgt en niet meer gek is. Gemakkelijke, softe opinie. Dan wordt de aanklacht wegens verkrachting ingetrokken, omdat hij denkt dat elke vrouw bereid is seks te hebben met elke groep onbekende mannen. Als die aanklacht wordt ingetrokken, wordt ontoerekeningsvatbaarheid algauw een softe optie.'

'Is dat wel zo?' vroeg Dan.

Anya bleef staan en keek naar Dan. 'Wat bedoel je? Je hebt diezelfde sinistere blik op je gezicht die je ook altijd hebt vlak voordat je toeslaat.'

'Vertrouw me maar. Ik ga precies doen wat Pascoe me heeft opgedragen. Sta jij achter me?'

44

Benito Fiorelli stond in de rechtszaal. 'Ik roep dokter Anya Crichton op als getuige.'

Anya stapte de rechtszaal binnen. Gary Harbourn zat naast Dan Brody aan de tafel van de verdediging. Aan de andere tafel zaten Benito en zijn assistente Sheree Elliott. Op elke tafel stonden een karaf water en een paar plastic bekertjes. Noelene en haar resterende kinderen zaten op de publieke tribune.

Anya liep naar het getuigenbankje, haalde diep adem en keek naar Philip Pascoe. Hij keek met een minachtende blik terug.

Sheree Elliott stond op en knoopte haar jasje dicht. 'Edelachtbare, de jury is al op de hoogte van de kwalificaties van dokter Crichton en volgens mij heeft de verdediging haar al geaccepteerd als een getuige-deskundige.'

'Dat klopt, ga door.'

'Dokter, hebt u op 24 november een familielid van de verdachte behandeld?'

'Inderdaad. Gary Harbourns zus, Savannah, meldde zich bij de afdeling Jeugd- en Zedenzaken.'

'Bezwaar, edelachtbare, de plaats van onderzoek is irrelevant.'

'Leden van de jury, u moet de opmerking van de dokter over het seksueel misbruik-aspect van de kliniek negeren.'

Anya had dat met opzet gezegd. Juryleden letten extra goed op als ze dat woord hoorden en Pascoe had er onopzettelijk voor gezorgd dat ze het onthielden door het te herhalen.

'Waarom kwam Savannah naar uw speciale afdeling toe?'

'Ze was gewelddadig verkracht en had dringend medische verzorging nodig.'

'Kunt u haar verwondingen beschrijven?'

Brody's stoel schraapte over de vloer toen hij opstond, wat dankzij zijn omvang een dramatisch effect had. 'Bezwaar, edelachtbare, relevantie?'

Fiorelli zei: 'De verwondingen van Savannah waren relevant voor haar gesprek met de dokter over de verdachten.'

'U mag doorgaan,' zei Pascoe, terwijl zijn kunstoog iets later dan het andere naar iemand keek die opstond, knikte en de rechtszaal verliet.

'Ze had verwondingen die ontstaan wanneer iemand herhaalde malen in het gezicht wordt geslagen, mogelijk met een massief voorwerp. Haar linkeroog, kin en beide lippen waren gezwollen en gekneusd. Haar linkeronderarm was gebroken en verschoven, en was zichtbaar vervormd toen ze bij me kwam.' Anya wendde zich tot de jury om met haar eigen arm te laten zien hoe gezwollen de arm was geweest. 'Dit gebeurt wanneer de botten zijn gebroken en uit hun verband zijn getrokken. Savannah had ook verschillende kneuzingen, of blauwe plekken, op haar rug en ribben, die overeenkwamen met haar verklaring dat ze was getrapt nadat ze op de grond was gesmeten.'

Twee vrouwelijke juryleden knepen hun ogen tot spleetjes, alsof ze het niet konden geloven.

Noelene begon luid te kuchen.

'Hebt u foto's van de verwondingen gemaakt?'

'Nee, Savannah heeft me gevraagd haar bezoek en wat ze me die avond vertelde geheim te houden.'

'Heeft ze een aanklacht ingediend tegen de persoon die deze verwondingen heeft veroorzaakt?'

'Nee. Ze zei expliciet dat ze niet wilde dat iemand wist dat ze naar de kliniek was gekomen.'

'Zei ze ook waarom?'

'Ze zei dat ze bang was dat degene die haar had aangevallen erachter kwam dat ze naar het ziekenhuis was gegaan, omdat hij dan zou denken dat ze ook bij de politie was geweest.'

Sheree keek naar de jury. 'Bang? Waarvoor?'

'Ze zei dat ze bang was dat zij, of degene die haar had gebracht, dan misschien vermoord zou worden. Op een bepaald moment maakte ze zich zelfs zorgen over de veiligheid van haar vriendin en van mij.'

'Dokter, dit klinkt wel een beetje vergezocht. Hebt u Savannah Harbourns redenen om zo bang te zijn in twijfel getrokken?'

'Nee, dat niet. Haar vrees leek reëel en terecht, gezien de ernst van haar verwondingen, omdat ze haar aanvaller kende en omdat ze regelmatig contact met hem had. Hij wist ook waar ze woonde.'

'Bezwaar,' Brody schoof zijn stoel achteruit, 'dit is een onbewezen aanval. Niemand is aangeklaagd en de dokter heeft dit allemaal uit de tweede hand.'

'En dat brengt me bij de volgende vraag, edelachtbare. Is het mogelijk om Savannah Harbourn als getuige op te roepen?'

'Nee,' antwoordde Anya. 'Kort nadat ik haar had onderzocht, is ze met haar auto verongelukt na een botsing met en te zijn achtervolgd door een andere auto.'

'Bezwaar, edelachtbare!' riep Brody.

Het publiek mompelde en de pers zat fanatiek aantekeningen te maken.

Rechter Pascoe eiste stilte en zei tegen Anya: 'De oorzaak van de dood van juffrouw Harbourn is niet relevant voor deze zaak. De jury moet de laatste opmerkingen van de getuige negeren.'

Maar de schade was al aangericht.

Sheree zei: 'Nog één vraag, dokter. Heeft Savannah Harbourn u de naam verteld van de man die haar volgens haar heeft mishandeld en voor wie ze doodsbang was?'

'Ja. Ze zei dat de man die haar had aangevallen haar broer was, Gary Harbourn.'

Gary zat met zijn benen te zwaaien.

Sheree liep terug naar haar tafel en bladerde door een stapel papier, waardoor de woorden heel lang in de lucht bleven hangen. Daarna ging ze verder met haar verhoor. 'Dokter Crichton, hebt u de verdachte onderzocht in verband met de moord op Rachel Goodwin?'

'Ja, dat klopt.'

'En wat was uw professionele mening over zijn acute geestelijke toestand?'

Weer maakte Brody bezwaar. 'Deze getuige is geen deskundige op het gebied van psychiatrische diagnoses.'

De rechter wees het bezwaar af. 'Als forensisch patholoog moet ze de acute geestelijke toestand bepalen voorafgaand aan een politieverhoor. U mag de vraag beantwoorden.'

'Ik ben tot de conclusie gekomen dat hij psychisch in staat was te worden verhoord in verband met de moord op Rachel Goodwin.'

'Niet geestelijk gestoord?'

'Nee, hij praatte samenhangend en was helder toen ik hem onderzocht.' Ze noemde het psychiatrisch ziekenhuis niet bij naam.

'Hoelang bent u bij de verdachte gebleven?'

'Ongeveer een uur, en dat was lang genoeg om te kunnen constateren dat hij niet werd beïnvloed door medicijnen, drank of andere verdovende middelen of last had van ontwenningsverschijnselen. Hij wist waar hij was en gaf heldere antwoorden op mijn vragen.'

Dan Brody stond op en keek Anya met opgetrokken wenkbrauwen aan, kennelijk voor de show. 'U beschreef Savannah Harbourn als een bange, geheimzinnige jonge vrouw. Is het mogelijk dat ze niet helemaal eerlijk tegen u is geweest?'

'Dat is mogelijk. Elke patiënt kan tegen een dokter liegen, bewust of onbewust, maar Savannahs verklaring paste bij haar verwondingen.'

'Ik begrijp het. Hebt u deze vrouw psychisch onderzocht?'

'Niet specifiek, nee, maar ze was helder en er was geen aanleiding te denken dat ze...'

'Dank u dokter, geef alstublieft alleen antwoord op de vragen.'

Het zweet stond Anya in de handen. Wat was Brody in vredesnaam aan het doen!

'Dokter, hebt u Savannah Harbourn die avond onderzocht op het bovenmatig gebruik van drank of verdovende middelen?'

Ze balde haar vuisten, buiten het zicht van de juryleden. 'Nee, dat heb ik niet gedaan. Ze rook niet naar drank en haar vriendin vertelde dat Savannah niet dronk en geen drugs gebruikte.' Zodra ze dat had gezegd, wist ze hoe knullig dat klonk. 'Maar dat is tijdens de autopsie wel gedaan...'

'Ik heb het over de bewuste avond waarop juffrouw Harbourn uw kliniek bezocht.'

Hij had Anya niet de tijd gegeven te vertellen dat de uitslag van het toxicologisch onderzoek negatief was geweest voor medicijnen en alcohol. Uit de leveruitslagen bleek dat ze geen intraveneuze of orale drugs gebruikte. En dat bewees dat ze geen drugsverslaafde was, zoals Brody nu probeerde te suggereren.

'Dus een vriendin van uw patiënt zei dat tegen u en u hebt dat klakkeloos aangenomen. Het is niet in u opgekomen dat drugsverslaafden vaak met verwondingen naar een kliniek gaan met het doel pijnstillers te krijgen, bijvoorbeeld pethidine?'

'In eerste instantie wel. Toen ze van tevoren belden, zei ik al dat ik geen verdovende middelen had en ze die dus niet zouden krijgen.'

'Ik begrijp het.' Brody begon heen en weer te lopen, langzaam, alsof hij Savannah Harbourn wilde begrijpen. 'Heeft ze u op enig moment om pijnstillers gevraagd?'

Anya probeerde het zich te herinneren. Ze had gevraagd om een pilletje, maar niet om een injectie. 'Ja, maar...'

'Dank u. Ze heeft dus wel een verdovend middel gevraagd, aan een arts die haar medische verleden niet kende. En dankzij haar verhaal over de noodzaak van geheimhouding, was u niet gemachtigd verifiërende medische informatie aan haar eigen arts te vragen. Of hebt u dat wel gedaan?'

'Nee, dat heb ik niet.'

'Ik begrijp het. Is het mogelijk dat Gary Harbourn in de woning

van het gezin heeft geprobeerd in te grijpen en dat Savannah zelf
gewelddadig is geworden en dat ze die verwondingen heeft opgelopen toen Gary en zijn broers probeerden haar tegen te houden?'

Anya begreep opeens wat Brody aan het doen was. Hij wilde
Savannah in diskrediet brengen terwijl ze zich niet meer kon verdedigen. Anya dacht dat hij de vorige avond was veranderd, maar
kennelijk was dat niet zo. Ze werd misselijk door wat hij nu aan het
doen was. En het ergste was dat hij haar hiervoor misbruikte.

'Savannahs verwondingen zijn met heel veel kracht toegebracht,
met een massief voorwerp, een laars bijvoorbeeld.'

'Dat heb ik gehoord. Maar kunt u, als ervaren forensisch patholoog, bevestigen dat mensen tijdens hun arrestatie gewond zijn
geraakt, ook al heeft de politie al het mogelijke gedaan om dat te
verhinderen?'

Wat een rotzak! Brody was halve waarheden aan het vertellen en
dwong haar te liegen door de echte feiten niet te vermelden. Nu
kreeg de jury niet het echte verhaal te horen. 'Ja, maar...'

'Dank u...'

Dan werd afgeleid doordat Gary Harbourn een glas water om-
gooide. Hij trilde en beefde. Dan boog zich naar hem toe zodat hij
met hem kon praten.

'Edelachtbare, mag ik vragen om een pauze? Mijn cliënt windt
zich op en wil zijn psychiater graag zien.'

'Ik geef u een halfuur, we beginnen weer om tien uur dertig.'

Iedereen stond op toen Pascoe via een zijdeur wegliep.

Anya was nog niet klaar, ze moest nog verder getuigen.

Fiorelli koos ervoor zich er niet mee te bemoeien en vroeg ook
niets over Savannah en haar verwondingen. Kennelijk vond hij
haar niet-relevant voor deze rechtszaak na Brody's korte optreden.
En nu duidelijk was dat Bevan Hart verantwoordelijk was voor de
moord op Savannah, zou Gary ook onder die aanklacht uitkomen.

Toen ze de rechtszaal verliet, zag Anya dat Violet Yardley op de
achterste rij zat. De jonge vrouw had tranen in haar ogen en keek
Anya met een wanhopige blik aan.

Anya had het gevoel dat ze Gary Harbourn zojuist een dienst had bewezen. Dan Brody deed precies wat rechter Pascoe had gevraagd, ook al betekende dit dat hij iets deed wat ontzettend onrechtvaardig was.

Ze was nog nooit zo teleurgesteld geweest over zichzelf, of over de man die ze als haar vriend beschouwde.

45

Buiten de rechtszaal probeerde Fiorelli Anya te kalmeren. 'Dit gaat over zijn beroep op ontoerekeningsvatbaarheid. Savannah had ons nooit kunnen helpen bewijzen dat Gary toerekeningsvatbaar was in de nacht dat Rachel Goodwin werd vermoord.'

'Nee, niet nu ze dood is.'

Kate Farrer kwam erbij. 'Brody doet zijn uiterste best je op te fokken. Wind je maar niet op. Hij is nu eenmaal een slijmbal en je hebt hem waarschijnlijk ongelooflijk geërgerd.'

Anya's vriendin was zoals gewoonlijk verschrikkelijk tactloos, maar ze had wel precies gezegd wat Anya dacht. Misschien deed hij wat Pascoe hem had opgedragen en zorgde hij er bovendien voor dat Harbourn in de toekomst geen enkele reden kon aanvoeren om in beroep te gaan. Of hij wilde haar in diskrediet brengen, met de bedoeling Pascoe te laten zien dat zijn smerige geheim veilig was en dat er geen relatie was tussen hem en Anya. Wat de reden ook was, ze had helemaal geen zin om weer in het getuigenbankje te gaan zitten.

'Pak aan,' zei Kate en gaf haar een kop zwarte koffie. 'Neem maar even pauze. Je hebt weer uitslag in je hals.'

Anya nam de koffie aan en liep naar buiten voor een beetje frisse lucht. Ze zag Brody oversteken. Hij negeerde haar. Hoe kón hij dit doen? Hij probeerde toch zeker niet om indruk te maken op de man die zijn moeder had verkracht? Bevan Harts smeekbedes over de slachtoffers en hun familieleden hadden kennelijk niets uitgemaakt. Brody trok zich ook van niemand iets aan, behalve dan van zichzelf en zijn carrière.

Haar telefoon ging en ze keek wie het was. Martin. Ze nam snel op. 'Alles in orde?' vroeg ze.

'Ja hoor, wilde je alleen even vertellen dat Ben derde is geworden tijdens zijn eerste atletiekwedstrijd. Niet slecht toch? Hij is immers maar half zo groot als de meeste andere kinderen in zijn klas.'

Even was niets anders belangrijk. 'Wat geweldig, maar winnen is niet het belangrijkst.'

'Wees maar blij voor hem. Hij heeft zijn best gedaan en keihard gerend. Zelfs al leek het alsof zijn benen van pudding waren.'

Ze wist precies wat hij bedoelde. Ben was niet gezegend met atletiekgenen, maar ze vond het altijd heerlijk om te zien hoe blij hij was als hij hardliep.

'Sorry, maar ik moet zo weer de rechtbank in. Zeg maar tegen Ben dat ik ontzettend trots op hem ben. Fijn dat je het me even liet weten, ik wilde dat ik het had kunnen zien.'

'Wij ook.' Hij aarzelde even en zei toen: 'Je kunt later nog wel met hem praten. Doe dan maar net alsof je het nog niet van mij had gehoord.'

'Ik moet ophangen. Dankjewel, Martin. Echt.'

Ze nam een slokje koffie en voelde de warmte door haar keel en borstkas gaan. Een paar minuten later zat ze alweer in het getuigenbankje.

Gary zat zelfs nog heviger te trillen dan voor de pauze.

'Dokter Crichton,' zei Brody, 'het is natuurlijk niet uw vakgebied, maar weet u of ontoerekeningsvatbaarheid, of met andere woorden een psychose, een constante toestand is?'

'Niet altijd. Mensen die stemmen horen, zeggen vaak dat ze komen en gaan.'

'Is dat afhankelijk van de soort medicatie en de dosis?'

'Nee.'

'U zegt dat de verdachte helder leek tijdens uw bezoek. Betekent dit dat hij geen psychose kan hebben gehad tijdens de aanval op Sophie en Rachel Goodwin?'

'Nee.'

'Het is dus mogelijk dat hij die avond een psychose had en dat u hem tijdens een van zijn goede dagen hebt gezien?'

'Ja.'

'En is het mogelijk dat de medicatie en de zorg die hij in het psychiatrisch ziekenhuis kreeg zijn situatie hebben verbeterd?'

'Dat is mogelijk als hij die nacht echt psychotisch was en niet net deed alsof. Hij kon wel heel goed met het toetsenbord van een computer omgaan vlak voordat ik daar kwam, vlak voordat die slopende tremors begonnen, toevallig toen ik er was. Vervolgens was zijn coördinatie perfect in orde toen hij een foto kapot smeet nadat ik hem boos had gemaakt door een vraag over de verdachte dood van zijn zus.'

Gary gromde en staarde naar Anya.

Brody keek haar aan, maar reageerde niet op haar opmerkingen. Hij draaide zich half om, alsof hij wilde overleggen.

Op dat moment greep Gary Harbourn de karaf met water, sloeg hem kapot, sprong over de tafel en rende met een glasscherf als wapen naar het getuigenbankje.

Iemand gilde 'Pas op!' en Anya zag dat Gary met een waanzinnige blik in zijn ogen naar haar toe kwam.

Dan Brody duwde zijn schouder in Harbourns borstkas en versperde hem de weg. Harbourn sprong van de reling voor de bank van de juryleden die allemaal achteruitdeinsden.

Dan greep Harbourns arm, het glas van zich af houdend, en een gerechtsdienaar en Fiorelli overmeesterden Harbourn en dwongen hem op de grond. Brody zette zijn knie op Harbourns rug tot de man handboeien om had.

Harbourn brulde onder het toeziend oog van de jury: 'Ik ga je vermoorden. Jij en die teef van een Ryder zitten me al jaren achterna.' Ondertussen probeerde hij zich los te wurmen.

Noelene Harbourn riep: 'Laat hem met rust, hij is ziek.'

Anya keek naar de rechter, die bij de deur naar zijn kamer was gaan staan. Toen het duidelijk was dat Harbourn niet langer gevaarlijk was, keerde hij terug naar zijn stoel. 'Stilte!' commandeerde hij. 'Iedereen terug naar zijn plaats. Meneer Brody, is uw cliënt nu onder controle?'

Dan stond te puffen en te zweten, maar knikte.

Toen bevrijdden twee geüniformeerde politieagenten Dan van zijn prooi. Ze tilden Harbourn op en zetten hem rechtop, een met een been tussen de benen van Harbourn, zodat die zich niet meer kon verroeren.

Pascoe zei tegen hen: 'Breng hem naar een cel tot hij een psychiater heeft gesproken en is afgekoeld. Leden van de jury, ga weer zitten.'

'Die teef probeert me erin te luizen!' gilde hij nog toen ze hem de rechtszaal uit leidden.

Anya zat hijgend op haar plek en keek naar Dan om te zien of het wel goed met hem ging. Ze zag wat bloed op zijn rechterhand.

'We gaan even pauzeren. Ik moet u zeggen, leden van de jury, dat de gebeurtenissen waar u zojuist getuige van bent geweest, niet mogen meewegen tijdens deze rechtszaak. Over een uur gaan we weer door.'

De journalisten waren de eersten die vertrokken nadat Pascoe de rechtszaal had verlaten. Ze wilden het verhaal van de aanval van de doorgedraaide verdachte zo snel mogelijk doorgeven.

Met de pers buiten haar gezichtsveld stond Noelene Harbourn trots rechtop.

Anya stapte uit het getuigenbankje en liep naar Dan, die verbijsterd op zijn stoel zat.

Fiorelli en zijn assistente hadden zich ook nog niet verroerd. Het leek wel alsof niemand wilde geloven wat er zojuist was gebeurd.

Anya vroeg of ze even naar Dans hand mocht kijken. Hij tilde hem op. Er zat een oppervlakkige snee in de handpalm, maar die hoefde niet te worden gehecht. 'Je moet dat schoonmaken en er een steriel gaasje op doen.'

De advocaat knikte.

'Gaat het wel met je?' vroeg hij. 'Hij had het echt op jou gemunt.'

'Dat weet ik. Bedankt dat je hem hebt tegengehouden, en jij ook, Benito.'

De officier van justitie haalde de schouders op. 'Na wat er zojuist is gebeurd, zal het lastig zijn om de jury ervan te overtuigen dat Gary Harbourn niet krankzinnig is. Hij kan niet verantwoordelijk worden gesteld voor moord als hij verminderd toerekeningsvatbaar is. Verdorie, zelfs ik kan dat nu geloven.'

Noelene Harbourn kwam naar hen toe. 'Kleine slet, je denkt zeker dat je heel slim was zonet, maar jij trekt toch aan het kortste eind.'

Dan en Benito gingen dichter bij Anya staan, ook al was Noelene alleen en stond ze een eindje van hen af. Anya was dankbaar voor hun hulp.

'Ik ken jouw soort wel, je gedraagt je als de Maagd Maria, heel lief en slim, maar je hebt er alles voor over als het maar goed is voor je carrière. Dat trucje van je, zo onschuldig in het getuigenbankje? Nou, je hebt ons zojuist een grote dienst bewezen.'

Ze wendde zich tot Dan en zei met een veel lievere stem: 'Goed gedaan, Danny Boy. Je hebt zojuist een bonus verdiend.'

De vrouw zette een grote zonnebril op alsof ze haar fans tegemoet zou treden, draaide zich om en liep weg.

Dan Brody leek ineens heel tevreden met zichzelf.

46

Die avond ging Anya naar huis. Nu Bevan Hart dood was en had bekend dat hij Natasha Ryder had vermoord, dachten Kate en Hayden dat het wel veilig was om naar huis te gaan.

Toen Anya de voordeur had geopend, struikelde ze bijna over de stapel kranten en post. Ze zette het alarm af en deed het licht aan. Alles was nog net zoals toen ze was vertrokken. Toch vond ze het een griezelig idee dat de Harbourns haar naam en adres wisten, vooral na Gary's uitbarsting in de rechtszaal.

In de hal schopte ze haar schoenen uit en ze bukte zich om haar post op te pakken. Omdat Elaine nog steeds weg was, lag er een dikke stapel post op de mat. Er zat ook een brief van Ben tussen. Ze haalde een briefopener uit haar kantoor en ging op de bank tegenover het bureau van Elaine zitten. Het antwoordapparaat kon wel wachten.

Nadat ze de envelop had opengemaakt, zag ze een vrolijk gekleurde tekening van een regenboog. Daarbij had Ben een man, een vrouw en een jongen getekend. Op de achterkant stond zijn naam met zijn groep op school. Deze gaat op de koelkast, dacht ze, en stond op. Daardoor vielen er een paar rekeningen op de grond. Ertussen zat een handgeschreven A5-envelop zonder postzegel.

Met een gespannen gevoel maakte ze hem open. Misschien was hij wel van de Harbourns! Maar er zat een dagboek in. Toen ze het opensloeg, zag ze een naam, Savannah Harbourn, en de woorden:

Als ik doodga of vermoord word, wil ik dat dit naar mijn vriendin gaat, Violet Yardley. Ik hou van mijn familie, maar ik kan niet blijven hopen dat er iets verandert. Toen ik dat meisje in het ziekenhuis zag, wist ik wie dat had gedaan. Er zijn zoveel nare dingen gebeurd. Als God bestaat, vergeeft hij het me misschien dat ik zo lang mijn mond heb gehouden.

Anya bladerde het dagboek door en las verschillende tekstjes over eenzame dagen, afzondering en hoe leuk haar zussen konden zijn.

Vandaag zei mama weer lachend dat de politie zo stom is. Volgens haar worden alleen de stomste misdadigers gepakt. Je moet gewoon bij je verhaal blijven en elkaar dekken, dan overkomt je niets.
Ze zijn ook niet bang voor de gevangenis. Ze zitten allemaal voor elkaar. Dat doe je als familie. Je dekt elkaar. Dat begrijpt de politie gewoon niet. Ik vind het verschrikkelijk dat mijn familie zoveel slechte dingen heeft gedaan. Iemand moet hen tegenhouden, zodat ze niet nog meer mensen kwaad doen. Ik wilde dat ik sterk genoeg was om dat te doen.

In het dagboek zat een lijst met data, namen en overvallen. Enkele kende Anya niet, zoals Choko, Lizard, Rastis. Er zat ook een verkreukeld stukje papier in met in een ander handschrift: 111 Rosemont Place.

Anya liep naar haar bureau en zocht het adres van de Goodwins op: 111 Rosemount Place.

Ze zette haar laptop aan en googelde het adres. Een paar minuten later wist ze dat Rosemount Place in een andere wijk lag dan Rosemont Place.

Waren de Harbourns die avond naar het verkeerde adres gegaan om drugsgeld op te halen? Die gedachte maakte de tragedie van wat de meisjes was overkomen nog vele malen erger.

Ze stopte Savannahs dagboek in haar tas, trok haar schoenen aan en zette het alarm aan waarna ze het huis verliet.

Kate doorzocht de database. 'Hebbes. De buren hebben gemeld dat daar verdachte dingen gebeuren. Verduisterde ramen, ongemaaide gazons, een bepaalde auto die er altijd staat. Overdag komt en gaat er niemand. Er zijn een paar agenten naartoe geweest, maar er werd niet opengedaan.'

'Hebben ze er daarna nog iets mee gedaan?'

'Zonder een huiszoekingsbevel konden ze niet veel doen. Geweldig toch, dat het systeem de onschuldigen beschermt?'

Kate pleegde een paar telefoontjes met het drugsteam. 'Nu moeten we wachten,' zei ze. 'En ik weet nog steeds niet waar Bevan Hart dat pistool vandaan had. Het serienummer kwam overeen met het pistool dat vernietigd zou zijn. De loop is niet veranderd, het is precies hetzelfde pistool. Waar dat ding vandaan kwam, moeten er nog meer zijn en dat baart me echt zorgen. Als een man als Hart zoiets te pakken kan krijgen, wie kunnen er dan nog meer aan komen?'

Om een uur of negen 's avonds kwam Benito Fiorelli het kantoor van Moordzaken binnen, gekleed in een pak met vlinderdasje. Kennelijk had hij zelfs nog een drukker sociaal leven dan Dan Brody.

'Ik hoop dat dit echt belangrijk is. Ik zou naar de première van La Bohème in het Opera House,' zei hij toen Kate hem kopieën van de dagboekpagina's gaf.

Hij ging op het lege bureau van Shaun Wheeler zitten en las Savannahs bekentenis. Daarna luisterde hij naar Anya die uitlegde dat het bezoek aan het huis van de Goodwins misschien een vergissing was geweest.

'Lieve help, hoe moeten we meneer Goodwin vertellen dat de moord op zijn dochter misschien het gevolg was van een verkeerde spelling?'

Kate zei: 'Maar dat is wel een reden waarom de Harbourns naar dat huis zijn gegaan. Het was een geplande wraakaanval voor een mislukte drugsdeal en nu is Gary's bewering dat hij tijdelijk niet toerekeningsvatbaar was, ongeloofwaardig.'

Benito wreef over de wallen onder zijn ogen. Anya realiseerde zich dat hij halverwege op deze rechtszaak was gezet, na de moord op zijn collega en vriendin. Zo te zien had hij het er heel moeilijk mee.

'Na zijn optreden van vandaag kon het wel eens te laat zijn. De blik op de gezichten van de juryleden was veelzeggend. Toen de gruwelijke details van de moord op Rachel werden opgesomd, zat Harbourn een paar meter verderop rustig en beheerst te luisteren. Ik kon een paar van hen zien denken dat iemand die zoiets deed wel gek moest zijn. Vandaag werd de indruk van een geschifte Jekyll en Hyde nog eens versterkt.'

47

Anya zag dat Violet Yardley voor het opvangcentrum stond te roken.

'Bedankt dat je wilde komen,' zei Violet. 'Ik kan gewoon niet geloven dat die vent Savannah heeft vermoord. Jezus, ze had ontzettend de pest aan haar broers.' Ze nam een trekje en blies de rook uit door haar neus.

Anya keek naar een vrouw met een winkelwagentje die verderop de afvalbakken doorzocht. 'Haat kan je behoorlijk verblinden.'

'Vertel mij wat.' Violet drukte haar sigaret uit en stak meteen een nieuwe op.

'Zullen we ergens naartoe gaan om te praten?'

'Hier voel ik me het meest op mijn gemak. Buiten, waar niemand ooit iets van je wil. Ze zijn al blij als je naar hen glimlacht, terwijl ze minder bezitten dan alle andere mensen die ik ken.' Ze wees met de sigaret in haar hand en zei: 'Weet je, de meeste mensen zijn bang voor Esther, omdat ze smerig is en het afval doorzoekt. Maar de kans dat de klootzakken die deze mensen kennen en met wie ze in één huis wonen hen wat aandoen is veel groter.'

Esther kwam langzaam hun kant op, zachtjes zingend, loepzuiver.

'Weet je, vroeger was ze concertpianiste. Soms gaat ze stiekem de muziekwinkel binnen om op een keyboard te spelen. Als iemand haar vraagt iets te spelen, gaat ze ervandoor. Volgens mij kan ze niet tegen de druk.'

Anya leunde tegen de muur, pakte haar portemonnee en haalde er een biljet van vijf dollar uit.

Violet legde haar hand erop. 'Ze neemt geen geld aan, maar je mag wel een broodje voor haar kopen. Noem het maar een donatie aan het opvangcentrum. Op die manier verzuipt ze het in elk geval niet.' Ze riep de dakloze vrouw: 'Hallo, Esther, heb je honger?'

De vrouw keek op, trok haar handen uit de afvalbak en duwde het winkelwagentje voor zich uit. Anya liep achter hen aan het opvanghuis binnen.

Violet gaf Esther een ontsmettend doekje. 'Hier, dame, deze komen uit Perzië. Ruik je die exotische geur?'

Op het pakje stond aloë vera.

'Heeft het Maharaja dat hier achtergelaten?'

'Ja, speciaal voor jou.' Violet liep voor hen uit naar een keukentje en haalde een broodplank tevoorschijn. 'Als we mazzel hebben krijgen we restanten van restaurants,' zei ze. 'Het Maharaja vroeg of je vanochtend een salade en een broodje ham wilde proberen.'

Esther veegde nauwgezet elke centimeter van haar handen af met het geurige doekje. Daarna begon ze aan haar hals en haar gezicht, alsof het een heel luxe attribuut was waar ze intens van wilde genieten.

'Maak je maar geen zorgen, want ze is niet gek. Nee toch, Ez, dat is gewoon ons spelletje. En je kunt alles zeggen waar Ez bij is, want ze kan heel goed geheimen bewaren.'

Anya ging op een kruk zitten. 'Ik wilde met je over Savannah praten. Gisteravond ontdekte ik dat iemand haar dagboek in mijn brievenbus had gestopt.'

Violet smeerde boter op een derde snee witbrood en legde haar mes neer. 'Wat stond erin?'

'Dat ze spijt had van alles wat haar broers hadden gedaan en dat ze naar de politie wilde om alles te vertellen wat ze wist.'

Violet haalde een paar slablaadjes uit een plastic bakje en een paar plakjes ham uit een ander bakje. Daarop legde ze een plakje kaas en daarop een andere boterham. 'Dat wist ik.'

'Violet,' Anya probeerde het nieuws voorzichtig te vertellen, 'ze had het over de aanval op jou, je naam en het moment waarop het is gebeurd. De politie wil je wat vragen stellen.'

Toen de dubbele boterham klaar was, liet Esther het doekje vallen en pakte hem uit Violets trillende handen. De uitgehongerde bezoekster trok zich terug op een bank alsof ze een kostbare vondst moest beschermen.

Violet liep weer naar buiten en stak ondertussen een sigaret op. 'Je zei dat niemand het mocht weten. Wat er in haar dagboek staat, zijn gewoon wat losse gedachten. Ik ontken het gewoon.'

'Als de politie fotokopieën van de dagboekpagina's in handen krijgt, dan krijgt de advocaat van de Harbourns die binnenkort ook te zien.'

Violet schudde haar hoofd. 'Shit. Daar heb ik niet aan gedacht.'

Toen wist Anya wie dat dagboek bij haar had bezorgd.

'Ricky heeft al geprobeerd me op mijn mobieltje te bellen, maar ik heb niet opgenomen. Ik hoef niet te raden waarom hij me wil zien.'

Anya dacht even na. 'Als er een manier was om hen te laten boeten voor wat ze jou hebben aangedaan zonder dat je een rechtszaak wegens verkrachting tegen hen hoeft aan te spannen, zou je dan willen helpen?'

Violet dacht even na. 'Savannah was niet bang voor ze, alleen als Gary erbij was. Hij is de enige die gewelddadig is.'

'Op dit moment zit hij in dat psychiatrische ziekenhuis en staat hij onder politiebewaking. Het ziet ernaar uit dat hij een hele tijd nergens naartoe zal gaan.'

Esther kwam naar buiten, met broodkruimels op haar versleten vest. 'Bedank het Maharaja maar namens mij. Ik vraag me af wat die arme mensen vandaag te eten krijgen.' Ze grinnikte met haar tandeloze mond en liep weg.

'Dan wil ik Rick wel zien,' zei Violet zenuwachtig, 'maar alleen op mijn voorwaarden. Jij kent hem niet zo goed als ik. Hij zou niemand kwaad doen, nooit! Als hij hen die avond toen ze mij te pakken namen had kunnen tegenhouden, zou hij dat hebben gedaan. Gary is de slechterik die de anderen onder de duim heeft. En dat ben ik van plan te bewijzen.'

Anya had meteen al spijt van haar voorstel.

48

Toen de rechtszaak bijna afgelopen was, stond iedereen op van de bomvolle publieke tribune om het vonnis te horen.

Pascoe keek eerst even naar de menigte voordat hij de voorzitter van de jury vroeg of ze al een uitspraak hadden. 'Dat hebben we, edelachtbare.'

Gary Harbourn keek grijnzend naar zijn familie. Zijn moeder zwaaide. Fiorelli stond achter zijn tafel, met de handen langs zijn lichaam.

'Hoe luidt uw uitspraak ten aanzien van de aanklacht wegens moord op Rachel Goodwin?'

'Onschuldig.'

Fiorelli kromde zijn schouders en Anya had het gevoel alsof iemand haar in haar maag had gestompt.

Noelene gilde en Gary zwaaide naar zijn supporters.

'Stilte!' brulde Pascoe en hij wachtte tot het weer stil was. 'Hoe luidt uw uitspraak ten aanzien van de aanklacht wegens doodslag tijdens verminderde toerekeningsvatbaarheid, beter bekend als krankzinnigheid?'

'Schuldig.'

'Dank u voor uw tijd en moeite in deze zaak, een bijzonder moeilijke rechtszaak en uitspraak. U bent ontheven van uw taak.'

De Harbourns juichten en Gary stak zijn handen uit om zijn handboeien te laten losmaken.

'Stilte! In het licht van deze uitspraak heb ik het vonnis al bepaald. Ik heb gezien dat Gary Harbourn een bijzonder gestoorde, gevaarlijke man is. Daarom stuur ik hem voor onbepaalde tijd naar de psychiatrische afdeling van een zwaarbewaakte gevangenis, tot hij niet langer een gevaar vormt voor zichzelf en voor de gemeenschap.'

Gary hief zijn vuist, maar Dan Brody stond er opvallend onbewogen bij.

Dat was het einde van de rechtszaak en Gary gaf Dan een hand. Daarna werd hij weggeleid door een bewaker, nog steeds met handboeien om.

'Ik hou van je, mama, tot gauw!'

Anya voelde dat ze misselijk werd. Ze walgde ervan dat ze Brody had geholpen om in het bijzijn van de jury Gary Harbourn tot razernij te drijven. Dat beeld had meer indruk op de jury gemaakt dan Savannahs dagboek en de suggestie dat Gary zijn broers had meegenomen op een wraakactie waarbij ze Rachel alleen maar hadden vermoord omdat ze in het verkeerde huis was geweest.

Ze draaide zich net om toen Dan naast haar kwam staan.

'We hebben elkaar niets te zeggen. Van mij hoef je geen felicitatie of zo te verwachten.' Ze liep naar buiten, langs de pers en Noelene.

Bij de verkeerslichten van Oxford Street wenkte ze een taxi.

Brody stond naast haar, met zijn aktetas. 'Anya, wacht. Luister. Ik ben niet de enige die heeft gewonnen. Wij hebben gewonnen. Begrijp je? Wij hebben gewonnen!'

Hij pakte haar bij de arm. 'Verdorie, jij bent koppig, zeg! Pascoe wist heel goed wat hij deed toen hij me opdracht gaf Harbourns instructies op te volgen.'

Woedend zei ze: 'Je bent ongelooflijk! Je hebt geen idee wat je zojuist heb gedaan. Als de een of andere psychiater zich laat inpalmen door Gary Harbourns zielige verhaaltje, dan komt hij vrij en hoeft hij nooit meer de gevangenis in voor wat hij Rachel heeft aangedaan.'

'Dat denk ik toch niet.' Hij grijnsde. 'Je ziet een heel klein detail over het hoofd. De beslissing hem vrij te laten is nog steeds aan de gouverneur, in elk geval tot er nieuwe wetten worden aangenomen en zelfs dan is terugwerkende kracht niet mogelijk. Weet je hoeveel mensen in deze staat zijn vrijgelaten nadat ze naar een psychiatrische gevangenis zijn gestuurd? Raad maar eens. Toe maar!'

Anya was absoluut niet in de stemming voor spelletjes, maar ze wist dat het er maar weinig waren.

'Oké, dan vertel ik het wel. Nul. Niemand. Niet één. Gary's kans om ooit te worden vrijgelaten is kleiner dan Paris Hiltons kans om ooit president van de vs te worden. Geen enkele gouverneur zal het risico willen nemen hem vrij te laten, vooral niet gezien Sophies trauma en de extra publiciteit die Noelene aan de zaak heeft gegeven.'

Anya probeerde te verwerken wat hij zei. 'Is dat echt waar?'

'Mijn cliënt is compleet gestoord als hij denkt dat hij het systeem heeft verslagen. Hij denkt dat ontoerekeningsvatbaarheid een mild vonnis is, maar in werkelijkheid is het zo dat hij, zelfs als hij schuldig was bevonden aan moord, al binnen zeven tot tien jaar weer op vrije voeten zou zijn geweest. Pascoe wist heel goed wat hij deed toen hij me opdracht gaf Harbourns instructies letterlijk uit te voeren.'

De rechter was onvermurwbaar geweest, maar Anya had gedacht dat dit de straf was voor de confrontatie bij hem thuis. Bevan Hart had misschien echt een verandering bewerkstelligd met zijn opmerkingen over slachtoffers en Giverny's afscheidsbrief.

'En,' Brody kwam dichter bij haar staan, 'Pascoe heeft ervoor gezorgd dat hij zal lijden. Psychiatrische gevangenissen zijn veel erger dan welke gevangenis in deze staat ook. Hij komt niet in contact met vrouwen en dat betekent dat hij nooit meer een vrouw kan verkrachten.'

Impulsief stak Anya haar armen uit en omhelsde Dan. Ze wilde dat Giverny en Bevan Hart – en Natasha Ryder – hier waren om dit mee te maken.

'Wat fijn, hè, dat ik zo'n goede advocaat ben?'

Anya duwde hem weg, maar nu lachte ze. 'Dankjewel! We praten er nog wel over, maar nu moet ik weg.'

'Maar we moeten dit toch vieren? Je hebt me ook nog niet verteld hoe het met Sophie Goodwin gaat.'

Er kwam een taxi aan en Anya stapte in. 'Volgende week mag ze naar huis. Haar vader wil een feestje organiseren. Misschien kunnen we het dan vieren.'

Violet Yardley klopte op de voordeur, met zes blikjes bier in haar hand. 'Gefeliciteerd,' zei ze.

'Wat moet je, smerige slet?' Noelene Harbourn had opengedaan. Ze droeg een kaftan en had een glas champagne in haar hand.

'Ik wil Ricky zien.'

'Nou, hij zit niet in de bak, maar niet bepaald dankzij jou.'

'Wat heb ik gedaan? Ik heb de politie niets verteld. Savannah heeft geprobeerd hen erbij te lappen, maar daar wilde ik niet aan meewerken.'

Rick kwam erbij staan. 'Mam, ik wil haar spreken.'

Noelene keek Violet even aan, waarna ze terugging naar haar vriendje. 'Geloof me nou maar, zij veroorzaakt problemen. Zij wil een wig drijven tussen jou en je broers.'

Rick stapte het huis uit en deed de deur achter zich dicht. 'Wat fijn dat je hier bent.' Hij leunde naar haar over, gaf een kusje op haar wang en wachtte op haar reactie. Toen ze zich niet terugtrok, wreef hij met zijn neus over haar gezicht. Ze voelde dezelfde opwinding als altijd als hij haar aanraakte. God, wat was hij knap. En hij rook net als anders. Toen hij zijn lippen op de hare drukte, kon ze zich niet meer beheersen. Ze deed haar lippen iets van elkaar en liet toe dat hij met zijn tong naar binnen drong, eerst zachtjes, toen feller. Hij smaakte naar bier. Ze beantwoordde zijn kus met dezelfde opwinding die ze zich herinnerde van de vorige keren dat ze samen waren geweest.

Alles kon anders worden nu Gary weg was.

'Hé, zullen we een eindje gaan wandelen?' vroeg hij. Hij pakte haar hand en ze drukte zich tegen hem aan tot hij zijn arm om haar heen sloeg. In plaats van haar bij haar taille tegen zich aan te drukken, sloeg hij een arm om haar schouders.

'Je bent anders,' zei ze.

'Ik ben veranderd. Gelukkig ben jij nog steeds hetzelfde.' Hij bleef staan om haar weer te kussen en ze voelde een golf opwinding door haar rug en maag gaan. God, wat had ze hem gemist. Hij had haar geen kwaad willen doen; dat was Gary's idee geweest. Nu zijn grote broer de bende niet meer leidde, was Rick lief en aardig.

Ze liepen naar een park honderd meter verderop en gingen op een bankje zitten. 'Je zult wel een nare tijd achter de rug hebben,' zei Violet. Ze wilde dat hij haar alles over zichzelf vertelde. Alles wat ze had gemist sinds die avond in zijn huis.

Hij streelde haar haren en ze voelde dat haar hoofdhuid begon te tintelen.

'Ik wist wel dat je ons niet zou verraden. Gary zei dat je dat wel zou doen, maar ik wist wel beter,' zei hij.

Ze dacht aan Savannah. 'Waarom wilde Gary je zus zoveel pijn doen?'

Rick leunde achterover, met zijn armen over de rugleuning van de bank. 'Ze snapte het niet. De familie-eer, weet je. Daar moeten we ons allemaal aan houden. Dat houdt ons bij elkaar. Als we ons daaraan houden, kan niemand ons iets doen. Maar zij was nog altijd een van ons en die klootzak had haar dat nooit mogen aandoen.'

Ze keken naar twee kinderen die aan het schommelen waren. Hun moeder stond achter hen en duwde hen.

'Denk je dat wij dat ook een keer zullen doen?' Ze nestelde zich tegen hem aan.

'Probeer je me iets te vertellen?' vroeg hij lachend en trok haar op het gras. Ze gaf een gilletje van verrukking. Hij legde haar op haar rug, ging boven op haar liggen en zoende haar weer. 'Jee, ik heb je zo gemist!'

Ze was gelukkig. Hij rolde haar op haar buik. 'Wil je het zo doen?'

'Er zijn kinderen bij,' protesteerde ze lachend.

Hij maakte zijn rits al los.

'Ik maak geen grapje, Rick, hou op! Iedereen kan ons zien.'

Rick drukte zijn gezicht tegen haar nek, pakte haar haren vast en trok haar hoofd achterover.

'Je doet me pijn,' gilde ze.

'Weet je wel dat ik nu heel gemakkelijk je keel kan doorsnijden?'

Violet verstijfde, ze zag niemand meer in het park. 'Dat zou je niet doen.'

Hij draaide een pluk haar om zijn hand. 'Echt wel, als het moet. Dat is eenvoudiger dan je zou denken. De keel van die trut doorsnijden was simpeler dan een stukje vlees van een gegrild kippetje snijden, alleen sneller.'

Violet kon niet geloven wat hij zei. 'Je zei dat Gary dat had gedaan.'

'Dat zeiden we allemaal. Dat was zijn idee. We wisten dat hij een lichte straf kreeg als hij net deed alsof hij gek was.'

Violet probeerde te ontsnappen, maar hij was te zwaar. 'Maar ik kan je niet vertellen hoe lekker dat voelde om haar hoofd omhoog te trekken en gewoon te... snijden. Het werd wel een rotzooi, maar dat was de moeite wél waard.'

Violet begon te huilen. 'Waarom vertel je me dit?'

'Omdat die trut ons had kunnen identificeren, wat ze ook heeft gedaan, verdorie! Het spijt me alleen dat ik haar niet heb vermoord. Die fout maak ik niet nog een keer.'

Violet slikte haar tranen in. 'Dat geloof ik niet. In de krant stond dat jij niets had gedaan, dat je probeerde hem tegen te houden en je zus te redden. Gary moet het gedaan hebben. Hij heeft al die mensen in elkaar geslagen en ik heb gezien wat hij met Savannah heeft gedaan.'

'Stomme trut! Wie is volgens jou op het idee gekomen dat we je allemaal konden pakken? In ons huis delen we alles, zelfs de troep, zoals toen we die trut van een Giverny hadden opgepikt met haar truttige balletkleertjes. Dat is de familiecode.'

Met zijn vrije hand graaide hij onder haar truitje. 'Toen ik die zus in de slaapkamer met mijn mes stak, was het net alsof ik in een mals stuk vlees prikte. We deden het om de beurt, maar ik heb haar drie keer gestoken. Je had haar gezicht moeten zien toen ik haar topje in haar mond duwde.' Hij deed een greep naar haar slipje. 'Toen hield die jammerende trut haar bek eindelijk.'

Op dat moment verplaatste hij zijn gewicht iets opzij.

Violet rolde onder hem vandaan, trok een hand los en drukte met al haar kracht twee vingers in zijn ogen.

Hij gilde en sloeg zijn handen voor zijn ogen. Daardoor had ze net genoeg tijd om op te staan en keihard weg te rennen. 'Help me!' gilde ze. 'Help me alsjeblieft!'

Ze rende door het park, te bang om achterom te kijken. Toen ze bij de uitgang was, werd ze vastgepakt.

'Het is goed, hoor. Nu ben je veilig.' Violet kroop in Anya's armen, huilend.

'Je hebt het geweldig gedaan,' zei Liz Gould en wreef troostend over Violets rug.

'Kate, Wheeler en Hayden hebben hem gepakt. Het is voorbij. Hij zal je nooit meer iets aandoen.'

Violet snikte. 'Ik geloofde niet dat hij het had gedaan. Ik geloofde het pas toen hij probeerde me te verkrachten. Het spijt me zo.'

Anya wist dat Violet nergens spijt van hoefde te hebben. Ze had Rick vertrouwd, zelfs nadat ze door zijn broers was verkracht. Ze dacht dat ze van hem hield en ze had zich weer door hem laten inpalmen. Alweer. Nu zou ze misschien inzien dat die groepsverkrachting niet haar schuld was geweest en kon ze eindelijk doorgaan met haar leven. En dat niet alleen, Violet had hem zover gekregen dat hij bekende dat hij Rachel had vermoord en Sophies keel had doorgesneden omdat hij geen getuigen in leven wilde laten. En de derde broer zou samen met hem naar de gevangenis gaan of Rick moeten beschuldigen om voor zichzelf een betere deal te kunnen sluiten. Savannahs dagboek was weliswaar geen getuigenis uit de eerste hand, maar bevestigde wel dat ze schuldig waren.

Helaas kon Bevan Hart niet meer zien dat ze werden gestraft

voor wat ze zijn dochter hadden aangedaan. Maar Fiorelli kon Giverny's zaak nu eindelijk voor de rechter brengen. Zonder Bevan Harts actie zouden de Harbourns nooit zijn gestraft voor hun daden. Hij had zichzelf opgeofferd ter wille van zijn dochter.

Er stonden ambulancemedewerkers klaar om Violet op te vangen en te controleren of het wel goed met haar ging. Toen Rick Harbourn met handboeien om in de politiewagen zat tussen Hayden en Shaun Wheeler in, nam Kate Anya even apart.

Kate fronste en vroeg: 'Ik moet je iets vragen. Het is heel belangrijk. Heb je iemand van de politie gezien, iemand die je kende, die avond dat Bevan Hart werd doodgeschoten? In of buiten Pascoe's huis?'

Anya probeerde na te denken. Er waren agenten de kelder binnengekomen, maar niemand die ze kende. 'Jij kwam later, met Hayden.'

'Ik bedoel, iemand anders die je al eerder had gezien.'

Anya keek naar de ambulance om te zien hoe het met Violet ging. De ambulanceverpleegkundigen namen haar bloeddruk op. 'Nee. Ik heb al een verklaring afgelegd. Jij was daar. Jij weet wie ik zag.'

Kate zwaaide haar haar naar achteren. 'Ik vraag je dit omdat Bevan Hart volgens mij niet alleen werkte. Er zat nog een stel vingerafdrukken op het magazijn van het pistool dat in zijn zak zat.'

Ze werden gestoord door Shaun Wheeler. 'We nemen hem mee naar het bureau. Kom jij daar ook naartoe?'

'Nee, Liz en Hayden kunnen hem wel meenemen. Jij kunt Anya en mij meenemen in de patrouillewagen. Zij kunnen de journalisten wel aan.'

'Prima.' Wheeler leek uitgeput. Dit was waarschijnlijk zijn belangrijkste arrestatie tot nu toe en hij had boordevol adrenaline gezeten toen Hayden het microfoontje onder Violets kleding had verstopt.

Hij keek naar de ambulance. 'Wat doen we met onze kroongetuige?'

'Zij gaat naar de spoedpoli zodat de artsen haar kunnen onderzoeken. We moeten zeker weten dat het goed met haar gaat, officieel.'

Ze liepen met z'n drieën naar het politiebusje. De chauffeur zat achter het stuur te wachten. Kate opende schuifdeur en gebaarde dat de beide anderen moesten instappen. Ze ontspande een beetje toen ze de gordel had omgedaan. 'Fijn zeg, dat we die klootzak eindelijk te pakken hebben. Ik zou Noelenes gezicht wel eens willen zien als ze dit hoort!'

Dat zouden ze allemaal wel willen zien.

'Een-nul voor de good guys,' zei Wheeler.

'Niet slecht voor je reputatie, je bent immers nog maar een jaar of drie bij de politie?'

'Vier. Ik heb een jaar op een klein bureau gewerkt, op het platteland, vlakbij waar ik ben opgegroeid. Daarna ben ik naar de stad gekomen.'

'Een jongen van het platteland,' zei Kate glimlachend. 'Ik kom ook van het platteland. Hé, zat jij niet bij de hondenbrigade?'

Anya keek verbaasd naar Kate. Zo veel had ze haar nog nooit horen kletsen. Haar opmerkingen waren altijd zakelijk. Ze verwachtte dat Kate Wheeler voorbereidde op een reprimande, voor iets wat hij had gedaan of niet had gedaan.

'Ja, dat klopt.'

De bus reed door een kuil en Anya zocht steun aan de leuning van haar stoel. Kate leek het niet eens te merken. 'Heb je wel eens samengewerkt met een man die Bomber heette? Hij was wel een ruige kerel en nooit te beroerd de regels in zijn voordeel om te buigen, maar hij boekte altijd goede resultaten als ik het me goed herinner.'

Nu Kate nergens door werd afgeleid, was ze kennelijk in de stemming om over koetjes en kalfjes te kletsen.

'Ja, hij geloofde in het motto van de padvinders dat je altijd voorbereid moest zijn. Hij heeft een keer mijn leven gered.'

'Ik wilde dat we Giverny Harts leven hadden kunnen reden. Als ik eraan denk hoe opgefokt haar vader was, is het maar goed dat er iemand was met wie hij kon praten.'

'Hij heeft op een boerderij gewerkt voordat hij bij het leger ging. Misschien konden we het daarom zo goed met elkaar vinden.' Wheeler ontweek de blik van zijn meerdere. 'Arme duivel. Toen hij zag wat de Harbourns Sophie hadden aangedaan...'

Anya dacht terug aan de avond in Pascoe's huis. Hart had het gehad over het bloed op de muren van Rachels kamer toen hij vertelde dat haar vader het moest schoonmaken. Iemand had hem foto's van de plaats delict laten zien of hem dat verteld.

'Wil je ons daar iets over vertellen?' vroeg Kate.

Wheeler verborg iets. Zijn blik dwaalde door het busje. 'Nee.'

'Shaun, hoe verklaar je het feit dat we jouw vingerafdrukken hebben gevonden op het magazijn dat hij bij zich had?'

Wheeler zat even doodstil en wreef toen stevig over zijn gesloten oogleden. Daarna beantwoordde hij Kate's priemende blik. 'Hij zei dat hij de Harbourns a-a-alleen maar wilde confronteren. Ik zei dat het z-z-zelfmoord was om dat in zijn eentje te doen, ongewapend nog wel, en dus gaf ik h-h-hem die .22 voor zijn eigen bescherming. Het was een gefixt wapen dat Bomber me vorig jaar had gegeven. Zijn idee van v-v-voorbereid zijn.'

'Waar kwam dat vandaan?'

'Weet ik niet zeker, maar dat wapen was samen met een grote partij andere wapens gevonden tijdens een inval bij een soort d-d-drugspand. Officieel zijn ze allemaal vernietigd, maar z-z-ze hebben een paar apart gehouden voor noodgevallen.'

Kate slikte en zei: 'Shaun, ik moet je arresteren. Dat zul je wel begrijpen.'

'Ik zweer dat ik niet wist dat hij daarmee de officier van justitie wilde vermoorden of achter de rechter aan wilde gaan of...' hij keek naar Anya, 'het s-s-spijt me zo. U hebt zelf gezien wat de Harbourns hebben gedaan. W-w-wij staan aan de kant van het recht en wij konden hen niet eens tegenhouden.'

Kate maakte haar gordel los en ging naast hem zitten. 'Ik moet je wapen hebben.'

Wheeler haalde het wapen uit zijn holster en overhandigde het aan Kate. 'Hij zei dat hij a-a-alleen maar wilde dat ze hem zagen. Ik zweer dat ik dacht dat zij zijn dochter ook hadden vermoord.'

'Je hoeft verder niets te zeggen,' zei Kate. 'Dit gesprek wordt opgenomen, en vindt plaats in aanwezigheid van een onafhankelijke getuige. Je zult een advocaat nodig hebben, een bijzonder goede.'

49

Na Bevan Harts herdenkingsdienst stond Anya voor het crematorium. Ondanks het feit dat hij heel lang lid was geweest van de Rotary en een populaire technicus was geweest, waren er niet veel mensen gekomen.

Anya wist niet goed wat ze tegen Val Hart moest zeggen over haar verschrikkelijke verliezen, maar Mary Singer had het gemakkelijker gemaakt – als dat tenminste mogelijk was.

Anya keek naar Dan Brody, die zijn vader uit de auto en in zijn rolstoel tilde. Wat maar vijf minuten had hoeven kosten, duurde veel langer door alle drukte die Dan erover maakte. Toch beheerste Anya zich en liep er niet naartoe om te helpen.

Dit was iets wat Dan moest doen en alleen zo kon hij het leren. Bovendien vond ze het leuk om te zien hoe de mannen met elkaar omgingen.

De dominee kwam naar buiten en schudde haar hand. Daarna wachtte hij op de Brody's. William zag er fantastisch uit in zijn grijze pak, witte overhemd en smaakvolle stropdas. Zijn dunne haar was geknipt en keurig gekamd. Hij droeg glimmend gepoetste schoenen. Dan droeg een donker pak en een wit overhemd zonder stropdas. Vandaag leken de beide mannen nog meer op elkaar.

De lijkwagen stopte en twee mannen liepen naast de glanzend witte doodskist die bedekt was met lelies en een felgele zonnebloem in het midden.

Verdrietig keek ze naar het kleine kistje. Anya was zelf moeder en ze kon zich het verdriet voorstellen. Ze kreeg tranen in haar ogen en ze dacht aan de pijnlijke bevalling van Therese Brody. Wat had deze vrouw veel meegemaakt en toch had ze zo veel van haar doodgeboren kindje gehouden dat ze het dicht bij zich had willen houden. Dat bleek wel uit het feit dat ze het kistje al die jaren liefdevol verborgen had gehouden.

Nu hadden Dan en zijn vader besloten de as van de baby naast die van haar moeder te zetten.

Dan gaf Anya een kus op de wang en bedankte haar voor haar komst.

William stak zijn goede hand uit en Anya drukte een kusje op zijn voorhoofd. Hij rook zelfs anders. 'Is dat Passion?' vroeg ze.

De oude man schonk haar een half glimlachje.

Het whiteboard zat nu in een zakje dat aan de rolstoel hing, zodat hij er gemakkelijk bij kon.

De dominee vroeg of ze nog meer mensen verwachtten.

Dan keek op zijn horloge en zei: 'Ik weet het niet zeker, maar misschien moeten we nog een paar minuutjes wachten.' Hij keek om zich heen.

Anya vroeg zich af of er nog meer mensen voor de dienst waren uitgenodigd. Toen kwam er een blauwe Mercedes aanrijden. Een vrouw met een sjaal en een zonnebril op stapte uit. Mevrouw Pascoe, gekleed in een marineblauw mantelpakje, kwam naar hen toe met een geel beertje in haar hand.

Ze knikte naar Anya en Dan, en stelde zich voor aan William.

'Ik ben Penelope Pascoe, maar vroeger heette ik Sheehan. Lang geleden waren Therese en ik vriendinnen en ik wilde hier graag bij zijn.'

William schudde haar linkerhand.

Ze wendde zich tot Dan en zei: 'Ik hoop dat je het niet erg vindt, maar dit had ik gekocht voor mijn kleine Erin. Dit wilde ik aan jou geven.' Ze keek naar het kistje en zei zacht: 'Zij was immers haar halfzusje.'

Dan pakte het beertje aan en keek naar zijn vader. 'Mama had mijn zusje Charlotte genoemd.' Hij bukte zich en omhelsde mevrouw Pascoe.

'We gaan haar as naast die van haar plaatsen.'

De dominee vroeg of ze wilden beginnen.

Anya duwde de rolstoel naar binnen, achter Dan en mevrouw Pascoe aan.

Therese Brody had Charlotte niet willen vergeten. Tientallen jaren later was de baby erin geslaagd Thereses zoon en de man van wie ze altijd had gehouden, Dans vader, bij elkaar te brengen.

Zowel moeder als dochter had er nu recht op in vrede te rusten. Eindelijk waren ze als gezin bij elkaar.

Dankwoord

Weten is leren, en zoals gewoonlijk kan ik me gelukkig prijzen met fantastische leraren. Nogmaals dank aan patholoog Jo Duflou voor zijn expertise en welwillendheid, aan Margaret Cuneen voor haar juridisch advies en haar menselijkheid, en aan Martin Pallas en Judy Kirk voor het controleren van de feiten in dit boek.

Mijn dank gaat ook uit naar het personeel van Pan Macmillan voor hun vertrouwen en hun hulp, in het bijzonder naar Cate Paterson, James Fraser, Julia Stiles en Jane Novak. Mijn geweldige agent Fiona Inglis wil ik bedanken voor haar integriteit. Speciale dank aan superassistente Renee Lauer; zij heeft ervoor gezorgd dat ik mezelf niet voorbijliep als ik weer eens haast had. Zoals altijd dank aan Kerrie Nobes, Pip Stosic, Lyn Elliott, Rebecca Correa, Jacqui Greig, Siobhan Mullany, Julie Capps en Vic Cristofani. Kathy Reichs, Linda Fairstein en Lee Child blijven me imponeren met hun niet-aflatende steun.

Ten slotte dank aan de stille kracht achter alles wat ik doe, mijn gezin. Zij laten continu zien wat onvoorwaardelijke liefde betekent. Jullie maken een beter mens van me. Met jullie liefde en waardering bewijzen jullie dat ieder mens iets kan betekenen, als hij maar durft!

```
        when "10" => z <= not c xor d;
        when "11" => z <= not d;
      end case;
    end process;
    end eqn;
```

17.5 Implements the state machine of Table 14-1

```
  entity sm1 is
  Port (x, clk: in bit;
          z: out bit);
  end sm1;
  architecture table of sm1 is
  signal State, Nextstate: integer range 0 to 2 := 0;
  begin
  process (State, x)
  begin
    case State is
    when 0 =>
      if x = '0' then Nextstate <= 0; else Nextstate <= 1; end if;
      z <= '0';
    when 1 =>
      if x = '0' then Nextstate <= 2; else Nextstate <= 1; end if;
      z <= '0';
    when 2 =>
      if x = '0' then Nextstate <= 0; z <= '0';
      else Nextstate <= 1; z <= '1'; end if;
    end case;
  end process;
  process (clk)
  begin
  if clk'event and clk = '0' then
    State <= Nextstate;
  end if;
  end process;
  end table;
```

17.6 (a) See Figure 13-17, with $m = 2, n = 2$, and $k = 2$.
      (b) Implements the state machine of Table 13-4

```
  library BITLIB;
  use BITLIB.bit_pack.all;
  entity sm is
  Port (x1, x2, clk: in bit;
    z1,z2: out bit);
```

When X changes to 1, Nextstate = 2, and Z = 0. Then, when CLK changes to 1, State = 2, Nextstate = 4, and Z = 1

(c) The glitch occurs because the change in state and change in the value of X a little while later causes process (State, X) to execute two times, thereby updating the value of Nextstate two times. This glitch does not affect the 'state' because the state will not be updated until the next positive clock edge.

(d) Because Q1, Q2, and Q3 must be updated only on the CLK edge, the other signals must not appear on the sensitivity list. The new values will be computed at 5 ns, and the values are updated at 15 ns.

(e) The statements of lines 13, 14, and 18 will execute.

(f) ROM output = 1100

5. (a) Connect En to CE and A to D

   (b) See Figure 11-27(c) (change to rising-edge trigger)

   (c) Use four D-CE flip-flops. Connect ASR to every CE input, D3 to Q3, D2 to Q3, D1 to Q2, and D0 to Q1. Label Q3 . . . Q0 as A(3) . . . A(0).

6. (a)
```
   process
   begin
     A <= B or C;
     wait on B, C;
   end process;
```

   (b) 2 ns (Both sequential statements execute immediately with no delay.)

UNIT 17 Answers to Problems

17.1 Code to implement a T flip-flop

```
  entity tff is
    port (t, clk, clrn: in bit;
            q, qn: out bit);
  end tff;
  architecture eqn of tff is
  signal qint: bit; -- Internal value of q
  begin
  q <= qint;
  qn <= not qint;
  process (clk, clrn)
  begin
    if clrn = '0' then qint <= '0';
    elsif clk'event and clk = '1' then
      qint <= (t and not qint) or (not t and qint);
    end if;
  end process;
  end eqn;
```

17.2 Right-shift register with synchronous reset

```
entity rsr is
    Port (clk, clr, ld, rs, lin: in bit;
            d: in bit_vector(3 downto 0);
            q: out bit_vector(3 downto 0));
end rsr;

architecture eqn of rsr is
signal qint: bit_vector(3 downto 0);
begin
q <= qint;

process (clk)
begin
    if clk'event and clk = '1' then
        if clr = '1' then qint <= "0000";
        elsif ld = '1' then qint <= d;
        elsif rs = '1' then qint <= lin & qint(3 downto 1);
        end if;
    end if;
end process;
end eqn;
```

17.3 (a) 4-bit binary up/down counter

```
entity updown is
    Port (clrn, clk, load, ent, enp, up: in std_logic;
            d: in std_logic_vector(3 downto 0);
            q: out std_logic_vector(3 downto 0);
            co: out std_logic);
end updown;

architecture eqn of updown is
signal qint: std_logic_vector(3 downto 0) := "0000";
begin
q <= qint;
co <= (qint(3) and qint(2) and qint(1) and qint(0) and ent and up)
        or (not qint(3) and not qint(2) and not qint(1) and not qint(0)
        and ent and not up);

process (clrn, clk)
begin
    if clrn = '0' then qint <= "0000";
    elsif clk'event and clk = '1' then
    if load = '0' then qint <= d;
        elsif (ent and enp and up) = '1' then qint <= qint + 1;
```

```
        elsif (ent and enp and not up) = '1' then qint <= qint - 1;
        end if;
    end if;
end process;
end eqn;
```

17.3 (b) 8-bit binary up/down counter. (For block diagram, connect the Carry of the first counter to ENT of the second.)

```
entity updown8bit is
Port (clrn, clk, load, ent, enp, up: in std_logic;
            d: in std_logic_vector(7 downto 0);
            q: out std_logic_vector(7 downto 0);
            co: out std_logic);
end updown8bit;
architecture structure of updown8bit is
component updown is
Port (clrn, clk, load, ent, enp, up: in std_logic;
            d: in std_logic_vector(3 downto 0);
            q: out std_logic_vector(3 downto 0);
            co: out std_logic);
end component;
signal co1: std_logic;
signal q1,q2: std_logic_vector(3 downto 0);
begin
    c1: updown port map (clrn, clk, load, ent, enp, up, d(3 downto 0),q1,co1);
    c2: updown port map (clrn, clk, load, co1, enp, up, d(7 downto 4),q2, co);
    q <= q2 & q1;
end structure;
```

17.4 MUX with a and b as control inputs

```
entity mymux is
Port (a, b, c, d: in bit;
        z: out bit);
end mymux;
architecture eqn of mymux is
signal sel: bit_vector(1 downto 0);
begin
sel <= a & b;
process (a, b, c, d)
begin
    case sel is
        when "00" => z <= not c or d;
        when "01" => z <= c;
```

```
end sm;
architecture Behavioral of sm is
type rom16_4 is array (0 to 15) of bit_vector(3 downto 0);
-- Input is in the order X1 X2 Q1 Q2
-- Output in order Q1 Q2 Z1 Z2
constant myrom: rom16_4 := ("1100", "0010", "1100", "1000", "1010", "0110", "0010",
          "1000", "0111", "1011", "0111", "0101", "0001", "1111", "0101", "0001");
signal index: integer range 0 to 15;
signal q1,q2: bit;
signal rom_out: bit_vector(3 downto 0);
begin
index <= vec2int(x1&x2&q1&q2);
rom_out <= myrom(index);
z1 <= rom_out(1);
z2 <= rom_out(0);
process(clk)
begin
  if clk'event and clk = '1' then
      q1 <= rom_out(3);
      q2 <= rom_out(2);
  end if;
end process;
end Behavioral;
```

17.7 (a) There are two D-CE flip-flops. For each, CE = LdA + LdB.
          D1 = LdA A1 + LdA' LdB B1, D2 = LdA A2 + LdA' LdB B2.
     (b) CE does not change. For each D input, replace the gates with a 2-to-1
          MUX, with LdA as the control input, and B and A as the data inputs for 0
          and 1, respectively. (Alternately, use LdB as the control input, and swap A
          and B on the data inputs.)

17.8 All statements execute at time = 20 ns
     A becomes 1 at 35 ns (not the final value)
     B becomes 1 at 20 ns + Δ (not the final value)
     C becomes 1 at 30 ns
     D becomes 2 at 23 ns
     A becomes 5 at 35 ns (overrides the previous value)
     B becomes 7 at 20 ns + Δ (overrides the previous value)

UNIT 18 Study Guide Answers

1. (a)

	X	Y	c_i	s_i	c_i^+
t_0	0110	0011	0	1	0
t_1	1011	1001	0	0	1
t_2	0101	1100	1	0	1
t_3	0010	0110	1	1	0
t_4	1001	0011	0	(0)	(1)

(b) Y would fill up with 0's from the left: 0011, 0001, 0000, 0000, 0000.

(c) S_0 and Y_0, no.

2. (a)

add	0	0	0	0	0	1	1	0	1
		1	1	1	1				
shift	0	1	1	1	1	1	1	0	1
shift	0	0	1	1	1	1	1	1	0
add	0	0	0	1	1	1	1	1	1
		1	1	1	1				
shift	1	0	0	1	0	1	1	1	1
add	0	1	0	0	1	0	1	1	1
		1	1	1	1				
shift	1	1	0	0	0	0	1	1	1
	0	1	1	0	0	0	0	1	1

(b) 10, 6.   (c) 10, 6.   (d) 15 bits

(f) Product register has 17 bits. Adder is 8 bits wide, multiplicand has 8 bits. 18 states. 3-bit counter, $K = 1$ when counter is in state 7 (111_2), control graph unchanged.

3. (b) Change Y to 2's complement by inverting each bit and adding 1 (by setting the carry input of the first full adder to 1). Also change C so that it is equal to the carry out of the last full adder.

(c) An overflow will occur if $X_8X_7X_6X_5X_4 \geq Y_3Y_2Y_1Y_0$, because subtraction is possible but there is no place to store the quotient bit, since there are only 4 bits available to store the quotient.

(f) To set the quotient bit to 1.

UNIT 18   Answers to Problems

18.3

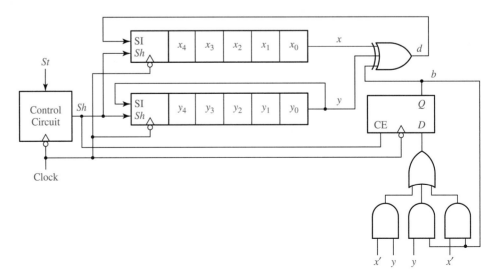

18.4

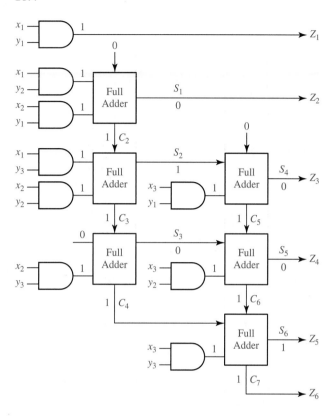

18.5

18.6

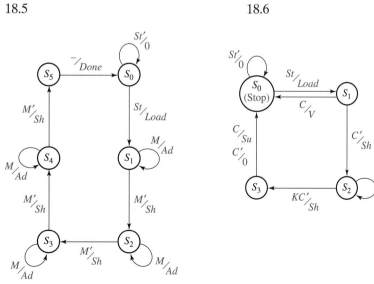

18.7 (a) $V = y_0'y_1'y_2'y_3'y_4' = (y_0 + y_1 + y_2 + y_3 + y_4)'$

(b)

(0	0	1	0	1)						Sh	Su
0	0	0	0	0	1	1	0	1	0	1	0
0	0	0	0	1	1	0	1	0	0	1	0
0	0	0	1	1	0	1	0	0	0	1	0
0	0	1	1	0	1	0	0	0	0	0	1
0	0	0	0	1	1	0	0	0	1	1	0
0	0	0	1	1	0	0	0	1	0	1	0
0	0	1	1	0	0	0	1	0	0	0	1
0	0	0	0	1	0	0	1	0	1		

remainder = 1   quotient = 5

(c)

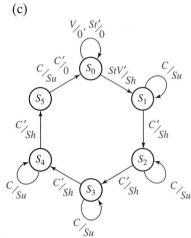

(d) After five shifts, the division is complete.

18.8 (a) $x_{in} = K_1'K_2'a' + K_1'K_2b + K_1K_2'(a \oplus b) + K_1K_2a$
$y_{in} = K_1'K_2'b + K_1'K_2a + K_1K_2' \cdot 0 + K_1K_2 \cdot 1$

(b) Use the state graph of Figure 18-6(b), with nine states total.

(c)

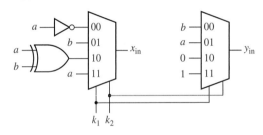

UNIT 19   Study Guide Answers

1. (b) Z_1, Z_2, Z_4 (for both charts) (d)

2. (a)

0	0	0	0	1	1	1	0	0		
0	0	0	1	1	1	0	0	0		$C = 0, Sh$
0	0	1	1	1	0	0	0	0		$C = 0, Sh$
0	0	0	1	0	0	0	0	1		$C = 1, Su$
0	0	1	0	0	0	0	1	0		$C = 0, Sh$
0	1	0	0	0	0	1	0	0		$C = 0, Sh$
0	0	0	1	1	0	1	0	1		$C = 1, Su$
										(result)

3. (a) $A^+ = BX$ $B^+ = A'X + BX$

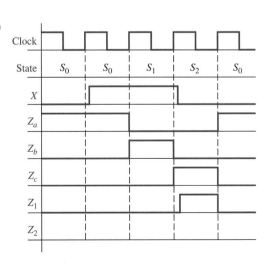

UNIT 19   Answers to Problems

19.1

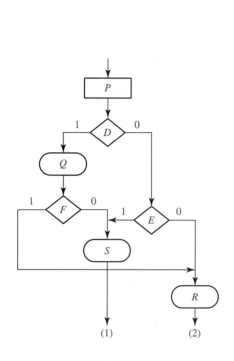

19.2

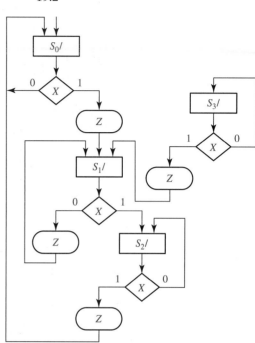

19.3

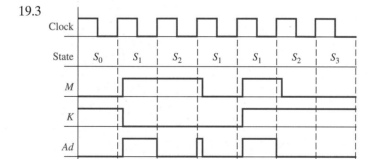

19.4

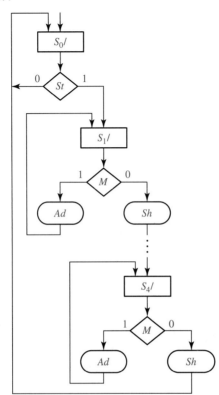

19.5

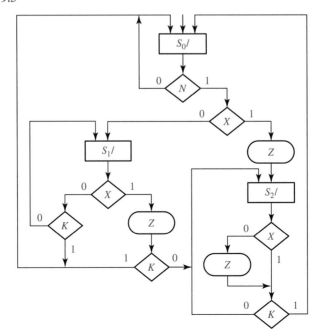

19.6

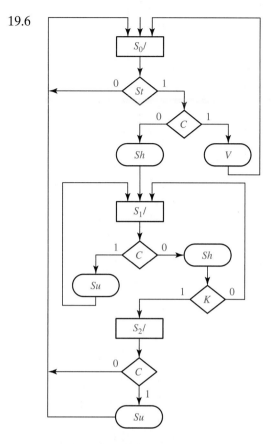

19.7 (a) $Q_0^+ = Q_0'Q_1'Q_2C' + Q_0Q_1' + Q_0Q_2'$
$Q_1^+ = Q_0Q_1'Q_2C' + Q_0Q_1Q_2'$
$Q_2^+ = Q_0'Q_1'Q_2'St + Q_0Q_2'C' + Q_0Q_1'Q_2C$
$Load = Q_0'Q_1'Q_2'St, Su = Q_0C, Sh = Q_1'Q_2C' + Q_0Q_2'C', V = Q_0'Q_1'Q_2C$
(These equations could be further simplified using don't-cares.)

(b) $Q_0^+ = Q_0'Q_1M + Q_0'Q_1M'K + Q_0Q_1K$
$Q_1^+ = Q_0'Q_1'St + Q_0'Q_1M'K' + Q_0'Q_1M + Q_0Q_1K'$
$Load = Q_0'Q_1'St, Sh = Q_0Q_1 + Q_0'Q_1M', Ad = Q_0'Q_1M, Done = Q_0Q_1'$

19.8 (a) $A^+ = A'B'C \cdot Rb'D_{711}'D_{2312}' + AB'C' + AB' \cdot Rb + AB'Eq'D_7'$
$B^+ = A'B'C \cdot D_{711} + A'B \cdot Reset' + AB'C \cdot Rb'Eq'D_7'$
$C^+ = A'B'Rb + A'BC \cdot Reset' + B'C'Rb + AB'C \cdot Rb'Eq'D_7$
$Roll = B'C \cdot Rb \quad Sp = A'B'C \cdot Rb'D_{711}'D_{2312}'$
$Win = A'BC' \qquad Lose = A'BC$
(These equations could be further simplified using don't-cares.)

(b) If the input from the adder is $S_3S_2S_1S_0$, then the equations realized by the test logic block are
$D_7 = S_2S_1S_0 \quad D_{711} = S_1S_0(S_2 + S_3) \quad D_{2312} = S_3'S_2' + S_3S_2$

19.9 (a) $A^+ = BX \qquad Z_a = A'B' \quad Z_1 = ABX'$
$B^+ = A'X + BX \qquad Z_b = A'B \quad Z_2 = ABX$
$\qquad\qquad\qquad\qquad Z_c = AB$

X	A	B	A^+	B^+	Z_a	Z_b	Z_c	Z_1	Z_2
1	-	1	1	1	0	0	0	0	0
1	0	-	0	1	0	0	0	0	0
-	0	0	0	0	1	0	0	0	0
-	0	1	0	0	0	1	0	0	0
-	1	1	0	0	0	0	1	0	0
0	1	1	0	0	0	0	0	1	0
1	1	1	0	0	0	0	0	0	1

19.10 (a)

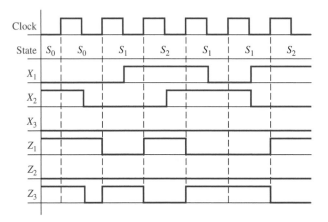

(b) $D_1 = Q_1'X_1'X_2'X_3 + Q_2X_2'$ $D_2 = Q_2'X_1 + Q_1'Q_2'X_2'X_3' + Q_2X_2$
   $Z_1 = Q_2'X_1' + Q_1$ $Z_2 = Q_1'Q_2'X_1$ $Z_3 = Q_1'X_1'X_2 + Q_2$

(c)

Q_1	Q_2	X_1	X_2	X_3	D_1	D_2	Z_1	Z_2	Z_3
0	0	1	-	-	0	1	0	1	0
0	0	0	1	-	0	0	1	0	1
0	0	0	0	1	1	0	1	0	0
0	0	0	0	0	0	1	1	0	0
0	1	-	0	-	1	0	0	0	1
0	1	-	1	-	0	1	0	0	1
1	0	0	-	-	0	0	1	0	0
1	0	1	-	-	0	1	1	0	0

(d) $2^5 \times 5$ ROM

Q_1	Q_2	X_1	X_2	X_3	D_1	D_2	Z_1	Z_2	Z_3
0	0	0	0	0	0	1	1	0	0
0	0	0	0	1	1	0	1	0	0
0	0	0	1	0	0	0	1	0	1
0	0	0	1	1	0	0	1	0	1
0	0	1	0	0	0	1	0	1	0

UNIT 20   Study Guide Answers

1. (a) lines 15 and 16

   The full adder is combinational logic.

   Lines 34 and 35, which are in clocked process because it is a clocked register

   (b) In line 31, change clk = '0' to clk = '1'.

2. (a) So we can use the overloaded "+" operator

   The change from state 9 to state 0

   To make the result be 5 bits

   Lines 35 and 36 will execute when State is 2, 4, 6, or 8.

   (b) ACC is uninitialized and is not loaded until St = '1' at a rising clock edge. When Done = 1, i.e., in state 9, 160-180 ns.

   (c) $X = 101111001$, 60 ns

   (d) Mcand = 1101, Mplier = 1011, and product is 10001111 = 143

   (e) Line 19

   To avoid having to set them to 0 in each case where they are not 1. When they are set to 1, it overrides line 22 because these are sequential statements. ACC <= "00000" & Mplier;

   Because it is a clocked register that is updated on the rising clock edge.

   The process executes on the rising clock edge, and when state is 9 at the rising clock edge, it is too late; the state is about to change to 0.

   The process of lines 20–34 is not clocked; it executes when State changes to 9.

   (f) Whenever the value of count changes.

   Lines 51 and 52.

   10 ns $+ \Delta$.

   Sequential statements execute in 0 time, so A and B update simultaneously.

   (g) At time 60 ns, we are in state 2 when K = 0, so Sh = 1. So A = $00B_{16}$ = 000001011_2 shifts to the right to become $005_{16} = 000000101_2$. At time 140 ns, we are in state 1 and M = 1, so Ad = 1. So we add the multipicand, 000001011_2, to A = $006_{16} = 000000110_2$ to get $011_{16} = 000010001_2$.

3. (a) 0; 1

   C should be 1 iff we can subtract, i.e., Dividend(8 **downto** 4) > Divisor.

UNIT 20   Answers to Problems

20.1 First process executes at t = 2 ns. Lines 22–25 execute.

   Second process executes at t = 10 ns. Lines 38–40 and 43 execute.

   Because the state changes, first process executes again at $10 + \Delta$ ns. Lines 22–23 and lines 27–30 execute.

20.2

```
entity complementer is
    Port (clk, n: in std_logic;
    Regout: out std_logic_vector(15 downto 0));
end complementer;
architecture Behavioral of complementer is
signal State, NextState: integer range 0 to 2 := 0;
signal count: std_logic_vector(3 downto 0) := "0000";--4-bit counter
```

```vhdl
signal X, Z, Sh: std_logic;
signal K: std_logic := '0';
signal Reg: std_logic_vector(15 downto 0);
begin
    Regout <= Reg;
    X <= Reg(0);
    K <= '1' when count = "1111" else '0';
    process (State, X, N, K)
    begin
        case State is
        when 0 =>
            if N = '0' then NextState <= 0; Sh <= '0'; Z <= '0';
            elsif X = '1' then NextState <= 2; Sh <= '1'; Z <= '1';
          else NextState <= 1; Sh <= '1'; Z <= '0'; end if;
        when 1 => Sh <= '1';
          if K = '1' then NextState <= 0;
                if X = '1' then Z <= '1';
                else Z <= '0'; end if;
            elsif X = '0' then NextState <= 1; Z <= '0';
            else NextState <= 2; Z <= '1'; end if;
        when 2 => Sh <= '1';
            if K = '1' then NextState <= 0;
                if X = '1' then Z <= '0';
                else Z <= '1'; end if;
            elsif X = '0' then NextState <= 2; Z <= '1';
            else NextState <= 2; Z <= '0'; end if;
        end case;
    end process;
    process (clk)
    begin
        if clk'event and clk = '1' then
            if Sh = '1' then Reg <= Z & Reg(15 downto 1);
            count <= count + 1; end if;
            State <= NextState;
        end if;
    end process;
end Behavioral;
```

20.4
_____

```vhdl
entity test is
end test;
architecture Behavioral of test is
component sm17_2 is
  Port (x,clk: in std_logic;
          z: out std_logic);
end component;
constant N: integer:= 40;
```

```
signal flag: std_logic:= '0';
signal clk: std_logic:= '1';
signal x,z: std_logic;
constant x_seq: std_logic_vector(1 to 40) :=
                        ("0000100001001100001010100110111000011001");
constant z_seq: std_logic_vector(1 to 40) :=
                        ("1100001010100110111000011001010111010011");
begin
   sm1: sm17_2 port map(x,clk,z);
   clk <= not clk after 10 ns;    -- clock has 20 ns period
   process
   begin
      for i in 1 to N loop
         x <= x_seq(i);
         wait for 5 ns;    -- wait for z to become stable
         if z = z_seq(i) then flag <= '0'; else flag <= '1'; end if;
         wait until clk'event and clk = '1';
         wait for 5 ns;
      end loop;
   end process;
end Behavioral;
```

20.5

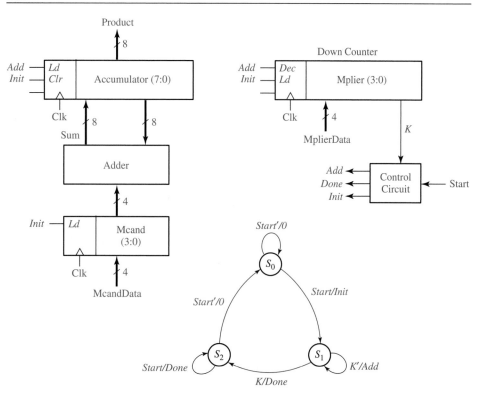

20.6

```
entity prob20_6 is
    Port (st, clk: in std_logic;
            X: in std_logic_vector(7 downto 0);
            Z: out std_logic_vector(9 downto 0));
end prob20_6;
architecture Behavioral of prob20_6 is
    signal State, NextState: integer range 0 to 3 := 0;
    signal lda, ldb, ldc, ad: std_logic;
    signal B, C: std_logic_vector(7 downto 0);
    signal A: std_logic_vector(9 downto 0);
    signal sumAB: std_logic_vector(8 downto 0);
    signal sumABC: std_logic_vector(9 downto 0);
begin
    sumAB <= ("0"&A(7 downto 0)) + B;
    sumABC <= ("0"&sumAB) + C;
    Z <= A;
process (st, State)
begin
    lda <= '0'; ldb <= '0'; ldc <= '0'; ad <= '0';
    case State is
        when 0 =>
            if st = '1' then lda <= '1'; NextState <= 1;
            else NextState <= 0; end if;
        when 1 =>
            ldb <= '1'; NextState <= 2;
        when 2 =>
            ldc <= '1'; NextState <= 3;
        when 3 =>
            ad <= '1'; lda <= '1'; NextState <= 0;
    end case;
end process;
process(clk)
begin
    if clk'event and clk = '1' then
        if lda = '1' then
            if ad = '1' then A <= sumABC;
            else A <= ("00" & X); end if;
        elsif ldb = '1' then B <= X;
        elsif ldc = '1' then C <= X;
        end if;
        State <= NextState;
    end if;
end process;
end Behavioral;
```

References

1. Ashenden, Peter J. *The Designer's Guide to VHDL*, 2nd ed. San Francisco: Morgan Kaufmann Publishers, 2002.
2. Bhasker, J. *A Guide to VHDL Syntax.* Upper Saddle River, NJ: Prentice-Hall, 1995.
3. Bhasker, J. *VHDL Primer*, 3rd ed. Upper Saddle River, NJ: Prentice-Hall, 1999.
4. Brayton, Robert, et al. *Logic Minimization Algorithms for VLSI Synthesis*. Secaucus, NJ: Springer, 1984.
5. Givone, Donald D. *Digital Principles and Design*. New York: McGraw-Hill, 2003.
6. Katz, Randy H. and Gaetano Borriello. *Contemporary Logic Design*, 2nd ed. Upper Saddle River, NJ: Prentice Hall, 2004.
7. Mano, M. Morris. *Digital Design*, 3rd ed. Upper Saddle River, NJ: Prentice Hall, 2001.
8. Mano, M. Morris and Charles R. Kime. *Logic and Computer Design Fundamentals*, 4th ed. Old Tappan, NJ: Pearson Prentice Hall, 2008.
9. Marcovitz, Alan B. *Introduction to Logic Design,* 2nd ed. New York: McGraw-Hill, 2002.
10. McCluskey, Edward J. *Logic Design Principles*. Upper Saddle River, NJ: Prentice Hall, 1986.
11. Miczo, Alexander. *Digital Logic Testing and Simulation*, 2nd ed. New York: John Wiley & Sons, Ltd West Sussex, England, 2003.
12. Patt, Yale N. and Sanjay J. Patel. *Introduction to Computing Systems: From Bits and Gates to C and Beyond*, 2nd ed. New York: McGraw-Hill, 2004.
13. Roth, Charles H. Jr. and Lizy Kurian John. *Digital Systems Design Using VHDL*, 2nd ed. Toronto, Ontario: Thomson, 2008.
14. Rushton, Andrew. *VHDL for Logic Synthesis*, 2nd ed. West Sussex, England: John Wiley & Sons, Ltd, 1998.
15. Wakerly, John F. *Digital Design Principles & Practices*, 4th ed. Upper Saddle River, NJ: Prentice Hall, 2006.
16. Weste, Neil and Kaamran Eshraghian. *Principles of CMOS VLSI Design*, 2nd ed. Reading, MA: Addison-Wesley, 1993.

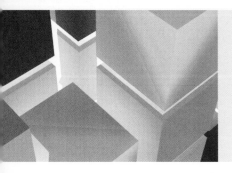

Index

Description of the CD

The CD that accompanies this text contains three programs that are useful in the computer-aided design and simulation of digital logic—LogicAid, SimUaid, and DirectVHDL-PE. Principal features of these programs are listed below. User manuals for LogicAid and SimUaid are provided on the CD in PDF format. The user manuals for DirectVHDL, which are provided in the form of HTML help files, will be installed when you run setup from the DirectVHDL directory.

LogicAid Features:
- Logic functions may be input in the following forms: sum-of-products, product-of-sums, truth table, PLA table, Karnaugh map, minterm or maxterm expansion
- Choice of logic simplification algorithms provides for finding a fast solution or all minimum solutions
- Sequential logic may be input as Mealy or Moore state tables, state graphs (with either binary or alphanumeric input/output), or SM charts
- Reduces state tables to a minimum number of rows and derives flip-flop input equations for D, T, J-K, and S-R flip-flops
- Creates JEDEC files for programming 22V10 PALs
- Tutorial aids include Karnaugh map tutor, state table checker, and partial graph checker

SimUaid Features:
- Friendly user interface allows easy placement and wiring of components
- Available devices include basic gates, flip-flops, switches, probes, registers, counters, adders, multiplexers, decoders, 7-segment indicators, clocks, tri-state buffers, and state machines
- Four-valued logic simulation (0, 1, X, Z)
- Displays all device inputs and outputs for ease of signal tracing and debugging
- Probe placement automatically sets up waveform display
- Live simulation mode allows immediate observation of response to input switch changes
- Synchronous simulation allows stepping one clock period at a time
- Asynchronous simulation allows stepping until a signal changes
- Converts a circuit diagram to synthesizable VHDL code

DirectVHDL Features:
- Edits, compiles, and simulates VHDL code
- Easy to learn user interface
- VHDL editor highlights syntax errors as you type
- Simulator displays waveforms and listing output
- Command interface allows forcing input values interactively or from a command file
- Compatible with IEEE Standard 1076-1993 VHDL